KB167480

검은 튤립

La Tulipe Noire

세계문학전집 268

검은 튤립

La Tulipe Noire

알렉상드르 뒤마

송진석 옮김

민음사

차례

1
감사하는 시민들

　1672년 8월 20일, 어찌나 생기 넘치고, 어찌나 하얗고, 어찌나 예쁜지 언제나 일요일 같은 헤이그, 커다란 나무들이 고딕 양식의 집들 위로 고개를 숙이며 공원에 시원한 그늘을 만들어 주는 헤이그, 동양적인 양식에 가까운 궁륭을 머리에 인 종탑들이 얼굴을 비춰 보는 커다란 거울 같은 운하들이 있는 헤이그, 또 통합된 일곱 주의 수도이기도 한 헤이그, 이런 헤이그의 모든 큰길이 시민들의 검붉은 물결로 한껏 부풀어 오르고 있었다. 다급하고 숨 가쁘며 불안한 그들은 허리에 칼을 차거나 어깨에 화승총을 메고, 아니면 손에 몽둥이를 들고 바우텐호프로 달려가는 중이었다. 쇠창살을 댄 창문이 오늘날에도 여전히 화제가 되는 그 유명한 감옥에서는 외과 의사인 티클라어에 의해 암살 음모로 고발된 전(前) 홀란트* 총리대신의

---

* 주지하는 바와 같이, 홀란트는 네덜란드의 여러 주 가운데 하나이다. 하지만

형인 코르넬리스 드 비트가 신음하고 있었다.

　이 무렵의 역사, 특히 우리의 이야기가 시작되는 이 해의 역사가 방금 언급한 두 이름과 긴밀히 연결되어 있지 않았더라면 우리가 지금부터 제공하려는 몇 줄의 설명은 불필요할 것이다. 그러나 우리는 우선 독자에게, 다시 말해 우리가 언제나 첫 페이지부터 즐거움을 약속하고 이어지는 페이지들을 통해 그럭저럭 이야기를 들려주는 우리의 오랜 친구에게 일러두고 싶다. 그렇다. 독자에게 이르건대, 이 설명은 우리 이야기를 이해하는 것뿐만 아니라 그것이 위치하는 거대한 정치적 격변을 이해하는 데도 마찬가지로 필요하다.

　제방 감독관이자 자신이 태어난 도르드레흐트의 전 시장이며 홀란트 의회의 의원이기도 한 코르넬리스 혹은 코르넬리우스 드 비트가 마흔아홉 살이 되던 그해, 홀란트 시민들은 총리 대신인 얀 드 비트가 기초한 공화정에 염증을 느끼고 스타트하우더* 체제를 갈구하기에 이르렀다. 이 스타트하우더 체제는 다른 사람도 아닌 얀 드 비트가 일찍이 주 연합에 제안한 영구 칙령을 통해 네덜란드에서 영원히 폐지된 터였다.

　변덕스럽게 변화하는 여론은 대개 하나의 원칙 뒤에서 하나의 인물을 보기 마련이다. 홀란트 시민들은 공화정 뒤에서 비

가장 강하고 부유한 주로서 네덜란드 역사 속에서 중추적인 역할을 수행한 까닭에 네덜란드 전체와 혼동되는 경향이 있다.

* 네덜란드 전체의 지배자인 합스부르크 가의 황제를 대신해서 각 주를 통치하는 '총독'을 가리킨다. 15세기에 만들어진 이 지위는 공화국이 수립된 이후에도 계속 존재했다. 대개 주의 명문가 출신이 이 지위를 차지했는데, 특히 오렌지 가의 인물이 동시에 너댓 주의 스타트하우더를 겸직했다. 이 지위는 세습이 되었고, 결과적으로 왕정으로 가는 징검다리 역할을 했다.

트 형제의 엄격한 두 얼굴을 보았다. 이 로마인 같은 형제는 민족 감정을 고취하기를 꺼리는 한편 방종 없는 자유와 넘침 없는 번영을 사랑했다. 이렇듯 공화정 뒤에서 비트 형제를 본 시민들은 스타트하우더 체제 뒤에서는 젊은 오렌지 공(公) 윌리엄의 앞으로 약간 기운 신중하고 사려 깊은 이마를 보았는데, 이런 그의 풍모 때문에 그 당시 사람들은 그를 '과묵한 윌리엄'이라 불렀고, 이 호칭은 후대에 그대로 남았다.

비트 형제는 루이 14세의 비위를 건드리지 않으려 애썼다. 온 유럽에 대한 그의 정신적 영향력이 증대하는 것을 느꼈고, 경이로운 라인 전투를 통해 홀란트에 대한 그의 물리적 지배력을 직접 겪었기 때문이다. 기슈 백작*이 소설 주인공 못지않은 영웅으로 떠오르는 계기를 마련하고 부알로가 찬미한 이 전투는 불과 석 달 만에 네덜란드 주 연합 군대를 무력화시켰다.

루이 14세는 오래전부터 홀란트인들의 적이었다. 홀란트인들은 거의 언제나 홀란트로 피신한 프랑스인들의 입을 빌려 프랑스 왕을 모욕하고 조롱했다. 국민적 자부심은 프랑스 왕을 공화국의 해독제로 만들었다. 비트 형제에 대해서는 따라서 이중의 반감이 있었다. 한편으로 그것은 국민적 감정을 부추기는 대신 그것에 저항하는 데서 왔고, 다른 한편으로는 패배한 모든 민족이 갖기 마련인 피로에서 왔다. 대개 패배한 민족은 새로운 지도자가 그들을 폐허와 치욕으로부터 구해 주길 바라는 법이다.

새 지도자, 그의 출현을 위한 모든 준비가 끝났고, 바야흐로

---

* 루이 14세 아래서 원수를 지낸 앙투안 드 그라몽을 가리킨다.

그 위세가 하늘을 찌르는 루이 14세에 여하튼 맞서야 할 새 지도자는 바로 오렌지 공 윌리엄이었다. 그는 윌리엄 2세의 아들로서, 헨리에타 스튜어트를 통해 영국 왕 찰스 1세의 손자가 되기도 했다. 우리는 이 과묵한 청년의 그림자가 스타트하우더 체제 뒤로 모습을 드러내는 것을 앞서 본 바 있다.

그는 1672년에 스물둘의 나이를 헤아리고 있었다. 그의 스승이었던 얀 드 비트는 교육을 통해 이 왕자를 선량한 시민으로 만들고자 했다. 조국에 대한 사랑이 제자에 대한 사랑을 앞섰던지라, 그는 영구 칙령을 통해 제자에게서 스타트하우더가 될 희망을 없애고자 했다. 그러나 신은, 천상의 왕인 자신의 의견을 구하지도 않은 채 지상의 힘을 모으고 헤치는 사람들의 자만에 코웃음을 쳤다. 그는 홀란트인들의 변덕과 루이 14세에 대한 공포를 통해 총리대신으로 하여금 정책을 바꾸고 영구 칙령을 폐지하게 함으로써 오렌지 공 윌리엄을 위한 스타트하우더 체제를 복원시켰다. 그는 윌리엄을 위한 계획을 갖고 있었는데, 이 계획은 아직 신비로운 미래의 심연에 갇혀 있었다.

총리대신은 시민들의 의지에 굴복했다. 하지만 코르넬리스 드 비트는 훨씬 더 완강했다. 도르드레흐트에 있는 그의 집을 포위한 시민들의 살해 위협에도 불구하고, 그는 스타트하우더 체제의 복원을 명시한 서류에 서명하길 거부했다.

그러나 아내의 눈물 어린 호소에 그는 결국 서명하고 말았다. 다만 자기 이름 옆에 'vi coactus'를 줄인 'V. C.'란 두 글자를 덧붙였는데, 이는 '힘에 굴복하여 강제로'를 의미했다.

이날 그가 적들의 공격을 피한 것은 참으로 기적이었다.

얀 드 비트의 경우 시민들의 의지에 훨씬 더 빨리, 그리고 순순히 동의했지만 그렇다고 해서 그것이 그를 이롭게 하지는 않았다. 며칠 뒤 그는 암살당할 뻔했던 것이다. 칼에 수차례 찔린 그는 하지만 그 상처로 죽지는 않았다.

이러한 상황은 오렌지 공을 지지하는 세력이 바라는 바가 아니었다. 두 형제는 그들이 기도하는 바에 언제나 방해가 되었기 때문이다. 그들은 전략을 바꾸었다. 때가 되면 다시 첫 번째 전략, 즉 살해로 돌아갈 작정을 하고 말이다. 그들은 비수를 통해 하지 못한 것을 중상모략을 통해 이루려고 했다.

어떤 역사적 순간에 위대한 행위를 수행할 큰 인물이 신의 손이 미치는 곳에 있는 경우란 극히 드물고, 그런 까닭에 신의 섭리에 따른 듯한 조합이 우연처럼 이루어지면 역사는 지체 없이 그 선택받은 인물의 이름을 기록하여 후세로 하여금 경애하도록 하는 것이다.

반면에 악마가 사람의 일에 끼어들어 어떤 존재를 파멸시키고 제국을 전복하려 들 때는, 귀에 대고 한마디만 속삭이면 즉각적으로 일에 착수하는 불쌍한 존재가 언제든지 악마의 손 아래 대기하고 있기 마련이다.

이 불쌍한 존재, 악령의 하수인이 되기 위해 만반의 채비를 갖추고 있던 불쌍한 존재의 이름은, 벌써 한 차례 언급한 것 같은데, 티클라어였고 외과 의사라는 직업을 갖고 있었다.

그가 진술하길, 코르넬리스 드 비트는 서명에 덧붙인 이니셜을 통해 충분히 드러난 것처럼 영구 칙령의 폐지에 절망을 느꼈고, 오렌지 공 윌리엄에 대한 증오에 불타는 나머지 한 암살자에게 새 스타트하우더에게서 공화국을 구해 낼 사명을 부여했다고 했다. 이 암살자는 다름 아닌 티클라어 자신이며, 주문한 행위를 생각만 해도 회한에 몸서리가 쳐지는 바람에 결국에는 범죄를 행하는 대신 폭로하기로 결심했다는 것이었다.

그러니 이 음모의 소식에 오렌지 공을 지지하는 무리가 어떤 반응을 보였겠는가! 1672년 8월 16일 검사는 코르넬리스를 자택에서 검거했다. 얀 드 비트의 고귀한 형이기도 한 제방 감독관은 바우텐호프의 한 방에서 예비 고문을 받았다. 가장 천한 범죄자들에게나 행하는 이 고문을 통해 윌리엄을 죽이고자 그가 꾸민 음모를 자백받겠다는 것이었다.

하지만 코르넬리스는 위대한 정신일 뿐만 아니라 위대한 영혼이기도 했다. 그는 조상들이 종교적 신념을 품었던 것과 똑같은 방식으로 정치적 신념을 품고 있는 덕분에 고문 따위는 아랑곳하지 않는 순교자들의 혈통에 속하는 사람이었다. 고문이 진행되는 동안 그는 굳센 목소리로, 그리고 구절에 박자를 주어 가며 호라티우스의 「정의롭고 결연하게」의 첫 연*을 암송했다. 그는 아무것도 자백하지 않았고, 형리(刑吏)들의 힘을 소진시킴은 물론 그들의 광적인 믿음까지 흔들리게 만들었다.

그런데도 판사들이 티클라어를 방면하고, 코르넬리스에게서 모든 직위와 명예를 박탈하는 것으로도 모자라 소송비용 일체를 부담하게 하며, 공화국의 영토로부터 영원히 추방하는 선고를 내리기는 마찬가지였다.

무고한 사람에게, 위대한 시민에게 내려진 이 선고는 코르넬리스 드 비트 자신이 노심초사 보살펴 왔던 시민들을 제법 만

---

* 「Justum et tenacem」은 "세상이 부서져 허물어지고 덮쳐도 정의롭고 결연한 이를 동요시키지는 못하리라."로 시작한다.

족시켜 주는 것이었다. 하지만 잠시 후에 보게 되겠지만 그것으로는 충분하지 않았다.

배은망덕과 관련하여 아테네 사람들은 멋진 평판을 남겼다. 하지만 그들은 홀란트인들에 비하면 아무것도 아니었다. 그들은 기껏해야 아리스티데스*를 추방하는 데 그쳤기 때문이다.

얀 드 비트는 자기 형이 기소되었다는 소식을 듣자마자 총리 대신 자리를 사임했다. 그 역시 조국에 대한 봉사에 상응하는 보상을 받기는 마찬가지였다. 은퇴했지만 정적(政敵)과 상처는 고스란히 남았다. 이는 사실 스스로를 잊고 나라를 위해 일한 죄를 지은 정직한 사람들에게 일반적으로 돌아오는 몫이다.

그동안 오렌지 공 윌리엄은 자신이 할 수 있는 모든 수단을 동원하여 일의 진행을 가속하면서 기다렸다. 자신을 우상으로 섬기는 시민들이 두 형제의 시체로 스타트하우더의 자리에 오르는 계단을 만들어 주기를 말이다.

그런데 1672년 8월 20일, 우리가 이 장(章)을 시작하면서 말한 것처럼, 모든 도시가 너도나도 바우텐호프를 향해 달려가고 있었다. 코르넬리스 드 비트가 감옥에서 나와 귀양길에 오르는 것을 보기 위해, 그리고 호라티우스의 시를 줄줄 외는 사람의 고귀한 육신에 고문이 남긴 흔적들을 확인하기 위해서였다.

서둘러 덧붙여야 할 것은 바우텐호프로 향하는 군중이 오로지 구경을 한다는 순수한 의도에서뿐 아니라 많은 경우 하나의 역할을 수행하기 위해, 혹은 제대로 수행되지 않은 임무

---

* Aristides(기원전 520~467). 아테네의 장군, 정치가. 마라톤 전투를 승리로 이끌었으나 정적에 밀려 추방당했다. 나중에 복권되어 페르시아 군을 물리치고 많은 업적을 남겼다. 특히 청렴으로 유명했다.

를 마무리하기 위해 그리로 가고 있었다는 사실이다.

우리가 말하고자 하는 임무는 물론 형리(刑吏)의 임무이다.

사람들 가운데에는 덜 적대적인 의도를 품은 사람들 또한 있었던 게 사실이다. 그들의 흥미를 끄는 것은 언제나 군중을 사로잡으며 그들의 본능적인 오만을 만족시켜 주는 광경, 즉 오랫동안 꼿꼿하게 서 있던 사람이 먼지 속에 나뒹구는 광경을 바라보는 것이었다.

사람들은 웅성댔다. 두려움 모르는 사나이로 불리는 코르넬리스 드 비트는 감금되고 고문당한 나머지 쇠약해지지 않았겠는가? 창백한 얼굴로 피를 흘리는 오욕에 짓눌린 그를 볼 수 있지 않을까? 그리고 이런 광경은, 민중들과는 또 다른 견지에서 질투심을 느끼는 부르주아 계급, 헤이그의 모든 선량한 시민들을 아우르는 부르주아 계급에게 하나의 멋진 승리가 아닐까?

군중을 날카로운 비수처럼 또는 둔기처럼 사용할 속셈으로 군중 속에 섞여 든 오렌지 당파의 선동자들은 생각했다. 바우텐호프에서 성문에 이르는 동안 저 제방 감독관에게 약간의 흙을, 아니면 차라리 돌을 던질 작은 기회가 생겨나지 않을까? 제방 감독관은 오렌지 공에게 스타트하우더 자리를 마지못해 주었을 뿐 아니라 그를 암살하려고 하지 않았는가?

프랑스의 사나운 적들은 한술 더 떴다. 잘하면, 그리고 용감한 헤이그 사람이라면 코르넬리스 드 비트가 조용히 망명길에 오르도록 내버려 두지는 않을 것이다. 일단 외국에 가면 그는 프랑스와 음모를 꾸밀 것이고, 흉측한 악당인 자기 동생 얀과 더불어 루부아 후작*이 준 황금을 탕진하며 살 게 뻔하기 때문이다.

이런 상황에서 구경꾼들이 걷기보다 뛸 것이라는 사실을 예견하기란 어렵지 않고, 바로 그런 까닭에 헤이그 시민들은 바우텐호프 쪽으로 그토록 급히 달려가고 있었던 것이다.

가장 서두르는 이들 가운데에는 맹렬한 분노가 가슴에 가득하고 머리가 텅 빈 정직한 티클라어도 있었다. 오렌지 당파는 그를 청렴과 민족적 명예와 기독교적 자비의 영웅으로 내세웠다.

이 선량한 악당은 갖은 재치와 상상력으로 양념을 쳐 가며 어떻게 코르넬리스 드 비트가 자신의 덕성을 시험했는지 떠들어 댔다. 또 자기에게 얼마나 막대한 돈을 약속했는지, 티클라어 자신이 어려움 없이 암살에 성공할 수 있도록 사전에 어떤 조치를 취했는지 이야기했다.

그의 말 한마디 한마디는 군중들에게 게걸스럽게 받아들여졌고, 윌리엄 공을 향한 열광적 사랑의 외침과 비트 형제에 대한 맹목적 분노의 함성을 동시에 불러일으켰다.

군중들은 파렴치한 판관들을 저주하기도 했다. 그들의 판결은 그토록 더러운 범죄자, 그 악당 같은 코르넬리스가 멀쩡하게 도망가도록 내버려 두기 때문이다.

몇몇 선동자들이 낮은 목소리로 되풀이했다.

"그가 떠나려 한다! 그가 우리에게서 빠져나가려고 한다!"

다른 선동자들이 화답했다.

"배 한 척이 슈베닝겐에서 그를 기다리고 있어. 프랑스 선박

---

* marquis de Louvois(1639~1691). 프랑스의 정치가. 루이 14세의 전쟁 장관으로서 군대를 총괄했다.

이다. 티클라어가 봤다."

"용감한 티클라어! 정직한 티클라어!" 군중들이 합창하듯 외쳤다.

"코르넬리스가 이렇게 빠져나가는 동안……." 하고 어떤 목소리가 말했다. "형 못지않은 반역자인 얀 또한 줄행랑을 칠 거야."

"그리하여 두 불한당은 프랑스에서 편히 앉아 우리 돈을 먹어 댈 거야. 우리 선박들과 병기창과 작업장을 루이 14세한테 판 돈으로 말이지."

"그들이 떠나지 못하도록 하자!" 한 걸음 앞으로 나선 애국 시민의 목소리가 외쳤다.

"감옥에, 감옥에 처넣자." 군중들이 한목소리로 되풀이했다.

이 외침에 부르주아들은 한층 맹렬한 기세로 달려갔고 화승총이 장전되고 도끼가 번쩍이며 눈들이 불타올랐다.

그러나 아직 어떤 폭력도 자행되지 않고 있었다. 바우텐호프 일대를 경비하는 기병들은 차갑고 무심한 표정으로 침묵을 지키며 열을 유지했다. 지휘관의 시선 아래 미동도 않는 그들의 냉정함은 소리치고 요동하고 으르는 부르주아 군중들보다 훨씬 더 위협적으로 보였다. 지휘관은 헤이그 기마대장인 틸리 백작으로서 빼어 든 칼을 끝이 등자(鐙子) 근처에 오도록 낮게 움켜쥐고 있었다.

감옥을 지키는 유일한 보루인 이 부대는 무질서하고 소란스러운 군중은 물론 부르주아 경비대까지 결연한 태도로 제어했다. 기마대와 더불어 질서를 유지한다는 명목 아래 바우텐호프 맞은편에 자리 잡은 부르주아 경비대는 소요를 일으킨 자들에게 선동적인 외침의 본보기를 제공했다.

"오렌지 공 만세! 배반자들을 타도하자!"

틸리와 기병들의 존재는 사실 부르주아 병사들에게 이로운 브레이크 역할을 해 주고 있었다. 그러나 잠시 후 부르주아들은 스스로의 외침에 흥분했다. 소리를 지르지 않고도 용기를 낼 수 있다는 사실을 모르는 그들은 기병들이 겁을 먹은 탓에 조용하다고 생각했다. 그들은 감옥을 향해 한 걸음 나아갔고, 천박한 민중의 무리가 그 뒤를 따랐다.

그러나 이때 틸리 백작이 혼자서 그들을 향해 나아갔다. 그는 눈썹을 찌푸린 채 칼을 들어 올리며 외쳤다.

"부르주아 경비대 여러분, 어째서 움직입니까? 무엇을 원합니까?"

부르주아들은 화승총을 흔들며 외쳐 댔다.

"오렌지 공 만세! 배반자들을 죽여라!"

"오렌지 공 만세라. 좋소." 하고 틸리 백작이 말했다. "나로서는 우중충한 얼굴보다는 명랑한 낯이 더 좋지만. 그리고 배반자들을 죽여라? 원하시는 대로. 하지만 이는 외침에 그쳐야만 하오. 배반자들을 죽이라고 원하는 만큼 외치시오. 하지만 그들을 정말로 죽인다? 나는 그것을 막기 위해 여기에 있고, 실제로 막을 것이오."

그는 자기 병사들을 향해 돌아서며 외쳤다.

"공격 준비!"

틸리의 병사들은 침착하고 정확하게 명령에 복종했고, 부르주아와 민중들은 즉시 물러섰다. 당황한 그들을 본 기마대장은 빙긋이 미소 지었다.

"자, 자." 칼을 든 사람만이 가질 수 있는 빈정대는 어조로 그가 말했다. "진정하시오, 부르주아 여러분. 내 병사들이 총을 쏘지는 않을 테니까. 하지만 당신들은 감옥 쪽으로 한 걸음도 나아가서는 안 되오."

"알아 두어야 할 게 있소, 장교님. 우리도 화승총을 갖고 있소." 부르주아 대장이 노기에 찬 목소리로 대꾸했다.

"당신들이 화승총을 갖고 있다는 사실은 나 또한 잘 알고 있소." 하고 틸리가 말했다. "그 정도면 눈이 부실 정도로 충분히 번쩍대오. 하지만 당신들 역시 명심해야 할 게 있소. 그것은 우리가 권총을 갖고 있으며 그 유효사거리는 50피트에 달하는데, 당신들은 불과 25피트 떨어진 곳에 서 있다는 사실이오."

"배반자들을 죽여라!" 하고 격분한 부르주아들이 외쳤다.

"쳇! 당신들은 언제고 똑같은 말만 되풀이하는군." 하고 장교가 투덜댔다. "피곤한 일이야!"

그는 기마대의 선두에 있는 자기 자리로 돌아갔다. 그동안 바우텐호프 둘레의 소란은 점점 고조되어 가기만 했다.

그러나 흥분한 군중은 자신들이 두 희생물 중 하나의 피 냄새를 맡고 있는 동안 다른 희생물이 마치 스스로의 명을 재촉하기라도 하듯 기마대와 군중들이 있는 광장으로부터 불과 백 발짝 떨어진 곳에서 바우텐호프로 들어가고 있다는 사실을 알지 못했다.

실제로 얀 드 비트는 하인을 대동하고 마차에서 내려 감옥 앞마당을 조용하게 가로지르고 있었다.

그는 문지기에게 이름을 댔지만 문지기는 그를 알고 있었다.

"잘 있었나, 흐리푸스. 내 형 코르넬리스 드 비트를 찾으러 왔네. 도시 밖으로 데리고 나가기 위해서. 자네도 알다시피 추방령을 받았네."

감옥 문을 여닫기 위해 길들여진 한 마리 곰과 같은 문지기는 인사를 하며 건물 안으로 들여보냈고, 그들의 등 뒤로 문이 닫혔다.

거기서부터 열 발짝 앞선 곳에서 얀 드 비트는 열일곱에서 열여덟 살 먹은 아름다운 처녀를 만났다. 네덜란드 북부에 위치한 프리슬란트 주의 옷을 입은 처녀는 얀에게 다소곳이 절했다. 얀은 그녀의 턱을 어루만지며 말했다.

"안녕, 착하고 아름다운 로자. 내 형은 어떻지?"

"오! 얀 드 비트 님." 하고 처녀가 대답했다. "걱정되는 것은 그가 받은 상처가 아녜요. 고통은 이미 가셨답니다."

"그럼 무엇이 겁나는가, 아름다운 아가씨?"

"제가 두려워하는 것은 사람들이 그에게 가하려 하는 나쁜 것이지요, 얀 드 비트 님."

"아! 그렇지." 하고 비트는 말했다. "군중들 말이지?"

"들리세요?"

"사실 말이지 그들은 몹시 흥분해 있어. 하지만 우리는 그들에게 해가 되는 일을 한 적이 결코 없으니 우리를 보면 마음이 진정될 거야."

"불행하게도 사람들은 이성을 잃었어요." 자기 아버지가 보내는 위압적인 눈짓에 복종하여 뒤로 물러서면서 처녀가 중얼거리듯 말했다.

"그래, 아가씨 말이 맞아. 아가씨가 옳아."

그러고는 걸음을 계속하며 비트가 중얼거렸다.

"이 처녀는 읽을 줄도 모르고, 아무것도 읽지 않았어. 하지만 전 유럽의 역사를 단 한 단어로 요약했어."

여전히 침착하되 들어올 때보다 더 우울해진 전 총리대신은 자기 형이 있는 방을 향해 나아갔다.

2
두 형제

얀 드 비트가 그의 형 코르넬리스의 감옥에 이르는 돌계단을 오르는 동안, 아름다운 로자가 예감으로 가득 찬 의혹을 품고 말한 것처럼, 부르주아들은 자기들을 방해하는 틸리의 기마대를 떼어 놓기 위해 갖은 수를 다 쓰고 있었다.

부르주아 경비대의 선의를 믿는 민중들은 이 모양을 보면서 목이 터져라 외쳤다.

"부르주아 만세!"

신중한 만큼이나 결연한 틸리 백작은 자기 병사들의 장전된 권총 앞에서 부르주아 경비대와 협상을 했다. 그는 최선을 다해 의회가 자기에게 하달한 명령, 즉 세 개의 중대로 감옥 앞 광장과 인근의 질서를 유지하라는 명령을 설명했다.

"어째서 이따위 명령을? 어째서 감옥을 지키는가?" 하고 오렌지 당파가 외쳤다.

"아!" 하며 틸리 백작이 응수했다. "당신들은 내가 말할 수 있는 것 이상의 대답을 요구하는군. 나는 '지키라'는 명령을 받았고, 지킬 뿐이오. 여러분, 당신들은 거의 군인에 가깝소. 그러니만치 명령에 대해 왈가왈부해서는 안 된다는 사실을 잘 알 것이오."

"하지만 이런 명령을 내린 것은 반역자들이 도시 밖으로 나가도록 하기 위해서요."

"그럴 수 있겠지. 당신들이 말하는 반역자들은 추방령을 받았으니까." 하고 틸리가 대답했다.

"누가 이런 명령을 내렸소?"

"물론 의회요!"

"의회가 배반하고 있군."

"그 문제에 관해서 나는 아무런 관심도 없소."

"당신 또한 배반하고 있소."

"내가?"

"그렇소, 당신."

"아하! 부르주아 여러분, 우리 분명히 합시다. 내가 누굴 배반한단 말이오? 의회를? 나는 그럴 수 없소. 의회로부터 봉급을 받는 나는 의회의 명령을 어김없이 지킬 뿐이기 때문이오."

그 점에 대해서는 백작이 절대로 옳았기 때문에 그의 대답에 이의를 제기하는 것은 불가능했다. 아우성과 위협이 배가되었다. 그 엄청난 아우성과 위협에 대해 백작은 최선을 다한 정중함으로 응수하려 애썼다.

"그런데 부르주아 여러분, 제발 그 화승총 좀 치우시오. 잘못하면 오발 사고가 일어날 수 있소. 만약 오발탄이 내 기병들 가운데 하나에게 부상이라도 입히면 우리는 당신들 모두를 땅바닥에 쓰러뜨릴 것이오. 그렇게 되면 우리로서는 심히 유감이고, 당신들은 우리보다 훨씬 더 불행할 것이오. 왜냐하면 그것은 당신들이 원한 결과도, 우리가 원한 결과도 아니기 때문이오."

"당신이 그렇게 한다면." 하고 부르주아들이 외쳤다. "우리 또한 발포할 것이오."

"좋소. 하지만 우리 모두를 마지막 한 명까지 죽인다 하더라도, 그 전에 우리에게 죽은 인간들이 살아 있는 일은 없을 거요."

"우리를 막지 말고 비키시오. 그러면 당신은 훌륭한 시민이 될 것이오."

"우선 나는 시민이 아니오." 하고 틸리가 말했다. "나는 장교요. 장교와 시민은 다르오. 그리고 나는 홀란트인이 아니라 프랑스인이오. 홀란트인과 프랑스인은 많이 다르지요. 내가 아는 것이라고는 내게 봉급을 지불하는 의회뿐이오. 의회로부터 길을 내주라는 내용의 영장을 받아 오시오. 그러면 지체 없이 이곳에서 철수하겠소. 당신들과 함께 있는 것이 즐겁지 않은 만큼 더욱 기꺼운 마음으로 그리하겠소."

"좋아, 좋다고!" 백여 개의 함성이 순식간에 오백으로 불어나며 외쳤다. "시청으로 갑시다. 의원들을 만나 봅시다! 갑시다. 가자고요."

"바로 그거요." 가장 극렬한 인물들이 멀어져 가는 것을 보며 틸리가 중얼거리듯 말했다. "시청에 가서 비겁함을 달라고 하시오. 과연 그걸 주는지 어디 한번 봅시다. 어서 가 보시오, 친구들. 가 보시오!"

고결한 성품의 장교는 군인으로서의 그의 명예를 믿고 있던 행정관들의 명예에 기대를 걸었다.

"그런데요, 대장님." 수석 부관이 백작의 귀에 대고 말했다. "의원들이 이 미친 자들의 요구를 거부했으면 좋겠습니다. 그리고 제 생각에 약간의 증원 병력을 우리에게 보내 준다면 나쁘지 않을 듯싶습니다."

그동안 간수 흐리푸스, 그리고 간수의 딸 로자와 이야기를 나눈 뒤 돌계단을 오르는 것을 보았던 얀 드 비트는 형 코르넬리스가 침대 위에 누워 있는 방문 앞에 이르렀다. 이미 말했듯 검사는 코르넬리스에게 예비 고문을 가한 터였다.

그러나 추방령이 하달되었고, 특별 고문은 불필요하게 되었다.

코르넬리스는 침대 위에 누워 있었다. 손목이 부러지고 손가락이 으깨어진 그는 자신이 범하지 않은 범죄를 하나도 자백하지 않았다. 사흘 동안의 고통 끝에 사형을 언도할 것으로 보이던 판사들이 자신에게 추방령을 내렸다는 소식을 듣고 마침내 한숨 돌린 참이었다.

강인한 육체에 불굴의 영혼을 지닌 그는 적들의 얼을 얼마든지 빼놓을 수 있는 사람이었다. 다만 바우텐호프 감옥의 깊은 어둠이 그의 창백한 얼굴에서 빛나는 순교자의 미소를, 혹은 하늘의 영광을 엿본 이래 지상의 진흙탕 따위는 아랑곳하지 않는 사람의 미소를 감출 뿐이었다.

제방 감독관은 어떤 도움보다는 의지의 힘으로 기력을 회복했다. 그는 법적인 절차 때문에 자신이 얼마나 더 감옥에 있어야 할지 생각했다.

그런데 바로 이 순간 군중의 아우성과 한데 뒤섞인 부르주아 경비대의 외침이 두 형제를 성토하며 그들에게 유일한 보루 역할을 해 주는 틸리 대장을 위협했다. 밀물처럼 다가와 감옥 벽 발치에서 부서지는 그 소리는 죄수의 귀에까지 들려왔다.

하지만 코르넬리스는 그 위협적인 소리에 관해 알아보려고도, 또 빛과 바깥의 소리가 들어오는 쇠창살이 부착된 좁은 창문으로 내다보기 위해 몸을 일으키려고도 하지 않았다.

지속적인 고통에 마비된 나머지 고통은 이제 그에게 거의 습관이 되어 버렸다. 그는 마침내 극도의 희열 속에서 그의 영혼과 이성이 육체의 굴레를 벗어나려 하는 것을 느꼈다. 그에게는 벌써 영혼과 이성이 물질을 떠나 그 위를 맴돌고 있는 것 같았다. 마치 꺼져 가는 불을 떠나 하늘로 오르는 불꽃이 지상을 떠나기 전에 거의 잦아든 불 위를 잠시 떠도는 것처럼 말이다.

그는 또 그의 동생에 대해 생각했다.

아마도 그는, 훨씬 나중에야 설명이 가능해진 자기(磁氣) 현상*을 통해 그의 동생이 다가오고 있다는 사실을 느꼈으리라. 코르넬리스의 머릿속에서 얀의 존재가 어찌나 강렬해졌던지 코르넬리스가 그 이름을 막 발음하려는 순간 문이 열렸다. 얀은 방 안으로 들어와 급박한 발걸음으로 죄수의 침대를 향해 갔다. 코르넬리스는 그의 동생을 향해 부러진 팔과 천에 감긴 손을 뻗었다. 그는 마침내 그 위대한 동생을 앞서는 데 성공했다. 하지만 그것은 조국에 대한 봉사에서가 아니라 홀란트 시민들이 자기에게 품은 증오를 통해서였다.

---

* 유럽에서 자기 현상이 발견된 것은 18세기이다.

얀은 형의 이마에 우애 어린 키스를 하고는 그의 부서진 손을 침대 위에 가만히 놓았다.

"코르넬리스, 우리 불쌍한 형님." 하고 얀이 말했다. "많이 고통스럽지요?"

"동생, 동생을 보니 괜찮아."

"오! 우리 가엾은 코르넬리스 형님. 형님은 괜찮다고 하시지만 그런 형님을 보는 제가 아픕니다."

"나는 나 자신보다 동생 생각을 더 했어. 그들이 고문하는 동안 내가 단 한 번 신음했다면 그것은 '불쌍한 동생!'이라고 말하기 위해서였어. 하지만 동생이 무사하니 모든 것을 잊도록 하지. 나를 데려가기 위해 온 거지?"

"그래요."

"나는 회복되었어. 내가 일어서도록 부축해 주게나, 동생. 잘 걸을 수 있다는 것을 보여 주겠어."

"그리 오랫동안 걷지 않아도 돼요. 마차를 가지고 왔거든요. 양어장 근처에 세워 두었는데 틸리의 병사들이 있어 걱정 없습니다."

"틸리의 병사들이라고? 어째서 그들이 양어장에 있지?"

"아!" 총리대신은 그에게 익숙한 슬픈 표정의 미소를 지으며 설명했다. "헤이그 주민들이 형님이 떠나는 것을 보고 싶어 하는데 혹시라도 소란이 일어나지 않을까 염려한 겁니다."

"소란이라고?" 당혹스러워하는 동생에게 시선을 고정한 채 코르넬리스가 되풀이했다. "소란이라고?"

"그래요, 코르넬리스."

"그렇다면 방금 전에 내가 들은 소리가 바로 그것이군." 하고 스스로에게 하듯 죄수가 말했다.

그러고는 동생에게 다시 물었다.

"바우텐호프에 군중들이 모여 있나?"

"그렇습니다, 형님."

"이리로 밀고 들어오기 위해서……."

"글쎄요?"

"그들이 어떻게 동생이 들어오도록 내버려 두었을까?"

"잘 아시다시피 그들은 우리를 사랑하지 않아요, 코르넬리스." 총리대신이 우울하고 쓰린 표정으로 덧붙였다. "뒷길로 해서 왔습니다."

"얀, 남의 눈을 피해 왔다고?"

"저는 형님한테 오기까지 시간을 잃고 싶지 않았습니다. 저는 정치에서도 그렇고 항해에서도 그렇고 역풍이 불 때 해야 하는 것을 했을 뿐입니다. 이리저리 사람들을 피해 왔어요."

그 순간 군중들의 소리가 더욱 맹렬하게 광장을 떠나 감옥으로 전해져 왔다. 틸리가 부르주아 경비대와 더불어 말하고 있었다.

"오!" 하며 코르넬리스가 말했다. "얀, 자네는 위대한 항해사야. 하지만 도처에 얕은 하상(河床)이 도사린 에스코 강을 따라 안트베르펜까지 트롬프 함대를 무사히 이끌었던 것처럼 저 사나운 군중들의 파도와 암초를 헤치고 나를 바우텐호프로부터 구출할 수 있을지 모르겠군."

"신이 도우신다면 가능합니다, 코르넬리스. 어쨌거나 애는 써 봐야지요." 하고 대답하며 얀이 덧붙였다. "그 전에 한 가지 말해 둘 게 있어요."

"말하게나."

다시 한 번 군중의 아우성이 들려왔다.

"오!" 코르넬리스가 말을 이었다. "저 사람들은 몹시 화가 나 있는걸. 동생에 대해서인가, 아니면 나에 대해서인가?"

"제 생각에는 우리 둘 모두에 대해서인 듯싶습니다, 코르넬리스…… 제가 말씀드리고 싶은 것은, 형님, 오렌지 당파가 그들의 바보 같은 중상모략을 통해 우리를 비난하는 것은 우리가 프랑스와 협상을 했기 때문이라는 사실입니다."

"얼간이들!"

"그래요, 하지만 그 점을 갖고 그들은 우리를 비난하고 있습니다."

"만약에 협상이 성공했다면 리스, 오르세, 베셀, 라인버그의 참패를 피할 수 있었을 거야. 라인 방어선이 붕괴되지도 않았을 테고, 홀란트는 늪과 운하들 한가운데에서 무적임을 자랑할 수 있었을 거야."

"그 모든 것은 사실입니다, 형님. 하지만 그보다 더 절대적인 사실은 만약 우리가 루부아 씨와 서신을 주고받았다는 것이 알려지면 제가 아무리 좋은 항해사라고 한들 비트 집안사람들과 그 재산을 홀란트 밖으로 운반해 줄 배를 더 이상 구할 수 없다는 점입니다. 이 편지들은 정직한 사람들에게 제가 얼마나 조국을 사랑하며 조국의 자유와 영광을 위해 어떤 개인적인 희생을 하려고 하는지 증명해 줄 터이지만, 우리를 누르고 일어선 오렌지 당파들에게는 우리를 파멸시킬 결정적 단서가 될 것입니다. 그래서 묻습니다만, 코르넬리스, 헤이그로 저를 만나러 오기 위해 도르드레흐트를 떠날 때 그 편지들을 불살랐겠지요?"

"동생." 하고 코르넬리스가 대답했다. "루부아 씨와 주고받은 동생의 편지들은 최근의 역사 속에서 일곱 주를 통틀어 동생이 가장 위대하고 용감하고 지혜로운 시민이라는 사실을 증명하네. 나는 우리 조국의 영광을 원하고, 특히 동생의 영광을 바라. 나로서는 그 편지들을 태워 버릴 수 없었네."

"그렇다면 지상에서의 우리 삶은 끝났군요." 창문으로 다가가며 전 총리대신이 조용히 말했다.

"아니야. 오히려 그 반대네, 얀. 우리는 육체적인 안녕을 얻는 동시에 시민들의 지지도 회복할 수 있을 거야."

"그러면 그 편지들을 어떻게 했습니까?"

"내 대자(代子)인 코르넬리우스 판 바에를르에게 맡겼어. 동생도 잘 아는 친구로서 현재 도르드레흐트에 머무르고 있지."

"오! 불쌍한 청년! 그 사랑스럽고 순진한 아이가! 그토록 많은 것을 알되 오로지 하느님에게 인사하는 꽃에 대해서만, 그리고 꽃을 피어나게 하는 하느님에 대해서만 생각하는 참으로 보기 드문 그 학자에게 형님은 죽음의 수하물을 맡겼군요. 형님, 그 가련한 코르넬리우스는 이제 끝났습니다!"

"끝났다고?"

"그래요. 왜냐하면 그는 강하지 않으면 약할 것이기 때문입니다. 그가 강하다면, 우리에게 일어나는 일과 아무리 동떨어져 있다 하더라도, 아무리 도르드레흐트에 묻혀 지낸다 하더라도, 혹은 기적 같은 이야기이지만 아무리 무심하다 하더라도 언젠가는 우리 일을 알게 될 것이기 때문에, 우리에 대해 자부심을 느끼며 자랑할 겁니다. 반대로 그가 약한 존재라면 우리와 가까운 사이라는 사실에 대해 겁을 집어먹을 겁니다. 결국 강하면 큰 소리로 비밀을 외칠 테고, 약하면 그 비밀을 내어줄 겁니다. 분명한 것은 두 경우 모두 그도 우리도 파멸이라는 사실입니다. 따라서, 형님, 아직 시간이 있을 때 빨리 몸을 피합시다."

코르넬리스는 침대에서 몸을 일으켜 동생의 손을 잡았다. 얀은 손에 헝겊이 닿자 부르르 몸을 떨었다.

"내가 내 대자를 모를 것 같아? 나는 판 바에를르의 머릿속에서 일어나는 모든 생각과 그의 영혼 속에서 생겨나는 모든 감정을 읽을 수 있어. 그가 약한지 물었던가? 그가 강한지 물었던가? 그는 이편도 저편도 아니라네. 하지만 그가 어떤 사람인지 뭐가 중요한가? 중요한 것은 그가 비밀을 알지 못하므로 그 비밀을 지킬 것이란 사실이지."

얀은 깜짝 놀라며 돌아섰다.

"오!" 코르넬리스는 부드러운 미소를 지으며 말을 이었다. "제방 감독관은 얀 학파가 배출한 정치가야. 되풀이해서 말하지만, 동생, 판 바에를르는 내가 맡긴 물건의 정체도 가치도 모르네."

"그렇다면 서두르세요!" 하고 얀이 외쳤다. "아직 시간이 있을 때 그 편지 꾸러미를 불살라 버리라고 하세요."

"누구를 통해 이 말을 전한단 말인가?"

"제 하인 크라에케를 시키면 돼요. 말을 타고 나를 따라왔고, 형님이 계단 내려가는 것을 돕기 위해 감옥 안까지 들어와 있습니다."

"그 영광스러운 문서들을 불태우기 전에 신중히 생각해 보게나, 얀."

"곰곰이 생각했지만, 코르넬리스, 비트 형제가 명예를 보전하려면 우선 살아남아야만 합니다. 우리가 죽으면 누가 우리를 지켜 주겠어요, 코르넬리스? 누가 우리를 이해해 주기라도 하겠습니까?"

"편지들이 발견되면 저들이 우리를 죽일 거라고 생각하나?"

얀은 형에게 대답하는 대신 바우텐호프를 향해 손을 뻗었다. 거기에서는 막 사나운 외침 소리가 분출하고 있었다.

"그래그래." 하고 코르넬리스 말했다. "아우성이 들리는군. 하지만 무슨 소리들을 하고 있나?"

얀은 창문을 열었다.

"반역자들을 죽여라!" 하고 군중이 외쳤다.

"이제 알겠습니까, 코르넬리스?"

"반역자들은 바로 우리를 이르는 말이군!" 죄수가 하늘을 향해 눈을 들고 어깨를 움찔하며 말했다.

"그래요, 우리입니다." 하고 얀 드 비트가 대답했다.

"크라에케는 어디에 있지?"

"아마도 이 방문 앞에 있을 겁니다."

"그러면 들어오게 하지."

얀은 문을 열었다. 충직한 하인은 과연 문지방에 대기하고 있었다.

"이리 오게, 크라에케. 우리 형님이 일러 주시는 말을 잘 듣게."

"오! 아니야. 말로는 충분치 않네, 얀. 불행히도 편지를 써야만 해."

"어째서요?"

"왜냐하면 서면으로 명시된 요청이 없는 한 판 바에를르는 그 꾸러미를 내주지도 불태우지도 않을 것이기 때문이야."

"하지만, 형님, 글을 쓸 수 있겠어요?" 상처투성이에 불에 데기까지 한 불쌍한 손을 쳐다보며 얀이 물었다.

"오! 펜과 잉크가 있으면 문제없어." 하고 코르넬리스가 대답했다.

"여기 연필이 있어요."

"종이를 가지고 있나? 여기에는 아무것도 없어."

"성경이 있네요. 첫 페이지를 찢어 내지요."

"좋아."

"그러나 형님 글은 읽을 수가 없을 텐데요."

"괜찮아." 동생을 바라보며 코르넬리스가 말했다. "형리의 채찍을 견뎌 낸 손가락들과, 그 고통을 길들인 의지를 합하면 돼. 걱정 말게, 동생. 받침 하나 떨리지 않을 테니까."

코르넬리스는 손에 연필을 쥐고 쓰기 시작했다.

연필을 쥔 손가락의 압력이 벌어진 상처를 통해 내보내는 핏방울들이 흰 천 밑으로 배어 나오는 게 보였다.

총리대신의 관자놀이에 식은땀이 흘렀다.

코르넬리스는 이렇게 썼다.

사랑하는 대자에게,

내가 네게 맡긴 꾸러미를 불태워라. 그것이 네게 미지의 것으로 남아 있도록 열지도 보지도 말고 불태워라. 그것이 담고 있는 비밀은 그것을 알고 있는 사람을 죽이는 종류의 것이다. 태워라.

그리하면 얀과 코르넬리스를 구할 것이다.

안녕히, 그리고 나를 사랑해 다오.

1672년 8월 20일

코르넬리스 드 비트

눈물이 글썽글썽해진 얀은 종이에 묻은 고귀한 핏방울을 닦아 낸 뒤 그것을 크라에케에게 건네주며 마지막 당부를 덧붙이는 것을 잊지 않았다. 그가 돌아왔을 때, 코르넬리스는 고통으로 한층 더 창백해져 있었고 금방이라도 쓰러질 것 같았다.

"자." 하며 얀이 말했다. "용감한 크라에케가 옛 수부장(水夫長)다운 휘파람 소리를 내면 그것은 그가 군중들을 벗어나 양어장 반대쪽에 도달했다는 신호입니다……. 이때 우리는 지체 없이 떠나야 합니다."

채 오 분이 안 되어 길고 힘찬 휘파람 소리가 마치 물결 위를 구르듯 궁릉 모양의 검은 느릅나무 잎사귀를 뚫고 바우텐호프의 아우성을 누르며 두 형제의 귀에까지 전해졌다.

얀은 두 팔을 들어 하늘에 감사했다.

"자, 이제 떠납시다, 코르넬리스."

3
얀 드 비트의 제자

　바우텐호프에 운집한 군중이 내지르는 점점 더 거세어지기
만 하는 외침이 얀 드 비트로 하여금 자기 형 코르넬리스의
출발을 재촉하게 하는 동안, 앞서 우리가 말했듯, 부르주아 대
표단은 틸리가 지휘하는 기마대의 철수를 요구하기 위해 시청
으로 갔다.

　시청이 있는 호그스트라트는 바우텐호프에서 멀지 않은 곳
에 위치해 있었다. 대표단이 출발한 순간부터 한층 강한 호기
심을 갖고 사태를 지켜보며 앞으로 무슨 일이 일어날지를 보다
빨리 알기 위해 다른 사람들과 함께, 아니 오히려 다른 사람들
의 뒤를 좇아 시청으로 걸음을 옮기는 낯선 사람이 있었다.

　그는 스물둘 혹은 스물세 살 정도 먹은 매우 젊은 사람으
로서 별로 강건해 보이지 않았다. 그는 — 아마도 자신을 숨길
필요가 있었기 때문에 — 길고 창백한 얼굴을 가린, 프리슬란
트산 천으로 만든 얇은 손수건으로 연신 땀에 젖은 이마와 열

에 들뜬 입술을 닦아 대고 있었다.

맹금류처럼 고정된 눈, 매부리처럼 긴 코, 열렸다기보다 상처처럼 벌어진 얇고 곧은 입술을 지닌 그는 라바터*가 이 시기에 살았더라면 좋은 생리학적 연구 대상이 되었을 테고, 그것은 일단 그에게 불리한 결과를 낳았을 것이다.

"정복자와 해적의 얼굴에 무슨 차이가 있는가?" 하고 옛 사람들은 묻곤 했다.

매와 독수리의 차이.

평온 혹은 불안.

납빛의 얼굴, 호리호리하고 허약한 몸, 고함치는 군중의 뒤를 좇아 바우텐호프에서 호그스트라트로 향하는 불안한 발걸음은 의심 많은 주인 아니면 불안한 도둑의 전형적인 이미지였다. 경찰은 필경 후자로 생각했으리라. 그만큼 지금 우리가 말하는 사람은 스스로를 감추기 위해 무진 애를 쓰고 있었다.

그는 간소한 차림이었고, 이렇다 할 어떤 것도 몸에 지니고 있지 않았다. 팔은 가늘었지만 힘이 있었다. 마른 흰 손은 한 장교의 어깨를 짚고 있었다. 칼자루에 주먹을 댄 장교는 동반자가 걸음을 떼어 놓기까지 바우텐호프에서 일어나는 장면들을 비상한 관심을 갖고 바라본 참이었다.

호그스트라트 광장에 도착하자 창백한 얼굴의 사내는 장교와 함께 열린 덧문** 뒤에 자리 잡은 뒤 시청의 발코니에 두 눈을 고정했다.

---

* Johann Kaspar Lavater(1741~1801). 스위스 태생의 작가, 사상가, 신학자. 대단한 유행을 불러일으켰던 『관상학』으로 특히 유명했다.
** 바람을 막기 위해 창문 바깥쪽에 덧댄, 외벽 쪽으로 열리는 문.

군중의 맹렬한 외침에 호그스트라트의 창문이 열리고 한 사람이 군중과 대화하기 위해 앞으로 나아갔다.

"발코니에 있는 게 누군가?" 청년이 눈으로 연설자를 가리키며 장교에게 물었다. 연설자는 몹시 감동한 것 같았다. 그는 난간 위로 몸을 기울인다기보다 난간에 손을 짚고 있었다.

"보벨트 의원입니다." 하고 장교가 대답했다.

"보벨트 의원이라니 누구인가? 그를 아는가?"

"정직한 사람이지요, 전하. 적어도 저는 그렇게 생각합니다."

보벨트에 대한 장교의 말을 들은 청년이 어찌나 기이한 실망과 눈에 두드러지는 불만을 나타냈던지 이를 알아챈 장교가 서둘러 덧붙였다.

"적어도 사람들이 말하는 바에 따르면 그렇다는 것입니다, 전하. 저로서는 보벨트 씨를 개인적으로 모르는 만큼 아무 말도 할 수가 없습니다."

"정직한 사람이라." 전하라 불린 청년이 되풀이했다. "범용한 사람이란 뜻인가, 아니면 정말로 용감하고 정직한 사람이란 말인가."

"아! 죄송합니다, 전하. 다시 한 번 전하께 말씀드립니다만, 제가 얼굴로만 아는 사람에 대해 정확히 이야기하기가 힘들군요."

"그렇겠군." 하고 청년이 중얼거리듯 말했다. "기다려 보지. 어떤 사람인지 한번 보세나."

장교는 찬성의 표시로 고개를 숙이고 입을 다물었다.

"저 보벨트가 정직한 인간인지 범용한 인간인지는." 하고 지체 높은 청년이 말을 이어 갔다. "노한 부르주아들이 요구하는 것을 어떻게 받아들이는지 보면 알 수 있을 거야."

연주자의 손가락이 건반 위에서 그러하듯, 수행하는 사람의 어깨 위에서 자신도 모르게 움직이는 그의 손의 신경질적인 움직임은 때때로, 그리고 특히 그 순간, 차갑고 어두운 그의 표정이 완전히 감추지 못한 뜨거운 조바심을 고스란히 드러냈다.

부르주아 대표가 의원을 향해 목소리를 높이며 다른 의원들은 현재 어디에 있는지 묻는 소리가 들려왔다.

"여러분." 하고 보벨트 씨가 말했다. "지금으로서는 다스페렌 씨와 저밖에 없고, 저 혼자서는 어떤 결정도 내릴 수가 없습니다."

"질서! 질서!" 하고 수천의 목소리가 외쳤다.

보벨트 씨가 말하려 했지만 그의 목소리는 들리지 않았고 그의 팔이 절망적으로 부단히 움직이는 것만 보였다.

자기 말이 전달되지 않는 것을 안 그는 열린 창문을 향해 몸을 돌려 다스페렌 씨를 불렀다.

다스페렌 씨가 발코니에 나타나 군중에게 인사하자 십 분전 보벨트 씨를 맞았던 것보다 훨씬 더 열광적인 환호가 일었다.

그 또한 군중과 대화하는 어려운 일에 착수했다. 하지만 군중은 다스페렌 씨가 떠드는 것을 듣느니 기고만장한 그들에게 아무런 저항도 않는 의회 경비대를 밀쳐 내기로 했다.

"가자." 하고 호그스트라트의 정문으로 몰려 들어가는 군중을 보며 청년이 차갑게 말했다. "협상은 건물 내부에서 이루어질 것 같으니, 도대체 무슨 이야기가 오가는지 가서 들어 보도록 하지."

"아! 전하, 전하, 조심하셔야 합니다!"

"무엇을 말인가?"

"의원들 가운데에는 전하를 뵈었던 사람이 여럿 있습니다. 만약 그들 중 하나가 전하를 알아본다면……."

"그렇군. 나를 이 모든 상황을 야기한 장본인으로 지목할 거야. 대령이 옳아." 하고 말하는 청년의 뺨이 잠깐 붉어졌다. 자신의 욕망을 너무 성급하게 드러낸 것이 후회가 되었기 때문이다. "그래, 대령이 옳아, 여기에 있도록 하지. 여기서 저들이 허가장을 들고 오는지 아닌지 봐야겠어. 그러면 보벨트 씨가 용감한 사람인지 범용한 인간인지 알게 될 거야. 내가 알고 싶은 것은 이 점이니까."

"하지만." 하고 자신이 전하라는 호칭으로 부르는 사람을 놀란 눈으로 쳐다보며 장교가 말했다. "추측건대 전하께서는 단 한순간도 의원들이 틸리 백작의 기병들을 철수시킬 거라곤 생각지 않으시지요. 안 그렇습니까?"

"그게 무슨 말인가?" 청년이 차갑게 물었다.

"그들이 철수를 명령한다면 그것은 곧 코르넬리스와 얀 드 비트의 죽음에 서명하는 것이 됩니다."

"두고 보도록 하지." 하고 청년이 차갑게 대답했다. "오로지 신만이 인간들의 마음에서 일어나는 일을 알 수 있는 법이니까."

장교는 자신이 수행하는 사람의 무심한 얼굴을 훔쳐보고는 하얗게 질리고 말았다.

장교야말로 용감한 사람인 동시에 범용한 사람이었다.

그들이 위치한 곳에서 청년과 그를 수행하는 장교는 시청의 계단을 가득 메운 군중의 웅성거림과 발소리를 들었다.

이윽고 그 소리는 보벨트 씨와 다스페렌 씨가 등장했던 발코니에 연결된 방의 열린 창문을 통해 광장으로 터져 나왔다. 두 의원은 서둘러 실내로 돌아갔는데 아마도 군중이 자신들을 난간 너머로 떨어뜨리지나 않을까 걱정하기 때문인 것 같았다.

떠들썩하고 어지러운 그림자들이 창문 앞으로 지나가는 게 보였다.

협상이 진행될 방이 사람들로 가득 찼다.

문득 소리가 그쳤다. 그러다가 또다시 소리의 강도가 배가되며 폭발할 지경에 이르러 오래된 건물이 꼭대기까지 흔들릴 정도가 되었다.

그러더니 마침내 급류는 다시 회랑과 계단을 통해 흐르기 시작하여 출입구의 궁륭 아래로 소용돌이처럼 분출했다.

군중의 선두에서 기쁨으로 얼굴이 추악하게 일그러진 한 사내가 나는 듯 뛰어오는 게 보였다.

그것은 외과 의사인 티클라어였다.

"얻어 냈어! 얻어 냈다고!" 허공에 서류를 흔들며 그가 외쳤다.

"저들이 철수 명령을 얻어 냈습니다!" 어안이 벙벙해진 장교가 중얼거렸다.

"음, 이로써 내 운명은 결정되었군." 청년이 침착하게 말했다. "대령, 당신은 보벨트 씨가 용감한 사람인지 범용한 사람인지 알지 못했지. 그는 이도저도 아니야."

그러고 나서는 자기 앞을 지나가는 군중을 눈썹 한번 찌푸리지 않은 채 눈으로 좇으며 말했다.

"자, 이제 바우텐호프로 가자. 우리는 이상한 광경을 보게 될 거야."

장교는 고개를 숙인 채 잠자코 주인의 뒤를 따랐다.

광장과 감옥 주변에 모여든 군중의 수는 엄청났다. 하지만 틸리의 기병들은 언제나처럼 결연한 태도로 그들을 통제하고 있었다.

잠시 후 틸리 백작은 인간의 물결이 다가오며 내는, 점점 커지기만 하는 웅성거림을 들었고, 얼마 안 되어 첫 파도가 마치 떨어지는 폭포처럼 빠르게 밀려오는 것을 보았다.

그리고 그와 동시에 움켜쥔 주먹과 번득이는 무기들 위로 펄럭이는 종이를 보았다.

"음!" 하며 등자를 밟고 몸을 세운 그가 칼자루 끝으로 부관을 건드리며 말했다. "저 한심한 인간들이 바라던 철수 명령을 손에 넣은 것 같아."

"비겁한 악당들 같으니!" 하고 부관이 외쳤다.

과연 그것은 철수 명령이었고, 부르주아 경비대는 기쁨의 환호를 부르짖었다.

부르주아 경비대는 곧 채비를 차리더니 경계를 풀고 큰 함성을 지르며 틸리 백작의 기병들을 향해 나아갔다.

그러나 백작은 그들이 필요 이상으로 가까이 다가오도록 내버려 둘 사람이 아니었다.

"정지!" 하고 그가 외쳤다. "정지! 말들의 가슴 띠라도 건드리는 날에는 지체 없이 돌격할 테니 각오하시오!"

"여기 영장이 있소!" 하고 수많은 목소리가 오만하게 대꾸했다.

백작은 어리둥절한 표정으로 종이를 받아 든 뒤 그 위로 빠르게 눈길을 던지고는 큰 소리로 말했다.

"이 영장을 쓴 사람들은 코르넬리스 드 비트 씨의 사형집행인이나 다름없소. 나로서는 내 두 손이 이 추악한 서류에 철자 하나라도 쓰지 않은 것을 참으로 다행스럽게 여기오."

그는 서류를 가져가려는 자를 칼자루 끝으로 밀며 덧붙였다.

"잠깐, 이렇게 중요한 서류는 함부로 버리는 게 아니지."

그는 종이를 접어 상의 주머니에 정성스레 넣었다.

그러고는 병사들을 향해 몸을 돌리며 외쳤다.

"틸리의 기병들이여, 우향우. 앞으로가!"

그는 낮은 목소리로, 그러나 몇몇의 귀에 또렷이 들리도록 덧붙였다.

"자, 도살자 여러분, 이제 당신들이 하고 싶은 일을 하시지."

모든 탐욕스러운 증오와 잔혹한 기쁨으로 이루어진, 바우텐호프 가득 헐떡이는 맹렬한 외침이 틸리 백작의 출발에 환호했다.

기병들은 천천히 행진했다.

백작은 맨 뒤에서, 그가 탄 말이 물러서는 만큼 전진해 오는 이성을 잃은 군중에게 마지막 순간까지 맞섰다.

상황이 이러한데, 자기 형이 일어서도록 부축하며 한시바삐 떠날 것을 재촉하는 얀 드 비트가 어찌 위험을 과장한다고 말할 수 있겠는가.

코르넬리스는 전 총리대신의 팔에 기대어 안뜰로 나아가는 계단을 내려갔다.

계단 밑에서 그는 아름다운 로자가 두려움에 잔뜩 떨고 있는 것을 발견했다.

"오! 얀 님." 하고 그녀가 말했다. "이런 불행이!"

"무슨 일인가, 아가씨?" 하고 얀 드 비트가 물었다.

"사람들 말이, 틸리 백작이 지휘하는 기병들의 철수를 얻어내기 위해 호그스트라트로 몰려갔다고들 합니다."

"아!" 하며 얀이 말했다. "사실, 아가씨, 기병들이 떠난다면 우리 입장은 몹시 난처해질 거야."

"그래서 말인데요, 제가 조언을 하나 드린다면……." 처녀가 두려움에 몸을 떨며 말했다.

"무언지 말해 봐요, 아가씨. 하느님이 아가씨의 입을 통해 말하고 계신다 해도 나는 곧이 믿겠어."

"그렇다면 말씀드리겠는데요, 얀 님. 큰길로 나가지 마세요."

"어째서? 틸리의 기병들이 아직 자리를 지키고 있는데."

"예. 하지만 명령에 따르면 그들은 감옥 앞에 정렬해 있어야 하고 움직이면 안 돼요."

"그렇지."

"도시 바깥까지 나리들을 수행할 기병이 단 한 명이라도 있나요?"

"아니."

"그렇다면 나리들께서는 기병들이 있는 곳에서 멀어지자마자 사람들의 손아귀에 떨어질 것입니다."

"하지만 부르주아 경비대가 있는데?"

"오! 부르주아 경비대라니요. 그들이야말로 가장 극렬한 자들입니다."

"그러면 어찌해야 하나?"

"제가 나리라면요, 얀 님." 처녀가 수줍게 말을 이었다. "저는 비밀 문으로 나가겠어요. 그 문이 통하는 길은 적막해요. 왜냐하면 현재 모든 사람들이 큰길에 면한 정문에서 기다리고 있기 때문이지요. 그렇게 일단 감옥을 벗어난 다음 나리께서는 원하시는 성문으로 가시면 됩니다."

"하지만 형님은 걸을 수가 없어." 하고 얀이 말했다.

"한번 해 보겠네." 코르넬리스가 숭고한 결의를 나타내며 말했다.

"하지만 나리의 마차가 있잖아요." 하고 처녀가 말했다.

"마차는 저기, 정문 근처에 있어."

"아니에요." 하고 처녀가 말했다. "나리의 마부가 충직한 사람이라는 생각이 들어, 비밀 문 앞에 가서 기다리라고 부탁했습니다."

감동한 두 형제는 서로를 바라본 뒤 감사의 표현이 넘치는 눈길로 처녀를 바라보았다.

"자." 하고 전 총리대신이 말했다. "이제 남은 건 흐리푸스가 과연 우리에게 그 문을 열어 줄지 알아보는 것이로군."

"오! 아니에요." 하고 로자가 말했다. "아버지는 문을 열어 드리지 않을 거예요."

"그러면?"

"아버지가 거절하실 게 분명하기 때문에, 방금 전 그가 감옥의 창문을 통해 어떤 기병과 이야기를 나누는 동안 제가 꾸러미에서 열쇠를 빼냈어요."

"그러면 지금 가지고 있단 말인가, 그 열쇠를?"

"네, 여기 있습니다, 얀 님."

"아가씨." 코르넬리스가 말했다. "아가씨가 내게 베푸는 은혜에 대한 보답으로 내가 줄 수 있는 것이라고는 내 방에 있는 성경밖에 없어. 그것이 정직한 사람이 할 수 있는 마지막 선물이라오. 부디 그것이 행복을 가져다주길 바라오."

"고맙습니다, 코르넬리스 님. 저는 영원히 그것을 간직하겠어요." 하고 처녀가 대답했다.

그러고는 스스로에게 한숨을 쉬며 덧붙였다.

"불행히도 나는 읽을 줄을 몰라!"

"소란이 격화되는군." 하고 얀이 말했다. "지체 없이 떠나야겠어."

"이리 오세요." 하고 아름다운 프리슬란트 처녀가 말했다.

건물 내부의 복도를 통해서 그녀는 두 형제를 감옥의 반대쪽으로 인도했다.

로자의 안내를 받아 그들은 계단이 열두 개 정도 되는 층계를 내려가 총안 뚫린 방벽(防壁)으로 둘러싸인 작은 뜰을 가로지른 뒤 문을 열고 감옥 반대쪽의 적막한 골목으로 나갔다. 거기에는 발판을 내려뜨린 마차가 이미 와서 대기하고 있었다.

"빨리빨리, 서두르세요, 나리. 저 소리가 들리지 않습니까." 잔뜩 겁에 질린 마부가 외쳤다.

그러나 코르넬리스를 먼저 마차에 태운 총리대신은 처녀를 향해 돌아섰다.

"안녕, 아가씨. 무슨 말을 해도 우리의 고마운 마음을 충분히 표현할 수는 없을 거야. 하느님의 가호가 있기를, 그리고 바라건대 우리 두 사람의 생명을 구했음을 하느님이 기억하기를."

로자는 총리대신이 내민 손을 잡고 공손히 입을 맞추었다.

"자, 가세요." 하고 그녀가 말했다. "저들이 문을 부술 것만 같아요."

얀 드 비트는 서둘러 마차에 올라 형 옆에 자리를 잡고는 문을 닫으며 외쳤다.

"톨헥으로 가자!"

톨헥은 슈베닝겐의 작은 항구로 통하는 철문을 가리켰다. 항구에는 작은 배 한 척이 두 형제를 기다리고 있었다.

두 마리의 힘찬 플랑드르 말이 이끄는 마차는 속보로 두 도 망자를 데려갔다.

로자는 그들이 골목 어귀를 돌아갈 때까지 눈으로 좇으며 자리에 서 있었다.

그러고는 다시 건물 안으로 들어가 자기 뒤로 문을 잠그고 는 우물에 열쇠를 던졌다.

군중이 문을 부수고 있다는 로자의 짐작은 옳았다. 그들은 감옥 앞에 있던 기마대가 옆으로 비켜서자 문을 향해 쇄도 했다.

문은 단단하고, 간수인 흐리푸스가 고집스럽게 문 열기를 거부했지만(이 점은 분명히 인정해 주어야 한다.) 그 문이 오래 버티지 못할 것은 불을 보듯 뻔했다. 얼굴이 백지장처럼 하얗 게 질린 그는 문이 부서지도록 내버려 두느니 차라리 열어 주 는 게 낫지 않을까 망설이고 있었다. 그때 누군가 그의 옷을 가만히 잡아끌었다.

그는 몸을 돌렸다. 로자였다.

"저 미친 소리가 들리니?" 하고 간수가 말했다.

"잘 들려요, 아버지. 제가 아버지라면⋯⋯."

"문을 열겠지, 그렇지?"

"아뇨. 문이 부서지게 내버려 두겠어요."

"하지만 나를 죽이려고 할 텐데!"

"물론이에요. 하지만 저들이 아버지를 본다는 조건 아래에서만 그렇지요."

"어떻게 저들이 나를 보지 않을 수 있겠니?"

"숨으세요."

"어디에?"

"비밀 지하 감옥이 있잖아요."

"하지만 너는 어떡하고?"

"저요? 저도 아버지와 함께 숨겠어요. 우리는 우리 머리 위로 문을 닫고 숨었다가 사람들이 감옥을 떠나면, 그때 밖으로 나오면 돼요."

"정말이지, 네 말이 맞다!" 하며 탄성을 올린 뒤 흐리푸스가 덧붙였다. "그 작은 머리에 그런 분별이 있다니 참으로 놀랍구나!"

이윽고 군중의 환호 속에 문이 흔들렸다.

"오세요, 이리 오세요, 아버지." 바닥의 트랩을 열며 로자가 말했다.

"그런데 죄수들은?" 하고 흐리푸스가 물었다.

"하느님이 그분들을 지켜 줄 거예요, 아버지." 하고 소녀가 대답했다. "아버지는 제가 지켜 드리겠어요."

흐리푸스는 자기 딸을 좇았다. 트랩이 그들의 머리 위로 닫히는 바로 그 순간 문이 부서지고 군중이 감옥 안으로 난입했다.

로자가 자기 아버지와 함께 내려간 그 비밀 감옥은 그들에게 안전한 피신처를 제공해 주었다. 어떤 음모나 납치가 염려되는 거물급 죄수를 이따금 거기에 감금하는 당국만이 이 감옥의 존재를 알고 있었기 때문이다.

군중은 감옥 안으로 돌진하며 고함쳤다.

"배반자들을 죽여라! 코르넬리스 드 비트를 공개 처형대로 보내라! 죽여라! 죽여라!"

4
살육

언제나처럼 큰 모자로 얼굴을 가리고, 언제나처럼 장교의 팔에 몸을 기대고, 언제나처럼 손수건으로 이마와 입술을 연신 훔쳐 대는 청년은 바우텐호프 한쪽 구석에 있는 문 닫은 상점의 처마 밑 그늘진 곳에 몸을 숨긴 채 미동도 하지 않으며 사나운 군중이 제공하는, 이제 어느덧 대단원에 가까워지는 듯싶은 광경을 바라보고 있었다.

"오!" 그가 장교에게 말했다. "당신 말이 옳았던 것 같아, 판 데켄 대령. 의원들이 서명한 영장은 코르넬리스에 대한 사형 선고장이나 다름없어. 저 군중의 소리가 들리나? 저들은 비트 형제를 이만저만 증오하는 게 아니야!"

"사실." 장교가 말했다. "저는 이 같은 아우성을 들어 본 적이 없습니다."

"코르넬리스의 감방을 발견한 모양이야. 음! 저 창문은 바로 코르넬리스가 감금되었던 방의 창문이 아닌가?"

과연 한 사내가 코르넬리스가 머무르다 불과 십 분 전에 떠난 감방 창문의 쇠창살을 움켜쥔 채 맹렬한 기세로 흔들어 대고 있었다.

"와! 와!" 하며 그가 외쳤다. "그가 사라졌다!"

"뭐라고, 그가 사라졌다고?" 감옥이 만원인 까닭에 들어가지 못한 맨 나중에 도착한 자들이 길에서부터 물었다.

"그래! 그렇다니까!" 하며 노한 사내가 부르짖었다. "그가 사라졌어. 도망친 게 분명해."

"저자가 도대체 무슨 소리를 하는 건가?" 하고 청년이 창백해진 얼굴로 물었다.

"오! 전하. 그게 사실이라면 매우 다행스러운 소식을 전하고 있는 중입니다."

"그래, 아마도 그게 사실이라면 매우 다행스러운 소식일 거야." 청년이 덧붙였다. "하지만 불행하게도 그것은 나쁜 소식일 수도 있어."

"하지만, 보십시오……." 하고 장교가 말했다.

과연 분노로 이를 가는 사나운 얼굴들이 창문에 여럿 나타나 부르짖었다.

"도망쳤다! 달아났다! 누군가 그들을 피신하게 했다!"

길 위의 군중은 끔찍한 저주를 퍼부으며 반복했다.

"도망쳤다! 달아났다! 뒤쫓아 가자! 그들을 잡아들이자!"

"전하, 코르넬리스 드 비트가 정말로 탈출한 것 같습니다." 하고 장교가 말했다.

"그래, 아마도 감옥으로부터." 하고 청년이 대답했다. "그러나 도시를 빠져나간 것은 아냐. 잠시 후 알게 되겠지만, 판 데켄, 불쌍한 코르넬리스가 열려 있으리라 믿고 있는 문은 필경 닫혀 있을 거야."

"도시의 모든 문을 닫으라는 명령이 내려졌단 말입니까, 전하?"

"아니, 그렇지는 않을 거야. 누가 그런 명령을 내리겠는가?"

"하면, 어떻게 그런 추정을 하시는지⋯⋯?"

"숙명이라는 게 있어." 청년이 열의 없이 대답했다. "가장 위대한 인물들이 종종 이 숙명의 희생물이 되는 법이지."

이 말에 장교는 핏줄에 오한이 스미는 것을 느꼈다. 이렇게든 저렇게든 죄수는 살아남지 못하리라는 사실을 깨달았기 때문이다.

그때 군중의 으르렁거림이 천둥처럼 폭발했다. 코르넬리스드 비트가 감옥 안에 없다는 사실이 확인되었기 때문이다.

코르넬리스와 얀은 양어장을 끼고 나아가다가 툴헥에 이르는 큰길로 접어든 참이었다. 그들은 자신들이 탄 마차가 의심을 불러일으키지 않도록 말의 걸음을 늦출 것을 마부에게 요구했다.

하지만 큰길의 중간쯤에 이르러 마침내 철문이 보이기 시작하자, 그리고 이제 감옥과 죽음을 뒤로하고 바야흐로 삶과 자유를 향해 나아가고 있다고 믿게 되자 마부는 모든 신중함을 접어 버리고 전속력으로 말을 몰기 시작했다.

돌연히 마차가 멈추었다.

"무슨 일인가?" 문밖으로 얼굴을 내밀며 얀이 물었다.

"오! 나리." 마부가 부르짖었다. "그게 말입니다⋯⋯."

공포가 그 선량한 사람의 목소리를 억눌렀다.

"이보게, 말을 하게." 하고 총리대신이 말했다.

"철문이 닫혀 있습니다."

"뭐야! 철문이 닫혀 있다고! 낮에는 문을 열어 놓게 되어 있어."

"보십시오."

얀 드 비트는 마차 밖으로 몸을 기울여 철문이 닫혀 있는 것을 보았다.

"계속 가게." 하고 얀이 말했다. "감형 영장을 갖고 있으니 문을 열어 줄 거야."

마차는 다시 달리기 시작했다. 하지만 말을 재촉하는 마부에게서 방금 전과 같은 믿음이 결여되어 있다는 게 느껴졌다.

그런데 문밖으로 얼굴을 내미는 얀 드 비트를 한 양조업자가 알아보았다. 다른 사람들보다 늦은 그는 바우텐호프의 동료들과 합류하기 위해 서둘러 가게 문을 닫던 중이었다.

그는 놀라 비명을 지르고는 앞에 달려가는 두 친구를 따라잡기 위해 뛰었다.

100미터쯤 가서 그는 마침내 친구들을 따라잡았고 그들에게 자기가 본 것을 말했다. 세 사람은 걸음을 멈추고 멀어져 가는 마차를 바라보았다. 하지만 그 속에 들어앉은 존재들에 대해서는 아직 확신이 서지 않았다.

그동안 마차는 톨헥에 다다르고 있었다.

"문을 여시오!" 하고 마부가 외쳤다.

"문을 열라고요?" 문지기가 자기 집 문지방에 모습을 드러내며 말했다. "문을 열라니, 무엇으로요?"

"물론 열쇠로!" 하고 마부가 말했다.

"열쇠로, 그렇지. 하지만 그걸 가지고 있어야 말이지요."

"뭐라고요! 열쇠를 가지고 있지 않다고요?" 하고 마부가 물었다.

"그래요, 나한테는 열쇠가 없어요."

"그걸 어떡했는데요?"

"글쎄, 빼앗아 갔다오."

"도대체 누가요?"

"그 누구도 도시 밖으로 나가길 원치 않는 사람이요."

"이보게." 총리대신이 마차 밖으로 얼굴을 내밀며, 다시 말해 전부를 잃느냐 아니면 전부를 얻느냐의 도박을 감행하며 말했다. "이보게, 나 얀 드 비트와 내가 귀양지로 데려가는 형님 코르넬리스를 위해서라네."

"오! 얀 드 비트 님, 불행히도 저로서는 어쩔 도리가 없군요." 문지기가 마차를 향해 달려가며 말했다. "제 명예를 걸고 말하건대, 열쇠를 압수당했습니다."

"그게 언젠가?"

"오늘 아침이요."

"열쇠를 가져간 것은 누구인가?"

"스물두 살가량 된 창백하고 마른 청년이었습니다."

"자네는 어째서 그에게 열쇠를 건네주었지?"

"서명되고 봉인된 영장을 가지고 있었기 때문입니다."

"누가 서명했는가?"

"시청의 나리들이요."

"그만두게." 하고 코르넬리스가 조용히 말했다. "우리는 확실히 끝난 것 같아."

"모든 곳에 똑같은 조처가 취해졌는지 혹시 아는가?"

"모릅니다."

"가자." 하고 얀이 마부에게 말했다. "하느님은 사람에게 자기 생명을 보존하기 위해 최선을 다할 것을 명령하신다. 다른 문으로 가 보자."

그러고는 마부가 마차를 돌리는 동안 얀이 문지기에게 말했다.

"여보게, 선의를 베풀어 주어 고맙네. 의도는 행위와 같은 가치를 지닌다네. 자네는 우리를 구할 의도를 갖고 있었으니 하느님의 눈에는 우리를 구한 것이나 진배없네."

"아니!" 하고 문지기가 말했다. "저길 좀 보십시오."

"전속력으로 저 무리를 뚫고 지나가자." 하고 얀이 마부에게 외쳤다. "왼쪽 길로 가. 그것이 우리의 유일한 희망이야."

얀이 말하는 무리는, 방금 전 눈으로 마차를 좇던 세 사내를 중심으로 이루어져 있었는데, 얀이 문지기와 대화하는 동안 예닐곱 명이 더 가세한 참이었다.

새로 도착한 인물들은 마차에 명백한 적의를 품고 있었다.

마차가 자기들을 향해 전속력으로 질주해 오자 그들은 몽둥이를 든 손을 흔들어 대며 길을 막으려 했다.

"정지! 정지!"

그러나 마부는 말들을 향해 몸을 기울이고 세차게 채찍질했다.

결국 마차와 사람들이 충돌했다.

비트 형제는 마차 안에 있었던 까닭에 아무것도 볼 수 없었다. 하지만 그들은 말들이 뒷발로 일어서는 것을 감지한 뒤 격렬한 충격을 느꼈다. 마차 전체에 걸쳐 잠깐 동안의 주저와 요동이 있었다. 하지만 마차는 다시 한 번 요동을 치며, 넘어진 사람의 몸인 듯싶은 둥글고 유연한 무언가를 넘어 욕설 사이로 멀어져 갔다.

"오!" 하고 코르넬리스가 말했다. "우리가 사람을 죽인 것이 아닌지 걱정되는군."

"전속력으로! 전속력으로!" 하고 얀이 외쳤다.

그러나 이 명령에도 불구하고 갑자기 마부가 멈추었다.

"왜 그러는가?" 하고 얀이 물었다.

"보이십니까?" 하고 마부가 말했다.

얀은 앞을 바라보았다.

바우텐호프의 모든 군중이 마차가 가는 길 저쪽 끝에서 나타나 폭풍처럼 빠르고 사납게 다가오고 있었다.

"멈춰. 그리고 달아나게." 하고 얀이 마부에게 말했다. "더 갈 필요 없어. 우리는 끝났네!"

"그자들이 여기 있다! 그자들이 여기 있어!" 하고 오백여 목소리가 한꺼번에 외쳤다.

"그래, 그들이 여기에 있다. 배반자들! 살인자들! 암살자들!" 마차 앞쪽에서 오는 패들에게 마차 뒤쪽서 달려오는 패들이 외쳤다. 그들은 만신창이가 된 동료의 몸뚱이를 운반하고 있었는데, 그 시체의 주인은 말의 고삐를 잡기 위해 뛰어들었다가 마차에 치여 죽은 자였다.

두 형제가 마차 안에서 무엇인가를 넘어간다고 느꼈던 바로 그자였다.

마부는 마차를 멈추었다. 하지만 얀의 간청에도 불구하고 그는 도무지 달아나려 하지 않았다.

눈 깜짝할 사이에 마차는 앞에서 달려오는 군중과 뒤에서 오는 군중에 의해 포위되었다.

눈 깜짝할 사이에 마차는 동요하는 군중 한가운데에 떠도는 섬이 되었다.

갑자기 떠도는 섬이 움직임을 멈추었다. 한 대장장이가 몽둥이로 두 마리의 말 가운데 하나를 때려 그 자리에서 꼬꾸라지게 했던 것이다.

바로 이때 인근에 있는 한 덧문이 열리더니, 납빛 얼굴에 어두운 눈빛을 지닌 청년이 바야흐로 준비되고 있는 광경을 주시하는 것이 보였다.

그의 뒤로 똑같이 창백한 얼굴의 장교가 나타났다.

"오! 하느님! 하느님 맙소사! 도대체 무슨 일이 일어나려는 겁니까, 전하?" 하고 장교가 중얼거리듯 말했다.

"아마도 끔찍한 어떤 일이겠지." 하고 청년이 대답했다.

"오! 저것 보십시오, 전하. 총리대신을 마차에서 끌어내고 있습니다. 때리고 찢고 있습니다."

"정말이지, 이 사람들은 매우 격렬한 분노에 사로잡혀 있는 것 같군." 하고 변함없이 무심한 어조로 청년이 말했다.

"이번에는 코르넬리스를 마차에서 끌어내고 있습니다. 고문으로 이미 부서지고 으깨어진 코르넬리스를 말입니다. 오! 저것 보십시오! 저것 보세요!"

"음, 과연 그렇군. 저건 분명히 코르넬리스야."

장교는 낮은 신음 소리를 내며 고개를 돌렸다.

마차의 마지막 발판에서 땅 위로 막 내려서려는 순간 제방 감독관은 쇠몽둥이로 머리를 얻어맞았던 것이다. 그의 머리는 대번에 박살이 났다.

그는 다시 일어섰지만 즉시 쓰러지고 말았다.

그러자 사람들은 그의 발을 붙들고는 군중 속으로 잡아끌었다. 코르넬리스의 몸은 유혈 낭자한 궤적을 그렸고, 환희로 가득 찬 커다란 외침이 그 뒤를 좇았다.

청년의 얼굴은 한층 더, 그야말로 믿어지지 않을 만큼 창백해졌다. 그는 눈을 감았다.

장교는 그의 준엄한 동행자가 처음으로 내보인 동정의 움직임을 포착하고는 이 누그러진 영혼의 상태를 틈타 말했다.

"전하, 저들이 총리대신을 살해하려고 합니다. 어서 손을 쓰셔야 하겠습니다."

그러나 벌써 청년의 눈은 다시 열려 있었다.

"정말이지!" 하고 그가 말했다. "이 군중은 냉혹하기 이를 데가 없어. 그들을 배반하는 것은 좋지 않아."

"전하." 하고 장교가 말했다. "전하의 스승인 저 불쌍한 사람을 구할 수 없단 말입니까? 방도가 있다면 말씀하십시오. 제 목숨을 잃는 한이 있어도⋯⋯."

오렌지 공 윌리엄(그것이 바로 청년의 이름이었다.)은 음산한 표정으로 이마를 찌푸렸다. 그는 눈꺼풀 아래로 번득이는 어두운 분노를 삭인 뒤 장교에게 대답했다.

"판 데켄 대령, 내 군대들을 장악한 뒤 여하한 사태에도 대비할 수 있도록 경계 태세를 강화하라."

"하지만, 암살자들 가까이 계신 전하를 홀로 두고 가도 괜찮겠습니까?"

"내가 나를 걱정하는 것 이상으로 나에 대해 걱정하지 마라." 공작이 무뚝뚝하게 말했다. "가게!"

장교는 재빨리 떠났다. 그 신속함은 복종보다는 추악한 살해를 보지 않아도 된다는 기쁨에 근거했다.

그가 방을 막 나서고 있을 때, 마지막 혼신의 힘을 다해 자기 제자가 숨어 있는 곳의 맞은편 집 층계에 이른 얀은 사방에서 동시에 가해지는 충격에 흔들리며 부르짖었다.

"형님, 형님은 어디에 있는가?"

한 광분한 사내가 주먹으로 그의 모자를 떨어뜨렸다.

다른 사내는 자기의 손을 물들이고 있는 피를 내보였다. 코르넬리스의 배를 갈랐던 그는, 다른 자들이 이미 죽은 제방 감독관을 공개 처형대로 끌고 가는 동안, 총리대신에게 같은 짓거리를 할 기회를 놓치지 않기 위해 부지런히 달려온 참이었다.

얀은 비탄의 신음 소리를 내며 한 손으로 두 눈을 가렸다.

"아! 눈을 가리시겠다." 하고 부르주아 경비대의 한 병사가 말했다. "그렇다면 너의 눈을 뽑아 주지!"

그는 얀의 얼굴을 창으로 찔렀다. 창끝 아래에서 피가 뿜어져 나왔다.

"형님!" 얀 드 비트는 자기 눈을 가리는 피의 물결 너머로 코르넬리스를 보려 애쓰며 외쳤다. "형님!"

"그를 만나 보게 해 주지!" 또 다른 암살자가 그의 관자놀이에 화승총을 대고 방아쇠를 당기며 고함쳤다.

하지만 총은 발사되지 않았다.

그러자 암살자는 총을 거꾸로 하여 두 손으로 총구를 움켜쥔 뒤 개머리판으로 얀 드 비트를 때려눕혔다.

얀 드 비트는 비틀거리다 그의 발치에 쓰러졌다.

그러나 금세 사력을 다하여 몸을 일으켰다.

"형님!"하며 그가 어쩌나 비탄에 잠긴 목소리로 외쳤던지 청년이 덧문 뒤로 몸을 숨길 정도였다.

그러나 이제는 더 이상 볼거리가 많이 남아 있지 않았다. 세 번째 암살자가 얀의 머리에 총구를 직접 들이댄 채 방아쇠를 당겼고, 이번에는 제대로 발사되면서 머리통을 부쉈기 때문이다.

얀 드 비트는 넘어져서 다시는 일어서지 못했다.

그러자 이 추락에 대담해진 불쌍한 군중은 시체에 대고 자신들의 무기를 시험해 보고 싶어 했다. 각자 곤봉이나 긴 칼, 아니면 단도로 가격해 보길 원했고, 거기서 핏방울이나 옷 조각을 얻길 바랐다.

그리하여 두 형제가 죽고 찢기고 약탈당했을 때, 군중은 피투성이의 벌거벗은 그들을 임시로 가설한 공개 처형대로 질질 끌고 갔고, 아마추어 형리들이 거꾸로 매달았다.

그러고 나서 가장 비겁한 자들이 몰려왔다. 차마 살아 있는 몸을 건드리지는 못하던 그들은 죽은 살을 난도질한 뒤 시내로 돌아다니며 한 조각에 서 푼씩 받고 팔았다.

덧문의 보일락 말락 한 틈으로 이 끔찍한 광경의 마지막 장면을 청년이 과연 보았는지 못 보았는지 우리로서는 알 도리가 없다. 하지만 두 순교자를 공개 처형대에 매다는 바로 그 순간 청년은 자신들이 하는 즐거운 일에 몰두한 나머지 그에 대해 신경을 쓸 겨를이 없는 군중을 가로질러 여전히 굳게 닫혀 있는 톨헥으로 갔다.

"아! 나리." 문지기가 외쳤다. "열쇠를 가져오셨습니까?"

"그렇소, 친구. 여기 있소." 하고 청년이 대답했다.

"아! 반 시간만 일찍 열쇠를 가져오셨더라면 큰 불행을 피할 수 있었을 것을." 문지기가 한숨을 쉬며 말했다.

"그게 무슨 말이오?" 하고 청년이 물었다.

"열쇠가 있었더라면 비트 형제분들에게 문을 열어 드릴 수 있었을 게 아닙니까. 문이 닫힌 것을 보고 그들은 오던 길을 되짚어갈 수밖에 없었고, 쫓아오던 무리들 한가운데에 떨어지고 말았습지요."

"문을 열어라! 문을 열어라!" 몹시 서두르는 듯한 사람의 목소리가 외쳤다.

몸을 돌린 오렌지 공은 판 데켄 대령을 알아보았다.

"당신이오, 대령?" 하고 그가 말했다. "아직도 헤이그를 벗어나지 못했나. 명령 수행이 이토록 지체되다니."

"전하." 하고 대령이 대답했다. "이게 벌써 세 번째 문입니다. 앞의 두 문은 닫혀 있었습니다."

"음! 이 착한 사람이 우리에게 문을 열어 줄 거야……. 문을 여시오, 친구." 공작이 문지기에게 말했다. 그는 자신이 허물없이 말을 건넨 이 창백한 청년에게 판 데켄 대령이 전하라는 칭호를 붙이는 것을 보고 어안이 벙벙해진 참이었다.

그는 자신의 죄를 씻기 위해 서둘렀다. 돌쩌귀가 비명을 지르는 가운데 톨헥이 열렸다.

"전하께서는 제 말을 원하시는지요?" 하고 대령이 윌리엄에게 물었다.

"고맙군, 대령. 하지만 내 말이 가까운 곳에서 나를 기다리고 있을 거야."

말을 마친 공작은 주머니에서 금으로 만든 호루라기를 꺼냈다. 당시 하인들을 부르는 데 사용되던 그 물건으로부터 그는 길고 날카로운 소리를 끌어냈고, 이와 함께 말을 탄 시종 하나가 한 마리의 말을 끌고 달려왔다.

윌리엄은 등자 없이 말 위에 올라 양발로 박차를 가하며 레이던 가는 길로 향했다.

길에 접어들자 그는 고개를 돌렸다.

대령은 한 마신가량 떨어진 곳에서 따라오고 있었다.

공작이 자기 옆으로 오라는 신호를 했다.

"아는가?" 하고 그는 멈추지 않은 채 말했다. "그 악당들이 코르넬리스를 죽인 것처럼 얀 드 비트 또한 죽였다는 사실을."

"아! 전하." 대령이 슬프게 말했다. "전하께서 홀란트의 스타트하우더가 되기 위해 넘어야 할 그 방해자들이 아직 살아 있었더라면 전하께도 더 좋았을 것이라고 저는 생각합니다."

"아마도." 하고 청년은 말했다. "방금 일어난 일이 일어나지 않았더라면 더 좋았을 거야. 하지만 일어난 일은 일어난 일이야. 우리가 그 원인을 제공하지는 않았어. 서두르게, 대령. 각주 의회들이 내게 보낼 메시지가 도착하기 전에 알펜에 도착해야 해."

대령은 고개를 숙이고 공작이 앞으로 나아가길 기다렸다. 그러고는 종전의 자기 위치에서 뒤를 따랐다.

"아!" 하는 탄성과 함께 눈썹을 찌푸리고 입술을 깨문 채 말의 배에 박차를 가하며 오렌지 공 윌리엄이 심술궂게 중얼거렸다. "좋은 친구인 비트 형제가 어떤 대접을 받았는지 알게 되는 순간 태양왕 루이가 지을 표정을 보았으면 좋겠군! 오! 태양, 태양이여, 내 이름은 과묵한 윌리엄이노라. 태양이여, 네 빛을 조심하라!"

전날까지만 해도 새로운 상황 속에서 허약하기만 하던 그 젊은 공작, 그러나 헤이그의 부르주아들이 사람 앞에서도 신 앞에서도 고귀하기만 한 두 사람, 곧 얀과 코르넬리스의 시체로 발판을 쌓아 준 그 젊은 공작, 위대한 왕의 집요한 라이벌이자 홀란트의 새로운 스타트하우더가 된 그 젊은 공작은 자신의 애마를 타고 쏜살처럼 달려갔다.

5
튤립 애호가와 그의 이웃

헤이그의 부르주아들이 얀과 코르넬리스의 시체를 조각내고 있는 동안, 그리고 오렌지 공 윌리엄이 자신의 두 적수가 확실히 죽었음을 확인한 뒤 판 데켄 대령(그때까지의 신임을 견지하기에는 대령이 너무 동정적인 것을 젊은 공작은 발견했다.)을 대동하고 레이던으로 가는 길 위를 달리는 동안, 충직한 하인 크라에케는 자기가 떠난 뒤 어떤 일이 벌어졌는지 까맣게 모르는 채 준마를 타고 양쪽에 가로수가 늘어선 길 위를 달리며 도시와 인근 마을을 벗어나고 있었다.

더 이상 의심을 불러일으킬 위험이 없어지자 크라에케는 말을 맡긴 뒤 배를 타고 조용히 여행을 계속했다. 역들을 거쳐 도르드레흐트까지 그를 날라다 줄 배들은 구불대는 강의 지류들을 타고 가장 빠른 길로 요령 있게 나아갔다. 운하들은 물로 된 팔로 아름다운 섬들을 애무했고, 버드나무와 등심초로 가두리가 쳐진 섬들의 들꽃 만발한 풀밭에서는 태양에 빛나는 기름진 소들이 한가로이 풀을 뜯고 있었다.

크라에케는 멀리 도르드레흐트를 바라보았다. 도시는 풍차가 점점이 박힌 구릉 아래에서 미소 짓고 있었다. 흰 줄이 쳐진 아름다운 붉은 집들이 보였다. 벽돌로 된 발을 물에 담근 그 집들은 강을 향해 열린 발코니 위로 인도와 중국의 경이로운 물품인 황금 꽃이 뿌려진 비단 양탄자를 펄럭이고 있었다. 그리고 이 양탄자 곁에는 커다란 낚싯대들이 드리워져 있었는데, 이는 부엌에서 창문을 통해 물 위로 던지는 일상의 선물들을 보고 모여드는 게걸스러운 장어들을 낚기 위해 상설되어 있는 것이었다.

배 위에 선 크라에케는 날개가 돌아가는 풍차들 너머로 언덕의 경사면에 등을 기댄 흰색과 분홍색이 섞인 집을 알아보았다. 그것이 바로 그의 목적지였던 것이다. 지붕 꼭대기가 포플러 방풍림의 누르스름한 잎사귀에 가려 있는 그 집은 거대한 느릅나무 숲이 만들어 주는 어두운 배경과 선명한 대조를 이루었다. 집의 형세는 마치 깔때기 속에 들어 있는 것과 같은지라 정수리에서 빛을 쏟아붓는 태양은 강바람이 아침저녁으로 실어 나르는, 녹색 방책이 미처 막아 내지 못하는 안개를 마지막 한 자락까지 말리고 덥히고 또 비옥하게 만들었다.

도시의 왁자지껄한 일상 한가운데에서 배를 내린 크라에케는 지체 없이 목적지로 향했는데, 우리는 여기서 독자들에게 그 집에 대한 자세한 묘사를 제공해야 마땅할 듯싶다.

하얗고 깔끔하고 윤택한 그 집, 외부에 노출된 부분보다 감추어진 부분을 한결 더 깨끗하게 씻고 한결 더 정성스럽게 밀랍을 먹인 그 집에는 행복한 인간이 살고 있었다.

유베날리스*가 말하는 '희귀한 새'**에 다름 아닌 이 행복한 인간은 코르넬리스의 대자인 판 바에를르 박사였다. 그는 어린 시절부터 우리가 방금 묘사한 집에서 살고 있었다. 그 집은 고귀한 도시 도르드레흐트의 고귀한 상인이었던 그의 아버지와 할아버지의 생가이기도 하다.

아버지 판 바에를르는 인도와의 무역을 통해 30만에서 40만 사이의 플로린을 그러모았다. 1668년 어질고 귀한 부모가 세상을 떴을 때 판 바에를르는 그 돈을 고스란히 물려받았다. 그것은 모두 번쩍번쩍하는 새 금화들이었지만, 일부는 1640년에, 나머지는 1610년에 찍은 것이었다. 이는 금화의 일부는 아버지 판 바에를르에게서, 나머지는 할아버지 판 바에를르에게서 온 것임을 뜻한다. 그러나 서둘러 말하지만, 이 40만 플로린은 우리 이야기의 주인공인 코르넬리우스 판 바에를르의 주머닛돈 혹은 용돈에 불과했다. 왜냐하면 그 주에 흩어져 있는 소유지가 매년 만 플로린 정도의 수입을 가져다주었기 때문이다.

인생의 여정을 순탄케 해 주었던 것과 마찬가지로 죽음의 길도 쉽게 해 주기 위해 먼저 세상을 뜬 아내보다 세 달 늦게 죽으면서 선량한 시민 판 바에를르는 마지막으로 아들을 껴안으며 말했다.

"현실 속에서 살고자 한다면 마시고 먹고 써라. 온종일 실험실 또는 가게의 나무 걸상이나 가죽 의자에 앉아 일하는 것은

---

* Decimus Junius Juvenalis(55~127). 로마의 풍자시인. 자기 시대의 타락한 세태를 비판하는 풍자시를 많이 썼다.

** 라틴어로는 rara avis. 루크레티아나 페넬로페처럼 현숙하고 덕망 높은 여인들을 찾아보기 힘든 세태를 말하기 위해 유베날리스가 사용한 비유.

사는 것이 아니기 때문이다. 너 또한 언젠가는 죽을 것이다. 만약 네가 아들을 갖는 행복을 누리지 못한다면 우리의 이름은 사라질 것이고, 내 플로린들은 모르는 주인을 만나 무척 놀랄 것이다. 그 플로린들은 할아버지와 나와 주조한 사람 이외에 아무도 건드리지 않은 새것이란다. 간절히 당부하건대 정치에 뛰어든 네 대부 코르넬리스 드 비트를 흉내 내지 마라. 정치란 가장 배은망덕한 것이어서 코르넬리스는 필경 좋지 않은 최후를 맞게 될 거야."

말을 맺고 나서 그 훌륭한 판 바에를르는 아들 코르넬리우스를 슬픔 속에 남긴 채 숨을 거두었다. 아들은 플로린은 별로 좋아하지 않는 대신 아버지를 몹시 사랑했다.

따라서 코르넬리우스는 넓은 집에 혼자 남아 있었다.

그의 대부인 코르넬리스가 공직을 제의했으나 허사였다. 명예를 맛보도록 했지만 소용없는 일이었다. 코르넬리우스는 대부의 명에 따라 로이테르*와 함께 전함 '일곱 주'호에 몸을 실은 적이 있다. 그 유명한 제독은 무려 139척의 선박을 이끌고 프랑스와 영국의 연합함대에 홀로 맞섰다. '일곱 주'호는 키잡이 레제의 솜씨 덕분에 영국 왕의 동생 요크 공작이 탄 전함 '프린스'호와 겨우 화승총이 미치는 거리에서 대치했다. 전투가 시작되고, 사령관인 로이테르의 공격이 어찌나 빠르고 용의주도했던지 전함을 포획당할 위험에 처한 요크 공작은 황급히 '성 미카엘'호로 몸을 피했다. 그러나 홀란트의 포탄에 부서지고 으깨어진 '성 미카엘'호는 열 밖으로 물러나야 했다. 또 다

---

* Michiel Adriaanszoon de Ruyter(1607~1676). 네덜란드의 제독.

른 전함 '산 윅 백작'호가 박살 났고 400명의 수병이 파도와 화염 속에서 죽었다. 그리하여 모든 것이 끝난 것처럼 보였지만, 즉 스무 척의 선박이 부서지고 3000명이 죽고 5000명이 부상당했지만, 여전히 아무것도 결정되지 않았다는 사실을 코르넬리우스는 알게 되었다. 그런데도 사람들은 각자 공을 챙기기에 여념이 없었다. 그는 처음부터 다시 시작해야 하며, 다만 사우스우드베이 해전이라는 이름 하나가 목록에 덧붙여졌을 뿐이라는 사실을 깨달았다. 그리고 같은 인간들끼리 서로 대포를 쏘아 대는 동안 사색을 열망하는 인간이 눈과 귀를 틀어막은 채 얼마나 많은 시간을 잃는지 오래 생각했다.

결국 코르넬리우스는 로이테르와 제방 감독관과 명예에 작별을 고하고 마음 깊이 존경하는 총리대신의 무릎에 입을 맞춘 뒤 도르드레흐트의 자기 집으로 돌아갔다. 그는 스스로 성취한 휴식, 스물여덟의 나이, 강철 같은 건강, 날카로운 식견, 그리고 40만 플로린의 재산과 만 플로린의 수입을 갖고 있었다. 그러나 돈보다 그를 더욱 부자이게 하는 것은 하늘은 인간에게 많이 베푼다는 확신이었다. 행복하기에 넘칠 정도로, 오히려 행복을 그르칠 정도로 말이다.

자기 나름의 행복을 일구기 위해 코르넬리우스는 식물과 곤충을 연구하기 시작했다. 그는 섬의 모든 식물을 채집하고 분류했다. 그 주의 모든 곤충들을 잡아 핀으로 찔러 고정시킨 뒤 자기 손으로 그린 도판에 역시 자기 손으로 쓴 설명서를 덧붙였다. 그러나 남아도는 시간과 끔찍하게 불어나는 돈으로 무엇을 할지 모르던 그는 결국 당시 홀란트에서 유행하던 취미 가운데 가장 우아하고 가장 돈이 많이 드는 것을 하나 고르기로

했다.

그는 튤립을 좋아했다.

잘 알려진 것처럼, 당시는 플랑드르와 포르투갈 사람들이 앞다투어 원예에 매진하며 튤립을 거의 신격화하던 때였다. 그들은 어떤 박물학자도 신의 질투가 두려워 감히 인간에게 시도하지 못하던 것을 본래 동양에서 온 이 꽃에 대해 감행했다.

얼마 지나지 않아 도르드레흐트에서 베르헨에 이르는 지역의 사람들은 온통 판 바에를르의 튤립 이야기만 했다. 그의 도판, 구덩이, 건조실, 구근(球根)을 묘사한 노트는, 그 옛날 로마의 저명한 여행가들이 알렉산드리아의 도서관과 회랑을 방문하듯 많은 사람들에 의해 방문되고 열람되었다.

판 바에를르는 자신의 컬렉션을 구성하기 위해 그해의 수입을 지출하는 것으로 모자라 그것을 완성하기 위해 새 플로린을 축냈다. 그의 일은 멋진 결과에 의해 보상되었다. 그는 다섯 개의 신종을 얻었던 것이다. 이 신종들을 그는 어머니의 이름을 따서 잔, 아버지의 이름을 따서 바에를르, 대부의 이름을 따서 코르넬리스라 불렀다. 다른 두 이름을 우리는 알지 못한다. 하지만 애호가들은 당시의 카탈로그에서 그 이름들을 찾아볼 수 있을 것이다.

1672년 초 코르넬리스 드 비트는 자신의 옛 생가에서 석 달동안 머무르기 위해 도르드레흐트에 왔다. 주지하는 바와 같이 코르넬리스는 도르드레흐트에서 태어났을뿐더러 워낙 집안이 이 도시 출신이었다.

당시 코르넬리스는, 오렌지 공 윌리엄의 말을 빌리자면, 가장 완벽한 비(非)인기를 누리기 시작하고 있었다. 그러나 동향

인인 도르드레흐트의 선량한 시민들에게 그는 아직 목을 매달아야 할 정도의 악당은 아니었다. 그들은 코르넬리스의 다소 과도하게 순수한 공화주의에는 불만이었지만 그의 인간적 가치를 자랑스러워했기 때문에 그가 들어올 때 기꺼이 도시의 포도주를 제공했다.

고향 사람들에게 감사를 표시한 코르넬리스는 자기의 오래된 생가를 보러 갔다. 거기서 그는 자기 아내인 비트 부인이 아이들과 함께 와서 정착하기 전에 몇 군데 손볼 것을 명했다.

그러고 나서 제방 감독관은 대자의 집으로 향했는데, 그는 제방 감독관이 자기 고향에 와 있음을 모르는 유일한 도르드레흐트 사람이었다.

코르넬리스 드 비트가 정치적 열정이라는 해로운 씨앗을 주무르며 증오를 불러일으킨 만큼이나 판 바에를르는 튤립 재배에 열중한 채 정치를 완전히 저버림으로써 사람들의 호감을 얻었다.

판 바에를르는 하인과 일꾼들로부터 사랑을 받았다. 그로서는 다른 사람에게 해를 끼치고 싶어 하는 인간이 이 세상에 존재한다는 사실은 생각조차 할 수 없었다.

그러나 인류 전체에게 수치스러운 일이지만, 코르넬리우스 판 바에를르는 자신도 모르는 사이에 적을 갖고 있었다. 이 적은 제방 감독관과 그의 동생의 경탄할 만한 우애에 대해, 이승에서 아무런 그늘도 없었으며 죽음을 넘어서는 헌신으로 연장된 그 놀라운 우애에 대해 가장 적대적인 태도를 보이는 오렌지 공 지지자들 사이에서 그때까지 두 형제가 갖고 있던 적들과는 또 달리 사납고 악착스럽고 화해하기 힘든 적이었다.

코르넬리우스가 튤립에 열중하여 거기에 자신의 수입과 아버지가 물려준 플로린을 쏟아붓기 시작할 때, 도르드레흐트에는 이작 복스텔이란 이름의 부르주아가 살고 있었다. 코르넬리우스와 문을 나란히 하고 있으며 철들 무렵부터 단 하나의 취향만을 고집하던 그는 튤반이라는 말만 들어도 넋을 잃는 사람이었다. 프랑스인 식물학자, 다시 말해 꽃에 대해 가장 많은 것을 아는 역사가가 단언하듯 튤반은 스리랑카 사람들의 언어에서 튤립이라 불리는 창조의 걸작을 지칭했던 최초의 단어이다.

복스텔은 판 바에를르처럼 부자로 태어나는 행복을 지니지 못했다. 따라서 그는 어려움을 이겨 내고 정성과 인내를 다한 끝에 도르드레흐트의 자기 집에 화초 재배에 적합한 정원을 마련할 수 있었다. 그는 요구된 방식에 따라 토양을 준비하고, 정원 관리 규범이 규정한 만큼의 열기와 서늘함을 흙에게 주었다.

복스텔은 온실의 온도를 거의 오차 없이 정확하게 알고 있었다. 그는 바람의 무게 또한 숙지하고 있었고, 꽃들의 줄기를 일렁이게 할 정도로 알맞게 그 양을 조정했다. 그리고 그렇게 생산된 꽃들은 그를 기쁘게 했다. 여러 명의 애호가들이 복스텔의 튤립을 보러 왔다. 복스텔은 린네*와 투른포르**의 세계에 자기 이름을 단 튤립을 선보였다. 이 튤립은 큰 성공을 거두어 프랑스를 가로지른 뒤 스페인을 거쳐 포르투갈까지 전파

---

* Carl von Linné(1707~1778). 스웨덴의 식물학자. 식물과 동물의 분류로 유명하다.
** Joseph Pitton de Tournefort(1656~1708). 프랑스의 식물학자. 그의 식물 분류는 린네의 분류에 선구적 역할을 했다.

되었다. 하여 리스본에서 쫓겨나 테르세이라 섬에 머물며, 콩데 공*처럼 카네이션에 물을 주는 대신에 튤립을 재배하는 일로 소일하던 포르투갈 왕 돈 알폰소 6세가 예의 복스텔을 보고 "괜찮군."이라고 말했다는 일화가 전해진다.

그동안 몰두했던 온갖 공부들에 이어 별안간 튤립에 대한 정열에 사로잡힌 코르넬리우스 판 바에를르는 방금 말한 것처럼 복스텔의 집과 이웃하고 있는 도르드레흐트의 집을 일부 개조했다. 그는 뜰에 있는 건물을 한 층 더 올렸다. 이는 복스텔의 정원으로부터 0.5도의 열기를 빼앗는 결과를 낳았고, 달리 말해 0.5도의 냉기를 가져다주는 결과를 낳았고, 여기에 더해 바람을 차단할 뿐만 아니라 원예와 관련된 모든 시스템과 수치에 혼란을 초래했다.

그러나 복스텔이 보기에 이 불행은 대단한 것이 못 되었다. 판 바에를르는 화가에 불과한 까닭이다. 다시 말해 캔버스 위에서 변형을 통한 자연의 경이를 산출하려 애쓰는 일종의 미치광이에 불과한 것이다. 화가는 더 나은 빛을 확보하기 위해 건물을 높였고, 그것은 그의 권리이다. 복스텔이 튤립 재배자인 것처럼 판 바에를르는 화가이다. 그는 자신의 그림을 위해 빛을 원했고, 그 결과 복스텔의 튤립은 0.5도의 열기를 잃었을

---

* Louis II de Bourbon(1621~1686). 약관 스물두 살에 프랑스 북부군 사령관으로 임명되어 스페인 군에 승리를 거둔 이후 혁혁한 전과를 올리며 승승장구하다가 대귀족과 왕권이 충돌한 프롱드 난의 와중에 감옥에 갇히는 수난을 겪기도 했다. 한때 스페인 진영으로 넘어가 프랑스 군에게 패배를 안기기도 했지만 고국으로 돌아와 프랑슈콩테 지방을 정복했다. 파리 북쪽 근교에 위치한 샹티이 성에서 죽을 때는 라신 등 당대의 뛰어난 작가와 시인들에 둘러싸여 있었다고 한다.

뿐이다.

법적으로 판 바에를르는 정당하다.

게다가 복스텔은 지나친 햇볕이 튤립에 해롭다는 사실을, 이 꽃은 정오의 뜨거운 태양 아래에서보다는 아침 또는 저녁의 미지근한 햇볕 아래서 더욱 화사하고 건강하게 자란다는 사실을 발견했다.

따라서 그는 햇볕막이를 무료로 만들어 준 코르넬리우스 판 바에를르에게 거의 감사의 마음을 품기까지 했다.

그러나 이것이 전적으로 옳은 것은 아마도 아니었을 것이다. 즉 복스텔이 자기 이웃 판 바에를르에 대해 말하는 것이 그의 생각을 가감 없이 드러낸 것은 아니었을 터이다. 하지만 위대한 영혼은 커다란 재난 가운데에서도 철학으로부터 놀라운 힘을 얻는 법이다.

그러나, 아뿔싸! 새로 올린 건물의 유리창이 튤립의 구근과 소구근(小球根), 흙 또는 화분에 심은 튤립 등 편집증적으로 튤립만을 가꾸는 사람과 관련된 것들로 가득 찬 것을 본 불행한 복스텔의 마음은 어떠했던가?

거기에는 라벨 뭉치와 선반들, 여러 칸으로 나뉜 상자, 그리고 공기의 소통을 허락하는 동시에 생쥐, 바구미, 들쥐 등 한 뿌리에 2000프랑이나 하는 튤립에 호기심을 품은 불법 애호가들의 접근을 막는 철망들이 있었다.

이 모든 자재들을 본 복스텔은 경악했다. 하지만 그는 아직 자기의 불행이 어느 정도인지를 정확히 가늠하지 못했다. 판 바에를르가 자신의 눈을 즐겁게 하는 모든 것을 끔찍이 좋아한다는 것은 익히 잘 알려진 사실이다. 그가 자연에 대해 깊이 연구한 것은 스승인 게리트 도*나 친구인 판 미리스**의 것만큼 완벽한 그림을 그리기 위해서이다. 이제 그가 자신의 새 아틀리에에 온갖 도구들을 그러모은 것은 필경 튤립 재배자의 작업실 내부를 그릴 때 장식 부품으로 삼기 위해서이리라!

이러한 생각으로 스스로를 달래던 복스텔은 그러나 자신을 괴롭히는 뜨거운 호기심을 이겨 낼 수가 없었다. 그리하여 저녁이 오자 그는 담에 사다리를 걸치고, 판 바에를르의 마당에 시선을 던졌다. 예전에 다양한 식물들로 가득 차 있던 커다란 화단의 흙이 파헤쳐져 있고, 강에서 퍼 온 진흙을 섞은 모종판이 만들어져 있는 게 보였다. 그것은 튤립에 적합한 배합으로서, 가두리에 심은 잔디가 그것이 허물어져 내리는 것을 막아 주고 있었다. 게다가 해가 뜨건 지건, 세심히 조절된 그림자가 강한 빛을 걸러 주었다. 물은 가까운 곳에 풍부히 준비되었고, 전체적으로 남남서쪽을 향해 열려 있었다. 이는 튤립 재배의 완벽한 조건으로서 성공뿐 아니라 발전까지도 보장하는 것이었다. 판 바에를르가 튤립 재배자가 되었다는 사실은 더 이상 의심할 나위가 없는 것이었다.

복스텔은 그 자리에서, 40만 플로린의 재산에 만 플로린의 연금을 가진 그 유식한 사람이 자신의 정신적·육체적 자산을 다해 대규모로 튤립 재배에 착수하는 모습을 그려 보았다. 그는 언제인지는 정확히 모르지만 가까운 미래에 있을 이웃의 성공을 생각했다. 이 생각은 벌써부터 어찌나 큰 아픔을 초래

---

* Gerrit Dou(1613~1675). 정확한 모사로 유명한 네덜란드의 화가.
** Frans van Mieris(1635~1681). 네덜란드의 화가. 게리트 도의 제자이기도 하다.

했던지 그는 손아귀에 힘이 빠지고 무릎이 접혀 절망 속에서 사다리 아래로 굴러떨어지고 말았다.

이렇게 판 바에를르가 그에게서 0.5도의 열기를 빼앗아 간 것은 그림 속의 튤립이 아닌 실재의 튤립을 위한 것이었다. 판 바에를르는 따라서 가장 이상적인 볕 이외에 구근과 소구근을 저장할 넓은 방을 마련했던 것이다. 밝고 넓고 통풍이 잘되는 그 방은 복스텔로서는 엄두도 못 내는 것이었다. 그는 같은 용도를 위해 자기의 침실을 포기하고, 동물의 정기가 행여 구근과 덩이줄기에 나쁜 영향을 미칠까 두려워 다락방에서 잠을 자야 했다.

이렇게 복스텔은 문과 문을 나란히 하고 담을 나누는 라이벌을, 그리고 아마도 자기를 물리칠 수 있을 경쟁자를 갖게 되었다. 이 라이벌은 알려지지 않은 이름 없는 정원사가 아니라 코르넬리스 드 비트의 대자였다. 즉 유명한 인물이었다!

복스텔은, 알렉산더 대왕에게 패했으되 라이벌이 유명하다는 사실로써 스스로를 위로한 포루스*처럼 견실한 영혼을 갖고 있지 못했다.

혹시라도 판 바에를르가 신종 튤립들을 개발한다면, 그리고 그것들에 코르넬리스와 얀 드 비트라는 이름을 붙인다면 어찌할 것인가? 그는 분노로 숨도 못 쉴 것이다.

이렇게 질시 속에서 미래를 바라보는 복스텔은 자신의 불행에 대한 예언자를 자처하며 바야흐로 다가올 일을 가늠하고 있었다.

---

* Porus. 인도의 왕.

엄청난 사실을 발견한 그는 상상할 수 있는 가장 끔찍한 밤
을 보냈다.

6
증오하는 튤립 재배자

그 순간부터 복스텔을 사로잡은 것은 걱정이 아니라 두려움이었다. 이웃이 자신에게 끼칠 폐해만을 되새김질하다 보니 육체와 정신의 노력에 힘과 고귀함을 부여해 주는 좋은 생각의 습관을 잃어버리고 말았다.

쉽게 예상할 수 있는 바이지만, 자연이 선물해 준 완벽한 지성을 투자한 이래 판 바에를르는 가장 아름다운 튤립을 길러 내는 데 성공했다.

가장 좋은 토양과 가장 건강한 풍토를 제공하는 도시인 하를럼과 레이던의 그 누구보다 뛰어난 솜씨를 발휘하며 코르넬리우스는 색깔을 변조하고 형태를 다듬고 신종을 개발했다.

그는 순진하면서도 창의력이 풍부한 학파에 속했는데, 7세기 이래로 이 학파의 좌우명은 "꽃을 멸시하는 것은 곧 신을 모욕하는 것이다."였다.

학파들 가운데 가장 배타적인 튤립 학파는 1653년 이 좌우명을 전제로 다음과 같은 삼단논법을 발전시켰다.

꽃을 멸시하는 것은 곧 신을 모욕하는 것이다.
꽃이 아름다우면 아름다울수록 신에 대한 모욕도 증대된다.
튤립은 모든 꽃들 가운데 가장 아름다운 꽃이다.
그러므로 튤립을 멸시하는 자는 신을 과도하게 모욕하는 자
이다.

보다시피 이러한 추론은, 스리랑카, 인도, 중국을 제외하고
도 무려 삼사천을 헤아리는 홀란트, 프랑스, 포르투갈의 튤립
재배자들이 마음만 먹으면 세상 전체를 불법으로 몰고, 튤립
에 무관심한 수억의 인간들을 교회분리주의자나 이단자나 죽
어 마땅한 인간으로 취급할 수 있도록 해 주는 것이다.

분명한 것은, 이러한 명분을 위해서는 복스텔이 심지어 자신
의 철천지원수인 판 바에를르와도 같은 깃발 아래에서 행진하
는 것을 수락했으리라는 사실이다.

판 바에를르는 숱한 성공을 거두면서 명성을 얻었다. 복스
텔은 홀란트의 유명 튤립 재배자 명단에서 영원히 사라졌고,
도르드레흐트의 튤립 재배는 바야흐로 겸손하고 유순한 학자
코르넬리우스 판 바에를르에 의해 대변되었다.

이렇듯 가장 보잘것없는 가지에 붙인 접에서 가장 멋들어진
움이 싹 트고, 네 개의 흐릿한 꽃잎을 지닌 들장미에서 거대하
고 향기로운 장미가 비롯되는 법이다. 또 이렇듯 나무꾼의 초
가나 어부의 판잣집에서 이따금 왕가가 탄생하기도 한다.

파종과 모종과 수확에 전심으로 몰두한 판 바에를르, 유럽

의 모든 튤립 재배자들로부터 사랑받는 판 바에를르는 자기에게 왕관을 빼앗긴 불행한 인간이 바로 옆에 살고 있다는 사실은 추호도 의심하지 않았다. 그는 실험과 성공을 이어 나갔고, 불과 이 년 만에 그의 화단은 경이로운 피조물들로 가득 찼다. 이 피조물들은 어찌나 많았던지 신 이후 그만큼 많이 창조한 것은 셰익스피어와 루벤스* 말고 아무도 없을 정도였다.

그리하여, 지옥을 방문했던 단테가 미처 언급하지 못한 사람을 보고 싶은 이는 이 무렵의 복스텔을 보면 될 정도로 그는 불행했다. 판 바에를르가 자기 화단의 잡초를 뽑고 거름과 물을 주는 동안, 또 잔디 둔덕에 무릎을 꿇은 채 피어나는 튤립의 각 잎맥을 살피며 거기에 어떤 변화를 줄지, 그리고 어떤 색의 배합을 시도할지 생각하는 동안, 복스텔은 담 옆에 심어 놓고 그 잎사귀로 부채를 만들기도 하는 작은 단풍나무 뒤에 몸을 숨긴 채 부풀어 오른 눈으로 이를 갈며 이웃의 일거수일투족을 감시했다. 그가 즐겁다고 여겨지거나 입술에 미소가 감도는 것을 간파했거나 눈에서 행복의 빛을 보았다 싶으면 어찌나 끔찍한 저주를 퍼붓고 사나운 위협을 가했던지, 시기와 분노의 독이 서린 그 숨결이 꽃의 줄기로 스며들어 퇴화와 죽음을 불러일으키지 않는 것이 의아할 정도였다.

한번 인간의 영혼을 사로잡은 악은 빠른 성장을 보이기 마련이다. 얼마 지나지 않아 복스텔은 판 바에를르를 보는 것으로는 더 이상 만족할 수 없게 되었다. 그는 꽃을 보길 원했다. 그는 나름대로 진정한 예술가였는지라, 라이벌의 걸작이 무척

---

* Peter Paul Rubens(1577~1640). 17세기 플랑드르 회화를 대표하는 화가.

궁금했다.

그는 망원경을 하나 샀고, 그 덕분에 꽃의 일생을 마치 주인처럼 관찰할 수 있었다. 첫해에 희미한 싹이 땅 밖으로 밀려 나오는 순간부터 오 년의 세월을 겪고 난 끝에 고귀하고 우아한 원줄기가 둥글어지고 그 위로 불분명한 뉘앙스의 색깔이 나타나며 화피가 발달하기 시작하는 순간까지, 그리고 꽃받침의 비밀스러운 보화가 마침내 드러나는 순간까지 살필 수 있었다.

오! 질투하는 불행한 복스텔은 몇 번이나 사다리에 매달려 판 바에를르의 화단을 바라보며 튤립들의 아름다움에 눈멀고 완벽함에 숨 막혀했던가!

억누를 수 없는 경탄의 시기가 지나자, 그는 질시의 열병을 앓았다. 가슴을 갉아먹는 이 질병은 서로를 집어삼키는 무수한 작은 뱀으로 영혼을 탈바꿈시키면서 끔찍한 고통의 치욕스러운 원천으로 변질되기 마련이다.

형언할 길 없는 고통의 한가운데에서 몇 번이나 복스텔은 밤중에 정원으로 뛰어내려 화초를 짓밟고 구근을 물어뜯고, 만약 주인이 튤립을 지키려고 할 경우 홧김에 그를 죽여 버리고픈 유혹을 느꼈던가.

그러나 진정한 튤립 재배자에게 한 뿌리의 튤립을 죽이는 것은 끔찍하기 이를 데 없는 범죄였다!

사람을 죽이는 것은 오히려 괜찮을 듯싶었다.

그러나 튤립 재배에 관한 한 모든 것을 본능으로 예측하는 듯 보이는 판 바에를르가 하루하루 새로운 발전을 이룩해 내다 보니 복스텔의 분노는 거의 폭발할 지경이 되어 결국 이웃의 튤립 화단에 돌멩이나 몽둥이 던질 생각을 하기에 이르렀다.

하지만 그렇게 되면 다음 날 피해를 확인한 판 바에를르는 조사를 통해, 정원에서 길이 멀리 떨어져 있음을, 17세기에는 더 이상 아말렉 족속* 시절처럼 돌과 몽둥이가 하늘에서 떨어지지 않음을 확인할 것이고, 설사 밤에 몰래 움직인다 하더라도 범죄자는 금방 드러날 것이며, 자신은 법에 의해 처벌받는 것은 물론 온 유럽의 튤립 재배자들이 보는 앞에서 돌이킬 수 없는 불명예를 뒤집어쓸 것이라는 사실을 깨달은 복스텔은 술책으로 증오의 칼날을 벼리며 자신에게 위험하지 않은 방법을 사용해야겠다고 생각했다.

그는 정말이지 오랫동안 찾았다. 그리고 마침내 방법을 발견했다.

어느 날 저녁 그는 10피트 정도 되는 끈을 가져다가 양쪽 끝을 두 마리 고양이의 뒷다리에 맨 뒤 그들을 담 위로부터 여러 튤립 화단 가운데 우두머리 격인, 왕자 격인, 아니 제왕 격인 화단을 향해 던졌다. 그 화단에는 '코르넬리스 드 비트'뿐만 아니라 우유 같은 흰색과 자주색과 붉은색이 섞인 '브라반트 미인',** 너울대는 아마색***에 붉은색과 환한 담홍색이 섞인 '로테르담의 대리석', 그리고 어두운 적자색과 밝고 흐릿한 적자

---

* 성경에 등장하는 셈족의 일파로 이집트를 떠나 가나안으로 이주하는 이스라엘 민족에게 저항하다가 기원전 9세기경 사울과 다윗에 의해 제압되었다.

** Brabant. 마스 강(불어로는 뫼즈 강)과 에스코 강 사이에 위치해 있으며, 오늘날의 벨기에와 네덜란드에 걸쳐 있던 옛 지방 이름. 오늘날에는 벨기에 중부의 한 지방을 가리킨다.

*** 금속성의 광택이 도는 회색.

색이 혼합된 '하를럼의 경이'가 있었다.

담 위에서 땅바닥으로 떨어지는 바람에 크게 놀란 고양이들은 우선 화단 위를 내달리며 각자 다른 쪽으로 도망치려 했고, 그 바람에 뒷다리에 맨 끈이 팽팽해졌다. 그러나 더 나아갈 수 없음을 느낀 그들은 끔찍한 울음소리와 함께 이리저리 돌아다니기 시작했다. 그들은 줄로 꽃들을 쓰러뜨리면서 화단 한가운데에서 몸부림쳤다. 그렇게 십오 분가량 악착같이 발버둥 친 끝에 고양이들은 마침내 그들을 구속하는 줄을 끊는 데 성공했고, 재빨리 사라졌다.

단풍나무 뒤에 숨은 복스텔은 밤의 어둠 때문에 아무것도 볼 수 없었다. 하지만 두 고양이의 사나운 울음소리로 모든 것을 추측할 수 있었고, 원한을 비운 그의 가슴은 기쁨으로 가득 찼다.

파괴의 정도를 확인하고 싶은 욕구가 어찌나 강하게 복스텔의 마음을 사로잡았던지 그는 새벽까지 그 자리에 남아 두 수고양이의 몸부림이 이웃의 화단에 끼친 폐해를 자기 눈으로 직접 즐겼다.

아침 안개로 날씨는 얼음처럼 차가웠지만 그는 추위를 느끼지 않았다. 복수의 희망이 그의 몸을 따뜻하게 해 주었다.

라이벌의 고통이 그의 모든 아픔을 상쇄해 줄 것이었다.

첫 햇살과 함께 하얀 집의 문이 열렸다. 판 바에를르가 나타나, 포근한 침대에서 좋은 꿈을 꾸고 난 사람의 미소를 지으며 화단을 향해 나아갔다.

그러나 그는 문득 전날까지만 해도 거울보다 더 평평하던 흙 위에 생겨난 고랑과 구릉을 보았다. 그는 또 대칭으로 열을 이룬 튤립이 이리저리 어지럽혀진 것을 보았다. 그것은 마치 한가운데에 포탄을 맞은 병사들의 창(槍)처럼 보였다.

그는 사색이 되어 달려갔다.

복스텔은 기쁨에 몸을 부르르 떨었다. 열다섯 혹은 스무 뿌리의 튤립이 찢기고 구멍이 난 채 일부는 허리가 부러지고 일부는 완전히 으깨어져 창백한 낯으로 흙 위에 누워 있었다. 상처에서 수액이 흘러나왔다. 수액, 판 바에를르가 자신의 피로 대속(代贖)하길 주저하지 않았을 그 소중한 피!

그러나, 오, 놀라움이여! 오, 판 바에를르의 기쁨이여! 오, 형언 못할 복스텔의 고통이여! 복스텔의 음해가 노리던 네 가지 튤립은 모두 무사했다. 그들은 동족들의 시체 위로 고귀한 얼굴을 자랑스레 쳐들고 있었다. 이는 판 바에를르를 위로하기에, 그리고 자객의 울화를 터뜨리기에 충분했다. 그는 헛되이 저지른 범죄를 보며 머리칼을 쥐어뜯었다.

판 바에를르는 자신에게 닥쳐온 불행을 통탄했다. 이 불행은 그러나 다행히도 그다지 크지는 않았다. 판 바에를르는 원인을 짐작할 수가 없었다. 그래도 그는 조사를 했고, 밤새도록 고양이들이 끔찍하게 울어 댔다는 사실을 알아냈다. 그는 발톱 자국, 그리고 바로 옆의 부서진 꽃잎과 함께 무심한 이슬의 세례를 받고 있는 털을 보고 고양이들이 지나간 것을 확인했다. 그리하여 같은 불행이 앞으로 다시 일어나는 것을 막기 위해 그는 정원 일을 거드는 아이로 하여금 매일 밤 화단 곁의 파수막에서 잠을 자도록 했다.

복스텔은 판 바에를르가 명령 내리는 소리를 들었다. 그리고 그날 당장 파수막이 서는 것을 보았다. 의심받지 않아 너무 행복한, 그러나 증오 또한 한층 깊어진 그는 더 좋은 기회가 오길 기다렸다.

하를럼원예협회가 검은 튤립을 발견하기 위해 상을 제정한 것은 바로 이 무렵이었다. 우리는 흠 없는 위대한 검은 튤립에 대해 감히 제조라는 말 대신에 발견이라는 말을 쓴다. 이 시기에는 검은 튤립이 흑갈색의 상태로조차 자연 속에는 존재하지 않았던 만큼 그것은 해결되지 않았을뿐더러 아예 해결이 불가능해 보였기 때문이다.

사람들은 상의 제정자들이 상금을 10만 플로린이 아니라 200만 플로린으로 해도 괜찮았을 것이라고 했다. 그만큼 검은 튤립은 불가능해 보였던 것이다.

그런데도 튤립 세계는 바닥에서 정상까지 전체가 동요했다.

몇몇 애호가들은 검은 튤립에 대한 생각을 짜냈지만 그것의 적용은 믿지 않았다. 하지만 원예가들의 상상의 힘은 대단한 것인지라 자신들의 생각이 실패로 돌아가리라는 것을 진작부터 수긍하면서도 호라티우스의 검은 백조나 프랑스 전승(傳承)의 하얀 티티새 못지않게 환상적인 위대한 검은 튤립에 대해서만 생각했다.

판 바에를르는 생각을 짜낸 튤립 재배자 가운데 한 사람이었다. 복스텔은 계획을 세운 사람들에 속했다. 검은 튤립을 자신의 명석하고 창의력 풍부한 머리에 새겨 넣은 판 바에를르는 천천히 파종을 하고, 또 그때까지 재배한 튤립들을 붉은색에서 갈색으로, 갈색에서 다시 짙은 갈색으로 바꾸기 위한 작업들을 시작했다.

이듬해부터 그는 완벽한 흑갈색의 튤립을 얻었다. 아직 밝은 갈색밖에 못 얻은 복스텔은 담 너머로 그것을 보았다.

튤립은 원소들로부터 색깔을 얻는다는 사실을 증명하는 멋진 이론들을 독자들에게 설명해 주는 것은 아마도 요긴할 것 같다. 그리고 인내와 천재로써 태양의 불, 물의 신선함, 흙의 수액, 공기의 숨결을 활용하는 원예가에게는 불가능한 것이 아무것도 없다는 사실을 설명해 주면 사람들은 아마도 좋아할 것이다. 하지만 우리가 쓰기로 한 것은 튤립에 대한 일반적인 개론이 아니라 특정한 튤립에 관련된 이야기이다. 우리는 이 주제를 고수할 것이다. 인접 주제가 아무리 매력적으로 보인다 하더라도 말이다.

다시 한 번 적수의 우월함에 패배한 복스텔은 튤립 재배에 염증을 느끼게 되었다. 반쯤 미친 그는 오로지 염탐에만 몰두했다.

라이벌의 집은 훤히 보였다. 태양을 향해 열린 정원, 시선을 차단하지 않는 유리로 된 연구실, 정리함, 수납 장, 상자, 라벨 한가운데를 망원경은 자유로이 휘젓고 다닐 수 있었다. 복스텔은 이제 흙 판 위에서 구근이 썩고 정리함 속에서 외피가 마르고 화단에서 튤립이 죽어도 아랑곳하지 않았다. 그는 자신의 삶을 오로지 보는 데 사용하며 판 바에를르의 집에서 일어나는 일에만 신경을 썼다. 그는 판 바에를르의 튤립 줄기에서 스며 나오는 향기로 숨을 쉬고, 그것에게 주는 물로 목을 축이고, 또 이웃이 사랑스러운 구근들 위로 뿌려 주는 부드럽고 가는 흙을 배가 부르도록 먹었다.

하지만 가장 궁금한 작업은 정원에서 이루어지지 않았다.

밤 1시가 되면 판 바에를르는 실험실로 올라갔다. 그곳은 유리로 된 방에 위치해 있어서 복스텔의 망원경이 얼마든지 따라 들어갈 수 있었다. 학자의 불빛이 낮의 태양 광선을 대신하며 벽과 창문을 밝혔고, 복스텔은 라이벌의 천재적 재능이 어떻게 발휘되는지 보았다.

그는 판 바에를르가 씨앗을 고르고, 형태와 빛깔을 바꿔 줄 용액을 그것에 뿌리는 것을 바라보았다. 씨앗의 일부를 가열하고 물에 적시고 또 일종의 접을 통해 다른 씨앗과 조합하며 놀랍도록 능란하고 세밀한 솜씨를 발휘하는 것을 짐작으로 알았다. 판 바에를르는 검은빛을 내야 할 씨앗은 어둠 속에 가두고, 붉은빛을 띠어야 하는 씨앗은 태양이나 램프 광선에 노출시키고, 물의 신비롭고도 순진한 표상인 흰빛을 나타내야 할 것은 잔잔한 수면에 비추었다.

천진난만한 몽상과 남성적 천재가 어울려 낳은 이 순수한 마술, 복스텔이 자기로서는 도저히 불가능하다고 느낀 이 오랜 인내의 작업은 곧 판 바에를르에게 삶, 생각, 희망의 전부였고, 이 모든 것은 질투하는 자의 망원경 속으로 고스란히 흘러 들어갔다.

이상한 것은 위대한 예술이 유발하기 마련인 흥미와 자존심에도 불구하고 복수에 대한 사나운 욕구 또는 갈증이 복스텔에게서는 조금도 누그러지지 않았다는 사실이다. 망원경으로 판 바에를르를 지켜보다가 그는 가끔 화승총으로 그를 겨누고 있다는 착각을 했고, 라이벌을 죽이기 위해 손가락으로 방아쇠를 찾기도 했다. 이렇게 한 사람은 일하고 다른 한 사람은 염탐을 하던 바로 이 무렵 제방 감독관 코르넬리스 드 비트가 자기 고향에 왔다.

7
행복한 인간이 불행을 알게 되다

집안일을 정리한 코르넬리스는 1672년 1월 대자인 코르넬리우스 판 바에를르의 집에 도착했다.

어둠이 내리고 있었다.

원예에 대해 잘 모르고 예술가적 기질이 별로 없는 코르넬리스이지만 작업실에서 온실까지, 그리고 그림에서 실제 튤립에 이르기까지 집 전체를 둘러보았다. 그는 대자에게 사우스우드베이 해전 당시 기함(旗艦) '일곱 주'호의 함교 위에 머물러 준 데 대해, 그리고 멋진 튤립에 자신의 이름을 부여해 준 데 대해 고마움을 표시했다. 이 모든 것은 아버지가 아들에게 갖기 마련인 호의와 다정함 가운데 이루어졌다. 코르넬리스가 이렇게 판 바에를르의 보물들을 둘러보는 동안 행복한 인간의 문 앞에는 호기심뿐만 아니라 심지어 존경의 염을 품은 군중이 모여들었다.

그리고 이 모든 것은 불 옆에서 식사를 하던 복스텔의 주의를 일깨웠다.

그는 무슨 일이 일어나고 있는지 알아낸 뒤 자신의 실험실로 올라갔다.

거기서 그는 추위를 무릅쓴 채 자리를 잡고 앉아 망원경을 눈에 댔다.

1671년 가을 이래로 이 망원경은 그에게 더 이상 쓸모가 없었다. 동양의 진짜 소녀들처럼 추위를 타는 튤립은 언 땅에서는 결코 재배할 수가 없는 까닭이다. 그것에게는 실내의 따뜻함이, 즉 서랍 속의 포근한 침대와 난로의 부드러운 애무가 필요했다. 코르넬리우스는 자기 실험실에서 책과 그림에 둘러싸여 겨울을 보냈다. 그는 아주 가끔 구근 방에 갔는데, 이는 하늘에서 문득 발견한 햇볕 줄기가 실내로 들어올 수 있도록 유리로 된 뚜껑문을 열어 놓기 위해서였다.

그날 저녁 몇몇 하인을 거느리고 한 차례 집을 둘러보고 난 코르넬리스는 판 바에를르에게 낮은 목소리로 말했다.

"아들아, 잠시 동안 우리 둘만 있도록 사람들을 내보내어라."

코르넬리우스는 복종의 표시로 가만히 고개를 숙였다.

그러고 나서 코르넬리우스는 큰 소리로 말했다.

"나리, 이제 튤립 건조실을 구경하시겠습니까?"

건조실! 튤립의 소굴이며 성막(聖幕)이자 지성소인 그 건조실은 예전의 델포이 신탁소처럼 범속한 인간에게는 금지되어 있었다.

어떤 하인도 그곳에 대담한 발을 들여놓은 적은 결코 없었노라고, 당시 절정기를 맞이하고 있던 위대한 라신*은 말했을 것이다. 코르넬리우스가 거기에 들어가도록 용인한 것은 프리슬란트 출신인 늙은 하녀의 무해한 빗자루밖에 없었다. 코르넬리우스의 유모이기도 한 그녀는 그가 튤립 재배에 열중한 이래 그의 신에게 상처를 입히거나 기분을 상하게 할까 두려워 스튜에 더 이상 양파를 넣지 않고 있었다.

사정이 이렇다 보니 건조실이란 말 한마디에 불을 들고 있던 하인들은 공손한 태도로 물러났다. 코르넬리우스는 첫 번째 하인에게서 촛불을 받아 들고는 대부를 앞질러 방으로 들어갔다.

우리가 방금 말한 것에 덧붙여야 할 것은 건조실이란 복스텔이 하염없이 망원경을 겨누어 대던, 유리창으로 환히 열린 작업실을 가리킨다는 사실이다.

시샘꾼은 그 어느 때보다 더 열심히 자기 자리를 지켰다.

그는 우선 벽과 유리창이 밝아지는 것을 보았다.

이윽고 두 그림자가 나타났다.

둘 중 크고 위엄에 차 있으며 엄격해 보이는 그림자가 탁자 곁에 앉았다. 코르넬리우스는 그 탁자 위에 촛불을 놓았다.

복스텔은 그림자에서 코르넬리스 드 비트의 창백한 얼굴을 알아보았다. 이마에서 갈라진 그의 길고 검은 머리칼은 어깨 위에까지 흘러내리고 있었다.

제방 감독관은 코르넬리우스에게 무언가 말을 건넸는데 시샘꾼은 입술의 움직임만으로는 그 의미를 알 수가 없었다. 말을 마친 코르넬리스는 세심하게 봉인된 흰색 꾸러미를 품에서

---

* Jean Racine(1639~1699). 17세기 프랑스 고전주의를 대표하는 비극 작가.

꺼내어 코르넬리우스에게 내밀었다. 복스텔은 코르넬리우스가 그것을 받아 수납 장에 넣는 것을 보고는 그 꾸러미가 매우 중요한 서류일 것이라고 추측했다.

그는 우선 그 소중한 꾸러미에는 벵골이나 실론 섬에서 금방 도착한 튤립 소구근이 몇 개 담겨 있을 것이라고 생각했다. 그러나 코르넬리스가 튤립은 전혀 재배하지 않고, 보기에도 덜 유쾌할뿐더러 꽃 피우기 힘든 고약한 식물인 인간만을 돌본다는 데 그의 생각이 미쳤다.

따라서 그는 문제의 꾸러미가 순수하고 단순하게 서류를 담고 있으며, 이 서류는 정치에 관계된다는 맨 처음 생각으로 되돌아왔다.

하지만 화학 또는 연금술 못지않게 난해한 정치에 무관심할 뿐만 아니라 그런 사실을 자랑으로 여기는 코르넬리우스에게 어째서 정치에 관계되는 꾸러미를 준단 말인가?

그것은 필경 국민들의 증오에 진작부터 위협을 느낀 코르넬리스가 대자인 판 바에를르에게 단순히 맡겨 두는 것이리라. 이는 제방 감독관의 영민함을 더할 나위 없이 잘 보여 주는 것인데, 일체의 정치적 음모와 무관한 코르넬리우스의 집에 그 누구도 이 꾸러미를 찾으러 올 리 없기 때문이다.

꾸러미가 튤립 소구근을 담고 있었다면 복스텔이 아는 코르넬리우스는 더 기다리지 않고 당장에 자기가 받은 선물을 한 사람의 애호가로서 살펴보며 그 가치를 따져 보았을 것이다.

그런데 이와는 딴판으로 코르넬리우스는 제방 감독관의 손에서 공손히 꾸러미를 받아 언제나처럼 공손하게 서랍 안에 넣었다. 그는 꾸러미를 안쪽으로 밀어 넣었는데, 아마도 이는 우선 그것이 눈에 보이지 않도록 하기 위해서이고, 거기에 더해 구근들의 자리를 너무 많이 빼앗지 않도록 하기 위해서인 듯싶었다.

꾸러미가 서랍 속으로 숨자 코르넬리스 드 비트는 자리에서 일어나 대자의 손을 한 번 쥐고는 문으로 향했다.

코르넬리우스는 얼른 촛불을 들고는 앞쪽에서 길을 밝혀 주기 위해 문으로 향했다.

유리창으로 훤히 열린 작업실을 떠난 빛은 계단을 밝혔고, 뒤이어 현관을, 그리고 제방 감독관이 마차에 오르는 것을 보고 싶어 하는 사람들로 여전히 복잡한 길을 비추었다.

시샘꾼의 추측은 틀리지 않았다. 제방 감독관이 자신의 대자에게 맡겼으며 대자가 정성스럽게 숨긴 꾸러미는 얀 드 비트가 루부아 씨와 주고받은 편지들이었다.

코르넬리스가 자기 동생에게 말한 것처럼 이 꾸러미는 단지 맡겨진 것일 따름이었다. 코르넬리스는 자기 대자에게 그것의 정치적 중요성을 조금도 암시하지 않았다.

그가 했던 유일한 주문은 꾸러미를 자신에게만 내줄 것이며, 그의 언질이 없는 한 누가 와서 꾸러미를 요구해도 절대 내어주어서는 안 된다는 것이었다.

우리가 보았듯 코르넬리우스는 꾸러미를 진귀한 소구근들을 넣어 두는 수납 장에 보관했다.

제방 감독관이 떠나고 소음과 불빛이 꺼지자 우리 주인공의 뇌리에서 꾸러미는 사라졌다. 그러나 그것에 대한 복스텔의 사념은 한이 없었다. 능란한 키잡이처럼 그는 먼 곳으로부터 어렴풋이 감지되는 구름 같은 것을 꾸러미에서 보았다. 앞으로 나아가면 나아갈수록 구름은 커질 것이고, 그 안에는 폭풍우가 깃들어 있을 것이다.

자, 이제 도르드레흐트와 헤이그 사이의 기름진 땅에서 펼쳐지는 우리 이야기의 모든 정지(整地) 작업이 끝났다. 원하는 독자는 앞으로 올 장(章)들의 이야기에 귀를 기울이리라. 우리로서는 최소한 약속은 지킨 셈이다. 얀과 코르넬리스 드 비트에게조차도, 판 바에를르가 그의 이웃 이작 복스텔 안에서 갖고 있는 것 같은 사나운 적은 없었다는 사실을 증명했으니 말이다.

무지 속에서 정진을 거듭하는 튤립 재배자는 하를럼원예협회가 설정한 목표를 향해 나아갔다. 그는 적갈색 튤립에서 그을린 커피색 튤립으로 넘어갔다. 헤이그에서 우리가 이야기한 큰 사건이 벌어지던 바로 그날 판 바에를르에게로 돌아가 보면, 그는 오후 1시경 자기 화단에서 튤립 구근을 들어 올리고 있었다. 아직 결실을 맺지 못한 그 구근들은 그을린 커피색 튤립의 종자에서 얻어 낸 것이었다. 그때까지 꽃을 피우지 못하고 있는 그 튤립의 개화는 1675년 봄으로 예정되어 있었고, 아마도 틀림없이 하를럼원예협회가 요구하는 위대한 검은 튤립을 선사할 것이었다.

1672년 8월 20일 오후 1시 코르넬리우스는 자신의 건조실에서 탁자 발판에 발을 올려놓고 양탄자에 팔꿈치를 기댄 채 구근에서 막 분리해 낸 세 개의 소구근을 감미롭게 바라보고 있었다. 순수하고 완벽하고 흠 없는 소구근, 자연과 과학이 낳은 경이로운 산물의 정수. 그 절묘한 조합의 성공은 코르넬리우스 판 바에를르의 이름을 영원히 빛내 줄 것이었다.

"나는 위대한 검은 튤립을 발견해 낼 거야." 하고 코르넬리우스는 스스로에게 말했다. "나는 10만 플로린의 상금을 받아 낼 거야. 그리고 그것을 도르드레흐트의 가난한 사람들에게 나누어 줄 테야. 그리하면 내전 때 으레 부자에게 품기 마련인 증오도 가라앉겠지. 나는 공화파도 오렌지 당파도 두려워할 필요 없이 내 화단을 마음껏 가꿀 수 있을 거야. 나는 또 어느 날 폭동이 일어나 도르드레흐트의 상점 주인들과 항구의 어부들이 가족들을 먹이기 위해 내 구근들을 빼앗으러 오지나 않을까 걱정하지 않아도 되겠지. 내가 구근 하나를 사기 위해 200 혹은 300플로린을 치렀다는 소문이 들릴 때면 이따금 그들은 낮은 소리로 나를 위협하잖아. 결정했어. 하를럼 상금 10만 플로린은 가난한 사람들에게 나누어 줄 거야. 비록……."

이 비록이란 말에 이르러 코르넬리우스 판 바에를르는 잠시 말을 멈추고 한숨을 쉬었다.

"비록." 하고 그는 계속했다. "이 10만 플로린으로 내 화단을 확장하고 아름다운 꽃의 고장인 동양을 여행할 수 있다면 더 즐거운 지출이 될 테지만. 그러나 슬프게도 그것을 더 이상 꿈꾸어서는 안 돼. 화승총, 깃발, 북, 구호들이 요즘의 세상을 지배하고 있어!"

판 바에를르는 고개를 들어 하늘을 보며 한숨을 쉬었다.

그러고 나서 그는 구근들을 향해 시선을 옮겼다. 그의 머릿속에서 이 구근들은 화승총, 깃발, 북, 구호 등 정직한 인간의 정신을 어지럽히는 모든 것보다 더 중요했다.

"그러나 이 소구근들은 예쁘기만 해." 하고 그가 말했다. "매끈하고 잘생겼어. 이 우울한 분위기는 내 튤립에 흑단(黑檀)

같은 검은빛을 약속하는 것 같아! 표피의 잎맥은 맨눈에는 보이지도 않아. 오! 그 어떤 흠도 내 자식 같은 꽃의 상복(喪服)을 망쳐서는 안 될 텐데…… 나의 밤샘과 일과 생각의 딸인 이 꽃에 어떤 이름을 줄 것인가? 그래, 툴루파 니그라 바를뢰엔시스.(Tulupa nigra Barloeensis)

그래, 바를뢰엔시스. 멋진 이름이야. 튤립에 관련된 유럽 전체, 다시 말해 지적인 유럽 전체는 '위대한 검은 튤립이 마침내 나타났다!'는 소문이 바람을 타고 지구의 동서남북으로 전파되면 부르르 몸을 떨겠지. '그 이름은?' 하고 애호가들은 물을 거야. '툴루파 니그라 바를뢰엔시스.' '어째서 바를뢰엔시스인가?' '판 바에를르가 개발했기 때문이지.' 하고 사람들은 대답할 거야. '판 바에를르는 어떤 사람인가?' '벌써 다섯 가지의 신종, 곧 잔, 얀 드 비트, 코르넬리스 등을 발견한 사람이지.' 그래 나의 야망은 바로 이것이야. 그것은 누구의 눈물도 요구하지 않아. 숭고한 정치가인 대부가 그의 이름이 붙여진 튤립을 통해서만 기억될 때도 사람들은 여전히 툴루파 니그라 바를뢰엔시스에 대해서 말할 거야.

귀여운 소구근들……!

내 튤립이 개화했을 때 홀란트가 조용해진다면 나는 가난한 사람들에게 5만 플로린만 줄 거야. 생각해 보면 아무것도 빚진 게 없는 사람에게는 이것도 벌써 많은 액수야. 그러고 나서 남은 5만 플로린으로는 여러 가지 실험을 할 테야. 이 5만 플로린으로 나는 튤립에게 향기를 주고 싶어. 오! 튤립에게 장미나 카네이션의 향기를, 아니면 전혀 새로운 향기를 부여할 수 있다면. 새로운 향기가 더 좋을 거야. 오! 이 꽃의 여왕에게 그가 동양의 왕좌에서 서양의 왕좌로 옮겨 오면서 잃어버린 원래의 자연스러운 향기를 되돌려 줄 수 있다면. 인도 반도, 고아, 봄베이, 마드라스, 특히 사람들이 단언하는 바에 따르면 예전에 지상낙원이었던 실론 섬의 튤립에 여전히 남아 있을 향기를 복원할 수 있다면, 아! 얼마나 큰 영광일까! 그렇게만 된다면, 단언컨대, 알렉산더 대왕이나 카이사르나 막시밀리안이 아니라 코르넬리우스 판 바에를르여서 얼마나 좋은지.

멋진 소구근들……!"

코르넬리우스는 희열 속에서 소구근을 응시했다. 그는 가장 달콤한 꿈속으로 빨려 들어갔다.

문득 실험실의 초인종이 평소보다 훨씬 더 세차게 요동쳤다.

코르넬리우스는 몸을 부르르 떨며 소구근을 손으로 덮은 뒤 고개를 돌렸다.

"누구요?" 하고 그가 물었다.

"나리." 하인이 대답했다. "헤이그에서 사자(使者)가 왔습니다."

"헤이그에서 사자가……. 용건이 뭔데?"

"나리, 크라에케입니다."

"크라에케, 얀 드 비트 님의 심복 말인가? 좋아! 기다리라고 하게."

"저는 기다릴 수가 없습니다." 하는 목소리가 복도에서 들려왔다.

그와 동시에 명령을 어기며 크라에케가 건조실 안으로 뛰어 들어왔다.

거의 폭력적인 이 출현은 코르넬리우스 판 바에를르 집의

규칙에 이만저만 위배되는 것이 아닌지라 건조실 안으로 뛰쳐들어오는 크라에케를 본 코르넬리우스는 소구근을 가리고 있던 손으로 발작적인 동작을 취했다. 이 바람에 두 개의 소중한 소구근이 굴러떨어지고 말았다. 하나는 커다란 탁자 옆의 작은 탁자 아래로, 다른 하나는 벽난로 안으로.

"제기랄!" 서둘러 소구근을 쫓아가며 코르넬리우스가 말했다. "도대체 무슨 일인가, 크라에케?"

"나리." 세 번째 소구근이 누워 있는 커다란 탁자 위에 편지를 놓으며 크라에케가 말했다. "나리께서는 지체 없이 이 편지를 읽으셔야 합니다."

그리고 크라에케는 뒤도 돌아보지 않고 사라졌다. 헤이그에서 일어났던 것 같은 소요의 징후가 도르드레흐트의 길에서도 감지되었기 때문이다.

"좋아! 좋다고! 친애하는 크라에케." 코르넬리우스는 소중한 소구근을 잡기 위해 탁자 아래로 손을 뻗었다. "자네가 가져온 편지, 읽도록 하지."

그러고는 소구근을 주워 손바닥 안에 놓고 살펴보았다.

"좋아!" 하고 그가 말했다. "하나는 괜찮아. 빌어먹을 크라에케, 내 건조실에 그렇게 들어오다니! 이제 다른 것은 어떤지 봐야지."

도망간 소구근을 포기하지 않고 판 바에를르는 벽난로를 향해 갔다. 거기서 무릎을 꿇은 그는 다행히 차가운 상태로 있던 재 속을 손가락으로 더듬기 시작했다.

잠시 후 그는 두 번째 소구근을 손가락 끝으로 느꼈다.

"좋아." 하고 그가 말했다. "여기에 있구나."

그는 아버지처럼 주의 깊은 태도로 소구근을 바라보았다.

"첫 번째 것처럼 무사해." 하고 그가 말했다.

같은 순간, 코르넬리우스가 무릎을 꿇은 채 두 번째 소구근을 살펴보고 있을 때 건조실 문이 어찌나 거칠게 흔들리고 또 어찌나 급작스럽게 열렸던지 코르넬리우스는 자신의 뺨과 귀에 우리가 분노라는 이름으로 부르는 나쁜 조언자의 화염이 타오르는 것을 느꼈다.

"무슨 일이야 또?" 하고 그가 물었다. "아 정말이지, 이러다가는 미쳐 버리고 말겠군!"

"나리! 나리!" 하고 외치며 건조실 안으로 뛰어드는 하인은 좀 전의 크라에케보다 훨씬 더 창백한 얼굴에 한결 더 겁에 질린 표정을 하고 있었다.

"왜?" 모든 지시에 대한 이중의 위반에서 어떤 불행을 예견하며 코르넬리우스가 물었다.

"아! 나리, 도망가세요, 빨리 도망가세요!" 하인이 외쳤다.

"도망가다니! 왜?"

"나리, 집이 의회 경비대 병사들로 가득 차 있습니다."

"그들이 무얼 요구하는데?"

"나리를 찾습니다."

"무엇하러?"

"나리를 체포하기 위해서요."

"체포한다고, 나를?"

"예, 나리. 사법관이 그들을 지휘하고 있습니다."

"이게 무슨 일인가?" 판 바에를르는 두 개의 소구근을 움켜쥐며 놀란 시선을 계단 쪽으로 던졌다.

"그들이 올라옵니다, 그들이 올라와요!" 하고 하인이 외쳤다.

"오! 내 아기씨, 내 귀한 주인님." 하고 외치며 유모가 건조실 안으로 뛰어 들어왔다. "금과 보석들을 갖고 얼른 도망치세요, 도망쳐요!"

"도대체 어디로 도망가란 말인가, 유모?" 하고 판 바에를르가 물었다.

"창문으로 뛰어내리세요."

"25피트나 되는걸."

"6피트 높이의 기름진 흙 위로 떨어지실 겁니다."

"웅, 하지만 내 튤립들이 망가질 텐데."

"무슨 상관이에요, 뛰어내리세요."

코르넬리우스는 세 번째 소구근을 집어 들고는 창가로 다가가 창문을 열었다. 하지만 뛰어내려야 하는 높이보다 화단에 입힐 피해가 걱정이 되었다.

"절대로 안 돼!" 하고 그가 말했다.

그리고 그는 뒤로 한 걸음 물러섰다.

그 순간 난간 너머로 병사들의 미늘창*이 모습을 드러냈다.

유모는 하늘을 향해 두 팔을 쳐들었다.

코르넬리우스 판 바에를르의 경우, 인간으로서의 그보다 튤립 재배자로서의 그에 대해 경의를 표하면서 말하건대, 그의 유일한 걱정거리는 헤아릴 수 없이 귀중한 소구근들뿐이었다.

그는 그것들을 쌀 종이를 찾다가 크라에케가 건조대 위에 놓고 간 성경 페이지를 보고는 그것이 어디로부터 왔는지는 생

---

* 14~17세기에 유럽에서 사용되던 도끼를 겸한 창.

각지도 않은 채 집어 들어 소구근을 쌌다. 그만큼 그는 심하게 동요하고 있었다. 그는 꾸러미를 가슴 속에 감춘 채 기다렸다.

사법관을 선두로 병사들이 들어왔다.

"코르넬리우스 판 바에를르 박사이십니까?" 하고 사법관이 물었다. 그는 젊은 판 바에를르를 잘 알고 있었지만 사법 규정에 따른 일 처리가 심문에 거창한 심각성을 부여하도록 했다.

"그렇습니다, 판 슈페넌 님. 잘 아시지 않습니까." 하고 코르넬리우스는 자신의 판관에게 기품 있게 인사하며 대답했다.

"그렇다면 당신이 집에 숨기고 있는 불온 문서를 내놓으시오."

"불온 문서라고요?" 하고 위압적인 명령에 어안이 벙벙해진 코르넬리우스가 되풀이했다.

"오! 놀라는 척하지 마시오."

"맹세합니다, 판 슈페넌 님." 하며 코르넬리우스가 말했다. "무슨 말을 하고 계신지 저로서는 도무지 알 수가 없군요."

"그렇다면 좀 더 자세히 말씀드리지요, 박사님." 하고 사법관이 말했다. "반역자 코르넬리스 드 비트가 지난 1월 당신한테 맡긴 문서를 내놓으란 말이오."

섬광 같은 것이 코르넬리우스의 뇌리를 스쳐 지나갔다.

"오! 오!" 하며 판 슈페넌이 말했다. "이제 생각이 나지요, 안 그렇습니까?"

"글쎄요. 당신은 불온 문서를 말씀하시지만 제게는 그런 게 없습니다."

"아! 부인하시는 겁니까?"

"물론이지요."

사법관은 몸을 돌려 방 안을 휘둘러보았다.

"건조실이라 부르는 곳은 당신 집 어디에 있습니까?" 하고 그가 물었다.

"현재 우리가 있는 방이 건조실입니다, 판 슈페넌 님."

사법관은 그의 서류 맨 첫 부분에 끼워진 노트를 흘끗 바라보았다.

"좋소." 그는 결심한 사람처럼 말했다.

그러고는 코르넬리우스를 향해 돌아서며 말했다.

"그 문서를 내게 주시겠습니까?"

"그럴 수가 없습니다, 판 슈페넌 님. 그 문서는 제 것이 아닙니다. 그것은 제게 맡겨졌을 뿐입니다. 맡겨진 물건을 건드려서는 안 됩니다."

"코르넬리우스 박사." 하고 사법관이 말했다. "의회의 이름으로 명령하건대 서랍을 열고 그 속에 있는 문서들을 내게 주시오."

사법관은 손가락으로 벽난로 곁에 있는 궤의 세 번째 서랍을 정확히 가리켰다.

제방 감독관이 자기 대자에게 맡긴 문서들은 실제로 그 서랍 안에 있었다. 경찰의 정보는 정확했던 것이다.

"아! 원치 않으신다고요." 얼떨떨한 나머지 미동도 않고 있는 코르넬리우스를 보며 판 슈페넌이 말했다. "그럼 내가 직접 열겠소."

서랍을 끝까지 연 사법관은 먼저 정성스레 정렬되어 라벨을 달고 있는 스무 개 정도의 구근을, 그리고 불행한 코르넬리스 드 비트가 자기 대자에게 맡긴 상태 그대로의 종이 꾸러미를 발견했다.

사법관은 봉인을 열고 봉투를 찢은 뒤 눈에 들어오는 첫 번째 종이들 위로 탐욕스러운 시선을 던졌다. 그는 끔찍한 목소리로 부르짖었다.

"아! 괜한 무고가 아니었군!"

"뭐라고요!" 코르넬리우스가 말했다. "그게 도대체 무엇입니까?"

"더 이상 시치미 떼지 마시오, 판 바에를르 씨." 하고 사법관이 대답했다. "우리를 따라오시오."

"뭐라고요. 당신들을 따라오라고요?" 하고 박사가 외쳤다.

"그렇소. 의회의 이름으로 당신을 체포하겠소."

아직은 오렌지 공 윌리엄의 이름으로 체포하지 않고 있었다. 그가 스타트하우더가 된 지 얼마 되지 않았기 때문에 그럴 수가 없었던 것이다.

"나를 체포하다니요!" 하고 코르넬리우스가 외쳤다. "내가 무슨 짓을 했단 말입니까?"

"그 문제는 나와 상관없는 일이오, 박사. 판사들과 이야기해 보도록 하시오."

"어디서 말입니까?"

"헤이그에서."

어안이 벙벙한 가운데 코르넬리우스와 포옹한 유모는 기절하고 악수를 한 하인들은 눈물을 쏟았다. 그는 사법관을 따라갔고 사법관은 대역 죄인처럼 그를 가마에 가두어 나는 듯 헤이그로 데려갔다.

8
침입

코르넬리우스에게 닥친 불행은 충분히 짐작할 수 있는 바이지만 이작 복스텔의 작품이었다.

독자들은 그가 망원경을 통해 코르넬리스 드 비트와 그의 대자가 만나는 장면을 속속들이 들여다본 사실을 기억할 것이다.

그는 아무것도 듣지는 못했지만 모든 것을 보았다.

제방 감독관이 맡긴 문서를 그의 대자가 가장 소중한 구근들을 보관하는 서랍 안에 정성스레 간수하는 것을 보고 이작 복스텔은 그 문서가 얼마나 중요한지 짐작했다.

그 결과 코르넬리우스보다 훨씬 주의 깊게 정세를 관찰하던 복스텔은 코르넬리스 드 비트가 국가 반역죄로 체포되었다는 사실을 알게 되었을 때 자기가 한마디만 하면 대부와 함께 대자가 체포되리라고 생각하게 되었다.

그러나 복스텔의 가슴이 아무리 증오로 가득 차 있다지만, 한 인간을 고발함으로써 그를 죽일 수도 있다는 생각에는 그도 전율하지 않을 수 없었다.

그러나 나쁜 생각의 무서운 점은 나쁜 영혼이 그것과 차츰 차츰 친숙해진다는 사실에 있다.

이작 복스텔은 다음과 같은 궤변으로 스스로를 격려했다.

'코르넬리스 드 비트는 나쁜 시민이다. 반역죄로 체포되었기 때문이다.'

'나는 선량한 시민이다. 나는 전혀 고발당하지 않았고 바람처럼 자유롭기 때문이다.'

'그런데 코르넬리스 드 비트가 국가 반역죄로 기소당하고 체포되었으므로 나쁜 시민이라는 점이 분명한 사실이라고 한다면 그의 공모자인 코르넬리우스 판 바에를르 또한 마찬가지로 나쁜 시민이다.'

'그러므로, 나는 선량한 시민이고 나쁜 시민들을 고발하는 것은 선량한 시민의 의무인 만큼 코르넬리우스 판 바에를르를 고발하는 것은 나 이작 복스텔의 의무이다.'

그러나 아무리 그럴싸하더라도 이 추론은 복스텔의 영혼을 완전히 사로잡지는 못했으리라. 그리고 아마도 시샘꾼은 자신의 영혼을 물어뜯는 단순한 복수의 욕구에 그렇게 쉽게 무너지지는 않았으리라. 시기의 악마 앞에 탐욕의 악마가 나타나지 않았더라면 말이다.

복스텔은 검은 튤립을 향한 판 바에를르의 연구가 어느 단계에 와 있는지 잘 알고 있었다.

코르넬리우스 박사가 아무리 겸손하다 해도 대망의 1673년에는 하를럼원예협회가 제정한 10만 플로린의 상금을 획득할 수 있으리라는 확신에 가까운 사실을 가장 가까운 지기들에게 마저도 숨길 수는 없는 노릇이었다.

그런데 코르넬리우스 판 바에를르에게는 확신에 가까운 이 사실이 이작 복스텔에게는 그를 갉아먹는 열병이었다.

만약 코르넬리우스가 체포된다면 이는 필경 집안에 커다란 동요를 불러일으키리라. 그리고 체포되는 날 밤 아무도 정원의 튤립을 돌볼 생각은 못하리라.

따라서 그날 밤 복스텔은 담을 넘을 것이다. 장차 위대한 검은 튤립으로 피어날 구근이 어디에 있는지 아는 그는 그 구근을 훔칠 것이다. 검은 튤립은 코르넬리우스의 집이 아니라 그의 집에서 피어날 것이다. 코르넬리우스 대신 그가 10만 플로린의 상금을 받을 것이다. 여기에 더해 그는 검은 튤립을 툴루파 니그라 복스텔런시스(tulupa nigra Boxtellensis)라고 명명하는 최후의 영예를 누릴 것이다. 이야말로 그의 복수심뿐 아니라 탐욕까지도 충족시켜 주는 결과가 아니고 무엇이랴.

깨어 있을 때 그는 오로지 위대한 검은 튤립만을 생각하고, 잠들었을 때도 오매불망 그것만을 꿈꾸었다.

마침내 8월 19일 오후 2시, 어찌나 유혹이 강했던지 이작은 더 오래 버틸 수가 없었다.

결국 그는 익명의 고발장을 작성했다. 정확성이 익명성을 상쇄해 주었다. 그는 이 고발장을 우편으로 발송했다.

베네치아의 청동 아가리에 던져진 그 어떤 해로운 종이*도 이토록 신속하고 무서운 결과를 낳은 적은 결코 없었다.

---

* 예전의 베네치아 공국에는 익명의 고발함이 있었고, 이는 시민들에게 공포의 대상이 되었다고 한다.

그날 저녁 검찰총장은 공문을 받았다. 그는 지체 없이 다음 날 아침에 회의를 소집했다. 회의 결과 체포가 결정되었고, 판 슈페넌에게 체포 명령이 내려졌다. 우리가 이미 보았듯 판 슈페넌은 훌륭한 홀란트인으로서 그 명령을 수행했고, 헤이그의 오렌지 당파가 코르넬리우스와 얀 드 비트의 조각난 시체를 인두로 지지는 바로 그 무렵 코르넬리우스 판 바에를르를 체포했다.

그러나 부끄러웠든지 아니면 죄로 인해 마음이 약해졌든지 그날만큼은 이작 복스텔도 정원이고 작업실이고 건조실이고 간에 차마 망원경을 들이댈 수가 없었다.

그는 불쌍한 코르넬리우스 박사의 집에서 벌어질 일을 너무나 잘 알고 있었기에 구태여 들여다볼 필요도 없었다. 복스텔이 코르넬리우스의 팔자를 시샘하는 만큼이나 그 하인들의 신세를 쓰리게 부러워하는 유일한 하인이 방에 들어왔을 때 복스텔은 채 자리에서 일어나지도 않은 상태였다. 복스텔은 하인에게 말했다.

"나는 오늘 일어나지 않을 테야. 몸이 좀 불편해."

9시경 길에서 큰 소리가 들려왔고, 그는 이 소리에 전율했다. 그는 진짜 환자보다 더 창백했고, 진짜 열병에 걸린 사람보다 더 심하게 몸을 떨었다.

그의 하인이 들어왔다. 복스텔은 이불 속에 얼굴을 숨겼다.

"아! 나리." 하고 하인이 외쳤다. 그는 판 바에를르에게 닥친 불행을 한탄하는 것이 자기 주인에게 희소식을 전하는 일일 줄은 꿈에도 생각하지 못했다. "아! 나리. 지금 무슨 일이 벌어지고 있는지 아십니까?"

"어떻게 내가 그걸 알겠는가?" 복스텔이 들릴 듯 말 듯한 목소리로 대답했다.

"복스텔 나리, 지금 이 순간, 나리의 이웃인 코르넬리우스 판 바에를르가 국가 반역죄로 체포되고 있습니다."

"뭐라고!" 복스텔이 가녀린 목소리로 중얼거리듯 말했다. "말도 안 돼!"

"글쎄! 사람들이 그렇게 말한다니까요. 방금 판 슈페넌 판사와 경찰들이 그의 집으로 들어가는 것을 봤습니다."

"아! 자네가 보았다고 한다면." 하고 복스텔은 말했다. "그것은 또 다르지."

"여하튼 제가 다시 한번 알아보도록 하겠습니다." 하며 하인이 덧붙였다. "걱정 마세요, 나리. 제가 정확한 사정을 전해 드리도록 하겠습니다."

복스텔은 손짓 하나로 하인의 열성에 대한 격려를 대신할 따름이었다.

하인은 나갔다가 십오 분 뒤에 돌아왔다.

"오! 나리." 하고 그는 말했다. "제가 말씀드린 모든 것은 전부 사실이었습니다."

"뭐라고?"

"판 바에를르 씨는 체포되었고 마차에 실려 헤이그로 이송되었답니다."

"헤이그로?"

"예, 사람들 말이, 거기에 가는 것은 그에게 좋지 않을 거라고 합니다."

"뭐라고들 하는데?"

"글쎄요, 나리. 사람들이 말하길, 이것은 확실한 이야기가 아닙니다만. 사람들이 말하길, 지금 이 시각 그곳의 부르주아들이 코르넬리스와 얀 드 비트 나리를 죽이고 있다고 합니다."

"오!" 하고 중얼대며 혹은 신음하며 복스텔은 그의 눈앞에 떠오르는 끔찍한 광경을 보지 않으려는 듯 눈을 감았다.

"제기랄!" 하인은 방을 나서며 말했다. "이작 복스텔 나리가 병이 나도 단단히 난 모양이야. 이런 소식을 듣고도 침대에서 뛰쳐나오질 않으니."

사실 이작 복스텔은 앓고 있었다. 다른 사람을 암살한 인간처럼 앓고 있었다.

그러나 그는 이중의 목표를 위해 암살했다. 첫 번째 목표는 이루어졌지만 아직 두 번째 목표는 이루어지지 않은 상태였다.

밤이 왔다. 복스텔은 그 밤을 기다리고 있었다.

어둠이 내리자 그는 자리에서 일어났다.

그는 그의 단풍나무 위로 올라갔다.

그의 예측은 정확했다. 아무도 정원을 감시할 생각을 않고 있었다. 집 안과 하인들은 온통 뒤죽박죽이었다.

그는 10시, 11시, 자정을 알리는 종소리를 연달아 들었다.

그렇게 자정이 되자 그는 뛰는 가슴, 떨리는 손, 납빛 얼굴로 나무를 내려와 사다리를 담에 걸친 뒤 맨 위에서 두 번째 칸에 이르러 귀를 기울였다.

모든 것이 고요했다. 아무런 소리도 밤의 적막을 깨뜨리지 않았다.

오로지 하나의 빛이 집 안 전체를 돌보고 있었다.

유모 방의 불빛이었다.

적막과 어둠은 복스텔을 대담하게 만들었다.

그는 담을 넘다가 잠시 꼭대기에서 멈추었다. 두려워할 게 아무것도 없다는 사실을 확인한 그는 사다리를 자기 정원에서 코르넬리우스의 정원으로 옮긴 뒤 내려갔다.

미래의 검은 튤립 구근들이 어디에 묻혀 있는지 잘 아는 그는 그것이 있는 쪽으로 달려갔다. 그는 발자국이 남을까 봐 길로만 갔다. 정확한 지점에 이른 그는 승냥이 같은 기쁨을 느끼며 물렁물렁한 흙 속에 손을 집어넣었다.

아무것도 손에 잡히지 않았다. 그는 착오일 뿐이라고 생각했다.

그러나 본능적으로 이마에 송골송골 땀이 맺혔다.

바로 옆을 파헤쳤다. 아무것도 없었다.

오른쪽을 파헤쳤다. 왼쪽을 파헤쳤다. 아무것도 없었다.

앞쪽과 뒤쪽을 파헤쳤다. 아무것도 없었다.

그는 미치는 줄 알았다. 바로 그날 아침 흙이 파헤쳐졌다는 사실을 마침내 알아차렸기 때문이다.

실제로 복스텔이 침대에 누워 있는 동안 코르넬리우스는 정원에 내려와 구근을 캤고, 우리가 본 것처럼 그것을 세 개의 소구근으로 나누었다.

복스텔은 자리를 뜰 수가 없었다. 그는 손으로 10피트 평방이 넘는 땅을 뒤집어 놓았다.

마침내 그는 자신의 불행을 확신할 수 있었다.

울화가 치민 그는 사다리로 가서 담을 넘은 뒤 사다리를 코르넬리우스의 집에서 자기 집 쪽으로 옮겨 정원에 내던지고 자신도 뛰어내렸다.

갑자기 그의 머리에 마지막 희망이 떠올랐다.

소구근들이 건조실에 있을지도 모른다는 희망이었다.

그렇다면 방금 정원에 들어온 것처럼 건조실에 들어가기만 하면 되었다.

거기서 그는 소구근들을 찾아낼 수 있으리라.

적어도 그것이 더 어려울 것 같지는 않았다.

건조실 창문은 온실 창문처럼 들어서 열게 되어 있었다.

코르넬리우스 판 바에를르는 그날 아침 창문을 열어 놓았고, 아무도 그것을 닫을 생각을 못하고 있었다.

꽤 긴 사다리, 12피트짜리 대신에 20피트짜리 사다리 하나만 구하면 되었다.

복스텔이 사는 길에는 수리 중인 집이 하나 있었다. 그는 커다란 사다리 하나가 그 집에 기대어져 있는 것을 본 적이 있었다.

만약 일하는 사람들이 치우지 않았다면 그 사다리는 복스텔의 문제를 간단히 해결해 줄 것이었다.

그는 그 집으로 달려갔다. 사다리는 거기에 있었다.

복스텔은 사다리를 쥐고 무진 애를 쓰며 자기 정원으로 운반했다. 그는 한층 더 애를 써서 그것을 코르넬리우스 집의 벽에 걸쳤다.

사다리는 창문 근처에 겨우 닿았다.

복스텔은 빛이 새지 않는 칸델라를 주머니에 넣은 뒤 사다리를 올라가 건조실 안으로 들어갔다.

튤립의 성막(聖幕)에 이른 그는 걸음을 멈추고 탁자에 손을 기댔다. 다리에 힘이 빠지고 숨이 가쁘도록 가슴이 뛰었기 때문이다.

그곳은 정원보다 더 어려운 장소였다. 바깥 공기는 어떤 공간이 지닌 위엄을 없애 버리기 마련이다. 울타리를 뛰어넘고 벽을 기어오르는 사람도 어떤 방의 문이나 창 앞에서는 움찔하고 멈추어 서는 것이다.

정원에 있을 때 복스텔은 일개의 밭 도둑에 불과했으나 방에 들어오고 보니 그는 영락없는 도둑이었다.

하지만 그는 용기를 냈다. 빈손으로 집에 돌아가고자 여기까지 온 것은 아니었다.

그러나 모든 서랍을 열고 닫으며 찾아보았자 아무런 소용도 없었다. 코르넬리우스에게 치명타를 가한 위탁물이 담겨 있던 서랍을 뒤져 봐도 마찬가지였다. 잔, 드 비트, 흑갈색 튤립, 그을린 커피색 튤립은 마치 식물원에서처럼 라벨을 단 채 잘 정돈되어 있었다. 하지만 검은 튤립, 아니 그것이 개화(開花)의 언저리에서 잠든 채 숨어 있을 소구근들과 관련해서는 아무런 흔적도 찾아낼 수가 없었다.

그러나 판 바에를르가, 암스테르담의 으뜸가는 회사들 회계 장부만큼이나 정확하고 꼼꼼하게 복식부기 방식으로 기록한 종자와 구근 장부에는 다음과 같이 적혀 있었다.

1672년 8월 20일 오늘, 나는 위대한 검은 튤립의 구근을 캐어 세 개의 완전무결한 소구근으로 나누었다.

"소구근! 소구근!" 건조실 안의 모든 것을 부수며 복스텔은 부르짖었다. "그것을 어디에 숨겼단 말인가?"

그러다 문득 골수가 터지도록 세게 이마를 치며 그가 말했다.

"오! 불쌍한지고, 나라는 인간은!" 하고 그는 울부짖었다. "복스텔은 틀렸어. 누가 자기의 소구근을 방치한단 말인가? 헤이그로 떠나는 사람이 왜 그것을 도르드레흐트에 남겨 둔단 말인가? 소구근 없이 살 수 있겠는가? 더구나 그것이 위대한 검은 튤립의 소구근인 마당에. 그것을 챙길 시간은 있었겠지, 치사한 놈! 그는 그것을 몸에 지니고 있어. 헤이그로 가져간 거야!"

이 섬광과 같은 생각을 통해 복스텔이 엿본 것은 불필요한 죄의 심연이었다.

복스텔은 벼락이라도 맞은 듯, 불과 몇 시간 전 불행한 판 바에를르가 검은 튤립의 소구근을 오래도록 감미롭게 바라보던 그 탁자, 그 자리에 주저앉았다.

"그래! 어쨌거나." 시샘 많은 인간은 납빛 얼굴을 쳐들며 말했다. "그가 구근을 가지고 있는 것은 사실이지만 그것은 살아 있는 동안뿐이야."

추악한 그의 나머지 생각은 끔찍한 미소 속으로 사라졌다.

"소구근은 헤이그에 있어." 하고 그는 말했다. "따라서 나는 이제 더 이상 도르드레흐트에서는 살 수가 없어. 소구근을 찾으러 헤이그로 가야지! 헤이그로!"

복스텔은 자기 앞에 펼쳐져 있는 부(富)에 아랑곳하지 않았다. 그만큼 그는 가치를 헤아릴 수 없는 다른 부에 골몰했던 것이다. 그는 창으로 나가 사다리를 타고 미끄러져 내려갔다. 그러고는 도둑질 도구를 있던 자리에 갖다 놓은 뒤 승냥이처럼 으르렁대며 집으로 돌아갔다.

9
가족실

불쌍한 판 바에를르가 바우텐호프 감옥에 수감된 것은 자정 무렵이었다.

로자가 예견했던 일은 결국 일어나고야 말았다. 코르넬리스의 방이 비어 있는 것을 본 군중의 분노는 매우 컸다. 만약 흐리푸스 영감이 사나운 무리와 맞닥뜨렸더라면 그는 필경 자기 죄수의 몫을 대신 치러야 했을 것이다.

이 분노는 그러나 두 형제에게서 넉넉히 해소되었다. 암살자들이 그들을 붙잡을 수 있었던 것은 신중한 인간인 윌리엄이 도시의 모든 관문을 걸어 잠근 조처 덕분이었다.

그리하여 어느 순간이 되자 감옥은 텅 비고 적막이 찾아와 계단 위로 범람하던 맹렬한 외침의 천둥소리를 대신했다.

로자는 이때를 틈타 은신처를 나왔고 이어서 자기 아버지도 나오게 했다.

감옥 근처에는 아무도 없었다. 톨헥에서 비트 형제를 죽이고 있는 마당에 무엇하러 감옥에 남아 있단 말인가?

흐리푸스는 벌벌 떨며 용감한 로자를 따라 밖으로 나왔다. 그들은 그럭저럭 정문을 닫았다. 그럭저럭이라고 말한 것은 문이 반쯤 부서진 때문이다. 맹렬한 분노의 급류가 그곳을 지나갔음을 알 수 있었다.

4시경 다시 소리가 들려왔다. 하지만 그것은 흐리푸스와 그의 딸을 불안하게 하지 않았다. 그 소리는 시체를 끌고 와 처형대에 매다는 군중의 소리였다.

로자는 이번에도 숨었다. 그러나 그것은 끔찍한 광경을 보지 않기 위해서였다.

자정에 누군가 바우텐호프의 문을, 아니 차라리 그것을 대신한 바리케이드를 두드렸다.

호송되어 온 코르넬리우스 판 바에를르였다.

새로운 손님을 맞은 간수 흐리푸스는 구속영장에 적힌 수감자의 신분을 보고는 미소를 지으며 중얼거렸다.

"코르넬리스 드 비트의 대자라! 아, 젊은이, 여기에는 당신 가족의 방이 있소이다. 그것을 드리도록 하지요."

스스로의 농담에 매혹된 사나운 오렌지 당원은 그날 아침 코르넬리스 드 비트가 귀양을 가기 위해 떠난 감방으로 코르넬리우스를 인도하기 위해 초롱과 열쇠를 집어 들었다. 여기서 나는 귀양이란 말을 썼는데 이 말은 프랑스대혁명 당시 고도의 정치 공리로서 "죽은 자만이 돌아오지 않는다."라고 말하던 위대한 모럴리스트들의 시각에서 이해해야 한다.

흐리푸스는 그렇게 대자를 대부의 방으로 인도할 채비를 차렸다.

그 방에 이르는 도중에 절망에 빠진 원예가는 개 짖는 소리와 한 젊은 처녀의 얼굴만을 듣고 보았다.

개는 벽 속에 움푹 팬 곳으로부터 굵은 사슬을 끌고 나왔다. 개는 쿵쿵대며 코르넬리우스의 냄새를 맡았는데, 이는 그를 삼키라는 명령을 받았을 때 보다 잘 식별하기 위함이었다.

처녀는, 계단 난간이 죄수의 무거운 손 아래에서 신음하고 있을 때, 바로 그 계단에 붙은 자기 방의 작은 쪽문을 열었다. 오른손에 든 램프가 굵게 딴 아름다운 금발과 매력적인 분홍빛 얼굴을 비추는 동안 왼손은 가슴 위로 하얀 잠옷을 여몄다. 그녀는 코르넬리우스의 예기치 않은 도착으로 선잠에서 깨어났던 것이다.

어두운 표정의 간수 흐리푸스가 불그스레한 초롱으로 밝히는 어두운 나선형 계단은 그림에 나올 만한, 그것도 렘브란트*의 그림에 나올 만한 정경이었다. 위쪽에서는 난간 위로 숙인 침울한 코르넬리우스의 얼굴이 환한 쪽문의 틀 안에 담긴 로자의 감미로운 얼굴을 바라보고 있었다. 그녀는 코르넬리우스가 높은 곳에 있는 까닭에 약간 거북함을 느끼며 수줍은 자세를 취했고, 계단 위에 선 코르넬리우스의 시선은 처녀의 하얗고 둥근 어깨를 슬픈 듯 어렴풋이 애무했다.

그리고 아래쪽의 어둠에 완전히 잠긴 곳, 계단의 그림자가 모든 디테일을 사라지게 만드는 곳에서는 사슬을 끄는 거대한 몰로스 개의 석류 같은 두 눈이 번득이는 가운데 로자의 램프와 흐리푸스의 초롱이 사슬의 고리들 위로 금 조각 같은 빛이

---

* Rembrandt(1606~1669), 17세기 네덜란드 회화를 대표하는 화가.

어른대게 했다.

그러나 숭고한 대가조차도 그의 그림을 통해 표현해 내지 못했을 것은 창백한 얼굴의 잘생긴 젊은이가 천천히 계단을 오르는 것을 본 순간, 그리고 "가족실을 드리도록 하지요."라는 아버지의 불길한 말을 그와 관련시킨 순간 로자의 얼굴에 나타난 고통스러운 표정이었다.

이 광경은 잠깐이었다. 우리가 그것을 묘사하는 데 들인 시간보다 훨씬 짧았다. 흐리푸스는 걸음을 계속했다. 코르넬리우스는 그의 뒤를 따라갔다. 잠시 후 그는 감방에 들어갔다. 독자들은 이미 그 방을 잘 알고 있으므로 우리가 그것을 묘사할 필요는 없으리라.

흐리푸스는, 그날 숨을 거둔 순교자가 그 위에 누워 고통에 신음했던 침대를 죄수에게 손가락으로 가리킨 뒤 초롱을 집어 들고 방을 나왔다.

혼자 남은 코르넬리우스는 침대 위로 몸을 던졌다. 하지만 그는 잠을 자지 않았다. 그는 바우텐호프 쪽으로 난, 쇠창살을 댄 좁은 창문에서 시선을 뗄 수가 없었다. 이윽고 그는 나무 너머로 첫 번째 빛이 하얗게 비쳐 드는 것을 보았다. 그 빛은 마치 흰 망토처럼 하늘에서 대지 위로 떨어져 내렸다.

밤새도록 몇 마리 말이 바우텐호프 이쪽저쪽을 빠르게 질주했고, 보초의 무거운 발걸음이 광장의 작고 둥근 포석을 울렸으며, 화승총의 불꽃이 서풍에 타오르며 감옥의 창문에까지 단속적인 빛을 번득이게 했다.

그러나 밝아 오는 빛이 갓돌을 댄 지붕들 꼭대기를 은빛으로 물들일 때 자기 둘레에 무엇이 있는지 한시바삐 알고 싶은 코르넬리우스는 창문으로 다가가 슬픈 시선으로 주변을 둘러보았다.

광장 저쪽 끝에서 아침 안개로 어두운 청색 빛을 띠고 거무스름하게 솟아오른 물체가 희미한 집들 위로 불규칙한 실루엣을 드리우고 있었다.

코르넬리우스는 그것이 공개 처형대임을 알아보았다.

그 공개 처형대에는 누더기 같은 두 형체가 매달려 있었는데, 그것은 여전히 피가 흐르는 해골이었다.

헤이그의 선량한 시민들은 두 희생자의 몸을 갈가리 찢었지만, 그래도 어마어마하게 큰 표지판 위에 새겨진 문구의 평계로서 그것을 공개 처형대까지 끌고 왔다.

코르넬리우스는 스물여덟 살 젊은이의 밝은 눈을 크게 뜨고 간판 칠장이의 굵은 붓으로 표지판 위에 쓰인 다음과 같은 문구를 읽을 수 있었다.

여기 대악당 얀 드 비트와 그 형 소불량배 코르넬리스 드 비트를 매달다. 둘은 시민에게는 적이되 프랑스 왕에게는 큰 벗이었다.

코르넬리우스는 끔찍한 비명을 지르며 광란의 공포 속에서 발과 손으로 문을 두드려 댔다. 그의 몸부림이 어찌나 거칠고 어찌나 급박했던지 흐리푸스는 거대한 열쇠 꾸러미를 손에 들고 격분하여 달려왔다.

그는 때 아닌 시간에 자기를 귀찮게 하는 죄수를 향해 지독한 저주를 퍼부으며 문을 열었다.

"아 이것 참! 완전히 돌았나 보지, 이 비트는!" 하고 그가 소리쳤다. "비트 집안 인간들은 몸속에 악마가 들어앉았나!"

"나리, 나리." 코르넬리우스는 간수의 팔을 잡고 창문으로 이끌면서 말했다. "나리, 저기에 뭐라고 쓰여 있습니까?"

"어디, 저기?"

"표지판 위에요."

벌벌 떨며, 그리고 창백한 얼굴로 헐떡대며 그는 간수에게 광장 끝의 냉소적인 문구를 단 공개 처형대를 가리켰다.

흐리푸스는 웃기 시작했다.

"아! 아!" 하며 그는 대답했다. "그래요, 제대로 읽었소……. 친애하는 나리, 오렌지 공의 적들과 내통하면 저런 꼴을 당한다오."

"비트 나리들께서는 억울하게 암살당했습니다!" 하고 중얼거리며 이마가 땀으로 흥건히 젖은 코르넬리우스는 두 팔을 늘어뜨리고 눈을 감은 채 침대에 주저앉았다.

"비트 나리들은 시민들의 정의를 맛보았을 뿐이오." 흐리푸스가 말했다. "당신은 이를 두고 암살당했다고 하시오? 나는 '처형되었다'고 말하겠소."

죄수가 평온해졌음은 물론 완전히 무화(無化)된 것을 본 그는 밖으로 나가면서 거세게 문을 닫고 요란하게 빗장을 질렀다.

정신을 차린 코르넬리우스는 자기 혼자 있는 방을 둘러보았다. 흐리푸스는 그 방을 가족실이라 불렀는데 이는 코르넬리우스에게 슬픈 죽음으로 귀결될 치명적인 말처럼 여겨졌다.

철학자였으므로, 그리고 특히 기독교도였으므로 그는 대부의 영혼을 위해, 그리고 총리대신의 영혼을 위해 기도하기 시작했다. 그는 신이 그에게 보낼 모든 불행을 받아들이기로 했다.

하늘에서 땅 위로 내려온 뒤, 다시 땅에서 자기 감방으로 들어온 뒤, 그리고 그 감방에 혼자 있음을 확신한 뒤, 그는 품에서 검은 튤립의 세 소구근을 꺼내어 방의 가장 어두운 구석에 있는, 물동이를 놓는 사암(砂巖) 뒤에 숨겼다.

그토록 오랫동안 헛수고를 하다니! 달콤한 희망은 부서지고 말았다! 그가 죽임을 당하는 것과 함께 그의 발견은 무로 귀결될 것이다! 감방에는 풀 한 포기, 흙 한 점, 햇빛 한 줄기 없었기 때문이다.

이런 생각을 하며 코르넬리우스는 어두운 절망 속으로 빠져들었다. 예외적인 상황이 거기서 그를 끄집어냈다.

이 상황이란 어떤 것일까?

다음 장에서 우리가 이야기하려는 게 바로 그것이다.

10
간수의 딸

　그날 저녁 죄수의 음식을 가져오던 흐리푸스는 미끄러운 포석 위에서 중심을 잡으려다 그만 넘어지고 말았다. 넘어지면서 팔을 헛디딘 그는 손목 윗부분이 부러졌다.

　코르넬리우스는 간수를 향해 움직이려 했다. 그러나 그리 심각한 사고라고 생각하지 않은 간수는 말했다.

　"아무것도 아니오. 가만히 있소."

　그리고 그는 팔을 딛고 일어서려 했다. 하지만 뼈가 휘었다. 그때서야 비로소 흐리푸스는 통증을 느끼며 비명을 질렀다.

　그는 팔이 부러졌음을 깨달았다. 다른 사람에게 그토록 엄한 그는 문지방 위에서 실신했다. 차갑고 무기력하게 축 늘어진 그는 죽은 사람 같았다.

　이러는 동안 감옥의 문은 열려 있었고, 코르넬리우스는 거의 자유로운 상태였다.

　그러나 그에게 이 사고를 이용해야겠다는 생각은 들지 않았

117

다. 그는 팔이 휘는 방식과 소리로 뼈가 부러졌으며 통증이 있다는 사실을 알았다. 그는 부상한 사람을 도와야 한다는 것밖에 다른 생각이라고는 하지 않았다. 지금까지의 유일한 대면을 통해 그 부상자가 자신에게 나쁜 뜻을 품고 있는 듯 보였는데도 말이다.

흐리푸스가 넘어지면서 낸 소리와 아우성에 이어 급박한 발소리가 계단을 울렸다. 이 발소리에 뒤이은 출현에 코르넬리우스는 작은 비명을 질렀고 이에 처녀의 비명이 응답했다.

코르넬리우스가 지른 비명에 답한 이는 프리슬란트 처녀였다. 아버지가 바닥에 누워 있고 죄수가 그 위로 몸을 구부린 것을 본 그녀는 흐리푸스의 거친 태도를 잘 아는 만큼 죄수와의 드잡이 끝에 나가떨어진 것으로 생각했다.

코르넬리우스는 처녀의 마음에 의혹이 스며드는 바로 그 순간 그녀가 무엇을 생각했는지 짐작했다.

그러나 한눈에 진실을 깨닫고 자신이 괜한 억측을 했다는 사실에 부끄러워진 처녀는 청년을 향해 눈물 젖은 아름다운 눈을 쳐들며 말했다.

"죄송하고 고맙습니다. 제 억측이 죄송하고 나리의 베푸심이 고맙습니다."

코르넬리우스는 얼굴을 붉혔다.

"나는 다른 사람을 도우면서 기독교도로서의 의무를 행할 뿐이오."

"네, 하지만 오늘 저녁 나리는 제 아버지를 도우시면서 아침에 그에게서 받았던 모욕을 잊으셨습니다. 나리, 이는 인간다움 이상이고 기독교도의 의무 이상입니다."

코르넬리우스는 아름다운 처녀를 향해 눈을 들었다. 가난한 집 딸의 입에서 그토록 고귀하고 관대한 말이 흘러나오는 것을 듣고 그는 크게 놀랐다.

하지만 그는 자기의 놀라움을 표할 시간이 없었다. 기절했다 깨어난 흐리푸스가 눈을 떴고, 그의 습관적인 난폭함이 생기와 함께 되돌아왔기 때문이다.

"아! 이럴 수가 있나." 하고 그가 말했다. "죄수의 식사를 가져오기 위해 바삐 움직이고 서두르다가 넘어져 팔이 부러진 사람을 바닥에 그냥 방치해 두다니."

"조용하세요, 아버지." 하고 로자가 말했다. "이러시는 건 이 젊은 나리께 부당해요. 이분은 아버지를 돌보고 계셨어요."

"그가?" 흐리푸스가 미심쩍은 태도로 말했다.

"사실입니다. 그리고 다시 한 번 당신을 도와 드릴 준비가 되어 있습니다."

"당신이?" 하고 흐리푸스가 말했다. "당신이 의사란 말이오?"

"제 첫 번째 직업이 바로 의사입니다." 하고 죄수가 대답했다.

"내 팔을 고쳐 줄 수 있단 말이오?"

"물론이지요."

"필요한 게 뭐가 있소?"

"막대기 두 개와 천이 필요합니다."

"들었니, 로자야." 하고 흐리푸스가 말했다. "이 죄수가 내 팔을 고쳐 준다는구나. 돈을 절약할 수 있겠어. 얘야, 나 좀 일으켜 다오. 몸이 납덩어리처럼 무겁구나."

로자는 부상자에게 어깨를 내밀었다. 부상자는 아프지 않은 팔로 처녀의 목을 두르고 힘을 쓰며 일어섰다. 그러는 동안 코르넬리우스는 움직임을 덜어 주기 위해 그가 있는 쪽으로 의자를 옮겼다.

의자에 앉은 흐리푸스는 자기 딸 쪽으로 고개를 돌리며 말했다.

"아니, 못 들었니? 요구하는 것을 가져오너라."

로자는 층계를 내려갔다가 잠시 후 통 만드는 데 쓰는 측판 두 개와 커다란 천 조각 하나를 들고 돌아왔다.

그동안 코르넬리우스는 간수의 저고리를 벗기고 소매를 걷어 올렸다.

"이것이면 되겠어요, 나리?" 하고 로자가 물었다.

"예, 아가씨." 가져온 물건 위로 시선을 던지며 코르넬리우스가 말했다. "예, 이거면 됩니다. 자, 이제 제가 아버님의 팔을 들고 있는 동안 탁자를 미세요."

로자는 탁자를 밀었다. 코르넬리우스는 그 위에 부러진 팔을 올려놓았다. 그는 능숙한 솜씨로 부러진 곳을 맞춘 뒤 막대기를 대고 천으로 단단히 동여맸다.

마지막 핀을 꽂을 무렵 간수는 다시 한 번 기절했다.

"식초 좀 갖다 주세요, 아가씨." 하고 코르넬리우스가 말했다. "그것으로 관자놀이를 문질러야겠어요. 그러면 정신이 돌아올 겁니다."

하지만 주문한 일을 하는 대신 로자는 아버지가 의식이 없음을 확인한 뒤 코르넬리우스에게 다가갔다.

"나리." 하고 그녀는 말했다. "도움은 도움으로 갚아야지요."

"무슨 말을 하려는 건가요, 아가씨?" 하고 코르넬리우스가 물었다.

"나리, 내일 나리를 심문할 판사가 아까 와서 나리가 어느 방에 계신지 물었습니다. 나리께서 코르넬리스 드 비트 님의 방에 계신다고 대답하자 판사는 음산하게 웃었습니다. 나리께 좋지 않은 일이 일어날 것 같은 생각이 듭니다."

"그러나." 하고 코르넬리우스는 물었다. "나한테 무슨 짓을 할 수 있겠소?"

"저 공개 처형대가 보이지 않으세요?"

"나는 죄가 없소." 하고 코르넬리우스는 말했다.

"몸이 잘리고 찢긴 채 저기 매달려 있는 분들은 죄가 있나요?"

"맞는 말이오." 하고 어두워지는 표정으로 코르넬리우스가 말했다.

"게다가." 하고 로자가 말을 이었다. "여론은 나리가 유죄이길 바라요. 어쨌거나 유죄이건 아니건 나리에 대한 심리는 내일 시작될 거예요. 그리고 모레 판결이 내려지겠지요. 이런 상황에서는 모든 일이 빨리 진행되기 마련이에요."

"그래, 이 모든 것으로부터 어떤 결론을 내리시렵니까, 아가씨?"

"제가 내리는 결론은 지금 저는 혼자이고 힘이 약하며 아버지는 혼절하신 데다가 개는 부리망을 쓰고 있어서 아무것도 나리가 도망치는 것을 방해하지 않는다는 것입니다. 어서 도망가세요. 이게 제 결론이에요."

"무슨 말을 하는 겁니까?"

"저는 코르넬리스 나리도 얀 드 비트 나리도 구할 수가 없었지만 당신은 제발 구하고 싶다는 말을 하고 있습니다. 다만 서두르세요. 아버지의 숨이 돌아오네요. 잠시 후면 눈을 뜨실 거고 그러면 늦습니다. 주저하세요?"

코르넬리우스는 움직이지 않은 채 로자를 바라보았다. 그녀의 말은 듣지 않은 채 오로지 바라보기만 하는 것 같았다.

"무슨 말인지 모르시겠어요?" 조급해진 처녀가 말했다.

"아니오, 압니다. 이해해요." 하고 코르넬리우스가 대답했다. "그러나……."

"그러나라니요?"

"거절하겠습니다. 아가씨가 죄를 뒤집어쓰게 돼요."

"무슨 상관이에요?" 얼굴을 붉히며 로자가 말했다.

"고마워요, 아가씨." 하고 코르넬리우스는 말을 이었다. "하지만 저는 남겠어요."

"남는다고요! 하느님! 하느님 맙소사! 재판을 받으시리라는 걸…… 사형이 선고되어 공개 처형대에서 처형되거나 암살당하시리라는 걸, 얀 님과 코르넬리스 님을 죽이고 조각냈듯이 사람들이 나리를 조각내리라는 걸 모르시겠어요? 제발, 제 생각은 그만하시고 이 방에서 도망치세요. 이 방을 조심하셔야 해요. 이 방은 비트 집안사람들에게 불행을 가져다줘요."

"엥!" 하고 외치며 간수가 눈을 떴다. "그 강도, 범죄자, 불한당 같은 비트 놈들에 대해 누가 떠들어?"

"흥분하지 마시오." 코르넬리우스가 부드러운 미소를 띠고 말했다. "골절상에 가장 나쁜 것이 바로 흥분하는 겁니다."

그리고는 로자에게 아주 낮은 소리로 말했다.

"아가씨, 나는 결백해요. 나는 결백한 사람으로서 조용하고 평온하게 판사들을 맞겠소."

"조용히 하세요!" 하고 로자가 말했다.

"조용히 하라니, 왜요?"

"우리가 이야기를 나누었다는 것을 아버님께서 알아서는 안 돼요."

"그게 왜 나쁩니까?"

"왜 나쁘냐고요? 다시는 제가 여기에 오지 못하게 할 테니까요." 하고 처녀는 말했다.

코르넬리우스는 이 순진한 고백을 미소로써 받아들였다. 자신의 불운 위로 약간의 행복이 빛나는 듯싶었다.

"그런데, 두 사람은 거기서 무슨 소리를 웅얼대고 있는 거야?" 흐리푸스는 자리에서 일어나 왼팔로 오른팔을 지탱하며 말했다.

"아무것도 아니에요." 로자가 말했다. "나리께서는 아버님이 따라야 할 섭생에 대해 일러 주고 계셨어요."

"내가 따라야 할 섭생! 내가 따라야 할 섭생! 애야, 섭생을 따라야 하는 것은 너다!"

"어떤 건데요, 아버님?"

"그것은 죄수들의 방에 오지 않는 것이고, 왔다 하더라도 가능한 한 빨리 나가는 것이다. 그러니 앞서도록 해라, 빨리!"

로자와 코르넬리우스는 시선을 주고받았다.

로자의 시선은 말했다.

'아시겠어요?'

코르넬리우스의 시선은 이렇게 말했다.

'주의 뜻대로!'

11
코르넬리우스 판 바에를르의 유언

로자의 말은 옳았다. 판사들은 다음 날 바우텐호프로 와서 코르넬리우스 판 바에를르를 심문했다. 심문은 길지 않았다. 비트 형제가 프랑스와 주고받은 편지들을 코르넬리우스가 자기 집에 보관해 왔다는 사실이 밝혀졌다.

그는 그것을 부인하지 않았다.

다만 판사들의 눈에 의심스러운 것은 그 편지들을 맡긴 사람이 대부인 코르넬리스 드 비트라는 점이었다.

그러나 두 희생자의 죽음 이래로 코르넬리우스 판 바에를르는 아무것도 거리낄 것이 없었으므로 그는 코르넬리스가 몸소 찾아와 자기에게 편지 꾸러미를 맡겼다는 사실을 부인하지 않았을 뿐 아니라 어떻게 어떤 방식으로 어떤 정황에서 꾸러미가 위탁되었는지 솔직하게 이야기했다.

이 자백은 대부의 죄에 대자를 연루시켰다.

코르넬리스와 코르넬리우스 사이에는 명백한 공모 혐의가

있는 셈이었다.

코르넬리우스는 이 자백에서 그치지 않았다. 그는 자기가 공감하는 것, 습관, 그리고 자기에게 친숙한 모든 것을 솔직히 밝혔다. 그는 정치에 대한 무관심을, 그리고 공부, 예술, 과학, 원예에 대한 자신의 사랑을 말했다. 그는 이야기하길, 코르넬리스가 도르드레흐트에 와서 꾸러미를 위탁한 그날 이후 자신은 그 꾸러미를 만지지도 않고 심지어 보지도 않았다고 했다.

그 경우 그의 말은 진실일 수 없다고 판사들이 반박했다. 왜냐하면 문서는 그가 매일 손을 넣고 시선을 던지는 서랍 안에 있었기 때문이라는 것이다.

그것은 사실이라고 코르넬리우스는 대답했다. 하지만 그가 거기에 손을 집어넣은 것은 오로지 구근이 잘 말랐는지 확인하기 위해서이고, 또 시선을 던진 것은 구근에 싹이 트는지 보기 위해서라고 말했다.

그가 주장하는 위탁물에 대한 무관심은 성립될 수 없다고 판사들은 반박했다. 왜냐하면 대부로부터 그런 물건을 위탁받은 이상 그 중요성을 인식하지 않는 것은 불가능하기 때문이라는 것이다.

이에 코르넬리우스는 대답하길, 대부 코르넬리스는 자기를 너무나도 사랑했고, 또 현명한 사람이었기에 위탁물의 내용에 대해서는 아무런 말도 하지 않았다고 했다. 왜냐하면 그런 말은 수탁자를 괴롭히기만 할 따름이기 때문이라는 것이다.

비트 씨가 일을 그렇게 처리했다고 한다면 그는 만일에 대비해 자기 대자가 편지와 철저히 무관하다는 사실을 증명하는 문서를 첨부하거나 소송이 진행되는 동안 대자의 무죄를 입증하는 데 도움이 될 어떤 편지를 썼어야 옳다고 판사들은 반박했다.

코르넬리우스는 대답했다. 아마도 대부는 위탁물이 전혀 위험하지 않다고 생각한 듯하다. 왜냐하면 그것은 판 바에를르 집안사람 모두에게 언약의 궤처럼 성스러운 것으로 간주되는 캐비닛 안에 감춰졌기 때문이다. 결과적으로 대부는 증명서가 불필요하다고 판단했다. 편지의 경우, 자신이 체포되기 전 진귀한 소구근을 넋을 잃고 바라보고 있을 때 얀 드 비트의 하인이 건조실에 들어와 종이 한 장을 놓고 간 것이 기억난다. 하지만 이 부분에 대해서는 환영에 가까운 기억만이 남아 있을 뿐이다. 하인은 사라졌다. 하지만 종이는 잘하면 찾을 수 있을지도 모른다.

크라에케를 찾는 것은 불가능했다. 그는 홀란트를 떠났기 때문이었다.

종이는 발견할 가능성이 워낙 낮다 보니 찾으려고도 하지 않았다.

코르넬리우스 자신도 그것에 집착하지 않았다. 종이를 되찾는다 해도 그것이 범죄의 몸통을 이루는 서한과 과연 관련이 있을지 알 수 없는 노릇이었기 때문이다.

판사들은 코르넬리우스에게 스스로를 더 잘 변호하도록 격려하는 듯 보이고 싶어 했다. 피의자에게 관심을 갖는 사법관, 혹은 적을 때려눕혀 이제 완전히 통제하는 만큼 더 이상 핍박할 필요를 느끼지 않는 승자의 관대한 인내심을 표하고자 했다.

코르넬리우스는 그 위선적인 선심을 받아들이지 않았다. 그는 순교자의 고귀함과 의로운 사람의 평온 속에서 마지막 대답을 했다.

"여러분은 제게 정확한 진실 외에 아무것도 대답할 게 없는 것들을 묻고 계십니다. 정확한 진실은 이렇습니다. 편지 꾸러미는 이미 말한 경위에 따라 제 집에 들어왔습니다. 신 앞에서 맹세하건대 저는 그 내용을 몰랐고 지금도 여전히 모릅니다. 체포되는 날에야 비로소 저는 그것이 총리대신과 루부아 후작이 주고받은 편지들이란 걸 알았습니다. 마지막으로 맹세하지만 그 꾸러미가 제 집에 있다는 것을 사람들이 어떻게 알게 되었는지, 그리고 특히 고명하되 불행한 대부께서 제게 가져온 것을 제가 받았다는 사실이 어째서 죄가 되는지 저는 알지 못합니다."

코르넬리우스의 변론은 그것이 전부였다. 판사들은 상의하러 갔다.

모든 반역자의 후손은 분란을 일으킨다는 점에서 해로운 존재이므로 없애 버리는 것이 모두에게 이익이 된다고 그들은 생각했다.

그들 중 심오한 관찰자로 통하는 한 사람은 젊은이가 겉으로 보기에는 차분하지만 실제로는 매우 위험한 인물임에 틀림없다고 주장했다. 그를 가려 주는 얼음 외투 아래 자기 가족인 비트 형제의 원수를 갚겠다는 맹렬한 욕구를 숨기고 있을 게 분명하기 때문이라는 것이었다.

다른 이는 튤립에 대한 사랑이 정치와 완벽하게 어울리며, 몇몇 위험한 인물들이 속으로는 정작 딴생각을 하면서도 거의 직업에 가깝도록 원예에 몰두한 사례가 역사적으로 존재한다는 점을 지적했다. 예컨대 대(大) 타르퀴니우스*는 가비**에서 양귀비를 재배했고, 콩데 공은 뱅센 감옥에서 카네이션에 물을 주었다는 것이다. 그것도 전자는 로마 입성을, 후자는 출감을 궁리하면서 말이다.

그 판사는 다음과 같은 딜레마로 결론을 내렸다.

"코르넬리우스 판 바에를르 씨는 튤립을 몹시 좋아하거나 정치를 몹시 좋아하거나 둘 중의 하나이다. 그러나 두 경우 모두 그는 우리를 속였다. 앞의 경우가 거짓인 것은 그의 집에서 발견된 편지를 통해 그가 정치에 종사하고 있음이 입증되었기 때문이다. 나중의 경우가 거짓인 것은 그가 튤립을 가꾸는 것이 증명되었기 때문이다. 구근들이 그 증거이다. 결과적으로 (중대한 점은 바로 여기에 있다.) 튤립과 정치 모두에 관여하고 있으므로 코르넬리우스 판 바에를르는 복합적인 성격에 이중적인 체질을 갖고 있다고 볼 수 있다. 정치와 튤립에 똑같은 열의를 갖고 종사하다 보면 공공의 평안에 가장 큰 위협이 되는 인간 부류의 온갖 나쁜 성격을 갖게 되거나, 아니면 차라리 방금 전에 예로 든 대 타르퀴니우스나 콩데 공 같은 위험한 인물들과 유사해지기 마련이다."

이 모든 추론의 결과는, 권위에 저항하는 가장 미미한 음모의 싹조차 파괴함으로써 일곱 주의 통치를 원활하게 해준 데 대해 홀란트 스타트하우더는 아마도 헤이그의 사법관들에게

---

* Lucius Tarquinius Priscus(기원전 616~578). 로마의 다섯 번째 왕. 로마에 에트루리아 문명을 도입했고 포럼, 원형경기장, 카피톨리움 언덕의 제우스 신전, 하수구 등을 건설했다.
** 로마 동쪽에 있던 고대 도시.

무한한 고마움을 느낄 것이라는 점이었다.

이 논지가 다른 모든 것을 눌렀다. 음모의 싹을 효과적으로 파괴하기 위하여 코르넬리우스 판 바에를르에게 만장일치로 사형이 언도되었다. 튤립 애호가의 순진한 외관 아래, 홀란트에 대한 비트 형제의 가증스러운 음모에, 그리고 그들이 프랑스의 적과 비밀리에 내통하는 데 참여한 것이 분명하기 때문이었다.

판결문은 여기에 더해 상기 코르넬리우스 판 바에를르가 바우텐호프의 감옥으로부터 동명의 광장에 세워진 공개 처형대로 인도될 것이며 거기서 판결문의 집행자가 목을 자를 것이라고 명시했다.

심의는 위중했던 만큼 반 시간가량 계속되었다. 그동안 죄수는 자기 방에 돌아가 있었다.

의회 서기가 와서 판결문을 읽어 주었다.

흐리푸스는 팔의 골절로 고열이 나는 바람에 침대에 누워 있어야 했다. 열쇠를 넘겨받은 임시직 부하 직원은 서기를 안내했고, 아름다운 프리슬란트 처녀 로자가 그 뒤를 따라 들어와 한쪽 문 모퉁이에 자리 잡고 한숨과 오열을 억누르기 위해 손수건으로 입을 가렸다.

코르넬리우스는 슬프다기보다 놀란 얼굴로 판결을 들었다.

판결문을 읽고 난 서기는 대답할 게 있는지 물었다.

"없습니다." 하고 그는 대답했다. "다만 고백건대, 제가 신중한 사람이어서 죽음을 막기 위해 그것의 모든 원인을 예견한다 해도 이것만은 생각해 내지 못했을 것입니다."

대답을 들은 서기는 코르넬리우스 판 바에를르에게 공손히 인사했다. 이런 부류의 관리들은 모든 종류의 대역 죄인들에게 존경의 염을 품기 마련이다.

그가 나가려고 할 때 코르넬리우스가 말했다.

"그런데 서기님, 실례지만 그것은 언제 있을 예정인가요?"

"물론 오늘입니다." 사형이 언도된 사람의 차분함에 다소 거북함을 느끼며 서기가 대답했다.

문 뒤에서 오열이 터져 나왔다.

오열을 터뜨린 것이 누구인지 보기 위해 코르넬리우스는 고개를 돌렸다. 하지만 로자는 그것을 예측하고 벽 뒤로 물러섰다.

"그리고." 코르넬리우스가 덧붙였다. "형 집행은 몇 시입니까?"

"정오입니다, 나리."

"맙소사!" 코르넬리우스가 말했다. "이십 분 전쯤 10시 종소리를 들은 것 같은데. 시간이 없군."

"하느님과 화해하시려고요, 나리? 그렇습니다." 땅에 닿도록 절을 하며 서기가 말했다. "원하는 성직자를 부르실 수 있습니다."

이 말을 하면서 그는 뒷걸음쳐 나갔다. 간수 대리가 코르넬리우스의 방문을 닫으며 그 뒤를 따르려 할 때 떨리는 흰 팔이 간수와 육중한 문 사이를 가로막았다.

코르넬리우스에게는 아름다운 프리슬란트 여인들이 쓰는, 흰 레이스로 된 귀덮개가 달린 금색 모자만 보였다. 그리고 간수에게 무엇인가 속삭이는 소리만이 들려왔다. 간수는 그를 향해 내민 하얀 손에 무거운 열쇠들을 건넸다. 그러고는 몇 계단 내려와 층계 중간에 앉았다. 층계 위쪽은 그가, 아래쪽은 개가 지키는 셈이었다.

금색 모자가 몸을 돌렸다. 코르넬리우스는 아름다운 로자의 눈물 어린 얼굴과 물기에 잠긴 커다란 파란 눈을 알아보았다.

처녀는 두 손으로 아픈 가슴을 누르며 코르넬리우스를 향해 나아갔다.

"오! 나리! 나리!" 하고 그녀는 말했다.

그러나 말을 맺을 수가 없었다.

"아름다운 아가씨." 감동한 코르넬리우스가 대꾸했다. "내게서 무엇을 원하는가요? 미리 말씀드리지만 나는 이제 이 땅에서 별 힘이 없답니다."

"나리, 저는 나리께 한 가지 은혜를 구하고자 왔습니다." 로자는 반쯤은 코르넬리우스를 향해, 반쯤은 하늘을 향해 두 손을 뻗으며 말했다.

"울지 마요, 로자." 하고 죄수는 말했다. "내 가까운 죽음보다 당신의 눈물이 나를 더욱 슬프게 하는군요. 아시다시피 죄수는 결백하면 결백할수록 더 평온하게, 그리고 심지어 기쁘게 죽어야 해요. 왜냐하면 그는 순교자로서 죽기 때문입니다. 자, 이제 그만 울고 원하는 바를 이야기해 봐요, 아름다운 로자."

처녀는 미끄러져 내리며 무릎을 꿇었다.

"제 아버지를 용서해 주세요." 하고 그녀는 말했다.

"아가씨의 아버님을요?" 놀란 코르넬리우스가 말했다.

"예, 아버지는 나리께 가혹했어요! 하지만 원래 성품이 그렇답니다. 모든 사람한테 그러세요. 나리만 특별히 거칠게 대한 게 아닙니다."

"그분은 이미 값을 치르셨어요, 로자. 그분께 일어난 사고를 통해 충분히 값을 치르셨습니다. 용서해 드리지요."

"고맙습니다." 하고 로자는 대답했다. "그러면 이제 제가 나리를 위해 무엇을 할 수 있을까요?"

"당신의 아름다운 눈에서 눈물이 사라지게 해 주세요, 아가씨." 부드러운 미소를 띤 채 코르넬리우스가 대답했다.

"나리를 위해…… 나리를 위해서요……."

"살 시간이 한 시간밖에 남아 있지 않은 사람이 무언가를 원한다면, 로자, 그는 시바리스* 사람만큼이나 사치스러운 인간일 것입니다."

"나리께 허락되는 성직자는요……?"

"나는 평생 신을 경배해 왔어요, 로자. 그가 이룩하신 바 가운데 그를 경배하고 그의 의지 속에서 그를 축복했어요. 신께서는 나에게 반감을 가지실 리가 없습니다. 따라서 성직자를 요구하지 않겠어요. 나를 사로잡는 마지막 생각은, 로자, 하느님을 영화롭게 하는 일에 관련됩니다. 아가씨, 부탁이에요. 이 마지막 바람이 실현될 수 있도록 나를 도와주세요."

"아! 코르넬리우스 님, 말씀하세요, 말씀하세요!" 하고 눈물에 젖은 처녀가 외쳤다.

"당신의 아름다운 손을 주세요. 그리고 웃지 않겠다고 약속하세요, 아가씨."

"웃는다고요!" 절망에 빠진 로자가 외쳤다. "지금 이 순간

---

* 이탈리아 반도에 위치한 고대 그리스 도시로서 사치와 향락으로 유명했다.

웃는다고요! 저 따위는 거들떠보지도 않으시는군요, 코르넬리우스 님?"

"당신을 보고 있어요, 로자. 육신의 눈과 영혼의 눈으로 똑똑히. 내 생전에 이보다 더 아름다운 여인, 더 순수한 영혼이라고는 본 적이 없어요. 용서해 주시길 바라건대, 지금 이 순간 이후로 내가 당신을 바라보지 않는다고 한다면 그것은 삶을 떠나려는 마당에 아무런 아쉬움도 남기지 않는 편이 더 낫기 때문입니다."

로자는 부르르 몸을 떨었다. 죄수가 이 말을 할 때 바우텐호프의 망루에서 11시를 알리는 종이 울렸다.

코르넬리우스는 깨달았다.

"예, 그래요, 서두릅시다." 하고 그가 말했다. "당신이 옳아요, 로자."

그는 가슴에서 세 개의 소구근을 싼 종이를 꺼냈다. 몸을 수색당할 위험이 없어지자마자 그는 꾸러미를 다시 품 안에 숨겼던 것이다.

"아름다운 아가씨." 하고 그는 말했다. "나는 꽃을 무척 좋아했어요. 꽃 말고 다른 것을 사랑할 수 있다는 사실을 몰랐을 정도예요. 오! 얼굴 붉히지 마세요. 설령 내가 사랑 고백을 한다 할지라도, 로자, 얼굴 돌리지 마세요. 그것은, 불쌍한 아가씨, 조금도 중요하지 않답니다. 저기 바우텐호프 광장에는 칼날이 하나 있어 한 시간 뒤면 내 무모함도 그칠 겁니다. 여하튼, 로자, 나는 꽃을 좋아했어요. 그리고 나는 사람들이 불가능하다고 믿는 위대한 검은 튤립의 비밀을 발견해 냈어요. 적어도 나는 그렇게·생각합니다. 혹시 아시는지 모르겠지만 검은 튤립을 만들어 내면 하를럼원예협회에서 제정한 10만 플로린의 상금을 받게 되어 있어요. 이 10만 플로린 — 내가 아쉬워하는 것은 이 돈이 아니라는 사실을 하느님은 아십니다 — 이 10만 플로린을 나는 이 종이 안에 갖고 있어요. 종이 안에 있는 세 개의 소구근만 있으면 상은 이미 받은 거나 다름없습니다. 받아요, 로자. 당신께 이 소구근을 드리겠습니다."

"코르넬리우스 님……."

"오! 받으셔도 돼요, 로자. 누구에게도 해를 끼치는 게 아닙니다, 아가씨. 나는 이 세상에서 혼자입니다. 아버지와 어머니는 돌아가셨고, 형제자매라고는 아무도 없습니다. 지금까지 나는 누구도 사랑한다고 생각해 본 적이 없어요. 혹시 누군가 나를 사랑했는지 모르지만, 내가 그것을 알지 못했으니까요. 그리고 보다시피, 로자, 나는 버림받았을지도 모르지요. 지금 이 시각 오로지 당신만이 감옥에서 나를 위로하고 있으니까요."

"하지만, 나리, 10만 플로린이나 되는 큰돈을……."

"아! 진지하게 생각합시다, 아가씨." 하고 코르넬리우스가 말했다. "10만 플로린은 아름다운 아가씨에게 좋은 지참금이 될 겁니다. 그 돈은 당신 것입니다. 제 소구근들은 확실해요. 따라서, 로자, 10만 플로린은 당신 것입니다. 그 대가로 내가 요구하는 것은 젊고 착한 남자, 당신이 사랑하고, 또 내가 꽃을 사랑했던 만큼이나 당신을 사랑해 줄 젊고 착한 남자와 결혼하는 것입니다. 내 말을 가로막지 마요, 로자. 이제 불과 몇 분밖에 남아 있지 않아요……."

가련한 처녀는 오열 때문에 숨도 제대로 쉬지 못했다.

코르넬리우스는 그녀의 손을 잡았다.

"잘 들어요." 하고 그는 계속했다. "어떻게 해야 하는지 말해 줄게요. 도르드레흐트의 내 정원에서 흙을 가져오세요. 내 정원사인 부트라이스하임한테 6번 화단의 흙을 달라고 하세요. 그런 다음 깊숙한 나무 상자 안에 이 세 소구근을 심으세요. 이번 5월이면, 다시 말해 아홉 달이 지나면 꽃이 필 겁니다. 줄기 위에 꽃이 피면 밤에는 바람이 닿지 않게 하고 낮에는 햇볕이 미치지 못하게 하세요. 검은 꽃이 필 겁니다. 확신해요. 꽃이 피면 하를럼원예협회장에게 알리세요. 그는 회의를 통해 꽃의 색깔을 인준하고 당신에게 10만 플로린을 줄 겁니다."

로자는 커다란 한숨을 쉬었다.

"이제." 하고 코르넬리우스는 눈꺼풀 가장자리에 떨리는 눈물을 닦으며 계속했다. 그 눈물은 곧 마칠 인생보다 그로서는 볼 수 없는 경이로운 검은 튤립을 위한 것이었다. "내가 바라는 것은 하나밖에 없습니다. 그것은 튤립이 로자 바를뢰엔시스란 이름으로 불리는 것입니다. 다시 말해 당신 이름과 내 이름을 함께 지니는 것입니다. 라틴어를 모르시니까 자칫 이름을 잊을 수가 있습니다. 연필과 종이를 갖다 주세요. 이름을 써 드리겠습니다."

로자는 오열을 터뜨리며 슬픔 속에서 책 한 권을 내밀었다. 책에는 C. W. 라는 이니셜이 적혀 있었다.

"이게 무엇입니까?"

"아!" 하고 로자가 대답했다. "이것은 나리의 불쌍한 대부 코르넬리스 드 비트의 성경이에요. 그분은 고문을 견디고 얼굴도 창백해지지 않은 채 판결을 들을 힘을 이 성경에서 얻었답니다. 저는 이 책을 그분이 돌아가신 뒤 이 방에서 발견했어요. 저는 유물처럼 간직했지요. 오늘 제가 나리께 이 책을 가져온 것은 그 안에 아주 신성한 힘이 깃들어 있는 것처럼 보이기 때문이에요. 하지만 나리께서는 이 힘을 필요로 하지 않으시네요. 하느님께서 그 힘을 이미 나리 안에 불어넣어 주셨으니까요. 천만다행이에요! 코르넬리우스 님, 책 위에 이름을 쓰세요. 불행히도 저는 글을 읽을 줄 모르지만 나리께서 쓰신 것은 이루어질 겁니다."

코르넬리우스는 성경을 집어 들고 공손히 입을 맞추었다.

"무엇으로 써야 하오?" 하고 그가 물었다.

"성경 갈피에 연필이 있어요." 하고 로자가 말했다. "처음부터 그 안에 있었고, 저는 그것을 함께 간직했지요."

그것은 얀 드 비트가 그의 형에게 빌려 주고 되돌려 받지 않은 연필이었다.

코르넬리우스는 연필을 쥐고는 자기 대부와 마찬가지로 죽음을 목전에 둔 상태에서 두 번째 페이지에 — 독자들은 기억하겠지만 첫 번째 페이지는 찢겨져 나갔으므로 — 대부 못지않은 굳센 손으로 써 내려갔다.

1672년 8월 23일, 오늘 아무런 죄가 없음에도 공개 처형대에서 죽을 시점에 있는 나는 이 세상에서 내가 지녔던 재산 가운데 유일하게 남은 것을 로자 흐리푸스에게 증여한다. 다른 모든 재산은 압수당했다. 나는 로자 흐리푸스에게 세 개의 소구근을 준다. 마음 깊이 확신하건대 이 소구근들은 오는 5월 위대한 검은 튤립을 틔울 것이다. 이에 대해서는 하를럼원예협회에서 10만 플로린의 상금을 수여하게 되어 있다. 나는 그녀가 나 대신, 그리고 나의 상속인으로서 이 10만 플로린의 상금을 받길 바란다. 내가 그녀에게 다만 요구하는 것은 나와 비슷한 나이로 그녀를 사랑하고 또 그녀가 사랑하는 젊은이와 결혼하라는 것, 그리고 새로운 종(種)의 시발점이 될 위대한 검은 튤립에 로자 바를뢰엔시스, 곧 그녀의 이름과 내 이름이 결합된 이름을 붙여 달라는 것이다.

하느님께서 내게는 은총을, 그녀에게는 건강을 내려 주시길!

코르넬리우스 판 바에를르

쓰기를 마친 그는 성경을 로자에게 주며 말했다.

"읽어 봐요."

"아!"하며 처녀는 코르넬리우스에게 대답했다. "벌써 말씀 드렸지만 저는 읽을 줄을 몰라요."

그러자 코르넬리우스는 자신이 방금 작성한 유언장을 읽었다.

가련한 처녀의 오열은 배가되었다.

"내가 제시한 조건을 받아들이겠어요?" 죄수가 슬프게 미소 지으며, 그리고 아름다운 프리슬란트 처녀의 떨리는 손끝에 입을 맞추며 물었다.

"오! 그렇게 할 수는 없어요, 나리." 그녀가 더듬거리며 말했다.

"그렇게 할 수 없다고? 어째서지요?"

"두 조건 가운데 하나를 지킬 수 없을 것이기 때문이에요."

"어떤 건가요? 우리의 협력 관계에 맞는 타협안을 찾았다고 생각했는데."

"나리께서는 제게 지참금 조로 10만 플로린을 주시는 건가요?"

"그래요."

"제가 사랑하는 남자와 결혼할 수 있도록 말이죠?"

"예!"

"나리, 이 돈은 제 것이 될 수 없습니다. 저는 그 누구를 사랑하지도, 또 결혼을 하지도 않을 것이기 때문입니다."

힘들게 말을 마친 로자는 무릎을 꿇고 앉다가 하마터면 괴로움으로 실신할 뻔했다.

코르넬리우스는 그녀가 그토록 창백하고 힘이 없는 것을 보고 놀라 두 팔로 그녀를 부축했다. 그때 무거운 발소리 하나가 음산한 다른 소리들을 이끌고 개 짖는 소리를 동반한 채 계단을 울렸다.

"나리를 데리러 오고 있어요!" 두 팔을 비틀며 로자가 외쳤다. "하느님! 하느님! 나리, 제게 할 말이 더 없으세요?"

그녀는 두 팔 안에 머리를 묻은 채, 그리고 오열과 눈물로 헐떡이며 주저앉았다.

"말하고 싶은 것은 당신의 세 소구근을 소중히 간수하라는 것, 그리고 제가 일러 준 처방에 따라, 또 나에 대한 사랑으로 그것들을 돌보라는 것입니다. 안녕히, 로자."

"오! 그래요." 그녀는 고개를 숙인 채 말했다. "오! 그래요. 나리께서 말씀하신 것, 그것을 저는 할 거예요. 결혼하는 것만 빼고요." 그녀는 아주 낮은 소리로 덧붙였다. "왜냐하면 그것은, 오! 그것은, 정말이지, 저에게는 불가능한 일이기 때문이에요."

그리고 그녀는 자신의 뛰는 가슴에 코르넬리우스의 소중한 보물을 숨겼다.

코르넬리우스와 로자가 들은 소리는 죄수를 찾으러 온 서기가 내는 소리였다. 사형 집행인, 공개 처형대를 경비할 병사들, 그리고 감옥 근처의 구경꾼들이 그의 뒤를 따르고 있었다.

코르넬리우스는 약한 모습을 보이지도, 허세를 부리지도 않은 채 박해자로서보다 친구로서 그들을 맞았다. 그리고 공무 집행을 위해 그들이 즐겨 부과하는 조건들을 묵묵히 받아들였다.

그러고 나서 철창을 댄 작은 창문을 통해 광장 쪽으로 흘끗 시선을 던진 그는 공개 처형대와, 거기서 스무 발짝 정도 떨어진 곳에 설치된 교수대를 보았다. 비트 형제의 능욕당한 시신은 스타트하우더의 명령에 따라 교수대의 발치에서 치워 버린 참이었다.

병사들을 따라 내려가야만 했을 때 코르넬리우스는 로자의 천사 같은 시선을 찾았다. 그러나 칼과 미늘창 너머로 그의 눈에 들어온 것은 나무 걸상 위에 누운 몸과, 긴 머리칼에 반쯤 가리운 납빛 얼굴뿐이었다.

하지만 의식을 잃고 쓰러지면서도 로자는 친구의 명령에 복종하기 위해 손으로 벨벳 코르셋 위를 눌렀고, 모든 것을 잊은 가운데 코르넬리우스가 자기에게 맡긴 소중한 위탁물을 본능적으로 감싸길 그치지 않았다.

감방을 떠나면서 젊은이는 로자의 오그라진 손가락 사이로 성경의 누런 페이지를 보았다. 이 종이에는 코르넬리스 드 비트가 그토록 힘들고 고통스럽게 쓴 몇 줄의 글이 적혀 있었다. 만약에 코르넬리우스가 이 글을 읽었더라면 그것은 틀림없이 그와 튤립을 구했을 것이다.

12
사형 집행

감옥에서부터 공개 처형대까지는 300보가 채 못 되었다.

계단 밑에 있던 개는 코르넬리우스가 지나가는 것을 조용히 바라보았다. 그는 몰로스 개의 눈에서 동정에 가까운 어떤 부드러움의 표현 같은 것을 본 듯싶었다.

어쩌면 개는 사형수들을 알아보며, 자유의 몸으로 석방되는 자들만 물어뜯는지도 모를 일이다.

감옥의 문에서 공개 처형대 발치까지의 거리가 가까우면 가까울수록 도중은 더욱 많은 구경꾼들로 북새통을 이루기 마련이다.

새로운 희생물을 기다리고 있던 것은 이미 사흘 전에 마신 피로는 갈증을 풀 수 없었던 바로 그 호기심 많은 인간들이었다.

그러므로 코르넬리우스가 나타나자마자 거대한 아우성이 길 위로 번져 나갔다. 그것은 광장 전역을 덮고 나서 공개 처형대에 이르는, 사람들로 가득 찬 여러 방향의 길로 멀어져 갔다.

그러므로 공개 처형대는 네댓 갈래의 강 물결이 와 부딪치는 섬과도 같았다.

위협과 아우성과 욕설 한가운데에서 코르넬리우스는 그것을 듣지 않기 위해 자기 자신 속에 몰입했다.

이제 곧 죽을 이 의로운 사람은 무엇을 생각하고 있었을까?

그가 생각하는 것은 그의 원수도 판사도 형리들도 아니었다.

그것은 하늘 저 높은 곳에서 내려다보게 될 아름다운 튤립들이었다. 그것은 스리랑카에 있을 수도, 벵골에 있을 수도, 다른 곳에 있을 수도 있었다. 그는 모든 순수한 인간들과 함께 하느님 우편에 앉아 정치에 대해 너무 많이 생각한 죄로 얀과 코르넬리스 드 비트를 참살한 이 땅, 이번에는 튤립에 대해 너무 많이 생각한 죄로 코르넬리우스 판 바에를르를 죽이려 하는 이 땅을 측은히 바라볼 것이었다.

"한칼이면 내 아름다운 꿈은 시작되리라." 하고 그는 철학자처럼 말했다.

다만 아직도 알 수 없는 것은 샬레,* 투,** 그리고 힘들게 죽은 다른 모든 이들에게 한 것처럼 형리가 불쌍한 튤립 재배자에게 한 번 이상의 가격을, 즉 한 번 이상의 고통을 예비해 놓고 있지나 않을까 하는 것이었다.

그럼에도 판 바에를르는 결연하게 공개 처형대의 단을 올라

---

* Henri de Talleyrand, Chalais(1599~1626). 리슐리외에게 대항하여 음모를 꾸몄다가 처형당한 프랑스 백작.
** Françis Auguste de Thou(1607~1642). 음모를 꾸몄다가 처형당한 프랑스 사법관.

갔다.

어찌 되었건 간에 그는 떼 지어 모여든 그 군중이 불과 사흘 전에 찢고 불태운 명망 높은 얀의 벗이자 고귀한 코르넬리스의 대자라는 사실에 자부심을 느끼며 그곳에 올라갔다.

그는 무릎을 꿇고 기도를 했다. 그는 단두대 위에 머리를 놓은 채 눈을 뜨고 있으면 마지막 순간까지 바우텐호프의 쇠창살 댄 창문을 볼 수 있다는 사실을 알아차리고는 강렬한 기쁨을 느꼈다.

마침내 그 끔찍한 몸짓을 할 때가 왔다. 코르넬리우스는 축축하고 차가운 단두대에 턱을 댔다. 하지만 그 순간 그는 자기도 모르게 눈을 감고 말았다. 그의 머리 위로 떨어져 그의 생명을 삼킬 끔찍한 세례를 좀 더 결연히 견뎌 내기 위해서였다.

공개 처형대의 널빤지 위에 섬광이 빛났다. 형리가 칼을 치켜든 것이었다.

판 바에를르는 검은 튤립에 작별 인사를 했다. 그는 다른 빛, 다른 색깔로 이루어진 세계에서 깨어나 하느님에게 아침 인사를 하리라 확신했다.

세 차례에 걸쳐 그는 칼의 차가운 바람이 그의 떨리는 목을 스치는 것을 느꼈다.

그러나, 오 놀라워라! 그는 고통도 충격도 느낄 수가 없었다.

그는 아무런 뉘앙스의 변화도 보지 못했다.

그러고는 갑자기 누구의 것인지 모르는 꽤 부드러운 손이 그를 일으켜 세우는 것을 느꼈다. 잠시 후 그는 약간 비틀거리며 일어섰다.

눈을 떴다.

누군가 그의 곁에서 큼직한 붉은색 밀랍 봉인이 찍힌 커다란 양피지를 펼쳐 든 채 무언가를 읽고 있었다.

홀란트의 것이라고 할 수 있는 창백하고 누런 태양이 언제나처럼 하늘에 빛나고 있었다. 쇠창살을 댄 창문이 언제나처럼 바우텐호프 꼭대기에서 그를 내려다보고 있었다. 아우성을 치는 대신에 어안이 벙벙해진 군중이 언제나처럼 광장에서 그를 올려다보고 있었다.

눈을 뜨고 보고 들은 판 바에를르는 비로소 상황을 이해하기 시작했다.

오렌지 공 윌리엄은 판 바에를르의 몸 안에 담긴 17파운드가량의 피가 하늘의 정의의 컵을 넘치게 하지나 않을까 두려웠다. 그는 판 바에를르의 성품과 결백해 보이는 풍모를 가엾게 생각했다.

결과적으로 스타트하우더는 판 바에를르의 생명을 보전해 주었다. 바로 이런 이유로 음산한 빛을 번득이며 솟구친 뒤, 투르누스*의 머리 주위를 맴도는 흉조(凶鳥)처럼 세 차례 그의 머리를 스쳤던 칼은 머리를 내려치지 않았을뿐더러 척추 뼈 또한 건드리지 않았던 것이다.

그리고 바로 이런 이유로 고통도 충격도 없었던 것이다. 또 바로 이런 이유로 태양은 천궁의, 사실이지, 보잘것없는, 하지만 그래도 봐줄 만한 창공에서 웃음 짓기를 그치지 않았던 것이다.

신을, 그리고 우주에 펼쳐진 튤립의 파노라마를 열망했던

---

* 베르길리우스의 서사시 『아이네이스』에 나오는 전설의 왕.

코르넬리우스는 약간 실망했다. 그러나 일종의 안온함 속에서, 그리스인들은 트라켈로스(trachelos)라 부르지만 우리는 겸손하게 목이라고 명명한 신체 부위를 움직이면서 그는 스스로를 위로했다.

그러고 나서 코르넬리우스는 사면이 전적인 것이길, 그리하여 그에게 자유와 도르드레흐트 화단을 되돌려 주길 희망했다.

하지만 코르넬리우스는 잘못 생각하고 있었다. 바로 그 무렵 세비녜 부인*이 말했듯, 서한에는 추신이 있었고, 서한의 가장 중요한 내용은 바로 이 추신에 담겨 있었다.

추신에서 홀란트 스타트하우더 윌리엄은 코르넬리우스 판 바에를르를 종신형에 처했다.

죽기에는 코르넬리우스의 죄가 너무 적었고, 자유의 몸이 되기에는 죄가 너무 많았다.

코르넬리우스는 추신에 귀를 기울였다. 추신이 야기한 실망으로 기분이 언짢아졌다가 그는 생각했다.

"모든 걸 다 잃은 것은 아니야. 종신형에는 좋은 점이 있어. 검은 튤립을 틔울 세 개의 소구근이 있잖아."

그러나 코르넬리우스는 네덜란드에는 주마다 하나씩 일곱 개의 감옥이 있다는 사실을, 그리고 죄수의 빵은 수도인 헤이그에서보다 다른 곳에서 더 저렴하다는 사실을 잊고 있었다.

판 바에를르를 헤이그에서 부양할 형편이 못 되는 듯 보이는 윌리엄 전하께서는 그가 뢰베슈타인의 요새에서 종신형을 살도록 했다. 뢰베슈타인은 도르드레흐트 근처라고는 하지만

---

* Sévigné(1626~1696). 17세기 프랑스 서간문학을 대표한다.

안타깝게도 거기에서 상당히 멀리 떨어진 곳에 있었다.

왜냐하면 뢰베슈타인은 고르쿰 맞은편에 있는, 바할 강과 뫼즈 강이 형성한 섬의 극단에 위치하기 때문이었다.

판 바에를르는 자기 나라의 역사에 정통한 까닭에, 올덴바르네벨트가 죽은 뒤 유명한 그로티우스*가 그 요새에 갇혔고, 의회는 그 유명한 공법학자, 법률가, 역사가, 시인, 신학자에 대한 배려로 매일 24수의 식비를 지출했다는 사실을 잘 알고 있었다.

"그로티우스와 비교도 안 되는 내게는." 하고 판 바에를르는 속으로 말했다. "12수도 쓰기 힘들 거야. 사는 게 힘들겠지. 하지만 나는 살 거야."

그러나 문득 끔찍한 기억이 난 듯 그는 부르짖었다.

"아! 그 고장은 구름이 많고 습하지! 게다가 토양은 튤립에게 좋지가 않아! 그리고 로자, 뢰베슈타인에는 로자가 없을 거야!"

그는 가슴 위로 힘없이 머리를 떨어뜨렸다. 가슴이 아니었더라면 그것은 더 아래로 떨어져 내렸을 것이다.

---

* Grotius, 본명은 Hugo de Groot(1583~1645). 네덜란드의 법학자이자 외교관. 공화주의자인 올덴바르네벨트를 지지한 혐의로, 그리고 칼뱅을 비판한 이단 종파 아르미니우스 파에 속한 혐의로 수감되었다가 프랑스로 피신하여 스웨덴 대사를 역임하기도 했다. 국제법의 아버지로 통한다.

13
그동안 한 구경꾼의 마음속에서 일어난 일

코르넬리우스가 이런 생각을 하는 동안 사륜 포장마차 한 대가 공개 처형대로 다가왔다.

그 마차는 죄수를 위한 것이었다. 마차에 오르라는 명령이 떨어졌고, 코르넬리우스는 복종했다.

그의 마지막 시선은 바우텐호프로 향했다. 그는 창가에서 로자의 위로받은 얼굴을 보기를 희망했다. 그러나 준마들이 마차를 끌고 있었고, 그들은 금세 판 바에를르를 군중이 내뱉는 아우성 밖으로 데려갔다. 그들이 매우 관대한 스타트하우더에게 표하는 경의에는 비트 형제와 죽음에서 구출된 대자의 교활함에 대한 욕설이 섞여 있었다.

구경꾼들은 말했다.

"대악당 얀과 소불량배 코르넬리스를 서둘러 벌주었기 망정이지 하마터면 관대한 전하께서는 방금 우리에게서 코르넬리우스를 빼앗아 간 것처럼 그자들도 구해 주실 뻔했어!"

판 바에를르의 처형을 보기 위해 바우텐호프에 모여들었고, 예기치 못한 일의 진행으로 얼마간 실망한 그 모든 구경꾼 가운데 가장 크게 실망한 이는 말끔히 차려입은 한 부르주아였다. 그는 아침부터 손발을 부지런히 놀린 덕에 공개 처형대에서 가장 가까운 곳, 즉 형벌 기구를 둘러싼 병사들의 열 바로 앞에 자리를 잡았다.

많은 사람들이 죄인 코르넬리우스의 음흉한 피가 흐르는 것을 보고 싶어 했다. 그러나 아무도 문제의 부르주아만큼 악착같이 그 음산한 욕구를 드러내지는 않았다.

가장 극렬한 이들은 제일 좋은 자리를 차지하기 위해 동이 틀 무렵 바우텐호프로 왔다. 하지만 그는 감옥의 문지방에서 밤을 새며 가장 극렬한 이들을 앞질렀다. 그러고는 감옥에서부터 한편으로는 구슬리고 한편으로는 주먹질을 하며 사력을 다해 첫 번째 줄로 갔다.

형리가 죄수를 공개 처형대 위로 끌고 왔을 때, 더 잘 보고 또 더 잘 보이기 위해 분수 가장자리에 올라선 부르주아는 형리를 향해 몸짓으로 말했다.

'약속했소, 안 그래요?'

그 몸짓에 형리는 다른 몸짓으로 이렇게 말했다.

'걱정 마세요.'

형리와 그토록 잘 통하는 이 부르주아는 누구인가? 그리고 교환된 몸짓은 무얼 뜻하는가?

사실 이보다 더 자연스러운 것도 없었다. 그 부르주아는 바로 이작 복스텔이었기 때문이다. 그는 코르넬리우스가 체포된 뒤 헤이그로 와서 검은 튤립의 세 소구근을 손에 넣기 위해 애쓰고 있었다.

복스텔은 먼저 흐리푸스를 구슬리려고 했다. 그러나 간수는 불독처럼 충실하고 의심 많은 인간이어서 한번 물면 결코 놔 주는 법이 없었다. 그는 과연 복스텔의 증오를 잔뜩 경계했다. 복스텔이야말로 죄수가 탈출할 방도를 마련하기 위해 별 상관 없는 것들을 캐묻는 열성적인 친구라고 생각했다.

복스텔은 코르넬리우스 판 바에를르가 품속 아니면 감옥 어느 한구석에 틀림없이 감춘 소구근을 빼내 달라고 간절히 부탁했지만 그런 그를 흐리푸스는 막무가내로 내쫓았고, 이를 본 계단 지키는 개 또한 가만히 있지 않았다.

복스텔은 몰로스 개의 이빨에 바지 귀퉁이가 찢겨 나갔다 고 해서 낙담할 사람이 아니었다. 그는 다시 달려들었다. 하지 만 흐리푸스는 팔이 부러지고 열에 들떠 침대에 누운 채로 청 원자가 집 안에 발을 들여놓는 것조차 용인하지 않았다. 그러 자 복스텔은 로자에게로 향했다. 처녀에게 순금으로 된 머리 장식을 줄 테니 세 개의 소구근을 달라고 했다. 이에 대해 고 귀한 처녀는 비록 제안받은 도둑질의 정확한 가치는 모르지만, 그리고 짭짤한 대가를 지불하겠다고 약속받았지만, 죄수의 마 지막 판관일 뿐만 아니라 마지막 상속자이기도 한 형리에게나 가 보라고 유혹자에게 말했다.

이 말은 복스텔의 머릿속에 한 가지 생각이 떠오르게 했다.

판결은 이미 났다. 그것은 우리가 본 것처럼 성급한 판결이 었다. 때문에 이작은 누군가를 매수할 시간적 여유가 없었다. 결국 그는 로자가 암시한 생각에 멈추었다. 즉 그는 형리를 매 수하려 했다.

이작은 코르넬리우스가 자기 튤립을 품에 안고 죽으리라는 사실을 의심하지 않았다.

그러나 복스텔은 두 가지를 예견하지 못했다.

로자, 다시 말해 사랑.

그리고 윌리엄, 다시 말해 관용.

로자와 윌리엄을 빼고 시샘꾼의 계산은 정확했다.

윌리엄을 빼면 코르넬리우스는 죽을 것이었다.

거기에서 로자를 빼면 코르넬리우스는 소구근을 품에 안고 죽을 것이었다.

복스텔은 그리하여 형리를 찾아갔다. 그는 죄수의 절친한 친구라고 자신을 소개했다. 그러고는 금은보석을 제외하고, 장차 죽을 사람에게서 나오는 모든 것을 100플로린이란 다소 막대한 값에 샀다.

그렇지만 하를럼원예협회의 상을 산다고 확신하는 사람에게 100플로린 정도의 금액은 대단한 것이 못 되었다.

그것은 천 배로 되돌려 받을 돈이었던 만큼 꽤 괜찮은 투자였다는 사실에 모두들 합의하리라.

형리로서는 특별히 하는 일 없이 100플로린을 버는 셈이었다. 그는 처형이 끝났을 때 복스텔이 하인들을 거느리고 처형대에 올라와 자기 친구의 유해를 거두도록 내버려 두기만 하면 되었다.

게다가 그것은 일종의 관행이었다. 대가(大家)가 바우텐호프에서 공개적으로 처형당하면 지지자들이 유해를 거두었다.

코르넬리우스 같은 광신자에게는 친구의 유해를 위해 기꺼이 100플로린을 쓸 준비가 되어 있는 광신자 친구들이 얼마든지 있을 수 있었다.

따라서 형리는 제안을 받아들였다. 그가 내건 조건은 단 한 가지, 선불이었다.

구경거리를 위해 장터의 가건물에 들어가는 사람들처럼 복스텔은 만족하지 못할 수 있고, 그 경우 지불을 거절할 수도 있었기 때문이다.

복스텔은 미리 돈을 치르고 기다렸다.

이런 상황에서 복스텔의 마음이 어떠했을지, 그리고 경비들과 서기와 형리를 얼마나 열심히 쳐다보았을지는 독자들이 직접 판단해 보기 바란다. 그는 판 바에를르의 동작 하나하나에 불안을 느꼈다. 단두대 앞에서 그는 어떤 자세를 취할 것인가? 어떻게 쓰러질 것인가? 넘어지면서 행여 그 귀중한 소구근을 짓뭉개지나 않을까? 소구근을 가령 금으로 된 상자 같은 데 담기는 했을까? 그래도 금속 중에는 금이 가장 단단하니까.

우리는 사형 집행 취소가 이 존경할 만한 인간에게 불러일으킨 효과를 묘사하지 않으련다. 무엇하러 형리는 코르넬리우스의 머리 위로 칼을 번득이며 시간을 허비한단 말인가? 얼른 날려 버리지 않고. 서기가 죄수의 손을 잡아 일으키며 자신의 주머니에서 양피지를 꺼내는 것을 보았을 때, 그리고 스타트하우더가 내린 특별사면을 공개적으로 낭독하는 소리를 들었을 때 그는 더 이상 사람이 아니었다. 승냥이, 하이에나, 뱀의 분노가 그의 눈빛, 외침, 동작 가운데 폭발했다. 판 바에를르가 가까운 곳에 있었다면 그에게 달려들어 죽였을 것이다.

코르넬리우스는 그리하여 죽지 않고 살게 되었다. 그는 뢰베슈타인으로 가리라. 그곳의 감옥으로 소구근을 가져가리라. 아마도 거기에는 정원이 있을 것이고 그는 검은 튤립을 개화시키리라.

재난 가운데에는 보잘것없는 글쟁이의 필력으로는 도저히 묘사해 낼 수 없는 것들이 있다. 이런 경우에는 간단히 독자들의 상상력에 맡기는 수밖에 다른 도리가 없다.

기절한 복스텔은 분수 가장자리에서 오렌지 당파들 위로 떨어졌다. 사태의 추이에 대해 그와 마찬가지로 불만스러운 그들은 이작이 내지른 비명이 기쁨의 외침인 줄 알고 그에게 마구 주먹질을 해 댔다.

하지만 복스텔이 마음으로 느끼는 고통에 비하면 몇 차례의 주먹질은 아무것도 아니었다.

그는 코르넬리우스와 소구근을 싣고 떠나는 마차를 뒤쫓아가려고 했다. 하지만 서두르다가 그만 튀어나온 포석을 보지 못했고, 그것에 걸려 비틀거리다 무게중심을 잃은 채 넘어지고 말았다. 그는 헤이그의 비천한 시민 전체가 그의 등을 밟고 지나간 뒤에야 만신창이가 되어 겨우 일어설 수 있었다.

복스텔에게는 그야말로 엎친 데 덮친 격이었다. 지금까지의 불운으로도 모자라 옷은 찢어지고 등은 멍들고 손은 상처투성이였다.

이 정도면 복스텔도 그만 포기하리라 생각하는 사람이 있을 것이다.

하지만 그것은 틀린 생각이다.

자리에서 일어난 복스텔은 머리털을 한 줌 뽑아 시샘이라 불리는 무정하고 사나운 신에게 제물로 바쳤다.

신화에 따르면 이 여신의 머리칼은 뱀으로 되어 있는 만큼 그것은 반가운 선물이었으리라.

14
도르드레흐트의 비둘기

유명한 학자 그로티우스를 맞아들였던 바로 그 감옥에 수감된다는 것은 코르넬리우스 판 바에를르에게는 하나의 커다란 영예였다.

그러나 감옥에 도착하자 훨씬 더 큰 영예가 그를 기다리고 있었다. 오렌지 공의 관용이 튤립 재배자 판 바에를르를 뢰베슈타인에 보냈을 때 마침 바르네벨트의 고명한 친구가 묵었던 방이 비어 있었던 것이다.

그 방은 성에서 나쁜 평판을 받고 있었다. 아내의 상상력을 빌린 그로티우스가 그 유명한 책 상자에 숨어 감옥을 탈출했기 때문인데, 사람들은 책 상자를 열어 보는 것을 깜빡 잊었다고 한다.

다른 한편 그 방이 숙소로 정해진 것은 판 바에를르에게 좋지 않은 징조로 여겨지기도 했다. 그의 생각에 어떤 간수도 비둘기가 이미 한번 쉽게 날아가 버린 새장에 또 다른 비둘기를 살게 하지는 않을 것이기 때문이었다.

그 방은 역사적인 방이었다. 그런 만큼 우리는 그것에 대한 세부적인 묘사에 시간을 허비하지 않겠다. 그로티우스 부인을 위해 만들어진 알코브*를 제외하고, 그것은 여느 것과 똑같은 감방이었다. 다른 방보다 약간 높기는 했다. 그리고 쇠창살을 댄 창문은 매력적인 전망을 갖고 있었다.

하지만 우리의 이야기는 건축물 내부를 묘사하는 데 관심을 두지 않는다. 판 바에를르에게 생명은 호흡하는 기계와는 다른 어떤 것이었다. 그 불쌍한 죄수는 자신의 배기펌프** 이상으로 사랑하는 것 두 가지를 갖고 있었고, 자유로운 여행가인 생각은 관념에 불과하지만 그것들에 대한 소유를 허락했다.

그것은 꽃과 여인이었고, 그에게 그 둘은 영원히 잃어버린 것이었다.

그러나 다행히도 착한 판 바에를르는 잘못 생각하고 있었다. 공개 처형대로 걸어가는 그를 아버지의 미소를 띠고 바라보던 신은 감옥 한가운데에, 그중에서도 그로티우스의 방 안에 그 어떤 튤립 재배자도 겪어 보지 못한 가장 모험적인 삶을 예비해 놓고 있었다.

어느 날 아침 창가에 기대어 바할 강에서 오르는 신선한 공기를 맡으며 굴뚝 숲 너머로 멀리 보이는 자기 고향 도르드레흐트의 풍차들을 응시하던 그는, 그쪽 지평선에서 한 무리의

---

* alcôve. 벽을 파서 침대를 들여놓는 곳.
** '호흡하는 기계'와 '배기펌프' 모두 인간의 육체를 가리킨다. 매우 낯설고 거칠어 보이지만 산업화가 가속화되고 생물학, 병리학 등이 발달하기 시작하던 19세기 중엽의 분위기를 엿볼 수 있게 해 주는 메타포이다.

비둘기가 날아와 뢰베슈타인의 뾰족한 합각머리에 앉아 햇볕에 몸을 바르르 떠는 것을 목격했다.

"이 비둘기들은." 하고 판 바에를르가 중얼거렸다. "도르드레흐트에서 왔으니 그리로 다시 돌아갈 거야. 누군가 이 비둘기들의 날개에 편지를 매달면 그를 슬퍼하는 사람이 있는 도르드레흐트에 소식을 전할 수 있을지도 몰라."

그러고는 잠시 몽상에 잠겼다가 덧붙였다.

"그 누군가는 바로 나야."

스물여덟의 나이에 종신형을 선고받은 사람, 다시 말해 이만 이천 혹은 이만 삼천 일 동안의 옥살이를 선고받은 사람은 인내심이 강할 수밖에 없다.

판 바에를르는 세 개의 소구근을 생각하면서 — 왜냐하면 마치 가슴속에서 심장이 뛰듯 이 생각은 그의 기억 깊은 곳에서 박동하고 있었기 때문에 — 다시 한 번 반복하지만 판 바에를르는 세 개의 소구근을 생각하면서 비둘기들에게 덫을 놓았다. 그는 홀란트 돈으로 하루 8수어치(프랑스 돈으로는 12수)의 먹거리를 총동원하여 그 새들을 유혹했고, 한 달 동안의 헛수고를 거쳐 마침내 암컷 한 마리를 잡았다.

수컷 한 마리를 잡는 데 또다시 두 달이 걸렸다. 그는 둘을 한데 가두었다. 1673년 초쯤 알을 얻은 그는 암컷을 밖으로 내보냈다. 자기 대신 알을 품은 수컷을 보고 안심한 암컷은 날개 밑에 편지를 달고 즐겁게 도르드레흐트로 날아갔다.

비둘기는 저녁때 돌아왔다.

편지는 그대로 있었다.

비둘기는 그렇게 보름 동안 편지를 달고 다녔다. 판 바에를르는 크게 낙심했다가 아예 절망에 빠져 버리고 말았다.

열여섯 번째 되는 날 비둘기는 마침내 빈 몸으로 왔다.

판 바에를르의 편지는 프리슬란트 출신의 늙은 유모에게 보내는 것이었다. 그는 편지를 발견할 자비로운 영혼들에게 그것을 가능한 한 빠르고 정확하게 유모에게 전해 줄 것을 간청했다.

유모에게 보내는 이 편지 속에는 로자를 위한 작은 쪽지가 포함되어 있었다.

숨결로 향꽃무 씨앗을 오래된 성벽 위에 얹어 소량의 빗물로 꽃 피우는 신은 판 바에를르의 유모가 그 편지를 받는 것을 허락했다.

그 과정은 이렇다.

헤이그를 향해 도르드레흐트를 떠나면서, 그리고 고르쿰을 향해 헤이그를 떠나면서 이작 복스텔은 집, 하인, 관측소, 망원경뿐만 아니라 비둘기까지 버렸다.

아무런 보수도 없이 혼자 남은 하인은 먼저 소유하고 있던 얼마 안 되는 저축한 돈을 먹어 치운 뒤 비둘기들을 먹기 시작했다.

이를 본 비둘기들은 이작 복스텔의 지붕에서 코르넬리우스 판 바에를르의 지붕으로 이주했다.

유모는 착한 영혼을 지니고 있어 언제나 무엇인가를 사랑할 필요를 느끼는 사람이었다. 그녀는 자기에게 와서 구원을 청하는 비둘기들과 좋은 친구가 되었다. 그리하여 이미 열둘 혹은 열다섯 마리를 먹어 치운 이작의 하인이 나머지 열둘 혹은 열다섯 마리를 돌려줄 것을 요구했을 때 유모는 한 마리에 6수씩 주고 비둘기들을 샀다.

그것은 보통 비둘기 값의 두 배에 해당하는 금액이었다. 따라서 하인은 그 제안을 기쁘게 받아들였다.

　　그 결과 유모는 시샘꾼이 보유하던 비둘기의 정식 소유주가 되었다.

　　다른 성분의 밀이나 다른 맛의 삼 씨앗을 찾아 이리저리 돌아다니며 헤이그, 뢰베슈타인, 로테르담을 드나들던 비둘기 떼 가운데에는 유모의 비둘기들이 섞여 있었다.

　　우연은, 아니 그보다 차라리 우리가 모든 것의 중심에서 보게 되는 신은 코르넬리우스 판 바에를르가 그 비둘기 가운데 한 마리를 붙잡도록 했다.

　　만약 시샘꾼이 라이벌을 따라 도르드레흐트에서 헤이그로, 그리고 이어서 고르쿰 혹은 뢰베슈타인(아무래도 상관없다. 왜냐하면 두 도시는 바할 강과 뫼즈 강이 합류하는 지점을 경계로 마주 보고 있기 때문이다.)으로 가지 않았다면 판 바에를르가 쓴 편지는 유모의 수중이 아니라 그의 수중에 떨어졌을 것이다. 그리하여 가련한 죄수는 로마 구두장이의 까마귀에 대해서처럼 헛된 시간과 노력을 기울였을 테고,* 우리는 우리의 펜

---

* 여기서 뒤마는 마크로비우스(Macrobius)의 『사투르누스 축제』에 나오는 일화를 인용하고 있다. 요약하면, 아우구스투스 황제(BC 63~AD 14)는 종종 비싼 값을 치르고 찬사를 늘어놓는 새를 구입하곤 했다. 그 무렵 로마의 시장 골목에는 가난한 구두장이가 살고 있었다. 그는 돈을 벌기 위해 까마귀를 한 마리 길들였다. 하지만 까마귀는 영리하지 못했던지라 구두장이는 이만저만 고생하는 것이 아니었다. 그는 자주 한탄하곤 했다. "그토록 돈 들이고 고생했건만 보여 줄 게 아무것도 없구나." 그러나 오랜 노력 끝에 까마귀는 마침내 찬사를 몇 마디 읊을 수 있게 되었다. 아우구스투스 황제가 새를 보러 왔다. 하지만 그는 '이런 찬사는 집에서 매일 듣는 것이야.' 하며 돌아서려 했다. 바

아래에서 수많은 색깔로 장식된 양탄자처럼 펼쳐질 다양한 사건들을 이야기하는 대신 밤의 망토처럼 창백하고 슬프고 어두운 긴 나날들만을 묘사해야만 했을 것이다.

편지는 그렇게 판 바에를르의 유모의 손에 떨어졌다.

2월 초, 초저녁 어둠이 내리며 그 뒤로 어린 별들이 모습을 드러낼 무렵 코르넬리우스는 소탑(小塔) 계단에 울리는 목소리를 듣고 부르르 몸을 떨었다.

그는 손으로 심장을 누르며 귀를 기울였다.

그것은 부드럽고 감미로운 로자의 목소리였다.

솔직하게 이야기하자. 코르넬리우스는 얼떨떨할 정도로 놀라지도, 과장되게 기쁘지도 않았다. 비둘기 때문이다. 비둘기는 그의 편지를 빈 날개의 희망으로 교환해 주었고, 편지가 전달되었을 경우 로자가 어떻게 할지 잘 아는 그는 매일매일 자기의 사랑과 소구근에 대한 소식을 고대하고 있었다.

그는 자리에서 일어나 문 쪽으로 몸을 기울인 채 귀를 기울였다.

그래, 그것은 헤이그에서 그를 그토록 부드럽게 감동시켰던 바로 그 목소리였다.

하지만 헤이그를 떠나 뢰베슈타인에 와서, 코르넬리우스로서는 도무지 알 수 없는 방법으로 감옥에 들어오는 데 성공한 로자가 이제는 죄수의 곁에 이르는 데 성공할 것인가?

이와 관련하여 코르넬리우스가 생각에 생각을 더하고 불안

로 이 순간 까마귀는 "그토록 돈 들이고 고생했건만 보여 줄 게 아무것도 없구나."라며 한탄했고, 황제는 크게 웃으며 새를 샀다. 뒤마가 인용하는 구두장이는 따라서 '헛된 시간과 노력'을 기울인 것이 아니다.

에 바람을 보태는 동안, 감방 문에 난 작은 쪽문이 열리고 기쁨과 단장으로 빛나는 로자, 특히 최근 다섯 달 동안 두 뺨을 창백하게 한 슬픔으로 더욱 아름다운 로자가 코르넬리우스 방의 철망에 얼굴을 대고 말했다.

"오! 나리! 나리, 제가 왔어요."

코르넬리우스는 두 팔을 뻗고 하늘을 바라보며 기쁨의 탄성을 질렀다.

"오! 로자, 로자!" 하고 그는 외쳤다.

"조용히! 작은 소리로 말씀하세요. 뒤에 아버지가 오고 계셔요." 하고 처녀가 말했다.

"아버지가?"

"예. 계단 밑 뜰에 계신데, 수용소장에게 지침을 받고 계셔요. 곧 올라오실 거예요."

"수용소장의 지침⋯⋯?"

"간략하게 모든 것을 말씀드릴 테니 들어 보세요. 스타트하우더는 레이던에서 십 리 떨어진 곳에 별장을 갖고 있어요. 다른 게 아니고 우유 가공 농장이지요. 그런데 이 농장에 있는 온갖 동물을 관리하는 사람은 스타트하우더의 유모인 제 아주머니예요. 나리의 편지, 슬프게도 제가 직접 읽을 수 없어 나리의 유모가 대신 읽어 준 나리의 편지를 받자마자 저는 아주머니에게로 달려갔어요. 거기서 저는 스타트하우더가 방문할 때까지 기다렸죠. 마침내 스타트하우더가 왔을 때 저는 그에게 청원했어요. 제 아버지가 맡고 계신 헤이그 감옥의 수석 열쇠 보관인 자리를 뢰베슈타인 요새의 간수직으로 바꾸어 달라고 말이에요. 그는 제 목적을 추호도 의심하지 않았어요. 그걸 알았더라면 아마도 그는 거절했을 거예요. 하지만 그는 승낙했지요."

"그래서 여기에 있군요."

"보시다시피."

"매일 당신을 볼 수 있을까요."

"가능한 한 자주."

"오, 로자! 나의 아름다운 마돈나 로자!" 하고 코르넬리우스가 말했다. "당신은 나를 조금은 사랑하는군요."

"조금……." 하고 그녀가 말했다. "오! 당신은 까다롭지가 않으세요, 코르넬리우스 님."

코르넬리우스는 그녀를 향해 열정적으로 손을 뻗었다. 그러나 그들의 손가락만이 철창을 통해 맞닿을 수 있을 뿐이었다.

"아버지가 오세요!" 하고 처녀가 말했다.

로자는 재빨리 문을 떠나 계단 위에 나타난 늙은 흐리푸스를 향해 달려갔다.

15
쪽문

몰로스 개가 흐리푸스를 따르고 있었다.

그는 개가 한 바퀴 둘러보도록 했다. 필요한 경우 죄수들을 식별하도록 하기 위해서이다.

"아버지." 하고 로자가 말했다. "여기가 바로 그로티우스 님이 탈출한 그 유명한 방이에요. 그로티우스 님을 아시지요?"

"그래그래, 그 악당 같은 그로티우스를 잘 알아. 내가 어릴 때 처형당하는 것을 직접 본 사악한 바르네벨트의 친구이기도 해. 그로티우스! 음, 바로 이 방에서 탈출했다. 내 대답은 그 말고 아무도 이 방에서 탈출하지 못하리라는 것이야."

문을 열고 그는 어둠 속에서 죄수를 향해 연설을 시작했다.

개는 으르렁거리며 죄수의 장딴지에 코를 대고 냄새를 맡았다. 서기와 형리 사이에서 걸어 나오는 것을 분명히 보았는데 무슨 수로 죽지 않았느냐고 묻는 것 같았다.

그러나 아름다운 로자가 개를 불렀고, 몰로스 개는 그녀에게로 갔다.

"안녕하시오." 자기 주위로 빛을 확산시키기 위해 칸델라를 쳐들며 흐리푸스가 말했다. "나는 당신의 새로운 간수요. 열쇠 보관 책임자로서 모든 감방을 감시할 것이외다. 나는 악하지는 않지만 규율과 관련한 모든 것에 대해서는 가차 없는 사람이오."

"나는 당신을 잘 압니다, 친애하는 흐리푸스 씨." 칸델라가 던지는 빛의 원 안으로 들어서며 죄수가 말했다.

"이런, 이런, 바로 당신이군, 판 바에를르 씨." 하고 흐리푸스가 말했다. "아! 바로 당신이라니! 이런, 이런, 이런, 이렇게 만나게 되다니."

"그래요, 친애하는 흐리푸스 씨, 팔이 완전히 나은 걸 보니 대단히 기쁘군요. 다쳤던 팔로 지금 칸델라를 들고 있지 않소."

흐리푸스는 눈썹을 찌푸렸다.

"보시오." 하고 그가 말했다. "정치에서는 늘 실수가 있기 마련이지요. 전하는 당신을 살려 주셨지만, 나 같으면 절대로 그렇게 하지 않았을 거요."

"어째서요?" 하고 코르넬리우스가 물었다.

"왜냐하면 당신은 다시 한 번 음모를 꾸밀 사람이기 때문이오. 당신네 학자들은 악마와 내통하고 있지 않소."

"아 그래요! 흐리푸스 영감님. 제 치료법과 요구한 치료비가 불만스러웠던 모양이군요?" 코르넬리우스가 웃으며 말했다.

"그 반대요, 젠장! 그 반대란 말이오!" 하고 간수가 투덜댔다. "당신은 내 팔을 너무 잘 고쳐 주었소. 무언가 마술을 쓴게 틀림없어. 불과 육 주 만에 마치 아무 일도 없었던 것처럼 팔을 쓸 수 있으니 말이야. 바우텐호프의 유능한 의사는 내 팔을 다시 한 번 부러뜨리고 싶어 했소. 그것을 마술에서 벗어나게 하기 위해. 그에 따르면 이번에는 세 달은 걸려야 팔을 쓸 수 있다고 했지."

"그런데 왜 팔을 부러뜨리지 않았나요?"

"나는 싫다고 했소. 내가 이 팔로 성호를 그을 수 있는 한 (흐리푸스는 가톨릭 신자였다.) 악마 따위는 두렵지 않기 때문이오."

"하지만 흐리푸스 영감님, 악마가 두렵지 않으시면 학자들은 더더욱 두렵지 않아야 합니다."

"오! 학자들, 학자들!" 흐리푸스는 물음에 대답하지 않은 채 외쳤다. "학자들! 나는 단 한 명의 학자보다 열 명의 군인을 감시하는 게 더 편해. 군인들은 담배도 피우고 술도 마시고 취하기도 하지. 그들은 브랜디나 마스 포도주 한 병만 안겨 주면 양처럼 순해져. 반면에 학자는 술을 마시지도 담배를 피우지도 취하지도 않아! 물론 그것은 절제이지. 검소하고. 하지만 그것은 맑은 머리로 음모를 꾸미기 위해서야. 분명히 말하건대 쉽지는 않을 거요. 당신이 음모를 꾸미는 것 말이오. 일단 모든 책, 서류, 마법서를 금지하겠소. 그로티우스가 도망친 것은 책 덕분이오."

"분명히 말씀드리지만, 흐리푸스 영감님." 하고 판 바에를르가 말을 이었다. "제가 한순간 탈옥을 생각했던 것은 사실입니다. 하지만 이제 더 이상 그러고 싶은 마음이 없습니다."

"좋아요! 좋아!" 하고 흐리푸스가 말했다. "당신 스스로를 잘 감시하시오. 나 역시 그럴 테니까. 하여간 이건 전하의 중대한 과오야."

"내 머리를 자르지 않은 것 말입니까……? 고맙군요, 정말
고맙군요, 흐리푸스 영감님."

"그러시겠지. 아무튼 비트 형제는 이제 얌전해졌어."

"그런 말을 하다니 끔찍하군요, 흐리푸스 영감님." 염오감을
감추기 위해 시선을 돌리며 판 바에를르가 말했다. "그 불행한
두 분 가운데 한 분은 제 친구이고 다른 분은…… 다른 분은
제 대부인 것을 영감님은 잊으셨습니까."

"그렇소. 하지만 내 기억에 그들은 둘 다 음모가요. 그리고
내가 이런 말을 하는 것은 박애 정신이 작용했기 때문이오."

"아! 정말입니까! 좀 더 자세히 설명해 주실까요, 친애하는
흐리푸스 영감님. 저로서는 이해하기가 힘들군요."

"그럽시다. 만약 당신이 하르부르크 영감의 단두대를 떠나지
않았더라면……."

"떠나지 않았더라면?"

"그랬다면 당신은 더 이상 고생을 할 필요가 없었을 거요.
솔직히 말해 나는 절대로 당신의 삶이 편안하도록 내버려 두
지 않을 거요."

"그리 약속해 주시니 고맙군요, 흐리푸스 영감."

죄수가 늙은 간수를 향해 아이로니컬한 웃음을 던지고 있
을 때 문 뒤의 로자는 천사의 위로로 가득 찬 미소를 그에게
보냈다.

흐리푸스는 창문으로 다가갔다.

아직은 꽤 밝은지라 희끄무레한 안개 속으로 사라지는 거대
한 지평선을 대충은 식별할 수 있었다.

"전망이 어떻소?" 하고 간수가 물었다.

"매우 아름답지요." 로자를 바라보며 코르넬리우스가 말했다.

"그래그래. 전망이 너무 좋군, 너무 좋다고."

그 순간 낯선 사람의 얼굴과 목소리에 놀란 두 마리의 비둘기가 둥지를 나와 겁에 질린 채 안개 속으로 사라졌다.

"오! 오! 이게 뭐야?" 간수가 물었다.

"제 비둘기입니다." 코르넬리우스가 대답했다.

"제 비둘기입니다!" 하고 간수가 외쳤다. "제 비둘기입니다! 죄수가 무엇을 소유할 수 있소?"

"그러면." 하고 코르넬리우스가 말했다. "하느님께서 제게 빌려 준 비둘기라고 합시다."

"벌써부터 규율을 위반하다니." 하고 흐리푸스가 대꾸했다. "비둘기들! 아! 젊은 양반, 젊은 양반, 한 가지만 일러두겠소. 당신의 비둘기들은 내일 안에 내 냄비 속으로 들어갈 거요."

"그러기 위해서는 그들을 잡아야겠지요, 흐리푸스 영감님." 하고 판 바에를르가 말했다. "그들이 제 비둘기라는 게 못마땅하신 모양인데, 분명히 말하지만 그들이 제 비둘기가 아니라면 영감님 것은 더더욱 아닙니다."

"아무튼 그것은 시간문제요." 하고 간수가 투덜댔다. "내일 안으로 나는 그것들의 목을 비틀 거요."

코르넬리우스에게 이렇듯 악랄한 약속을 하면서 흐리푸스는 창문 밖으로 몸을 기울여 비둘기 둥지를 살펴보았다. 이 틈을 이용하여 판 바에를르는 문으로 달려가 로자의 손을 잡았고, 로자는 그에게 말했다.

"오늘 저녁 9시에 봐요."

약속한 대로 다음 날 당장 비둘기를 잡아먹을 욕망에 사로잡힌 흐리푸스는 그것을 보지도 듣지도 못했다. 그는 창문을 닫은 뒤 딸의 손을 잡고 방을 나가 자물쇠를 이중으로 잠그고 빗장을 질렀다. 그러고는 다른 죄수한테 가서 동일한 약속들을 했다.

그들이 나가자마자 코르넬리우스는 문으로 다가가 잦아드는 발소리에 귀를 기울였다. 발소리가 완전히 사라지자 그는 창문으로 다가가 비둘기 둥지를 송두리째 부수었다.

로자를 다시 보게 해 준 그 행복한 심부름꾼들을 죽음에 노출시키느니 차라리 자기 곁에서 영영 쫓아 버리는 편이 낫다고 그는 생각했다.

간수의 방문, 그의 거친 위협, 남용될 것이 뻔한 감시의 우울한 전망은 그러나 코르넬리우스를 포근한 상념으로부터, 특히 로자의 존재가 그의 가슴에 되살아나게 한 부드러운 희망으로부터 떼어 내지 못했다.

그는 뢰베슈타인의 망루에서 9시가 울리기만을 애타게 기다렸다.

로자가 "오늘 저녁 9시에 봐요." 하고 말했기 때문이다.

마지막 청동 음이 아직도 공기 속에서 떨림을 지속하고 있을 때 코르넬리우스는 계단 쪽으로부터 아름다운 프리슬란트 처녀가 내는 가벼운 발소리와 물결치는 옷자락 소리를 들었다. 코르넬리우스가 뜨거운 시선으로 응시하던 쪽문의 쇠창살가 곧 밝아졌다.

바깥쪽으로부터 쪽문이 열렸다.

"저예요." 계단을 오른 탓에 아직도 숨이 가쁜 로자가 말했다. "제가 왔어요!"

"오! 착한 로자!"

"저를 보게 되어서 좋으세요?"

"그걸 말이라고 해요! 그런데 어떻게 왔소? 말해 봐요!"

"아버님은 매일 저녁 거의 식사가 끝나자마자 잠드세요. 진에 약간 취하셨기에 자리에 눕혀 드렸죠. 아무에게도 말하지 마세요. 이 잠 덕분에 매일 저녁 나리와 한 시간씩 이야기를 나눌 수 있을 테니까요."

"오! 고마워요, 로자, 친애하는 로자."

이렇게 말하면서 그가 어찌나 바짝 얼굴을 쪽문에 갖다 댔던지 로자는 뒤로 약간 물러섰다.

"튤립 소구근을 갖고 왔어요." 하고 그녀가 말했다.

코르넬리우스의 가슴이 뛰었다. 그는 아직 로자에게 자신이 맡긴 귀중한 보화를 어떻게 했는지 물어보지 못하고 있던 참이었다.

"아! 그것을 잘 간직했군요?"

"제게 맡기면서 나리께 소중한 물건인 것처럼 하지 않으셨던가요?"

"물론이오. 다만 아가씨에게 주었으니 이제 그것은 아가씨 소유인 것 같아서."

"나리께서 죽었더라면 제 것이 되었겠지요. 그러나 다행히도 살아 계셔요. 아! 저는 전하를 축복했어요. 만약 하느님께서 제가 요청한 모든 복을 윌리엄 공에게 내리신다면 그는 필경 그의 왕국에서는 물론 지상에서 가장 행복한 사람이 될 거예요. 아무튼 나리는 살아 계시고, 저는 대부이신 코르넬리스 님의 성경과 함께 소구근을 나리께 갖다 드리기로 결심했지요. 다만 저는 어떻게 해야 하는지를 몰랐어요. 그런데 스타트하우 더에게 가서 뢰베슈타인의 간수 자리를 제 아버님께 내려 달 라고 부탁하기로 결심한 참에 유모가 제게 나리의 편지를 가 져온 거예요. 아! 저희들은 함께 울었답니다. 정말이에요. 하지 만 나리의 편지는 제 결심을 더욱 굳게 했을 뿐이에요. 저는 레이던으로 떠났고, 나머지는 나리께서도 잘 알고 계세요."

"뭐라고요, 친애하는 로자." 코르넬리우스가 말을 이었다. "내 편지를 받기도 전에 나를 찾아올 생각을 했다고요?"

"제가 그런 생각을 했느냐고요!" 사랑이 수줍음을 누르도 록 내버려 두면서 로자가 대답했다. "저는 오로지 그 생각만 했어요!"

이 말을 하는 로자는 무척 아름다웠다. 코르넬리우스는 다 시 한 번 이마와 입술을 쇠창살로 가져갔다. 그것은 아마도 아 름다운 처녀에게 고마움을 표시하기 위해서였을까?

로자는 처음과 마찬가지로 뒤로 물러섰다.

"사실." 그녀는 모든 처녀의 가슴속에 뛰는 애교를 드러내 며 말했다. "사실 저는 종종 읽지 못하는 것을 안타까워했어 요. 하지만 유모가 나리의 편지를 가져왔을 때만큼은 아니었 죠. 제 손안에 있는 편지는 다른 사람들에게는 의미가 있었지 만 불쌍한 바보인 제게는 아무런 의미도 없었지요."

"글 못 읽는 것을 자주 안타까워했다고요?" 하고 코르넬리 우스가 말했다. "어떤 경우에 그랬나요?"

"글쎄요!" 처녀는 웃으며 말했다. "사람들이 제게 보내는 모 든 편지를 읽기 위해서였지요."

"편지를 받았다고요, 로자?"

"수백 통씩이나 받았지요."

"도대체 누가 당신에게 편지를 쓴단 말이오……?"

"누가 쓰냐고요? 바우텐호프 광장을 지나가는 모든 대학생, 연병장으로 향하는 모든 장교, 모든 점원, 그리고 심지어 제 작은 창문을 통해 저를 본 상인들이 쓰지요."

"그 편지들은, 친애하는 로자, 어떻게 했나요?"

"예전에는." 하고 로자는 대답했다. "친구한테 그것들을 읽어 달라고 했어요. 매우 즐거웠지요. 하지만 얼마 전부터 그 모든 바보 같은 소리들에 귀를 기울이며 시간을 허비할 필요가 없다는 생각이 들었어요. 얼마 전부터 저는 그것들을 태워 버려요."

"얼마 전부터!" 사랑과 기쁨으로 동요된 눈빛으로 코르넬리우스가 외쳤다.

로자는 새빨개진 얼굴로 눈을 내리깔았다.

때문에 그녀는 코르넬리우스의 입술이 다가오는 것을 보지 못했다. 하지만 입술이 만난 것은 슬프게도 쇠창살뿐이었다. 입술은 그러나 장애물을 넘어 처녀의 입술에까지 가장 애틋한 키스의 뜨거운 숨결이 가닿게 했다.

자기 입술을 뜨겁게 달구는 사랑의 화염에 로자는 창백해졌다. 그녀는 처형이 예정된 날 바우텐호프에서보다 더 창백했다. 그녀는 신음 소리를 내며 아름다운 눈을 감은 뒤 뛰는 가슴을 안고 도망쳤다. 손으로 가슴을 누르며 마음을 진정시키려 했으나 소용없는 일이었다.

혼자 남은 코르넬리우스는 그녀의 머리칼의 부드러운 향내를 들이마시는 것으로 만족해야 했다. 그는 사로잡힌 듯 쇠창살 앞에 서 있었다.

로자는 황급히 도망치느라 코르넬리우스에게 검은 튤립의 소구근을 주는 것도 잊고 말았다.

16
선생과 학생

　우리가 알 수 있는 것처럼, 흐리푸스 영감은 코르넬리스 드 비트의 대자에 대한 자기 딸의 호의를 공유할 사람이 아니었다.
　뢰베슈타인에는 겨우 다섯 명의 죄수가 있을 뿐이었다. 경비 업무는 조금도 어렵지 않아 그의 자리는 일종의 한직(閑職)이라고 할 만했다.
　그러나 열성적인 간수는 상상력을 총동원하여 자신에게 부과된 일을 늘렸다. 그에게 코르넬리우스는 어마어마한 죄수로 탈바꿈하여, 결과적으로 가장 위험한 죄수가 되고 말았다. 간수는 그의 일거수일투족을 감시하고 사나운 얼굴로 대하면서 관대한 스타트하우더에 대한 흉악한 모반의 대가를 치르게 했다.
　그는 무언가 꼬투리를 잡으리라 기대하며 하루 세 차례씩 판 바에를르의 방에 들어왔다. 하지만 코르넬리우스는 편지 받는 사람을 곁에 둔 이래 편지 같은 것은 더 이상 생각도 하지 않았다. 심지어 그가 완전한 자유와 원하는 모든 곳에 갈 수 있는 허락을 얻었다 해도 그는 필경 로자와 소구근들 없는 다른 거처보다는 로자와 소구근들이 있는 감옥을 선택했을 것이다.

로자는 매일 저녁 9시에 죄수와 이야기를 나누러 오기로 약속했고, 우리가 본 것처럼 로자는 첫날 저녁부터 약속을 지켰다.

다음 날 그녀는 전날과 마찬가지로 비밀스럽고 신중하게 계단을 올라갔다. 다만 그녀는 자기 얼굴이 쇠창살에 너무 가까이 가지 않도록 조심하겠다고 다짐했다. 판 바에를르를 진지하게 사로잡을 수 있는 대화를 지체 없이 시작하기 위해 그녀는 쇠창살을 통해 언제나 같은 종이에 싸인 세 개의 소구근을 내밀었다.

그러나 놀랍게도 판 바에를르는 로자의 흰 손을 물리쳤다.

청년은 곰곰이 생각에 잠겼다가 말했다.

"내 말 잘 들어요. 내가 생각하기에 우리 재산을 한 자루에 넣는 것은 너무 위험해요. 친애하는 로자, 우리가 하려는 일은 오늘날까지 불가능한 것으로 간주되는 일이라는 점을 생각하세요. 그것은 위대한 검은 튤립을 개화시키는 일입니다. 따라서 모든 신중한 조처를 취하도록 합시다. 혹시 실패하더라도 후회하는 일이 없도록 말이오. 우리의 목표에 도달하기 위한 방법을 말해 줄 테니 들어 봐요."

로자는 죄수가 자기에게 말하려 하는 것에 모든 주의를 기울였다. 그녀가 그렇게 한 것은 그녀 자신이 그것에 부여하는 중요성보다는 불행한 튤립 재배자가 거기에 부여하는 중요성 때문이었다.

"자." 코르넬리우스는 말을 이었다. "이 위대한 일을 위해 우리가 어떻게 협력하는가 하면."

"말씀하세요." 하고 로자가 말했다.

"이 성채 안에는 작은 정원이 하나 있을 거요. 정원이 아니면 어떤 마당 같은 거라도, 그것도 아니면 하다못해 테라스라도 있을 겁니다."

"매우 아름다운 정원이 있죠." 하고 로자가 말했다. "바할 강가에 있는데 멋진 고목들이 많이 있어요."

"친애하는 로자, 그 정원의 흙을 좀 퍼 올 수 있겠소? 내가 좀 봐야겠어요."

"내일 당장 가져오겠어요."

"음지와 양지 두 곳의 흙을 갖다 주시오. 마른 곳과 건조한 곳의 토질을 아울러 살펴봐야겠어요."

"걱정 마세요."

"흙을 고르고 필요한 경우 손을 본 다음 소구근을 세 몫으로 나눌 거요. 당신은 그중 하나를 내가 일러 주는 날 내가 지정하는 흙에 심으면 됩니다. 그리고 내가 이르는 대로 그것을 잘 돌보면 아마도 꽃이 필 겁니다."

"저는 그것에서 잠시도 떨어지지 않겠어요."

"당신이 남은 소구근 가운데 하나를 내게 주면 나는 그것을 여기 내 방에서 키워 보도록 하겠소. 그리하면 당신을 볼 수 없는 긴긴 낮을 보내기가 한결 수월할 거요. 고백하지만 이 소구근에 대해서는 희망이 별로 없소. 그리고 진작부터 말이지만 그 불행한 소구근은 내 이기주의에 희생되는 셈이오. 그러나 내 방에도 이따금 볕이 들기는 해요. 나는 인위적인 방법으로 가능한 모든 것, 이를테면 내 파이프의 열이라든가 재마 저도 활용할 생각입니다. 마지막으로, 우리는, 아니 당신은 세 번째 소구근을 예비로 보관해야 돼요. 우리의 두 시도가 실패 로 끝날 경우 그것은 마지막 희망이 될 겁니다. 이렇게 하면, 나의 친애하는 로자, 당신의 지참금이 되어 줄 10만 플로린을 획득하지 못하는 것, 그리고 우리 작품의 완성을 보는 최고의 행복을 누리지 못하는 것은 절대 불가능하다고 자신할 수 있 어요."

"알겠어요." 하고 로자는 말했다. "내일 흙을 가져올 테니 나리의 흙과 제 흙을 고르도록 하세요. 나리의 흙을 위해서는 수차례의 왕래가 필요할 거예요. 한 번에 조금밖에는 가져올 수가 없기 때문이에요."

"오! 급할 것은 조금도 없어요, 친애하는 로자. 튤립을 심으 려면 아직 한 달은 있어야 해요. 시간이 충분하다는 걸 알겠지 요. 다만 소구근을 심을 때는 제 말을 잘 따라야 해요, 아시겠 어요?"

"약속드릴게요."

"그리고 일단 소구근을 심은 다음에는 재배에 관련되는 모 든 정황들, 예컨대 기상 변화라든가 화단과 샛길에 난 흔적 등 에 대해서 나한테 말해 주어야 해요. 밤에는 혹시 고양이들이 우리 정원에 드나들지 않나 감시해야 해요. 도르드레흐트에 있을 때 그 못된 짐승 두 마리가 두 개의 화단을 완전히 망쳐 놓은 적이 있어요."

"잘 감시할게요."

"달밤에는…… 그런데 정원 쪽으로 창문이 나 있던가요?"

"제 서쪽 창문이 정원 쪽으로 나 있지요."

"좋아요! 달밤에는 혹시 담 구멍에서 쥐가 나오지 않나 잘 살펴야 해요. 쥐는 튤립을 갉아먹기 때문에 정말로 경계해야 됩니다. 쥐한테 당한 한 튤립 재배자가 쓰린 어조로 노아를 원망하는 걸 보았어요. 그가 방주에 들어갈 때 쥐도 한 쌍 데려 갔기 때문이지요."

"잘 보겠어요. 고양이와 쥐가 있는지……."

"음, 아무래도 말하는 게 좋을 것 같군요." 감옥에 들어온 이래 의심이 많아진 판 바에를르가 말을 이었다. "고양이나 쥐보다 더 두려워해야 하는 동물이 하나 있습니다."

"뭔가요, 그 동물이?"

"인간이오! 알겠지요, 친애하는 로자. 도형장에 끌려갈 위험을 무릅쓰고 1플로린을 훔치는 사람들이 있습니다. 하물며 10만 플로린의 가치가 있는 튤립 소구근은 어떻겠어요?"

"저 말고 아무도 정원에 못 들어가게 하겠어요."

"약속하겠어요?"

"약속해요!"

"좋아요, 로자! 고마워요, 친애하는 로자! 오! 나의 모든 기쁨은 그러므로 당신으로부터 오겠군요!"

판 바에를르의 입술이 전날과 동일한 열정을 띤 채 쇠창살에 가까워지고, 벌써 물러갈 시간이 된 까닭에 로자는 얼굴을 멀리하며 손을 내밀었다.

귀여운 처녀가 각별한 정성으로 가꾸는 그 예쁜 손에는 소구근이 담겨 있었다.

코르넬리우스는 그 손가락 끝에 열정적으로 입을 맞추었다.

이는 그 손이 위대한 검은 튤립의 소구근을 담고 있었기 때문인가, 아니면 로자의 손이었기 때문인가?

그 점에 대해서는 우리보다 훨씬 더 현명한 사람들이 예견하게 내버려 두도록 하자.

로자는 그리하여 두 개의 소구근을 가슴에 꼭 안고 돌아갔다.

그녀가 소구근들을 가슴에 꼭 안은 것은 그것이 위대한 검은 튤립의 소구근들이기 때문인가, 아니면 코르넬리우스 판 바에를르로부터 온 것이기 때문인가?

우리 생각에 이 점은 앞의 것보다 대답하기가 한결 수월할 것 같다.

어쨌거나 그때부터 죄수에게 삶은 부드럽고 충일한 것이 되었다.

코르넬리우스가 요청한 대로, 로자는 그에게 소구근 한 개를 주었다.

매일 저녁 그녀는 판 바에를르가 정원에서 제일 좋다고 판단했고 실제로도 훌륭한 흙을 한 줌씩 한 줌씩 가져왔다.

코르넬리우스가 절묘하게 깬 커다란 항아리가 적당한 받침 역할을 해 주었다. 그는 항아리에 로자가 가져온 흙을 반쯤 채운 뒤 강에서 퍼다가 말린 약간의 진흙과 섞어 최적의 흙을 마련했다.

그러고 나서 4월이 시작될 무렵 첫 번째 소구근을 심었다.

아무리 해도 코르넬리우스가 자기 일의 즐거움을 흐리푸스의 감시로부터 숨기기 위해 동원한 온갖 정성, 솜씨, 술수를 다 말할 수는 없으리라. 다른 사람에게는 삼십 분의 시간에 불과

한 것이 철학자 죄수에게는 백 년 동안의 감동과 사색이었다.

단 하루도 빠짐없이 로자는 코르넬리우스에게 와서 이야기를 나누었다.

로자가 전해 주는 튤립의 소식이 대화의 주재료였다. 하지만 아무리 그 주제가 흥미롭다 해도 언제까지고 마냥 튤립 이야기만 할 수는 없었다.

그리하여 그들은 다른 것에 대해 이야기했고, 튤립 재배자는 대화의 범위가 그토록 확대될 수 있는 것에 크게 놀랐다.

다만 로자에게는 자신의 아름다운 얼굴을 언제나 쪽문으로부터 여섯 치 정도 거리에 유지하는 습관이 생겼다. 그 아름다운 프리슬란트 처녀는 쇠창살을 넘어오는 죄수의 숨결이 처녀의 넋을 얼마든지 빼앗을 수 있다는 것을 느낀 이래 스스로를 경계하게 된 때문이었다.

두 사람이 만날 때마다 소구근만큼이나 튤립 재배자를 불안케 하며 그가 끊임없이 생각하는 게 하나 있었다. 그것은 로자가 자기 아버지에게 종속되어 있다는 사실이었다.

학식 많은 박사이자 재주 있는 화가로서 우월한 인간인 판 바에를르의 삶, 진작에 정해진 것처럼 로자 바를뢰엔시스라고 불릴 창조의 걸작을, 모든 점으로 미루어 볼 때 맨 처음 발견한 판 바에를르의 삶, 아니 행복이 다른 사람의 가장 단순한 변덕 여하에 달려 있었다. 이 다른 사람은 열등한 정신을 지녔으며 미미한 계급에 속하는 자였다. 그는 간수로서 그가 잠그는 자물쇠보다 멍청하고 그가 당기는 빗장보다 완고했다. 그는 셰익스피어의 『템페스트』에 나오는 인간과 야수의 중간자인 캘리번 같은 존재였다.

그리고 그런 사람에게 코르넬리우스의 행복이 달려 있었다. 그는 어느 날 아침 뢰베슈타인에 따분함을 느끼며 그곳의 공기와 진 맛이 나쁘다고 생각할 수 있고, 요새를 떠나면서 자기 딸을 데려갈 수 있었다. 그리하면 코르넬리우스와 로자는 꼼짝없이 헤어질 수밖에 없었다. 이 경우, 당신의 피조물들을 위해 너무 많은 것을 해 주길 꺼리는 신은 아마도 그들을 다시 만나게 해 주지 않을지도 모른다.

"그렇게 되면 비둘기들이 무슨 소용 있겠소?" 코르넬리우스는 처녀에게 말했다. "왜냐하면, 친애하는 로자, 당신은 내가 당신을 위해 쓴 것을 읽지도 못하고 또 당신이 생각하는 바를 쓰지도 못하니 말이오."

"그럼." 하고 로자가 대답했다. 그녀는 마음속으로 코르넬리우스만큼이나 이별을 두려워하고 있었다. "우리에겐 매일 저녁 한 시간씩의 시간이 있으니 그것을 잘 활용하면 되지요."

"하지만." 하고 코르넬리우스가 대꾸했다. "내가 보기에 우리는 벌써 그 시간을 잘 활용하고 있소."

"더 잘 활용해야만 해요." 로자가 미소를 지으며 말했다. "제게 읽고 쓰는 법을 가르쳐 주세요. 나리의 가르침을 받겠어요. 그리하면 우리는 우리 자신의 의지에 따르지 않고서는 절대로 헤어지지 않을 거예요."

"오! 그렇다면." 하고 코르넬리우스가 외쳤다. "우리에겐 영원의 시간이 있소."

로자는 미소와 함께 부드럽게 어깨를 으쓱하며 대답했다.

"언제까지고 감옥에만 머무르시겠어요? 나리께 생명을 되돌려 주신 전하께서 자유도 주시지 않을까요? 그러면 나리는 재산을 되찾으시겠지요. 다시 부유해지시겠지요. 하지만 그렇게 자유의 몸으로 부자가 되어 말이나 마차를 타고 지나가실 때면 간수의 딸, 아니 거의 형리의 딸이나 다름없는 불쌍한 로자는 거들떠보지도 않으시겠지요."

코르넬리우스는 항의하려 했다. 그는 진심으로, 사랑으로 가득 찬 영혼의 진지함으로 항의하려 했다.

그러나 처녀가 가로막았다.

"나리의 튤립은 어때요?" 미소를 머금은 채 그녀가 물었다.

코르넬리우스에게 그의 튤립에 대해 말을 거는 것은 코르넬리우스로 하여금 모든 것, 심지어 로자까지도 잊게 만드는 확실한 방법이었다.

"괜찮소." 하고 그가 말했다. "껍질이 검어지고 발효가 시작되었소. 소구근의 맥관이 따뜻해지며 확장되고 있어요. 일주일쯤 있으면, 혹은 그 이전에 발아에 따른 첫 번째 융기를 관찰할 수 있을 거요……. 당신 것은 어때요, 로자?"

"오! 저는 나리께서 일러 주신 그대로 했지요."

"아니, 로자, 무얼 어떻게 했단 말이오?" 하고 코르넬리우스가 말했다. 그의 눈과 숨결은 그것들이 로자의 얼굴을 달구고 넋을 사로잡았던 저녁만큼이나 뜨겁고 열렬했다.

"저는." 처녀가 미소 지으며 말했다.(그녀는 마음속으로 그녀 자신과 검은 튤립에 대한 그의 이중적인 사랑을 따져 보지 않을 수 없었다.) "저는 나리가 시킨 그대로 했어요. 나무와 담이 너무 가깝지 않은 화단에, 그리고 돌도 자갈도 없고 건조하기보다는 축축하며 약간의 모래가 섞인 화단에 나리가 설명한 그대로 묘판을 꾸몄어요."

"좋아요, 좋아, 로자."

"그렇게 준비된 흙은 이제 나리의 분부만을 기다리고 있어요. 나리가 소구근을 심어도 된다고 말만 하시면 저는 지체하지 않고 심을 거예요. 저는 좋은 공기와 햇볕과 풍부한 영양의 흙을 가지고 있으니까 나리보다 늦게 시작해도 돼요."

"맞아요, 맞아!" 코르넬리우스가 기쁨에 손뼉을 치며 말했다. "당신은 좋은 학생이에요, 로자. 꼭 10만 플로린을 획득할 수 있을 거요."

"잊지 마세요." 로자가 웃으며 말했다. "나리께서 그렇게 부르시니 말이지만, 나리의 학생은 튤립 재배 외에 배울 게 더 있다는 사실을 말이에요."

"그래요, 그래. 아름다운 로자, 나 또한 당신이 글을 읽을 수 있기를 당신만큼이나 바라요."

"언제 시작하지요?"

"지금 당장."

"안 돼요. 내일."

"어째서 내일?"

"오늘은 이미 우리의 시간이 끝났고, 저는 나리 곁을 떠나야 하기 때문이지요."

"벌써! 하지만 무엇을 읽어야 할까?"

"오!" 하고 로자가 말했다. "제게는 책이 한 권 있어요. 그 책이 우리에게 행복을 가져다주길 바라요."

"그럼 내일?"

"내일."

다음 날 로자는 코르넬리스 드 비트의 성경을 가지고 왔다.

17
첫 번째 소구근

앞서 말한 것처럼, 다음 날 로자는 코르넬리스 드 비트의 성경을 가지고 왔다.

그리하여 선생과 학생 사이에 매혹적인 장면이 시작되었다. 이런 광경을 묘사하는 행복을 갖게 되면 소설가는 더없이 기쁘기 마련이다.

두 연인에게 의사소통의 유일한 통로인 쪽문은 그들이 이야기하고픈 모든 것을 서로의 얼굴에서 읽게 해 주었지만, 로자가 가져온 책을 함께 읽기에는 너무 높았다.

때문에 처녀는 쪽문에 기댄 채 머리를 기울이고 오른손의 등불과 같은 높이로 책을 들고 있어야 했다. 코르넬리우스는 그녀의 수고를 덜어 주기 위해 손수건으로 등불을 쇠창살에 묶을 생각을 해 냈다. 덕분에 로자는 코르넬리우스가 읽으라는 글자와 음절을 손가락으로 짚어 가며 읽을 수 있게 되었고, 코르넬리우스는 쇠창살 구멍 너머로 작은 밀 짚단을 지시봉

삼아 공부에 열중한 학생에게 글자를 가리켰다.

램프 불빛은 로자의 풍부한 빛깔들, 즉 깊고 푸른 눈과, 프리슬란트 여자들이 쓰는 금갈색 모자 아래로 내려온 땋은 금발을 비추었다. 공중에 쳐든 손가락들은 창백한 분홍빛을 띠었고, 이는 빛의 충만 가운데 살 아래로 흐르는 신비로운 생명을 드러냈다.

코르넬리우스의 활기 넘치는 정신과 접촉하며 로자의 지성은 빠르게 발달했다. 어려움이 너무 까다로워 보일 때면 두 눈이 서로에게 빠져들고 눈썹이 스치고 머리칼이 섞여 결합하며 빛을 냈고, 이는 백치의 암흑조차 밝히기에 충분한 것이었다.

자기 방으로 내려오면 로자는 혼자서 머릿속으로 읽기 공부를 복습했다. 동시에 그녀의 영혼은 고백되지 않은 사랑의 학업 내용을 되풀이했다.

어느 날 저녁 그녀는 평소보다 반 시간 늦게 도착했다.

반 시간의 지각은 너무나도 중대한 일대 사건이었기에 코르넬리우스는 그 이유를 물어보지 않을 수 없었다.

"오! 너무 나무라지 마세요." 하고 처녀가 말했다. "그건 제 잘못이 아니에요. 헤이그에서 감옥을 구경하기 위해 자주 찾아오던 사람을 아버지가 뢰베슈타인에서 다시 만났어요. 그는 착한 사람이에요. 술을 좋아하고 유쾌한 이야기를 잘하지요. 게다가 자기 몫을 넉넉히 감당할 줄 아는 사람이기도 해요."

"그 밖에 더 알지는 못하고요?" 놀란 코르넬리우스가 물었다.

"아뇨." 하고 처녀는 대답했다. "다만 보름 전부터 아버지는 당신을 찾아오기에 열심인 이 사람을 몹시 좋아하게 되었어요."

"오!" 코르넬리우스는 불안으로 머리를 흔들었다.(모든 새로운 사건은 그에게 재난을 예고했다.) "그는 혹시 죄수와 간수를 동시에 감시하기 위해 요새에 파견된 첩자가 아닐까요."

"그렇지는 않을 거예요." 로자가 미소를 지으며 말했다. "그 착한 사람이 누군가를 감시한다면 그것은 아버지가 아닐 거예요."

"그러면 누구란 말이오?"

"저요."

"당신?"

"왜 안 되죠?" 하고 로자가 웃으며 말했다.

"아! 그래요." 코르넬리우스는 한숨을 쉬며 말했다. "당신에게 오는 구혼자들이 모두 다 헛된 발걸음만을 하지는 않겠지요. 그 사람은 당신의 남편이 될 수도 있겠지요."

"아니라고 하지는 않겠어요."

"그런데 지금 당신의 기쁨은 어디서 오는 거죠?"

"그러지 말고요, 코르넬리우스 님. 당신이 두려워하는 바를 말하세요."

"고맙군요, 로자. 당신 말이 옳으니까. 그래요, 내가 두려워하는 것은……."

"제 생각에 코르넬리우스 님이 두려워하는 것이 무엇인가 하면요……."

"말해 봐요."

"헤이그에 있을 때 그 사람은 벌써 수차례 바우텐호프에 왔어요. 나리가 수감되던 바로 그 무렵부터 말이에요. 제가 그곳을 떠나자 그도 떠났어요. 그리고 제가 여기로 오자 그 역시 이리로 왔어요. 헤이그에서 그는 나리를 보고 싶다는 핑계를 댔어요."

"나를 보고 싶다고요, 나를?"

"오! 당연히 핑계지요. 나리가 제 아버지의 죄수가 되었기 때문에, 아니 그보다는 제 아버지가 나리의 간수가 되었기 때문에 똑같은 이유를 둘러댈 수 있는데도 그는 이제 더 이상 나리를 내세우지 않기 때문이에요. 오히려 그 반대이지요. 저는 어제 그가 아버지에게 나리를 모른다고 말하는 소리를 들었어요."

"계속해요, 로자. 이 사람이 어떤 인물이며 그가 원하는 것이 무엇인지 알고 싶소."

"확신하세요? 코르넬리우스 님, 친구분들 가운데 아무도 나리에게 관심을 갖지 않으리라는 사실을 말이에요."

"나는 친구가 없어요, 로자. 내게는 유모밖에 없는데, 유모는 당신을 알고 당신은 유모를 알아요. 아! 그 불쌍한 주흐는 직접 찾아와 조금도 둘러댐이 없이 당신 아버님이나 당신에게 울면서 말할 겁니다. '나리 혹은 아가씨, 우리 아가가 여기 있어요. 절망에 빠진 저를 보세요. 한 시간만 그를 보게 해 주시면 당신을 위해 평생토록 하느님께 기도하겠어요.' 오! 아니에요." 하며 코르넬리우스는 말을 이었다. "오! 아니에요. 나의 착한 주흐를 제외하고 내게는 친구가 없어요."

"제가 생각한 것으로 되돌아오면, 어제 해 질 무렵 나리의 소구근을 심을 화단을 손질하고 있는데 그림자 하나가 딱총나무와 사시나무 뒤로 미끄러지는 게 열린 문으로 보이는 거예요. 저는 못 본 척했지만 그 사람이었어요. 그는 몸을 숨기고 제가 흙을 뒤적이는 것을 보았어요. 틀림없이 그는 저를 염탐하고 있었어요. 그는 제가 갈퀴질을 하고 흙을 뒤적이는 것을 낱낱이 보았어요."

"오! 그래요, 그래. 사랑에 빠진 사람이에요." 하고 코르넬리우스가 말했다. "그는 젊은가요? 미남인가요?"

그는 로자를 간절히 쳐다보며 그녀의 대답을 애타게 기다렸다.

"젊으냐고요! 미남이냐고요?" 웃음을 터뜨리며 로자가 외쳤다. "그는 추악한 얼굴을 지녔어요. 등은 굽었고 나이는 오십이 가까운지라 저를 정면으로 바라보지도, 크게 말하지도 못한답니다."

"그의 이름은 무엇인가요?"

"야코프 히젤스예요."

"모르는 사람이군요."

"그렇다면 그가 나리를 보러 오는 게 아니라는 사실을 인정하시겠지요!"

"여하튼 그가 당신을 사랑한다는 점은 사실인 듯싶군요, 로자. 왜냐하면 당신을 보면 사랑하지 않을 수 없기 때문이오. 그런데 당신, 당신은 그를 사랑하나요?"

"오! 아마도, 아니에요!"

"그럼 내가 안심해도 되겠군요?"

"그러세요."

"좋아요! 이제 읽는 것을 시작했으니, 로자, 당신은 질투의 고통과 부재의 고통에 대해 내가 쓰는 것을 읽을 수 있을 거요, 안 그래요?"

"큰 글씨로 써 주시면 읽을 수 있을 거예요."

로자는 대화의 추이에 불안을 느끼기 시작했다.

"그런데요." 하고 그녀가 물었다. "나리의 튤립은 어떤가요?"

"로자, 나의 기쁨이 어떤 것일지 판단해 보시오. 오늘 아침 나는 햇살 아래서 그것을 살펴보았소. 소구근을 덮고 있는 흙을 살며시 들어내니 첫 움의 가시가 돋아 오르는 게 보였소. 아! 로자, 내 가슴은 기쁨으로 터질 것만 같았소. 파리 날개만 스쳐도 상처가 날 것 같은, 감지될 듯 말 듯 희끄무레한 움. 딱히 포착되지 않는 징후를 통해 스스로를 드러내는 존재의 그 기미는 바우텐호프의 처형대 위에서 형리의 도끼를 멈추며 내 생명을 되돌려 준 전하의 칙령보다 더 크게 나를 감동시켰소."

"희망이 있군요?" 로자가 미소를 지으며 말했다.

"오! 그럼요. 희망이 있어요!"

"제 소구근은 언제 심어야 할까요?"

"좋은 날이 오면 즉시 말해 줄게요. 그러나, 누구의 도움도 구하지 말 것이며, 누구에게도 이 비밀을 말하지 마세요. 애호가라면 소구근만 보고도 그것의 가치를 알 수 있어요. 그리고 특히, 나의 친애하는 로자, 당신에게 맡긴 세 번째 소구근을 잘 간직하세요."

"그것은 나리께서 포장하신 종이 안에 주신 모습 그대로 잘 있습니다. 장롱 안에 넣은 뒤 눌림 없이 건조한 상태를 유지하기 위해 그 위에 제 레이스를 얹었습니다. 이만 안녕히 계셔요, 가엾은 코르넬리우스 님."

"뭐라고, 벌써?"

"어쩔 수 없어요."

"그렇게 늦게 와서 이토록 빨리 떠나다니."

"제가 돌아오지 않는 것을 보고 아버지는 조바심을 내실 거고, 사랑에 빠진 다른 사람은 라이벌이 생긴 게 아닐까 의심할지 몰라요."

그녀는 불안한 표정으로 귀를 기울였다.

"무슨 일이오?" 하고 판 바에를르가 물었다.

"무슨 소리가 들린 것 같아요."

"무슨 소리?"

"계단을 삐걱거리는 발소리 같은 거요."

"그래요." 하고 죄수가 말했다. "하지만 이것은 흐리푸스가 아니오. 그의 소리는 멀리서도 잘 들려요."

"아니에요. 제 아버지가 아니에요. 확실해요, 하지만……."

"하지만……."

"하지만 야코프 씨일 수 있어요."

로자는 계단으로 달려갔다. 과연 그녀가 채 열 계단을 내려가기도 전에 문이 빠르게 닫히는 소리가 들려왔다.

코르넬리우스는 몹시 불안했다. 그러나 그것은 전주(前奏)에 불과했다.

숙명이 나쁜 과업을 수행할 때는 희생자에게 미리 예고하는 자비를 발휘하지 않는 경우가 드물다. 마치 자객이 상대방에게 경고하여 경계할 시간을 주는 것처럼 말이다.

인간의 본능 또는 생명 없는 물체들(사실은 일반적으로 생각하는 것처럼 그렇게 생명 없는 것만도 아닌)의 조합을 통해 예감되는 징조들은 거의 언제나 무시되는 경향이 있다. 호각 소리가 울리고, 그것은 잠시 후 그것이 경고하는, 또 경고받은 만큼 준비를 해야 하는 머리 위로 떨어진다.

다음 날은 아무런 특별한 일 없이 지나갔다. 흐리푸스는 세 번 방문했다. 그는 아무것도 발견하지 못했다. 간수가 오는 소리가 들리면(죄수의 비밀을 발각하고픈 바람에서 간수는 절대로 같은 시각에 오지 않았다.) 판 바에를르는 농가에서 밀 자루를 올리고 내리는 데 사용하는 것과 흡사한, 자신이 발명한 기구를 이용하여 항아리를 우선 기와로 된 돌출부 아래로, 이어서 창문 아래의 갓돌 밑으로 내려 감추었다. 움직임을 전달하는 줄의 경우 돌 틈과 기와 위에 번식하는 이끼를 덮어 보이지 않도록 했다.

흐리푸스는 아무것도 눈치채지 못했다.

이 곡예는 일주일 동안 순조로웠다.

그러나 어느 날 아침 코르넬리우스는 벌써 한 점 싹이 오르는 소구근을 정신없이 바라보다가 늙은 흐리푸스가 올라오는 소리를 못 듣고 말았다.(그날은 바람이 거세게 불었고, 탑 안의 모든 것이 삐걱대는 소리를 냈다.) 갑자기 문이 열렸고, 흐리푸스는 무릎 사이에 항아리를 낀 코르넬리우스를 발견했다.

낯선, 따라서 금지된 물건을 죄수의 손에서 본 흐리푸스는 먹이를 향해 달려드는 매보다 더 빠르게 그 물건을 향해 달려들었다.

우연, 혹은 악령이 해로운 존재와 결부시키는 치명적 교묘함은 그의 옹이 진 커다란 손이 우선 귀중한 소구근을 담은 항아리 중앙의 흙을 짚도록 했다. 손목 위가 부러진 것을 코르넬리우스 판 바에를르가 완벽하게 고쳐 주었던 바로 그 손이었다.

"무얼 하고 있소?" 하고 흐리푸스가 외쳤다. "아! 딱 걸렸어!"

그는 흙 속으로 손을 집어넣었다.

"나 말이오? 아무것도, 아무것도 아니오!" 코르넬리우스가 벌벌 떨며 외쳤다.

"아! 딱 걸렸어! 항아리, 흙! 이 속에 무언가 흉계가 숨겨져 있어!"

"친애하는 흐리푸스 씨!" 추수꾼에게 새끼들이 잡힌 자고새처럼 불안한 마음으로 판 바에를르가 애원했다.

흐리푸스는 갈고리 같은 손가락으로 흙을 파헤치기 시작했다.

"이봐요, 이봐요! 조심해요!" 창백해진 코르넬리우스가 말했다.

"무얼 조심하란 말이오? 무얼? 젠장!" 하고 간수가 악을 썼다.

"조심하시오! 제발. 그러다가는 죽이겠소!"

그러고는 거의 절망적인 빠른 동작으로 간수의 손에서 항아리를 뺏은 뒤 보물처럼 두 팔로 감쌌다.

그러나 노인처럼 완고하며, 오렌지 공에 대한 새로운 음모를 발견했다고 확신한 흐리푸스는 몽둥이를 치켜들고 죄수를 향해 달려들었다. 화분을 보호하려는 죄수의 굳은 의지를 본 그는 코르넬리우스가 걱정하는 것은 머리가 아니라 항아리임을 느꼈다.

그는 억지로 항아리를 빼앗으려 했다.

"아!" 하고 격분한 간수가 말했다. "지금 나한테 반항하는 거요?"

"내 튤립을 건드리지 마시오!" 하고 판 바에를르가 외쳤다.

"그래그래, 튤립." 하고 노인이 대꾸했다. "죄수님들께서 하는 수작을 내 잘 알지."

"분명히 말하지만……."

"놓으시오." 발을 구르며 흐리푸스가 반복했다. "놓으시오. 안 그러면 경비를 부르겠소."

"부르고 싶거든 부르시오. 하지만 내가 죽기 전에는 이 가련한 꽃을 내어줄 수 없소."

화가 난 흐리푸스는 다시 한 번 흙 속에 손가락을 집어넣었다. 이번에는 까만 소구근을 끄집어냈다. 판 바에를르가 내용물이 적의 손에 들어가 있다는 점은 미처 생각하지 못하고 그릇을 구한 것에 행복해하는 동안 흐리푸스는 물렁물렁해진 소구근을 세차게 내던졌다. 바닥에 으깨어진 소구근은 간수의 커다란 구두 아래 짓뭉개지고 죽처럼 변해 이내 형체조차 없어졌다.

판 바에를르는 살해를 목격했고 축축한 잔해를 보았으며 흐리푸스의 잔혹한 기쁨을 알았다. 그는 불과 몇 년 전에 펠리송의 거미*를 죽인 간수에게조차 측은지심을 불러일으켰을 절망의 외침을 내질렀다.

자기 앞의 악한 인간을 죽여 버려야겠다는 생각이 번갯불처럼 튤립 재배자의 뇌리를 스치고 지나갔다. 피와 불이 동시에

---

* Paul Pellissson(1624~1693). 문사로서 자신을 총애해 준 푸케에 대한 신의를 지키려다 사 년 동안 옥살이를 했다. 그는 음악으로 거미를 길들여 바깥과 소통했다고 한다.

이마를 향해 치밀어 올라 그의 눈을 흐렸다. 그는 이제 아무 쓸모 없어진 흙으로 묵직한 항아리를 쳐들었다. 한순간만 늦었더라면 그는 항아리로 늙은 흐리푸스의 머리통을 내리쳤을 것이다.

비명이 그를 멈추게 했다. 쪽문의 쇠창살 뒤에서 창백한 얼굴로 벌벌 떠는 불쌍한 로자가 하늘을 향해 두 팔을 들고 아버지와 애인 사이로 내지른, 눈물과 고뇌로 가득 찬 비명이었다.

코르넬리우스는 항아리를 놓았고, 그것은 끔찍한 소리를 내며 산산조각 났다.

흐리푸스는 비로소 자신이 어떤 위험에서 벗어났는지 깨달았다. 그는 흥분하며 맹렬한 위협을 해 댔다.

"오!" 하며 코르넬리우스가 그에게 말했다. "당신은 정말로 비겁하고 나쁜 인간이오. 불쌍한 죄수에게서 그의 유일한 위안인 튤립 구근을 빼앗다니!"

"오! 아버지." 하고 로자가 덧붙였다. "아버지가 저지른 것은 범죄예요."

"아! 너로구나, 이 수다쟁이 같으니!" 분노로 이글대는 노인이 자기 딸을 향해 몸을 돌리며 외쳤다. "네 일이나 해. 그리고 당장 내려가."

"가엾은 인간! 가엾은 인간!" 절망에 빠진 코르넬리우스가 계속했다.

"여하튼 그것은 튤립일 뿐이야." 조금 부끄러워진 흐리푸스가 덧붙였다. "튤립이라면 원하는 만큼 얼마든지 줄 수 있어. 내 다락방에 300개나 있으니까."

"당신 튤립은 필요 없소!" 하고 코르넬리우스가 외쳤다. "그것은 당신만큼의 가치밖에 없고, 당신은 그 정도 가치밖에 안 돼. 오! 내게 수백만 플로린이 있었더라면 당신이 으깨어 버린 튤립을 위해 그것을 몽땅 주었을 거요."

"아!" 하고 의기양양해진 흐리푸스가 말했다. "보시다시피 당신이 안타까워하는 것은 튤립이 아니오. 그 가짜 구근 안에는 필시 모종의 마술이, 당신을 사면해 준 전하의 적과 내통하기 위한 어떤 술책이 들어 있었음에 틀림없소. 말하지만 당신의 목을 자르지 않은 것은 잘못해도 크게 잘못한 일이오."

"아버지! 아버지!" 하고 로자가 외쳤다.

"그래! 잘됐어! 잘됐고말고!" 다시 기운을 찾으며 흐리푸스가 되풀이했다. "내가 그것을 으깨어 버렸지, 내가 그것을 으깨어 버렸어. 당신이 다시 시작한다면 다시 한 번 똑같은 일이 일어날 거요. 아! 진작에 내가 이야기하지 않았소, 친구. 당신의 삶이 수월하지 않을 거라고."

"악마 같으니! 악마 같으니!" 절망에 빠진 코르넬리우스가 부들부들 떨리는 손가락으로 소구근의 잔해를 뒤적이며 울부짖었다. 그에게 그것은 기쁨과 희망의 주검 같은 것이었다.

"내일 다른 소구근을 심어요, 코르넬리우스 님." 하고 낮은 목소리로 로자가 말했다. 튤립 재배자의 커다란 고통을 이해하는 그녀의 성스러운 가슴에서 솟아오른 이 말은 아픈 코르넬리우스의 상처를 방향물(芳香物)처럼 어루만졌다.

18
로자를 사랑하는 남자

로자가 코르넬리우스를 위로하는 것과 거의 동시에 흐리푸스에게 무슨 일인지를 묻는 목소리가 계단 쪽에서 들려왔다.

"아버지." 하고 로자가 말했다. "들리세요?"

"뭐가?"

"야코프 씨가 부르세요. 불안해하고 있어요."

"오죽 시끄러웠으면." 하고 흐리푸스가 말했다. "학자 나리가 나를 죽인다고 하지 않던? 아! 학자들이란 보통 골치 아픈 존재들이 아니야!"

그는 계단을 가리키며 로자에게 말했다.

"먼저 가시죠, 아가씨!"

그러고는 문을 닫으며 소리쳤다.

"곧 가겠소, 야코프."

흐리푸스는 로자를 데리고 나갔다. 외로움과 쓰라린 고통 속에 남은 가련한 코르넬리우스는 중얼거렸다.

"오! 늙은 형리, 당신은 나도 죽였어. 나는 슬픔에서 살아남지 못할 거야!"

가련한 코르넬리우스는 실제로 병이 들었을지도 모른다. 신이 그에게 마련해 준 로자라는 평형추가 없었더라면 말이다.

저녁때 처녀는 다시 왔다.

그녀가 맨 처음 한 말은 이제 자기 아버지가 꽃을 재배하는 것에 반대하지 않는다는 소식이었다.

"그것을 어떻게 알았소?" 슬픈 어조로 죄수가 처녀에게 물었다.

"그렇게 말하셨으니 알죠."

"나를 속이기 위해서겠지."

"아니에요, 아버지는 뉘우치고 계셔요."

"오! 그래요. 하지만 너무 늦었소."

"이 뉘우침은 스스로에게서 나온 게 아니에요."

"그럼 어떻게 그가 뉘우쳤단 말이오?"

"친구분이 아버지를 얼마나 나무라는지 몰라요!"

"아! 야코프 씨. 그 야코프 씨는 당신에게서 좀처럼 떨어지지를 않는군."

"여하튼 그는 우리로부터 가능한 한 떨어지지 않으려고 애써요."

그녀의 미소에 코르넬리우스의 이마를 어둡게 하던 질투의 작은 구름은 금방 사라졌다.

"일이 어떻게 된 거요?" 하고 죄수가 물었다.

"어떻게 되었는가 하면요, 저녁 식사 도중 친구로부터 질문을 받은 아버지는 튤립, 아니 소구근에 대해, 그리고 그것을 으깨어 버린 당신의 활약에 대해 자세히 이야기하셨어요."

코르넬리우스는 한숨을 쉬었다. 그것은 거의 신음에 가까웠다.

"나리께서 그때의 야코프 영감을 보셨으면!" 하고 로자가 말을 이었다. "정말이지 저는 그분이 요새에 불을 지르는 줄만 알았다니까요. 그의 두 눈은 뜨거운 횃불 같고 머리칼은 곤두섰지요. 그는 주먹을 불끈 쥐었어요. 한순간 저는 그가 제 아버지의 목을 조르는 게 아닌가 의심할 정도였지요.

'당신이 그런 짓을 했다고!' 하고 그는 외쳤어요. '당신이 소구근을 짓뭉개 버렸단 말이오?' 하고 말이에요.

'그렇소.' 하고 아버지가 대답했지요.

'파렴치해!' 하고 그가 말을 이었어요. '추악하오! 당신은 끔찍한 범죄를 저질렀소!' 하고 야코프 영감은 부르짖었어요.

아버지는 어안이 벙벙했지요.

'당신 역시 미친 것 아니오?' 하고 아버지는 친구분에게 물었어요."

"오! 그 야코프란 사람은 훌륭한 분이군." 하고 코르넬리우스가 중얼거렸다. "정직한 가슴에 고매한 영혼을 갖고 있어."

"그가 아버지에게 한 것보다 더 모질게 사람을 대하기란 불가능할 거예요." 하고 로자가 덧붙였다. "그는 정말로 절망하고 있었어요. 그는 끊임없이 되풀이했죠.

'짓뭉갰다! 소구근을 짓뭉갰다. 오! 하느님, 하느님, 그것을 짓뭉개다니!'

그러고는 저를 향해 고개를 돌리며 묻는 것이었어요.

'하지만 그것 말고도 다른 소구근이 있을 텐데?'"

"그가 그런 질문을 했소?" 하고 코르넬리우스가 귀를 곤두세우며 말했다.

"'그것 말고도 다른 게 더 있다고 생각해요?' 하고 아버지가 말했어요. '좋소. 다른 게 있다면 찾아내면 되지.'

'다른 것을 찾아낸다고?' 하고 야코프 영감은 소리를 지르며 아버지의 멱살을 잡았어요.

하지만 곧 멱살을 놓았죠.

그러고는 저를 향해 묻는 것이었어요.

'그 불쌍한 청년은 뭐라고 하던가요?'

저는 어떻게 대답할지 몰랐어요. 나리께서는 소구근에 대해 절대로 말하지 말라고 당부하셨지 않아요. 다행히도 아버지가 도와주셨어요.

'뭐라고 했느냐고? 입에 거품을 물고 발광을 했지.'

저는 아버지의 말을 가로막았어요.

'그분이 어떻게 격분하지 않으실 수 있겠어요. 아버지께서 그토록 부당하고 또 그토록 난폭하셨는데요.'

'아, 이거 참! 당신들 모두 미쳤어?' 하고 아버지가 외쳤어요. '튤립 구근 하나 뭉갰다고 이 난리니! 고르쿰 시장에 가면 1플로린에 수백 개나 살 수 있어.'

'하지만 그것들은 사라진 것만 한 가치가 없지요.' 하고 저는 불행히도 대답했어요."

"그 말을 들은 야코프는 어떤 반응을 보이던가요?" 하고 코르넬리우스가 물었다.

"그 말에, 분명히 말씀드리지만, 그의 눈은 빛을 뿜는 것 같았어요."

"그래." 하고 코르넬리우스는 말했다. "그게 전부는 아니겠지요. 무슨 말을 했을 텐데."

"'음, 아름다운 로자.' 하고 그가 상냥한 목소리로 말했어요. '그 구근이 특별한 가치가 있다고 생각해요?'

저는 제가 실수를 했다는 것을 깨달았어요.

'제가 무얼 알겠어요, 미천한 제가요!' 저는 무심한 척 대답했어요. '저는 튤립에 대해 아무것도 몰라요. 다만, 아! 슬프게도 죄수들과 더불어 살다 보니, 제가 아는 것은 죄수들에게는 모든 심심파적이 소중하다는 사실이에요. 그 불쌍한 판 바에를르 님은 그 구근 덕분에 즐거워했지요. 오! 분명히 말하지만 그분에게서 그 즐거움을 빼앗은 것은 몹시 잔인한 일이었어요.'

'하지만 그보다 먼저' 하고 아버지가 말했어요. '어떻게 그는 그 구근을 구했을까? 내가 보기에 정말로 알아야 하는 것은 바로 이거야.'

저는 아버지의 시선을 피하기 위해 눈길을 돌렸지요. 하지만 제 눈은 야코프의 눈과 마주쳤어요.

그는 제 생각을 좇아 제 가슴속까지 들어올 준비가 되어 있는 것 같았어요.

화를 내는 것은 종종 대답을 피하게 해 주지요. 저는 어깨를 움찔하고 등을 돌린 뒤 문을 향해 걸어갔어요.

하지만 제 귀에 들려온 말 때문에 저는 멈추었어요. 그것은 아주 낮은 목소리로 말해졌지요.

야코프가 아버지에게 말했어요.

'그것을 확보하는 것은 어려운 일이 아니오!'

'어떻게?'

'그의 몸을 뒤지면 돼요. 다른 소구근이 있으면 나오겠지요. 보통은 세 개가 있기 마련이니까.'"

"세 개가 있다고!" 코르넬리우스가 외쳤다. "나한테 세 개의 소구근이 있을 거라고 그가 말했다고!"

"아시겠지요. 그 말에 저도 나리만큼이나 놀랐었다는 걸요. 저는 고개를 돌리지 않을 수 없었어요.

그들은 모두 어찌나 이야기에 몰두해 있었던지 제 움직임을 눈치채지 못했어요.

'그러나' 하고 아버지가 말했어요. '그는 아마도 구근을 몸에 지니고 있지 않소.'

'그럼 이런저런 핑계를 대고 그를 잠깐 내려오게 해요. 그동안 내가 방을 뒤질 테니까.'"

"오! 오!" 하며 코르넬리우스가 말했다. "야코프는 완전히 악당이오."

"그런 것 같아요."

"말해 봐요, 로자." 사념에 빠진 코르넬리우스가 말했다.

"무얼요?"

"당신이 화단을 꾸미던 날 그자가 당신의 뒤를 좇았다고 하지 않았소?"

"그랬어요."

"그가 그림자처럼 딱총나무 뒤로 미끄러졌다고?"

"네."

"당신의 갈퀴질을 낱낱이 살폈다고?"

"낱낱이."

"로자." 코르넬리우스가 창백한 얼굴로 말했다.

"예?"

"그가 바라본 것은 당신이 아니었소."

"그럼 도대체 누구를 보았을까요?"

"그는 당신을 사랑하는 게 아니오."

"그럼 누구를 사랑하나요?"

"그가 바라보던 것은 내 소구근이고, 그가 사랑하는 것은 나의 검은 튤립이오."

"아! 정말! 그럴 수 있겠네요." 하고 로자가 외쳤다.

"확실하게 알고 싶소?"

"무슨 방법으로?"

"오! 그것은 아주 쉬워요."

"말해 보세요!"

"내일 정원으로 가요. 저번처럼 당신이 거기 간다는 사실을 야코프가 알게 해요. 저번처럼 그가 당신을 쫓도록 해요. 당신은 소구근을 심는 척한 다음 정원에서 나와요. 그리고 문틈으로 봐요. 그가 무얼 하는지 알게 될 거예요."

"좋아요! 하지만 그다음엔?"

"그다음엔? 그가 움직이니 우리 역시 움직여야죠."

"아! 코르넬리우스 님." 한숨을 쉬며 로자가 말했다. "당신은 정말로 튤립 구근을 사랑하시는군요."

"사실." 한숨과 함께 죄수가 말했다. "당신 아버지가 그 불행한 소구근을 짓밟은 이후로 내 생명의 큰 부분이 마비된 것 같소."

"그럼." 하고 로자가 말했다. "다른 것을 시도해 보시지 않겠어요?"

"무엇을!"

"아버지의 제안을 받아들이세요."

"무슨 제안?"

"수백 개의 튤립 구근을 주겠다고 하셨지 않아요?"

"사실이에요."

"두세 개 받으신 다음 그들과 함께 세 번째 소구근을 기르
시면 되잖아요."

"괜찮겠지요." 눈썹을 찌푸린 채 코르넬리우스가 말했다.
"당신 아버지뿐이라면 말이에요. 하지만 야코프가 있어요."

"아! 맞아요. 하지만 생각해 보세요! 제가 보기에는 큰 심심
풀이가 될 수 있을 텐데요."

이 말을 하면서 그녀는 아이러니가 전혀 없지 않은 미소를
지었다.

코르넬리우스는 잠시일망정 숙고했다. 그가 커다란 욕망과
맞서 싸운다는 사실을 알아채기란 쉬운 일이었다.

"글쎄, 안 되겠소." 스토아주의적인 태도로 그가 말했다. "안
되겠소. 그것은 나약하고 비겁하고 미친 짓이오! 만약 내가 이
런 식으로 내게 남은 마지막 방편을 분노와 질투의 불운에 노
출시킨다면 나는 용서받을 자격이 없는 인간으로 전락하고
말 거요. 안 돼요! 로자, 안 돼요! 당신의 튤립에 대해서는 내
일 결정하도록 하지요. 당신은 내가 이르는 대로 재배하면 됩
니다. 세 번째 소구근의 경우(이 대목에서 코르넬리우스는 깊은
한숨을 쉬었다.) 옷장 안에 잘 보관하세요. 구두쇠가 그의 첫
번째 금화와 마지막 금화를 간수하듯, 어머니가 아들을 돌보

듯, 부상자가 혈관에 남은 그의 마지막 핏방울을 지키듯, 그것을 간수하세요, 로자! 알지 못할 무언가가 거기에 우리의 구원이 있다고, 거기에 우리의 부(富)가 있다고 말하는 듯하오! 그것을 잘 간수하세요! 만약 하늘의 불이 뢰베슈타인에 떨어진다면, 로자, 당신의 반지 대신, 보석 대신, 당신 얼굴에 잘 어울리는 예쁜 금색 모자 대신, 나의 검은 튤립을 담고 있는 마지막 소구근을 제일 먼저 챙기겠다고 맹세하세요.”

“걱정 마세요, 코르넬리우스 님.” 슬픔과 엄숙함이 섞인 부드러운 표정으로 로자가 말했다. “걱정 마세요. 나리의 바람은 제게 곧 명령이에요.”

“그리고.” 점점 더 열정적인 어조로 청년이 말을 이어 갔다. “만약 야코프가 계속해서 당신의 뒤를 좇고 거동을 염탐하며, 당신의 대화가 아버지나 내가 혐오하는 비열한 야코프의 의심을 불러일으킨다면, 로자, 지체 없이 나를 희생시켜요. 세상에 당신밖에 없고 당신을 통해서만 사는 나를 희생시켜요. 나를 더 이상 보지 말란 말이오.”

로자는 가슴이 죄어드는 것을 느꼈다. 두 눈에 눈물이 솟구쳤다.

“아!” 하고 그녀는 탄식했다.

“왜 그러시오?” 코르넬리우스가 물었다.

“한 가지는 분명히 알겠어요.”

“무얼 안다는 거요.”

“알겠어요.” 처녀가 오열을 터뜨리며 말했다. “알겠어요. 나리는 어찌나 튤립을 사랑하는지 가슴속에 다른 애정을 위한 자리가 없다는 사실을 말이에요.”

그리고 그녀는 도망쳤다.

코르넬리우스는 그날 저녁 처녀가 떠나고 난 뒤 그가 겪은 가장 끔찍한 밤 가운데 하나를 보냈다.

로자는 그에게 화가 나 있었고, 그녀가 옳았다. 아마도 그녀는 죄수를 다시 보러 오지 않을 것이다. 그는 로자의 소식도 튤립의 소식도 듣지 못할 것이다.

우리가 사는 세상에서 아직도 찾아볼 수 있는 완벽한 튤립 재배자들의 기이한 성격을 어떻게 설명할 것인가?

고백하지만, 우리 주인공과 원예의 명예가 무색하게도 두 사랑 가운데 코르넬리우스가 더 애틋하게 아쉬워하는 것은 로자에 대한 사랑이었다. 3시경 피로에 지친 그가 두려움에 시달리며 후회로 번민하다가 마침내 잠들었을 때 위대한 검은 튤립은 그의 꿈속에서 프리슬란트 출신 금발머리 처녀의 부드러운 푸른 눈에 첫 번째 자리를 내어주고 말았다.

19
여인과 꽃

그러나 자기 방에 틀어박힌 가련한 로자는 코르넬리우스가 누구에 대해 그리고 무엇에 대해 꿈꾸는지 알 길이 없었다.

그의 말로 미루어 볼 때 그녀는 그가 그녀보다 튤립에 대해 꿈꾸리라고 의당 생각해야 했지만, 그것은 결과적으로 오해였다.

그러나 로자가 오해하고 있다는 사실을 알려줄 사람이 아무도 없었으므로, 또 코르넬리우스의 경솔한 말이 그녀의 영혼 위로 독약 방울처럼 떨어졌으므로, 로자는 꿈을 꾸고 있지 않았다. 그녀는 울고 있었다.

사실 로자는 고매한 정신과 곧고 깊은 양식을 지닌 처녀였는지라, 자신의 상황을 정신적, 육체적 자질 탓으로 돌리기보다 사회적 지위에서 연유하는 것으로 보았다.

코르넬리우스는 학자이고 부자이다. 적어도 재산이 몰수되기 전까지는 그랬다. 코르넬리우스는 혈통 귀족이 자신의 세습

문장(紋章)을 자랑하는 것 이상으로 일종의 가문(家紋)이 된 상점의 간판에 자부심을 느끼는 상업 부르주아 출신이다. 코르넬리우스는 따라서 로자를 자신의 무료함을 달래기 위한 동반자 정도로 생각할 뿐이다. 마음을 약속해야 할 경우 그는 보잘것없는 간수의 딸인 그녀보다는 꽃 중에서 가장 자랑스럽고 가장 고귀한 튤립을 선택할 것이다.

로자는 그러므로 코르넬리우스가 자기보다 튤립을 선택하는 것을 이해했다. 하지만 이해하는 만큼 그녀의 절망감은 더 컸다.

그녀는 하얗게 지샌 그 끔찍한 불면의 밤 내내 하나의 결심을 했다.

다시는 쪽문에 가지 않겠다는 결심이었다.

그녀는 코르넬리우스가 튤립에 관한 소식을 몹시 궁금해한다는 사실을 알았다. 하지만 애초에 느끼던 연민이 공감을 거쳐 곧장, 그리고 성큼성큼 사랑으로 발전할 수밖에 없었던 사람을 다시 보고 싶지는 않았다. 그러나 그 사람에게 절망감을 느끼게 할 수는 없었다. 때문에 그녀는 기왕에 시작한 읽기와 쓰기 공부를 혼자서 계속해 나갔고, 다행히도 그녀는 선생이 굳이 필요하지 않은 단계에 도달해 있었다. 그 선생의 이름이 코르넬리우스가 아니라면 말이다.

로자는 불쌍한 코르넬리스 드 비트의 성경을 악착같이 읽었다. 원래의 첫 페이지가 찢겨 나간 탓에 맨 처음 페이지가 된 두 번째 페이지에는 코르넬리우스 판 바에를르의 유언이 적혀 있었다.

"아!" 하고 그녀는 유언을 읽으며 중얼거렸다. 유언을 읽을 때면 어김없이 사랑의 진주알 같은 눈물이 그녀의 투명한 눈에서 창백한 뺨 위로 흘러내렸다. "아! 이때는 그래도 그분이 나를 사랑한다고 믿었지."

불쌍한 로자! 그녀는 오해하고 있었다. 우리의 이야기가 도달해 있는 이 무렵만큼 죄수의 사랑이 분명한 적도 없었다. 우리가 난감함 속에서 말한 것처럼 위대한 검은 튤립과 로자 사이의 싸움에서 검은 튤립이 패했기 때문이다.

그러나 다시 한 번 되풀이하지만 로자는 위대한 검은 튤립의 패배를 몰랐다.

커다란 발전을 이룩한 읽기가 끝나자 로자는 펜을 들고 변함없는 끈기로 무장한 채 쓰기라는 또 다른 어려운 일에 착수했다.

그러나 코르넬리우스가 경솔하게 자기 감정을 토로한 날 벌써 거의 읽을 수 있을 만한 수준으로 글씨를 썼으므로, 늦어도 일주일 뒤에는 죄수에게 튤립 소식을 전할 수 있으리라고 로자는 자신할 수 있었다.

그녀는 코르넬리우스가 했던 당부를 단 한마디도 잊지 않았다. 사실 로자는 코르넬리우스의 말은 죄다 기억했다. 설사 그것이 당부의 형태를 띠고 있지 않다 하더라도 말이다.

한편 코르넬리우스는 그 어느 때보다 사랑에 흠뻑 젖어 잠에서 깨어났다. 그의 머릿속에서 튤립은 여전히 찬연하고 생기가 있었다. 하지만 그는 이제 더 이상 그것을 모든 것, 심지어 로자까지도 희생시켜 구해야 할 보배로 보지 않았다. 그것은 단지 귀중한 꽃, 신이 애인의 블라우스를 장식하도록 그에게 내려 준 자연과 예술의 경이로운 조합일 뿐이었다.

하루 종일 막연한 불안이 그를 따라다녔다. 그러나 그는 강한 정신을 갖고 있어서, 저녁이나 다음 날 닥쳐올지도 모를 커다란 위험을 잠깐 동안 접어 둘 수 있는 사람들에 속했다. 이런 사람들은 강박관념을 일단 제압하고 나면 정상적인 생활을 한다. 다만 이따금 망각된 위험이 돌연히 그 날카로운 이빨로 그들의 가슴을 물어뜯는다. 그들은 부르르 떨며 자기들이 왜 떠는지 묻는다. 그러다가 잊었던 것을 떠올리며 한숨과 함께 말한다.

"오! 그래. 바로 그것이야!"

코르넬리우스의 '그것'은 그날 저녁 로자가 평소와 달리 자기에게 오지 않을 수도 있다는 사실이었다. 때문에 밤이 점점 가까워 오면서 강박관념은 더욱 강렬하고 절실해졌고, 마침내 코르넬리우스의 온몸을 장악하여 그 안에 살아 있는 것은 오로지 그녀밖에 없을 정도가 되었다.

그는 두근대는 가슴을 안고 어둠을 맞았다. 어둠이 짙어 감에 따라 자신이 전날 로자에게 했던 말, 불쌍한 처녀를 그토록 아프게 했던 말이 생생하게 되살아났다. 그는 자신이 어떻게 유일한 위안을 가져다주는 사람에게 튤립을 위해 스스로를 희생하라고, 다시 말해 필요하다면 자신을 보러 오지 않아도 된다고 말할 수 있었는지 자문했다. 로자를 보는 것은 그의 생명에 필수 불가결한 것이 되었는데 말이다.

코르넬리우스의 방에서는 요새 시계탑의 종소리가 들렸다. 7시, 8시, 그리고 9시가 울렸다. 그 9시의 아홉 번째 소리를 낸 망치의 것보다 더 깊은 청동 음색이 인간의 가슴속에 울린 적은 결코 없었다.

모든 것이 침묵 속으로 되돌아갔다. 코르넬리우스는 심장 박동을 억누르기 위해 손으로 가슴을 누르며 귀를 기울였다.

로자의 발소리와 계단을 스치는 옷자락 소리는 그에게 더없이 익숙했던지라 그녀가 첫 번째 계단을 오르기만 해도 그는 말하곤 했다.

"아! 로자가 오는군."

그날 저녁 어떤 소리도 복도의 침묵을 깨뜨리지 않았다. 시계가 9시 15분을 울렸다. 이어 상이한 두 음향이 9시 30분을, 그리고 다른 음향들이 9시 45분을, 마지막으로 장중한 소리가 요새의 죄수들뿐 아니라 뢰베슈타인의 주민들에게도 10시를 알렸다.

그것은 보통 로자가 코르넬리우스의 곁을 떠나던 시각이었다. 종은 울렸지만 로자는 오지 않았다.

그의 예감은 틀리지 않았다. 로자는 화가 나서 방 안에 틀어박힌 채 그를 아랑곳하지 않고 있었다.

"오! 이런 일을 당해 마땅하지." 하고 코르넬리우스는 말했다. "오! 그녀는 오지 않을 거야. 오지 않는 게 낫지. 내가 그녀라도 아마 마찬가지일 거야."

그러나 이런 말을 하면서도 코르넬리우스는 언제나처럼 귀 기울이고, 기다리고 또 희망했다.

이렇게 그는 자정까지 귀 기울이고 기다렸다. 그러나 자정이 되자 희망하기를 그쳤다. 그는 옷을 입은 채 침대에 몸을 던졌다.

밤은 길고 슬펐다. 그리고 아침이 왔다. 그러나 아침은 죄수에게 아무런 희망도 가져오지 않았다.

아침 8시에 그의 방문이 열렸다. 하지만 코르넬리우스는 고개를 돌리지도 않았다. 그는 복도를 울리는 흐리푸스의 무거운 발소리를 들었지만, 그 발소리가 혼자라는 사실을 알았던 것이다.

그는 간수를 쳐다보지도 않았다.

하지만 그는 간수에게 질문을 하고 싶었다. 즉 로자의 소식을 묻고 싶었다. 그것이 매우 이상해 보이리라는 점을 무릅쓰고 그는 간수에게 물어보려 했다. 이기적이 된 그는 흐리푸스로부터 로자가 아프다는 말을 듣고 싶었다.

지금까지 로자는 특별한 일이 없는 한 낮에는 오지 않았다. 따라서 코르넬리우스는 낮 동안에는 그녀를 기다리지 않았다. 하지만 이제 그는 문득문득 몸을 떨면서 문 쪽에 귀를 고정시키고 빠른 눈길로 쪽문을 살피곤 했다. 행여 로자가 평소의 습관을 깨뜨리고 나타나지 않을까 막연하게 희망하고 있었기 때문이다.

흐리푸스가 두 번째로 방문했을 때 그는 이전과 달리 가장 부드러운 목소리로 늙은 간수에게 건강을 물었다. 그러나 스파르타인처럼 무뚝뚝한 그는 "잘 지내오."라고 짧게 대답할 뿐이었다.

세 번째 방문 때 코르넬리우스는 질문의 형태를 바꾸었다.

"뢰베슈타인에 누구 아픈 사람 없습니까?"

"없소!" 먼저보다 더 짤막하게 대답하면서 간수는 죄수의 면전에다 대고 문을 닫았다.

코르넬리우스가 그런 호의를 베푸는 것에 익숙지 않은 흐리푸스는 죄수가 자신을 매수하려고 하는 게 아닌가 의심했다.

코르넬리우스는 혼자가 되었다. 저녁 7시였다. 우리가 묘사하려 애썼던 전날의 고통이 한층 더 심하게 나타났다.

전날처럼 시간은 흘러가도 쪽문을 통해 불쌍한 코르넬리우스의 방을 환히 비추던 부드러운 모습은 나타나지 않았다. 그녀는 물러갈 때마다 그녀가 부재하는 내내 사그라지지 않는 빛을 남기곤 했다.

판 바에를르는 극심한 절망 속에서 밤을 보냈다. 다음 날 흐리푸스는 더 못생기고 더 거칠고, 또 평소보다 더 혐오스러웠다. 그러나 희망이 그의 머리를, 아니 가슴을 스쳐 지나갔다. 그것은 간수가 로자를 못 오게 할지도 모른다는 생각이었다.

그는 흐리푸스의 목을 조르고 싶은 치열한 욕구를 느꼈다. 그러나 코르넬리우스가 흐리푸스의 목을 조르면 신성한 법이든 인간적인 법이든, 법이란 법은 죄다 로자가 코르넬리우스를 보는 것을 금지할 것이었다.

간수는 따라서 부지불식간에 그가 평생 동안 겪은 중 가장 큰 위험에서 벗어났다.

저녁이 오고 절망은 우울이 되었다. 판 바에를르의 노력에도 불구하고 그의 고통에 가련한 튤립의 기억까지 더해지면서 우울은 더욱 어두운 빛을 띠었다. 계절은 어느덧 4월이 되어 있었다. 이 시기는 노련한 원예가들이 튤립을 심기에 가장 적합한 시점으로 간주하는 때이다. 그는 로자에게 말한 바 있다.

"소구근을 땅에 묻을 날을 일러 주겠소."

그 중요한 날을 다음 날 저녁에는 정해야 했다. 날씨는 좋았다. 공기는 여전히 다소 습했지만, 처음 온 까닭에 더욱 부드러운 4월의 창백한 햇볕 아래 점점 포근해지고 있었다. 그런데 만약 로자가 소구근 심을 때를 놓쳐 버린다면! 그리하여 처녀를 보지 못하는 고통에, 너무 늦게 심거나 아예 심지도 않은 탓에 소구근이 유산되는 것을 보는 아픔이 겹쳐진다면!

이 두 고통이 합쳐진다면 식음을 전폐한다 해도 무리가 아니리라.

이는 나흘째 되던 날 코르넬리우스에게 일어난 일이다.

고통으로 말을 잃고 먹지 않아 창백한 코르넬리우스가 머리를 빼내지 못할 위험을 무릅쓰고 쇠창살을 댄 창문 밖으로 머리를 내밀어 로자가 전에 말한 강에 접한 작은 정원을 보려고 무진 애쓰는 모습은 이만저만 딱한 게 아니었다. 그는 4월의 첫 햇살 아래로 깨어진 두 사랑, 즉 처녀와 튤립을 보고 싶었다.

저녁때 흐리푸스는 코르넬리우스의 점심과 저녁을 가져왔다. 코르넬리우스는 거의 손을 대지 않았다.

다음 날 그는 식사에 전혀 손을 대지 않았다. 흐리푸스는 전혀 손도 대지 않은 음식물을 내려보냈다.

코르넬리우스는 낮에도 자리에서 몸을 일으키지 않았다.

"좋아." 흐리푸스는 그날의 마지막 방문을 마치고 내려오면서 말했다. "아주 좋아. 우리는 마침내 학자님으로부터 벗어날 수 있을 것 같아."

로자는 부르르 몸을 떨었다.

"설마!" 하고 야코프가 말했다. "그런데 어떻게?"

"그는 마시지도 않고 먹지도 않으며 자리에서 일어나지도 않소." 하고 흐리푸스가 말했다. "그로티우스처럼 그는 궤를 타고 여기를 나갈 거야. 다만 이 궤가 관이어서 탈이지."

로자는 죽음처럼 창백해졌다.

"오!" 하고 그녀는 중얼대듯 말했다. "알겠어. 나리는 튤립이 걱정되는 거야."

가슴이 답답한 채로 자리에서 일어선 그녀는 방으로 들어가 펜과 종이를 꺼내 밤새도록 글자들을 그렸다.

다음 날 자리에서 일어나 창가로 힘없이 가던 코르넬리우스는 누군가 문 아래 밀어 넣은 종이를 발견했다.

그는 종이를 향해 달려들었다. 그것을 개봉하고 읽었다. 로자의 필체라고는 도저히 믿어지지가 않았다. 그만큼 그녀의 글쓰기는 일주일 사이에 몰라볼 정도로 향상되었던 것이다.

"걱정 마세요. 나리의 튤립은 잘 있어요."

로자의 이 몇 마디가 코르넬리우스의 고통을 부분적으로 잠재워 준 것은 사실이지만, 거기에 담긴 아이러니를 그가 감지하지 못했던 것은 아니다. 그렇다. 로자는 병이 난 게 아니었다. 그녀는 상처를 받았던 것이다. 로자가 오지 않은 것은 다른 사람 때문이 아니다. 그녀는 자발적으로 코르넬리우스를 멀리했던 것이다.

이렇듯 로자는 자유로웠다. 그녀의 의지 속에는 그녀를 보지 못하는 슬픔으로 인해 죽어 가는 사람을 보러 오지 않을 힘이 있었던 것이다.

코르넬리우스에게는 로자가 갖다 준 종이와 연필이 있었다. 그는 처녀가 답장을 기다린다는 사실을 깨달았다. 그녀는 밤이나 되어서야 이 답장을 찾으러 올 것이다. 그는 자기가 받은 것과 비슷한 종이 위에 이렇게 썼다.

"내가 아픈 것은 튤립으로 인한 불안 때문이 아니라, 당신을 보지 못하는 슬픔 때문이오."

흐리푸스가 나가고 저녁이 오자 그는 문 아래로 종이를 밀어낸 다음 귀를 기울였다.

그러나 열심히 귀를 곤두세웠지만 로자의 발소리도 옷이 스치는 소리도 들리지 않았다.

그는 다만 숨결처럼 가녀리고 애무처럼 부드러운 목소리를 들었을 뿐이다. 그 목소리는 쪽문을 통해 짧은 두 마디를 던졌다.

"내일 봐요."

내일은 여드레째 되는 날이었다. 여드레 동안 코르넬리우스와 로자는 서로를 보지 못한 것이다.

20
여드레 동안 일어난 일

다음 날 과연 평소와 같은 시각에 판 바에를르는 좋은 우정의 시절에 듣던 쪽문 긁는 소리를 들었다.

코르넬리우스가, 너무 오래전에 잃어버린 매력적인 얼굴을 쇠창살 너머로 보게 될 문에서 멀지 않은 곳에 있었으리라는 점을 예견하기란 어렵지 않은 일이다.

램프를 손에 들고 기다리던 로자는 그토록 슬프고 그토록 창백한 죄수를 본 순간 자신의 마음에 이는 동요를 억제할 수가 없었다.

"힘드세요, 코르넬리우스 님?" 하고 그녀가 물었다.

"그렇소." 코르넬리우스가 대답했다. "몸과 정신이 모두 고통스럽소."

"식사에 손을 대지 않으시더군요." 하고 로자가 말했다. "아버님 말씀이 자리에서 일어나지도 않으신다고요. 그래서 나리가 불안해하시는 소중한 대상에 관해 나리를 안심시켜 드리기 위해 편지를 썼어요."

"나는." 하고 코르넬리우스가 말했다. "당신에게 답장을 썼소. 당신이 온 걸 보니, 친애하는 로자, 내 편지를 받은 것 같군."

"맞아요, 받았어요."

"이번에는 글을 못 읽는다는 핑계를 대지 않겠지. 당신은 이제 잘 읽을 뿐 아니라 쓰는 것도 놀랄 만큼 발전했소."

"사실 편지를 받았을 뿐만 아니라 읽기도 했지요. 덕분에 나리의 건강을 회복시켜 줄 어떤 방도가 있지 않을까 보기 위해 여기 왔고요."

"내 건강을 회복시켜 준다고!" 하고 코르넬리우스가 외쳤다. "그렇다면 내게 전해 줄 희소식이 있다는 얘기인데?"

이렇게 말하면서 청년은 로자에게 희망으로 번득이는 시선을 고정했다.

이 시선을 이해하지 못했는지, 아니면 이해하길 원치 않았는지, 처녀는 심각한 어조로 대답했다.

"말씀드리려는 것은 제가 알기로 나리에게 가장 중대한 문제인 튤립에 관한 일이에요."

이 짧은 말을 하는 로자의 어투는 얼음처럼 싸늘했고, 코르넬리우스는 부르르 몸을 떨었다.

열성적인 튤립 재배자는, 여전히 검은 튤립이라는 자신의 라이벌과 싸우는 불쌍한 처녀가 무관심의 베일 아래 감추고 있는 것을 전부 다 깨닫지 못했다.

"아!" 코르넬리우스가 중얼대듯 말했다. "아직도, 아직도! 로자, 제발, 당신한테 말하지 않았소. 내가 생각하는 것은 당신뿐이라고. 당신만을 아쉬워했고, 당신만을 그리워했소. 당신의 부재만이 내게서 공기와 태양과 온기와 빛과 생명을 앗아갈 수 있소."

로자는 슬프게 미소 지었다.

"아!" 하고 그녀는 말했다. "제가 없으면 나리의 튤립이 큰 위험에 처하기 때문이겠지요!"

코르넬리우스는 자신도 모르게 부르르 몸을 떨었고, 그만 함정에 걸려들고 말았다. 그것을 함정이라고 부를 수 있다면 말이다.

"큰 위험이라고!" 그는 몸을 부들부들 떨며 외쳤다. "하느님 맙소사! 어떤 위험이오?"

로자는 부드러운 연민의 마음으로 그를 바라보았다. 그녀는 자기가 원하는 것이 그의 능력을 벗어나며, 그를 그의 약함과 함께 받아들이는 것밖에 다른 도리가 없음을 느꼈다.

"예." 하고 그녀는 말했다. "바로 보셨어요. 구혼자이자 연인인 듯 보이던 야코프는 저 때문에 오는 게 아니었어요."

"그럼 누구를 위해 왔단 말이오?" 불안에 휩싸인 코르넬리우스가 물었다.

"튤립 때문이었어요."

"오!" 코르넬리우스는 창백해지며 말했다. 그의 얼굴은 보름 전 로자가 야코프가 자기를 보러 온다고 말할 때보다 더 창백했다.

로자는 코르넬리우스의 두려움을 읽었다. 코르넬리우스는 로자의 표정에서 방금 우리가 말한 바를 그녀가 생각하고 있다는 사실을 눈치챘다.

"오! 용서해 줘요, 로자." 하고 그는 말했다. "나는 당신을 알아요. 당신 영혼이 얼마나 착하고 얼마나 정직한지 잘 알아요. 신은 당신이 스스로를 지킬 수 있도록 생각과 판단과 힘과 움직임을 주었어요. 하지만 위협받고 있는 내 튤립에게는 아무것도 주지 않았어요."

로자는 이런 죄수의 변명에 답하지 않은 채 계속했다.

"정원으로 저를 따라왔고 제가 야코프라고 판단한 그 사람이 나리를 불안하게 한다면 저는 어떠했겠어요. 몹시 불안했지요. 따라서 저는 나리께서 일러 주신 대로 행동했어요. 그날은 제가 나리를 마지막으로 본 다음 날이었고, 전날 나리는 제게 말했지요……"

코르넬리우스가 그녀의 말을 가로막았다.

"다시 한 번 말하지만, 로자, 용서해 줘요!" 하고 그가 외쳤다. "내가 당신한테 말한 것, 그것을 말한 것은 잘못이었소. 그 불행한 말에 대해서는 이미 한 차례 용서를 구했소. 하지만 다시 한 번 용서를 빌고 싶소. 그래도 안 되겠소?"

"그날." 로자가 다시 말을 시작했다. "나리께서 말씀하신 것…… 곧 그 비열한 사람이 따라다니는 게 저인지 아니면 튤립인지 알아보기 위해 써야 하는 책략을 떠올리며……."

"맞았어요, 비열한…… 안 그렇소?" 하고 그가 말했다. "당신 또한 그자를 미워하는군요, 안 그래요?"

"예, 미워해요." 하고 로자가 말했다. "일주일 전에 시작된 제 고통의 원인이니까요!"

"아! 당신도, 당신도 고통스러웠어요? 그토록 착한 말을 해 주다니, 고마워요, 로자."

"그러니까 제가 그토록 불행했던 다음 날." 하고 로자는 계속했다. "저는 정원으로 내려가 튤립을 심기로 되어 있는 화단으로 향했어요. 물론 이번에도 지난번처럼 그자가 따라오는지 뒤를 살피면서요."

"그래서요?" 하고 코르넬리우스가 물었다.

"과연! 같은 그림자가 문과 벽 사이로 미끄러지며 딱총나무 뒤로 숨는 게 보였어요."

"당신은 그림자를 모른 척했겠지요, 안 그래요?" 자신이 로자에게 했던 조언을 세세히 떠올리며 코르넬리우스가 말했다.

"예. 저는 화단 위로 고개를 숙이고 소구근을 심는 것처럼 삽으로 흙을 팠어요."

"그는…… 그는…… 어떻게 하던가요?"

"그의 이글거리는 두 눈이 마치 나뭇가지 너머의 호랑이 눈깔처럼 빛나는 것이 보였어요."

"알겠지요? 알겠지요?" 하고 코르넬리우스가 말했다.

"이윽고 거짓 동작을 마친 저는 자리를 떴어요."

"그러나 정원 문 뒤로 가기 위해, 안 그래요? 문틈이나 열쇠구멍을 통해 당신이 떠나자마자 그가 무슨 짓을 하는지 보기 위해."

"그는 잠시 기다렸어요. 제가 돌아오지 않나 해서겠지요. 그러더니 숨은 곳에서 늑대처럼 살금살금 나와 길게 우회해서 화단으로 다가갔어요. 마침내 목표점에, 즉 금방 흙이 뒤집어진 곳에 이른 그는 무심한 표정으로 멈추어 사방을 둘러보며 정원 구석구석을 살폈어요. 뿐만 아니라 근처 집들의 창문은 물론 땅과 하늘과 공기까지 살폈어요. 그리하여 자신이 혼자임을, 따로 떨어져 있음을, 모든 사람의 시선에서 완전히 벗어나 있음을 확신한 그는 화단으로 뛰어들어 물렁물렁한 흙 속에 두 손을 집어넣더니 흙을 한 줌 집어 들고 부드럽게 부수었어요. 소구근이 있는지 확인하기 위해서겠지요. 그는 세 차례 같은 짓을 되풀이했고 매번 동작은 더욱 격렬해졌어요. 그러다가 마침내 속았음을 깨달은 그는 자신을 집어삼킬 것 같은 흥분을 억누르고는 갈퀴로 흙을 고르게 다듬었어요. 파헤치기 전과 똑같은 모습으로 되돌려 놓기 위해서이지요. 그러고 나서 부끄러움에 어쩔 줄 모르는 그는 평범한 산책자의 순진한 태도를 가장하고는 문 쪽으로 향했답니다."

"오! 불쌍한 인간!" 이마에 흐르는 땀방울을 훔치며 코르넬리우스가 중얼거렸다. "오! 불쌍한 인간, 내가 알아봤지. 하지만 로자, 소구근은 어떻게 했소? 아, 슬프게도 그것을 심기에는 벌써 약간 늦었소."

"소구근은 엿새 전부터 땅속에 있어요."

"어디에? 그리고 어떻게?" 하고 코르넬리우스가 외쳤다. "오! 하느님, 이 무슨 신중치 못한 처사란 말이오! 그것은 어디에 있소? 어떤 흙 속에 심었소? 볕이 잘 드는 자리에 심었소, 아니면 볕이 잘 들지 않는 자리에 심었소? 혹시 그 끔찍한 야코프가 훔쳐 갈 위험은 없소?"

"그것을 도둑맞을 염려는 없어요. 야코프가 제 방문을 부수지 않는 한 말이에요."

"아! 그것은 당신에게, 당신 방에 있군요, 로자." 다소 안심이 된 코르넬리우스가 말했다. "하지만 어떤 흙에? 어떤 화분에? 물이 흙을 대신할 수 있다고, 33퍼센트의 산소와 66퍼센트의 수소로 이루어진 물이 흙을 대신할 수 있다고 고집하는 하를럼이나 도르드레흐트의 여인들처럼 혹시 당신은 그것을 물에 담그지는 않았소……? 그나저나, 로자, 내가 당신한테 무슨 말을 하는 거요?"

"네, 제게는 약간 어렵네요." 처녀가 미소를 띠고 대답했다. "저로서는 나리를 안심시키기 위해 소구근이 물속에 있지 않다고 말씀드리는 것으로 만족하도록 하지요."

"아! 이제야 숨을 쉬겠군."

"저는 그것을 나리께서 소구근을 심으셨던 항아리와 정확히 같은 크기의 좋은 도자기 화분 안에 심었어요. 또 정원의 제일 좋은 곳에서 취한 사분의 삼의 보통 흙과 길에서 퍼 온 사분의 일의 흙으로 이루어진 토양에 그것을 묻었지요. 오! 저는 나리에게서, 그리고 나리가 말씀하시듯 파렴치한 야코프에게서 어떤 땅에 튤립을 심어야 하는지를 자주 들은 덕분에 그 문제에 대해 하를럼의 으뜸가는 정원사만큼이나 잘 알아요!"

"아! 이제 일조량의 문제가 남았군. 햇볕은 어떻소, 로자?"

"현재로서는 볕이 나는 날에는 하루 종일 볕을 받게 되어 있어요. 하지만 그것이 흙 바깥으로 나오고 볕이 더 뜨거워지면, 존경하는 코르넬리우스 님, 나리께서 이 방에서 하시던 것과 똑같이 하겠어요. 즉 아침 8시에서 11시까지는 동쪽 창문에서 햇볕에 노출시키고, 오후 3시부터 5시까지는 서쪽 창문에서 햇볕에 노출시키겠어요."

"오! 그거요, 바로 그거요!" 하고 코르넬리우스는 외쳤다. "당신은 완벽한 정원사예요, 아름다운 로자. 하지만 이제 와서 드는 생각이지만, 튤립 재배는 당신의 시간을 전부 다 빼앗아

갈 텐데."

"네, 사실이에요." 하고 로자가 말했다. "하지만 무슨 상관이에요? 나리의 튤립은 제 딸이나 마찬가지예요. 제가 어머니라면 아이에게 주었을 시간을 그것에 줄 뿐이에요. 제가 튤립의 라이벌이 되지 않는 길은." 로자는 미소를 띠며 덧붙였다. "그것의 어머니가 되는 것밖에 없어요."

"착하고 소중한 로자!" 하고 중얼거리듯 말하며 코르넬리우스는 처녀를 바라보았다. 그의 시선 속에서는 튤립 재배자보다 연인이 더 우세했고, 이는 얼마간 로자를 위로했다.

그리고 한동안 침묵이 흘렀다. 그동안 코르넬리우스는 쇠창살 틈새로 잡히지 않는 로자의 손을 찾았다.

"그렇다면." 코르넬리우스가 다시 말을 이었다. "소구근을 심은 지 벌써 엿새가 됐군요?"

"그래요, 코르넬리우스 님, 엿새가 되었어요." 하고 처녀가 대답했다.

"그런데 아직도 모습을 드러내지 않고 있다?"

"아뇨, 하지만 내일이면 싹이 돋을 것 같아요."

"내일이라! 당신 소식을 전하면서 튤립 소식도 전해 주겠지요, 안 그래요, 로자……? 방금 전에 당신이 말한 것처럼 나는 딸에 대해 걱정이 많아요. 하지만 그 어머니에 대해서도 전혀 다른 방식으로 관심이 많소."

"내일 봐요." 코르넬리우스를 옆으로 쳐다보며 로자가 말했다. "내일 봐요. 하지만 제가 올 수 있을지는 모르겠어요."

"오! 하느님!" 하고 코르넬리우스가 말했다. "어째서 내일 안 된다는 거요?"

"코르넬리우스 님. 저는 할 일이 무척 많아요."

"나는 하나밖에 없는 데 반해." 하고 중얼대듯 코르넬리우스가 말했다.

"네." 하고 로자가 대꾸했다. "나리의 튤립을 사랑하는 것밖에요."

"아니오, 당신을 사랑하는 것밖에 없소."

로자는 머리를 저었다.

또다시 침묵이 흘렀다.

"결국." 침묵을 깨뜨리며 판 바에를르가 계속했다. "자연의 모든 것이 변하는군. 봄꽃이 지고 나면 다른 꽃들이 피고. 제비꽃과 꽃무를 다정하게 애무하던 벌들은 똑같은 사랑으로 인동덩굴, 장미, 재스민, 국화, 제라늄 위에 내려앉고."

"무슨 뜻이죠?" 로자가 물었다.

"그것은, 아가씨, 처음에 당신은 내 기쁨과 슬픔의 이야기를 듣는 걸 좋아했고, 우리 두 사람의 젊음의 꽃을 사랑했다는 말이오. 하지만 내 꽃은 그늘에서 시들어 버렸소. 죄수가 가진 희망과 기쁨의 정원은 한 철뿐이오. 그것은 자유로운 공기와 햇볕이 있는 아름다운 정원과는 달라요. 일단 5월의 수확이 끝나면, 성과를 취하고 나면, 로자, 당신 같은 꿀벌들, 당신처럼 가느다란 몸통에 황금 촉수에 투명한 날개를 지닌 꿀벌들은 추위와 고독과 슬픔을 버리고 쇠창살을 빠져나가 다른 곳에서 향기와 따뜻한 숨결을…… 요컨대 행복을 찾기 마련이오!"

로자는 미소와 함께 코르넬리우스를 바라보았다. 하지만 그는 하늘을 쳐다보고 있었기 때문에 그 미소를 보지 못했다.

그는 한숨을 쉬며 계속했다.

"로자 아가씨, 사계절의 기쁨을 갖기 위해 당신은 나를 버렸어요. 잘했어요. 나는 불평하지 않아요. 무슨 권리로 내가 당신에게 변함없는 신의를 요구하겠소?"

"신의라고요?" 로자는 눈물을 터뜨리며 외쳤다. 그녀는 더이상 코르넬리우스에게 뺨 위로 흘러내리는 진주 방울들을 감추려 하지 않았다. "신의라고요? 제가 나리께 신의를 지키지 않았나요, 제가요?"

"아! 이것이 신의를 지키는 건가요?" 하고 코르넬리우스는 외쳤다. "나를 버리고, 내가 여기서 죽도록 방치하는 게 신의를 지키는 거란 말이오?"

"하지만 코르넬리우스 님." 하고 로자는 말했다. "저는 나리를 기쁘게 해 드릴 모든 것을 하지 않았나요? 나리의 튤립을 돌보아 주지 않았던가요?"

"쓰린 마음으로. 로자! 당신은 내가 이 세상에서 누리는 유일하고 순수한 기쁨을 비난하고 있어요."

"저는 아무것도 비난하지 않아요, 코르넬리우스 님. 나리가 사형당할 거라는 소식이 바우텐호프에 전해진 이래 제가 느껴온 깊은 슬픔만이 원망스러울 뿐이에요."

"로자, 나의 사랑하는 로자, 당신은 불만이오. 내가 꽃을 좋아한다는 사실이 당신은 불만스러운 거요."

"나리께서 꽃을 좋아한다는 사실은 조금도 불만스럽지 않아요. 단지 저보다 꽃을 더 좋아한다는 사실이 저를 슬프게 할 뿐이에요."

"아! 사랑하는, 사랑하는 사람이여." 하고 코르넬리우스가 외쳤다. "내 떨리는 손을 봐요. 내 창백한 이마를 봐요. 고동치는 내 심장 박동을 들어 봐요. 이는 검은 튤립이 나를 부르며 미소 짓기 때문이 아니오. 아니지요. 그것은 당신이 나를 향해 미소 짓기 때문이에요. 당신이 나를 향해 이마를 기울이기 때문이에요. 그것은 또한 (그게 정말일지는 모르겠으나) 겉으로는 피하는 듯 보여도 사실은 당신의 손이 내 손을 열망하기 때문이에요. 차가운 쇠창살 뒤에 있는 아름다운 두 뺨의 온기가 내게 느껴지기 때문이에요. 로자, 내 사랑, 검은 튤립의 소구근을 부숴요. 그 꽃에 대한 희망을 깨뜨려요. 내가 매일 꾸는 순결하고 매력적인 꿈의 부드러운 빛을 꺼뜨리세요. 풍부한 옷과 우아한 자태와 신성한 형상의 꽃들은 이제 더 이상 필요 없어요. 모두 다 치워 버려요. 다른 모든 꽃을 질투하는 꽃이여. 모두 다 치워 버려요. 하지만 당신의 목소리, 당신의 몸짓, 무거운 계단을 울리는 당신의 발소리는 거두지 마세요. 어두운 복도에 빛나는 당신의 두 눈은, 영원히 내 가슴을 어루만지는 당신의 사랑에 대한 확신은 제발 거두지 마세요. 나를 사랑해 줘요, 로자. 나는 당신만을 사랑하고 있으니까요."

"검은 튤립 다음이겠지요." 처녀는 한숨을 쉬며 말했다. 그러나 따뜻하고 어루만지는 듯한 그녀의 두 손은 마침내 쇠창살을 넘어 코르넬리우스의 입술에 자신을 내맡겼다.

"그 무엇보다 우선이오, 로자……."

"나리의 말을 믿어야 하나요?"

"하느님을 믿듯이 안심하고 믿어요."

"그렇다고 하죠. 하지만 저를 사랑하는 것은 나리께 너무 큰 부담이 아닌가요?"

"불행히도 부담이 전혀 없어요, 로자. 하지만 당신에게는 부담이 되나요?"

"저요?" 하고 로자가 물었다. "제게 무슨 부담이 되겠어요?"

"우선 다른 사람과 결혼하지 못하니까."

그녀는 미소 지었다.

"아! 남자들이란." 하고 그녀는 말했다. "남자들은 모두 폭군이에요. 나리께서는 미인을 사랑해요. 그녀에 대해서만 생각하고 그녀에 대해서만 꿈을 꾸죠. 그러다가 나리는 사형선고를 받아요. 처형대를 향해 가면서 나리는 그 미인에게 마지막 한숨을 바쳐요. 그런 나리께서 이제는 불쌍한 제게 꿈과 야심을 희생할 것을 요구하고 계셔요."

"그런데 로자, 당신이 말하는 미인은 도대체 누구요?" 하고 코르넬리우스가 물었다. 그는 기억 속에서 로자가 암시하는 여인을 찾아보았으나 허사였다.

"검은 미인 말이에요, 나리. 유연한 허리에 가느다란 발에 고귀함이 가득한 얼굴을 지닌 검은 미인 말이에요. 저는 나리의 꽃에 대해 말하고 있어요."

코르넬리우스는 빙그레 미소 지었다.

"상상의 미인에 불과하오, 착한 로자. 반면에 당신은 당신을 흠모하는 야코프 말고도 수많은 남자들이 당신에게 구애를 하고 있지 않소. 헤이그의 학생, 장교, 점원들에 대해 당신이 무슨 말을 했는지 잊었소? 그나저나! 뢰베슈타인에는 점원이나 장교나 학생이 없나요?"

"오! 있어요. 그것도 많다고 할 수 있지요." 하고 로자가 말했다.

"어떤 사람들이 편지를 쓰나요?"

"어떤 사람들이 편지를 쓰냐고요?"

"이제는 읽을 줄 아니까……."

코르넬리우스는 한숨을 쉬었다. 불쌍한 죄수인 자기 덕분에 로자는 다른 남자들로부터 받은 연애편지를 직접 읽을 수 있게 된 것이다.

"하지만 코르넬리우스 님." 하고 로자가 말했다. "사람들로부터 받은 편지를 읽으면서, 그리고 제게 접근하는 멋쟁이들을 관찰하면서 저는 나리의 지침을 따를 뿐입니다."

"뭐라고! 내 지침을?"

"네, 나리의 지침이요. 잊으셨어요?" 로자는 한숨을 쉬며 말했다. "나리께서 코르넬리스 드 비트 님의 성경에 쓴 유언을 잊으셨단 말이에요? 저는 잊지 않았어요. 글을 읽을 수 있게 된 요즈음 저는 그것을 매일, 그것도 두 번씩 읽어요. 이 유언에서 나리는 저에게 스물여섯에서 스물여덟 살 사이의 잘생긴 젊은이와 결혼할 것을 명령하고 계셔요. 저는 하루 종일 나리의 튤립에 매달려야 해요. 그러니 저녁 시간에는 좀 놓아주셔야 신랑감을 찾지요."

"아! 로자. 그 유언은 죽음을 염두에 두고 쓴 것이오. 하지만 하늘 덕분에 나는 살아 있소."

"그렇다면! 저는 스물여섯에서 스물여덟 살 사이의 잘생긴 젊은이를 찾는 대신에 나리를 보러 오겠어요."

"그래요! 로자, 와요! 와요!"

"그러나 조건이 있어요."

"무조건 받아 주겠소!"

"앞으로 사흘 동안 검은 튤립 이야기를 해서는 안 돼요."

"당신이 요구한다면, 로자, 앞으로 그것에 대해 영영 말하지 않겠소."

"오!" 하고 처녀가 말했다. "불가능한 것을 요구하지는 않겠어요."

부주의에 의한 것처럼 그녀는 싱그러운 뺨을 쇠창살 가까이 가져갔고 코르넬리우스의 입술이 그것에 닿았다.

로자는 사랑이 가득한 작은 비명을 지르며 달아났다.

21
두 번째 소구근

그날 밤은 좋았다. 그다음 날은 한결 더 좋았다.

그에 앞선 며칠 동안 감옥은 무겁고 어두우며 천장이 낮아진 것처럼 여겨졌다. 그것은 온 무게로 불쌍한 죄수를 짓누르는 듯했다. 벽은 캄캄하고 공기는 차갑고 쇠창살은 간격이 더욱 좁아져 빛이 겨우 통과하는 것 같았다.

그러나 코르넬리우스가 잠에서 깨어났을 때 아침 햇살은 쇠창살 사이에서 즐겁게 뛰놀고 있었다. 한 무리의 비둘기들이 활짝 편 날개로 공기를 가르는 동안 다른 비둘기들은 아직 열리지 않은 코르넬리우스의 창문 가까운 지붕 위에서 사랑을 속삭였다.

코르넬리우스는 창문으로 달려가 그것을 활짝 열었다. 생명, 기쁨, 그리고 거의 자유에 가까운 것이 햇살과 더불어 어두운 방 안으로 밀려 들어오는 것만 같았다.

사랑이 그곳에 개화하면서 둘레로 다른 많은 것이 만발하게 한 때문이다. 사랑, 그것은 지상의 꽃과는 전혀 다른 방식으로 빛나며 전혀 다른 향기를 흩뿌리는 하늘의 꽃이었다.

흐리푸스가 죄수의 방에 들어왔을 때 그는 다른 날처럼 음울하게 누워 있는 대신 일어나 서성이며 오페라 아리아를 부르는 코르넬리우스를 발견했다.

"엥!" 하며 흐리푸스가 놀랐다.

"오늘 아침 모두들 어떠시오?" 코르넬리우스가 물었다. 흐리푸스는 그를 비스듬히 바라보았다.

"멍멍이, 야코프 씨, 그리고 우리 아름다운 로자, 모두들 어떻답니까?"

흐리푸스는 이를 갈았다.

"옜소, 당신의 식사." 하고 그가 말했다.

"고맙소, 나의 친구 케르베로스.*" 하고 죄수가 말했다. "마침 잘되었네요. 몹시 시장하던 참인데."

"아! 시장하시다?" 하고 흐리푸스가 말했다.

"아니, 왜 안 그렇겠소?" 하고 판 바에를르가 물었다.

"음모가 잘 진행되는 모양이군." 하고 흐리푸스가 말했다.

"무슨 음모를 말하시오?" 하고 코르넬리우스가 물었다.

"흥! 내가 무슨 말을 하는지 잘 알지 않소. 하지만 학자 나리, 우리가 지켜볼 거요. 걱정하지 마시오. 우리가 지켜볼 테니."

"지켜보시지요, 나의 친구 흐리푸스!" 하고 판 바에를르가 말했다. "지켜보세요! 내 음모는 나와 마찬가지로 언제든 당신

---

* 그리스신화에서 지옥문을 지키는 개. 세 개의 머리에 뱀의 꼬리를 지녔다.

에게 봉사할 준비가 되어 있어요."

"점심때 봅시다." 하고 흐리푸스가 말했다.

그리고 그는 나갔다.

"점심때?" 하고 코르넬리우스는 되뇌었다. "무슨 뜻이지? 정오까지 기다려 보자. 그때면 알 수 있겠지."

정오가 울리고 흐리푸스뿐 아니라 그를 따라 올라오는 병사 서너 명의 발소리가 계단 쪽에서 들려왔다.

문이 열리고 흐리푸스가 들어왔다. 그는 병사들을 들어오게 한 뒤 문을 닫았다.

"이 방이오! 자, 수색합시다."

사람들은 코르넬리우스의 주머니들을, 그의 재킷과 조끼 사이를, 조끼와 셔츠 사이를, 셔츠와 피부 사이를 뒤졌지만 아무것도 나오지 않았다.

시트, 매트리스, 그리고 침대의 밀짚 속도 뒤졌다. 하지만 아무것도 나오지 않기는 마찬가지였다.

코르넬리우스는 세 번째 소구근을 받지 않길 잘했다고 생각했다. 그렇지 않았더라면 아무리 잘 숨긴들 이번 수색에서 발견되었을 것이고, 그것은 첫 번째 소구근과 같은 취급을 받았을 것이다.

여하튼 죄수가 그토록 평안한 얼굴로 자기 방의 수색을 지켜본 일은 일찍이 없었다.

흐리푸스는 로자가 코르넬리우스에게 주었던 서너 장의 종이와 연필을 압수하는 것으로 만족해야 했다. 그것이 그의 유일한 전리품이었다.

6시에 흐리푸스는 다시 왔다. 이번에는 혼자였다. 코르넬리우스는 상냥한 태도를 보이려 했다. 그러나 흐리푸스는 으르렁대며 입 가장자리의 송곳니를 드러냈다. 그는 위협당할까 두려워하는 사람처럼 뒷걸음쳐 코르넬리우스의 방을 나갔다.

코르넬리우스는 웃음을 터뜨렸다.

이에 흐리푸스는 쇠창살 너머로 소리쳤다.

"좋아! 좋아! 하지만 마지막에 웃는 자가 진짜 웃는 거야."

적어도 그날 저녁 마지막으로 웃을 사람은 코르넬리우스였다. 그는 로자를 기다리고 있었기 때문이다.

로자는 9시에 왔다. 하지만 로자는 등불을 들고 있지 않았다. 로자에게는 더 이상 빛이 필요하지 않았다. 그녀는 이제 읽을 줄 알았기 때문이다.

게다가 빛은 야코프에 의해 그 어느 때보다 더 집요하게 감시당하는 로자의 행적을 노출시킬 수 있었다.

그리고 빛이 있으면 로자의 얼굴이 붉어지는 게 너무 잘 보였다.

그날 저녁 두 사람은 무엇에 대해 말했던가? 프랑스의 연인들이 문간에서, 스페인의 연인들이 발코니에서, 동양의 연인들이 테라스에서 으레 주고받기 마련인 이야기들을 그들 역시 나누었다.

그들은 시간의 발에 날개를 달아 나는 듯 빨리 흐르게 하는, 그리고 시간의 날개에 깃털을 덧붙여 속도를 더하게 하는 모든 것에 대해 이야기했다.

그들은 검은 튤립을 제외한 모든 것에 대해 이야기했다.

그리고 10시가 되자 그들은 평소처럼 헤어졌다.

코르넬리우스는 행복했다. 자신의 튤립에 대한 소식을 듣지 못한 튤립 재배자가 행복할 수 있는 최대한으로 행복했다.

그는 로자가 지상의 모든 사랑을 합친 만큼 예쁘다는 것을 발견했다. 그녀는 착하고 우아하고 매력적이었다.

그러나 어째서 로자는 튤립에 대해 말하는 것을 금지할까?

그것은 로자가 지닌 커다란 결점이었다.

코르넬리우스는 한숨을 쉬며 여자는 완벽하지 않다고 생각했다.

밤에 한동안 그는 그런 불완전함에 대해 명상했다. 이는 곧 깨어 있는 내내 그가 로자에 대해 생각했음을 뜻한다.

일단 잠이 든 그는 그녀에 대한 꿈을 꾸었다.

그런데 꿈속의 로자는 현실의 로자와 달리 완벽했다. 그녀는 튤립에 대해 말할 뿐 아니라 코르넬리우스에게 중국 화분에 담긴 멋진 검은 튤립을 가져다주었다.

기쁨으로 전율하면서 잠에서 깨어난 코르넬리우스는 중얼거렸다.

"로자, 로자, 사랑하오."

날이 밝았기 때문에 코르넬리우스는 다시 잠드는 것이 적절치 못하다고 생각했다.

그는 하루 종일, 깨어나면서 맨 처음 했던 생각에 머물러 있었다.

아! 만약 로자가 튤립에 대해 말했더라면 코르넬리우스는 세미라미스 왕비,* 클레오파트라 여왕, 엘리자베스 여왕, 안 도

---

* 아시리아와 바빌로니아의 왕비로서 전설에 따르면 남편이 죽은 뒤 인도까지 가서 전쟁을 하고 공중정원을 비롯한 찬란한 건축물들을 축조했다고 한다.

트리슈 왕비*보다, 즉 이 세상에서 가장 위대하고 아름다운 여왕들보다 그녀가 낫다고 했으리라.

하지만 로자는 다시 오지 않겠다고 위협하며 사흘이 지나기 전에는 튤립에 대해 말하는 것을 금지했다.

그것은 연인에게 부여된 일흔두 시간이었다. 그러나 그것은 원예가에게서 베어 낸 일흔두 시간이기도 했다.

사실, 그 일흔두 시간 중 서른여섯 시간은 이미 지나갔다.

나머지 서른여섯 시간도 빨리 지나갈 것이다. 열여덟 시간은 로자를 기다리면서, 나머지 열여덟 시간은 로자와의 만남을 돌이키면서 금방 지나갈 것이다.

로자는 같은 시간에 왔다. 코르넬리우스는 영웅적인 의지로 고행을 견뎌 냈다. 그는 아마도 피타고라스학파의 뛰어난 일원이 될 수 있었을 것이고, 매일 한 번씩 튤립 소식을 묻는 것만 허용해 주었더라면 아무런 말도 하지 않은 채 오 년은 충분히 버틸 수 있었을 것이다.**

아름다운 방문객은 명령을 하기 위해서는 다른 것을 양보해야 한다는 것을 알았다. 로자는 코르넬리우스가 쪽문을 통해 손가락을 끌어당기고 쇠창살을 통해 머리칼에 키스하는 것을 허락해야만 했다.

---

* 합스부르크 왕가 출신으로 프랑스 왕 루이 13세의 왕비이자 루이 14세의 어머니. 뛰어난 미모를 지닌 그녀는 버킹엄 공작과의 연애로 스캔들을 일으키는가 하면 리슐리외와 대립하기도 했다. 루이 13세가 죽은 뒤에는 애인이기도 했던 총리대신 마자랭과 더불어 섭정을 행사했다.

** 오르페우스와 더불어 그리스 신비주의 전통의 쌍벽을 이루는 수학자 피타고라스는 제자들에게 침묵을 중요한 덕목으로 가르쳤다.

불쌍한 처녀! 그녀에게 이 모든 사랑의 장난은 튤립에 대해 말하는 것과는 또 다른 방식으로 위험한 일이었다.

그녀는 뛰는 가슴과 뜨거운 뺨, 마른 입술과 젖은 눈을 한 채 자기 방으로 돌아가면서 그것을 깨달았다.

그리하여 다음 날 저녁 그녀는 안부 인사와 첫 애무를 주고받은 뒤 어둠 때문에 보이지는 않지만 여실히 느껴지는 시선으로 쇠창살 너머의 코르넬리우스를 바라보며 말했다.

"그런데, 싹이 났어요!"

"싹이 났다고! 무엇이!" 코르넬리우스는 로자가 자기의 고행 기간을 단축해 준다는 사실을 믿지 못하겠다는 듯이 물었다.

"튤립이요." 하고 로자가 말했다.

"어떻게." 하고 코르넬리우스가 외쳤다. "그럼 이제 튤립에 대해 말하는 것을 허락한다는……?"

"네." 로자가 아이에게 즐거움을 허락하는 자애로운 어머니의 어조로 말했다.

"아! 로자!" 코르넬리우스는 뺨이든 손이든 이마든 무엇에라도 접촉할 희망 속에서 쇠창살을 통해 입술을 내밀었다.

그러나 그의 입술이 닿은 것은 이 모든 것보다 더 좋은 것이었다. 약간 벌어진 입술에 가 닿았던 것이다.

로자는 작은 비명을 질렀다.

코르넬리우스는 대화를 서둘러야 한다는 사실을 깨달았다. 예기치 못한 접촉이 로자를 몹시 놀라게 한 것처럼 느껴졌기 때문이다.

"곧게 올라왔소?" 하고 그가 물었다.

"프리슬란트 방추처럼 곧아요." 하고 로자가 말했다.

"높이는 어떻소?"

"적어도 두 치는 될 것 같아요."

"오! 로자, 잘 돌봐 줘요. 앞으로 보겠지만 금방 자랄 거요."

"지금보다 더 보살필 수 있을까요?" 하고 로자가 말했다. "저는 튤립만 생각해요."

"튤립만이라고, 로자? 조심해요. 이번에는 내가 질투를 할 것 같소."

"튤립을 생각하는 것은 곧 나리를 생각하는 것이라는 사실을 잘 아시잖아요. 저는 그것에서 한시도 눈을 떼지 않고 있어요. 침대에 누워서도 그것만 바라본답니다. 깨어나면서 제일 먼저 보는 것도 그것이고 잠들면서 마지막으로 보는 것도 그것이에요. 낮에 저는 그 곁에 앉아 일하죠. 그것이 제 방에 들어온 이후로 저는 늘 방에 있어요."

"잘하고 있어요, 로자. 알다시피 그것은 당신 지참금이에요."

"네. 튤립 덕분에 저는 제가 사랑하는 스물여섯에서 스물여덟 살 사이의 청년과 결혼할 거예요."

"그만해요. 심술맞은 사람 같으니."

그리고 코르넬리우스는 처녀의 손가락을 잡았다. 이는 대화의 내용을 바꾸지는 못했지만 대신에 대화를 침묵으로 바꾸었다.

그날 저녁 코르넬리우스는 세상에서 가장 행복한 남자였다. 로자는 그가 원하는 만큼 손을 내주었고, 그는 마음껏 튤립에 대해 이야기했다.

그날 이후로 매일매일 튤립과 두 사람의 사랑에는 진척이 있었다. 하루는 잎새가 열렸고, 하루는 꽃눈이 맺혔다.

소식을 들은 코르넬리우스의 기쁨은 컸다. 그의 질문이 빠르게 쏟아졌다. 그 빠름은 그만큼 문제가 중요하다는 사실을 뜻했다.

"맺혔다고!" 코르넬리우스가 외쳤다. "꽃눈이 맺혔다고?"

"맺혔어요." 하고 로자가 반복했다.

코르넬리우스는 기쁨에 현기증을 느꼈다. 그는 쪽문을 짚고 몸을 가누어야 했다.

"아! 하느님!" 하고 그가 탄성을 질렀다.

그러고는 로자에게로 되돌아오며 말했다.

"달걀처럼 반듯해요? 꽉 차 있어요? 끝 부분은 초록색이에요?"

"높이는 한 치쯤 되고 날씬해요. 허리는 불룩하고, 끝 부분은 금방이라도 벌어질 것 같아요."

그날 밤 코르넬리우스는 거의 잠을 자지 못했다. 꽃눈의 끝이 벌어지는 것은 그야말로 절체절명의 순간이 아닐 수 없었다.

이틀 후 로자는 꽃눈이 벌어졌다는 소식을 전했다.

"벌어졌다고, 로자!" 하고 코르넬리우스가 외쳤다. "꽃눈이 벌어졌다고! 그렇다면 보일 텐데? 벌써 분간할 수 있을 텐데……?"

죄수는 헐떡이며 잠시 말을 멈추었다.

"네." 로자가 대답했다. "네, 다른 색깔의 실, 머리카락처럼 가느다란 실이 보여요."

"색깔은?" 부들부들 떨면서 코르넬리우스가 물었다.

"오!" 하고 로자가 대답했다. "짙은 색이에요."

"갈색?"

"오! 그보다 진하죠."

"더 진하다고, 착한 로자, 더 진하다고! 고마워요. 흑단처럼 짙은가 아니면……."

"제가 나리께 편지를 쓰기 위해 사용한 잉크처럼 짙어요."

코르넬리우스는 미친 듯한 기쁨의 비명을 질렀다.

그러다가 그는 별안간 소리를 멈추었다.

"오!" 그는 손을 맞잡으며 말했다. "그 어떤 천사도 당신과 비교될 수 없어요."

"정말인가요!" 코르넬리우스의 열광에 미소 지으며 로자가 말했다.

"로자, 당신은 열심히 일했어요. 로자, 당신은 나를 위해 참으로 많은 것을 해 주었어요. 로자, 내 튤립이 피어나려 하고 있어요. 그것은 검은 꽃을 피울 거예요! 로자, 로자, 당신은 신이 지상에 창조한 가장 완벽한 존재예요."

"튤립 다음으로요?"

"아! 그만해요, 심술궂은 사람 같으니. 그만해요! 제발, 내 기쁨을 망치지 마요! 하지만 말해 봐요, 로자. 만약 튤립이 벌써 이 단계에 와 있다면 늦어도 이틀이나 사흘 안에는 꽃이 피지 않겠어요?"

"내일이나 모레쯤이요, 네."

"오! 하지만 나는 그것을 볼 수 없어." 코르넬리우스는 뒤로 몸을 젖히며 외쳤다. "경탄해 마지않을 신의 경이로움에 대해서 하듯 그것에 입 맞출 수가 없어. 내가 당신의 손에 입을 맞추듯 말이오, 로자. 어쩌다 우연히 쪽문 가까이에 와 있는 당신의 머리칼이나 뺨에 내가 입을 맞추듯 말이오."

로자는 뺨을 내밀었다. 이번에는 우연에 의해서가 아니라 그녀에 의지에 따른 것이었다. 청년의 입술이 그 위에 탐욕스레 들러붙었다.

"그렇다면! 꽃을 꺾어 오겠어요." 하고 로자가 말했다.

"아! 안 돼! 안 돼! 꽃이 열리면 그늘에 잘 놓아요. 그리고 지체 없이 하를럼의 원예협회장에게 사람을 보내어 위대한 검은 튤립이 개화했다는 사실을 알리세요. 하를럼이 멀다는 건 나도 잘 알아요. 하지만 돈을 주면 심부름꾼이 나설 거요. 돈은 있나요, 로자?"

로자는 미소를 지었다.

"네!" 그녀는 대답했다.

"충분히?" 코르넬리우스가 물었다.

"300플로린가량 있어요."

"오! 300플로린이나 있다면 심부름꾼을 보내기보다, 로자, 당신이 직접 하를럼에 가야 해요."

"하지만 그동안 꽃은 어떡하고요……?"

"오! 꽃은 당신이 가져가면 되지요. 알다시피 꽃에서 한순간도 떨어져서는 안 돼요."

"그러나 꽃과는 떨어지지 않을지 몰라도, 코르넬리우스 님, 당신과는 떨어져 있어야 하잖아요." 로자가 시무룩한 표정으로 말했다.

"아! 맞아요, 나의 부드럽고 소중한 로자. 오, 하느님! 인간들은 어찌 이리도 사악할까요! 그들에게 제가 무슨 잘못을 했단 말입니까? 어째서 나의 자유를 빼앗았단 말입니까? 당신이 옳아요, 로자. 나는 당신 없이는 살 수 없어요. 그러니 하를럼에 누군가를 보내도록 하세요. 정말이지 보통 기적이 아닌 만큼 원예협회장은 움직여 줄 겁니다. 자신이 직접 뢰베슈타인까지 와서 튤립을 보려고 할 거예요."

그러다가 별안간 이야기를 멈추고는 떨리는 목소리로 말했다.

"로자, 로자! 만약 검은빛이 아니라면?"

"글쎄요! 내일이나 모레 저녁에는 알 수 있겠죠."

"저녁까지 기다린다……! 로자, 나는 조바심으로 죽고 말겠소. 신호를 주고받을 수는 없을까?"

"그보다 더 좋은 방법이 있죠."

"어떻게 할 거요?"

"만약 밤에 꽃이 피면 제가 오겠어요. 직접 와서 말씀드리겠어요. 꽃이 낮에 피면 아버지의 첫 번째 순찰과 두 번째 순찰 사이에 문 앞을 지나가면서 문 밑이나 쪽문으로 쪽지를 밀어 넣겠어요."

"오! 로자, 그거예요! 한마디면 돼요. 내게 이중의 행복을 주는 한마디면 충분해요."

"10시예요." 하고 로자가 말했다. "가 봐야겠어요."

"그래요! 그래요!" 하고 코르넬리우스가 말했다. "그래요! 가요, 로자! 가요!"

로자는 거의 슬픈 기분으로 물러났다.

코르넬리우스는 그녀를 거의 쫓아내듯 하지 않는가.

실제로 그것은 검은 튤립을 돌보게 하기 위해서였다.

22
개화

밤은 부드럽게 흘러갔다. 하지만 동시에 그것은 동요로 가득
찬 것이기도 했다. 매 순간 로자의 부드러운 목소리가 그를 부
르는 것 같았다. 그는 소스라치듯 일어나 문으로 가서는 쪽문
으로 얼굴을 가져갔다. 하지만 쪽문에는 아무도 없었고 복도
는 텅 비어 있었다.

아마도 로자 역시 잠을 자지 않고 있었다. 하지만 코르넬리
우스보다 더 행복한 그녀는 튤립을 지켜보고 있었다. 그녀의
눈앞에는 고귀한 꽃, 달리 말해 아직 알려지지 않았을 뿐 아니
라 불가능한 것으로 간주되는 경이 중의 경이가 서 있었다.

검은 튤립이 발견되었다는 소식, 그것이 존재하며 죄수인 판
바에를르가 발견했다는 소식을 들으면 세상은 무어라 말할 것
인가?

검은 튤립과 자유를 맞바꾸자고 누군가 와서 제안한다면
코르넬리우스는 그 사람을 멀리 쫓아 버렸을 것이다!

아무런 소식 없이 날이 밝았다. 튤립은 아직 개화하지 않았던 것이다.

낮은 밤처럼 지나갔다.

밤이 왔다. 더불어 즐거운 로자, 새처럼 가벼운 로자도 왔다.

"어떻게 되었소?" 하고 코르넬리우스가 물었다.

"어떻게 되었느냐고요? 모든 것이 경이롭게 진행되고 있어요. 오늘 밤 틀림없이 튤립이 필 거예요."

"검은빛을 띠고?"

"흑옥처럼 까맣게요."

"티끌만큼의 다른 빛도 없이?"

"완벽하게."

"오, 하느님! 로자, 나는 밤새도록 꿈을 꿨소. 우선 당신에 대해……."

로자는 믿지 못하겠다는 표정을 지었다.

"그리고 우리가 해야 할 바에 대해."

"그것이 어떤 것인데요?"

"어떤 것인가 하면, 자, 내가 생각한 바를 잘 들어 봐요. 튤립이 개화하고, 꽃이 검은빛이라는 것, 완벽하게 검은빛이라는 것이 확인되면 당신은 심부름꾼을 한 명 찾아야 해요."

"겨우 그것이라면 제게는 이미 심부름꾼이 준비되어 있어요."

"확실한 사람이오?"

"제가 보증하는 심부름꾼이에요. 저를 좋아하는 사람 가운데 하나이니까."

"바라건대 야코프는 아니겠지요?"

"아니에요, 그런 걱정일랑 마세요. 뢰베슈타인의 뱃사공으로서 스물다섯에서 스물여섯 살 사이의 날렵한 젊은이지요."

"쳇!"

"걱정 마세요." 로자가 웃으며 말했다. "나리께서 제 배우자의 나이를 스물여섯에서 스물여덟 사이로 못 박으신 만큼 그는 아직 나이가 어리니까요."

"아무튼 그 젊은이를 믿을 수 있다고 생각하오?"

"저를 믿듯 그를 믿을 수 있어요. 바할 강이든 뫼즈 강이든 제가 명령만 하면 그는 배에서 물로 뛰어들 거예요."

"그렇다면 로자, 그 청년은 열 시간 정도면 하를럼에 도착할 수 있을 거요. 내게 연필과 종이를 줘요. 펜과 잉크라면 더 좋겠지요. 편지를 쓰겠어요. 아니오, 당신이 쓰는 게 낫겠소. 불쌍한 죄수인 내가 편지를 쓰면 사람들은 아마도 당신 아버지처럼 그 안에 무언가 음모가 도사리고 있지 않은가 의심할 거요. 당신이 하를럼원예협회장에게 편지를 쓰도록 해요. 확신하건대, 협회장은 올 겁니다."

"하지만 만약 그가 지체한다면?"

"그가 하루, 심지어 이틀 지체한다고 가정합시다. 아니, 절대 불가능해요. 그 같은 튤립 애호가가 여덟 번째 세계 불가사의*를 보는 마당에 한 시간, 일 분, 아니 일 초라도 지체한다는 것은 말이 안 돼요. 하지만 방금 전에 말했듯 설사 그가 하루나 이틀 지체한다 해도 튤립은 여전히 찬란하게 피어 있을 겁니다. 협회장이 튤립을 확인하고 보고서를 작성하면 모든 게 끝

---

* 물론 세계 7대 불가사의를 염두에 둔 말이다.

납니다. 당신은 보고서 사본을 받는 대신 그에게 튤립을 넘겨 주세요. 아! 우리가 그것을 직접 갖다 줄 수 있다면, 로자, 그것은 오로지 당신 손으로 옮겨 가기 위해서만 내 팔을 떠났을 거요. 하지만 이는 생각조차 하지 말아야 할 꿈이오." 한숨을 쉬며 코르넬리우스는 말을 이었다. "다른 사람들의 눈이 우리를 대신하여 검은 튤립이 지는 것을 볼 거요. 오! 명심할 것은, 로자, 협회장이 보기 전에는 아무에게도 튤립을 보여 주어서는 안 된다는 거요. 검은 튤립을, 오 하느님, 검은 튤립을 누군가 보면 훔치려 할 거요!"

"오!"

"당신은 당신을 흠모하는 야코프가 두렵다고 말하지 않았던가요? 1플로린을 훔치는 마당에 어떻게 10만 플로린을 훔치지 않겠소?"

"잘 감시하겠어요. 걱정 마세요."

"만약 당신이 여기 있는 동안 꽃이 피려 한다면?"

"그 변덕쟁이는 얼마든지 그럴 수 있을 거예요." 하고 로자가 말했다.

"만약 방에 돌아갔는데 이미 꽃이 피어 있다면?"

"그렇다면?"

"아! 로자. 꽃이 피자마자 한시도 지체하지 말고 협회장에게 알려야 한다는 사실을 명심해요."

"또 나리께 알려야겠지요. 네, 알겠어요."

로자는 한숨을 쉬었다. 그러나 거기에 쓰라림은 없었다. 그녀는 이제 코르넬리우스의 약한 부분을 이해하거나, 아니면 적어도 거기에 익숙해지기 시작했다.

"판 바에를르 님, 이제 튤립에게로 가 봐야겠어요. 꽃이 열리자마자 알려 드리지요. 그리고 알려 드리자마자 심부름꾼을 보내겠어요."

"로자, 로자, 하늘과 지상의 어떤 경이와 당신을 비교해야 할지 모르겠소."

"검은 튤립과 비교하세요, 코르넬리우스 님. 그러면 저는 좋아서 어쩔 줄 모를 거예요. 장담해요. 이제 작별 인사를 하죠, 코르넬리우스 님."

"오! 안녕, 나의 친구, 라고 해 봐요."

"안녕, 나의 친구." 하고 약간 위안이 된 로자가 인사했다.

"나의 사랑하는 친구, 라고 해 봐요."

"오! 나의……."

"사랑하는, 로자, 제발. 사랑하는, 사랑하는! 아니오?"

"사랑하는, 네, 사랑하는." 기쁨에 도취되어 넋을 잃은 로자가 숨 가쁘게 말했다.

"로자, 사랑하는, 이라고 했으니 이번에는 행복한, 이라고도 해 봐요. 하늘 아래 그 누구도 그만큼 행복하고 축복받지 못했을 정도로 행복한, 이라고 해 봐요. 로자, 이제 내게 부족한 것은 딱 한 가지밖에 없소."

"그게 뭔가요?"

"당신의 뺨이오. 당신의 신선한 뺨, 당신의 분홍빛 뺨, 당신의 부드러운 뺨이오. 오! 로자, 우연에 의한 것이나 기습적인 것이 아니라 당신의 의지에 따라, 로자. 아!"

한숨 가운데 간청을 마무리한 죄수는 처녀의 입술과 마주쳤다. 그것은 우연에 의한 것도 기습적인 것도 아니었다. 백 년 뒤 생프뢰가 쥘리의 입술과 만나듯* 그는 로자의 입술과 마주쳤던 것이다.

로자는 달아났다.

그녀의 입술에 영혼이 정지된 코르넬리우스는 쪽문에 얼굴을 붙인 채 한동안 움직일 줄을 몰랐다.

코르넬리우스는 기쁨과 행복으로 숨이 막힐 지경이었다. 그는 창문을 열고 기쁨으로 부풀어 오른 가슴을 안은 채 구름한 점 없는 창공과, 언덕 너머에 흐르는 두 강을 은빛으로 물들이고 있는 달을 오래오래 바라보았다. 그의 허파는 순수하고도 풍부한 공기로 차오르고, 정신은 부드러운 생각들로, 영혼은 감사와 종교적 찬미로 가득했다.

"오! 나의 신이여, 당신은 언제나 위에 계시는군요." 반쯤 무릎을 꿇고 별들을 뜨겁게 바라보며 그가 외쳤다. "최근 들어 당신의 존재를 거의 의심하다시피 한 저를 용서하소서. 당신은 구름 뒤로 숨었고, 한순간 저는 당신을 볼 수 없었습니다, 어진 신이여, 영원한 신이여, 긍휼의 신이여! 하지만 오늘, 하지만 이 저녁, 하지만 이 밤, 오! 저는 온전한 당신의 모습을 하늘의 거울에서, 그리고 특히 내 마음의 거울에서 봅니다."

그 불쌍한 병자는 회복되어 있었다. 그 불쌍한 죄수는 자유

---

* 생프뢰와 쥘리는 1761년에 간행된 장 자크 루소의 서간체 소설『누벨 엘로이즈』의 주인공들이다. 귀족의 딸인 쥘리와 그녀의 가정교사인 생프뢰는 서로 사랑한다. 그러나 신분 차이 때문에 결혼을 할 수 없는 그들은 관습의 테두리 안에서 덕성을 지키며 편지를 통해 서로에 대한 열정을 토로한다. 비련(悲戀)으로 중세를 풍미한 아벨라르와 엘로이즈의 이야기에 전범을 두는 이 소설은 낭만주의 문학의 효시가 되었다.

로웠다.

밤에 코르넬리우스는 한동안 창문의 쇠창살에 매달려 귀를 곤두세운 채 오로지 한 가지, 아니 두 가지 감각에 오감을 집중했다. 시각과 청각.

그는 하늘을 살피고 땅에 귀를 기울였다.

그리고 때때로 복도를 향해 눈을 돌렸다.

"저기에." 하고 그가 말했다. "저기에 로자가 있어. 나처럼 잠을 자지 않으며 나처럼 기다리는 로자가 있어. 저기 로자의 눈 아래 살아 열리는 신비로운 꽃이 있어. 아마도 지금쯤 로자는 그 섬세하고 따뜻한 손가락으로 튤립 줄기를 잡고 있을 거야. 로자, 그 줄기는 부드럽게 만져야 해. 어쩌면 그녀는 반쯤 벌어진 꽃받침에 입술을 댈지도 몰라. 로자, 그것은 조심스럽게 스치기만 해야 돼. 로자, 당신의 입술이 불붙듯 뜨거워지고 있어. 오! 어쩌면 이 순간 나의 두 사랑은 신의 시선 아래에서 서로를 애무하고 있는지도 몰라."

그 순간 별 하나가 남쪽에서 타오르더니 지평선과 요새 사이의 하늘을 가로질러 뢰베슈타인 위로 떨어졌다.

코르넬리우스는 부르르 몸을 떨었다.

"아!" 하고 그가 말했다. "신께서 나의 꽃에 영혼을 보내고 있어."

그의 예언이 적중한 것처럼 거의 같은 순간 죄수는 복도에서 요정의 것처럼 가벼운 발소리와 마치 날갯짓 같은 옷깃 스치는 소리를 들었다. 그리고 귀에 익은 목소리가 들려왔다.

"나의 친구 코르넬리우스, 나의 사랑하는 행복한 친구, 오세요, 빨리 오세요!"

코르넬리우스는 창문에서 쪽문으로 한걸음에 옮겨 갔다. 이번에도 그의 입술은 로자의 중얼거리는 입술에 가 부딪쳤다. 그녀는 입맞춤 가운데 말했다.

"꽃이 피었어요. 검은 꽃이에요. 보세요!"

"뭐라고, 보라고!" 처녀의 입술에서 자기 입술을 떼며 코르넬리우스가 외쳤다.

"네, 네. 커다란 기쁨을 드리기 위해 작은 위험 정도는 무릅써야지요. 자, 보세요!"

그녀는 한 손으로는 맑게 닦은 희미한 램프를 쪽문 높이로 쳐들고, 다른 손으로는 경이로운 튤립을 같은 높이로 들어 올렸다.

코르넬리우스는 비명을 질렀다. 그는 기절할 것 같았다.

"오!" 그가 중얼거리듯 말했다. "하느님! 하느님! 저의 결백과 속박에 대한 보상을 내려 주시는 겁니까. 두 꽃이 제 감옥의 쪽문에까지 오도록 해 주시다니."

"키스하세요." 하고 로자가 말했다. "저는 방금 전에 했어요."

코르넬리우스는 숨을 고른 뒤 입술 끝으로 꽃의 정수리와 접촉했다. 여인의 입술에 한 입맞춤도, 심지어 로자의 입술에 했던 입맞춤마저도 가슴에 그토록 깊이 와 닿지는 않았다.

튤립은 아름답고 찬란하고 화려했다. 줄기의 높이는 열여덟 치가 넘었다. 꽃은 파랗고 매끈하고 창날처럼 곧은 네 개의 잎새 한가운데에 솟아 있었다. 빛깔은 흑옥처럼 검게 빛났다.

"로자." 코르넬리우스는 거의 헐떡이며 말했다. "로자, 한시도 지체해서는 안 돼요. 편지를 써야 해요!"

"벌써 썼어요, 나의 사랑하는 코르넬리우스 님." 하고 로자가 말했다.

"정말!"

"튤립이 피는 동안 편지를 썼어요. 왜냐하면 단 한순간도 잃지 않길 바랐기 때문이지요. 편지를 봐 주세요. 그리고 괜찮은지 말해 주세요."

코르넬리우스는 편지를 받아 읽었다. 그가 로자로부터 받았던 짧은 글월 이후로 또 한 번 장족의 발전을 보인 필체로 쓰인 그 편지는 다음과 같은 내용을 담고 있었다.

회장님,

검은 튤립이 십 분 후면 개화할 것입니다. 개화하는 즉시 저는 회장님께 사람을 보내도록 하겠습니다. 청컨대 뢰베슈타인 요새에 몸소 오셔서 검은 튤립을 찾아가시기 바랍니다. 저는 간수 흐리푸스의 딸로서 제 아버지가 지키는 죄수들만큼이나 자유롭지 못합니다. 하여 저는 이 경이를 회장님께 직접 전달해 드릴 수가 없습니다. 이런 까닭에 저는 회장님께서 직접 와 주시기를 간청드리는 바입니다.

저는 검은 튤립이 로자 바를뢰엔시스라는 이름으로 불리길 원합니다.

방금 튤립이 피었습니다. 완벽하게 검은빛입니다……. 오세요, 회장님. 오세요…….

제 충심을 헤아려 주시면 감사하겠습니다.

로자 흐리푸스

"좋아요, 좋아, 나의 소중한 로자. 편지는 경이롭소. 나는 이토록 간략하게 쓰지 못했을 거요. 총회에서 사람들이 요구하는 모든 것을 알려 주도록 해요. 그렇게 해서 사람들은 검은 튤립이 어떻게 창조되었는지, 어떤 정성과 밤샘과 두려움을 통해 얻어졌는지 알게 될 거요. 하지만 지금으로서는 로자, 한시도 지체할 수 없소……. 심부름꾼, 심부름꾼을 불러요!"

"회장님의 성함은 어떻게 되나요?"

"이리 줘요. 주소를 쓰겠소. 오! 그는 잘 알려진 사람이에요. 판 헤리선 씨로서 하를럼의 시장이기도 해요……. 주세요, 로자. 이리 주세요."

코르넬리우스는 떨리는 손으로 편지 위에 썼다.

'하를럼 시장 겸 원예협회장 페터스 판 헤리선 귀하'

"자 이제 가요, 로자. 가요." 하고 코르넬리우스가 말했다. "지금껏 우리를 보호해 주신 신의 가호를 빕시다."

23
시샘꾼

과연 두 가련한 젊은 연인은 신의 직접적인 보호가 필요했다.

행복에 가까이 있다고 믿는 그 순간만큼 그들이 절망에 가까이 있었던 적도 없었다.

우리는, 야코프가 우리의 옛 친구, 아니 그보다 우리의 옛 원수인 이작 복스텔과 같은 사람이라는 사실을 짐작하지 못할 정도로 독자가 멍청하다고는 생각지 않는다.

따라서 독자는 복스텔이 자기의 사랑과 증오의 대상을 좇아 바우텐호프에서 뢰베슈타인까지 왔다는 사실을 깨달았으리라.

그가 사랑하는 것은 물론 검은 튤립이고 증오하는 것은 코르넬리우스 판 바에를르였다.

튤립 재배자 혹은 질투하는 튤립 재배자가 아니고서는 결코 발견할 수 없는 것, 다시 말해 죄수의 야심과 소구근을 복스텔이 발견하거나 최소한 짐작하게 한 것은 바로 질투였다.

우리는 이작보다 야코프란 이름 아래 더 행복한 복스텔이 흐리푸스와 우정을 쌓는 것을 보았다. 몇 달 동안 그는 흐리푸스에 대한 감사의 마음과 자신이 받은 환대 위에 텍셀*과 안트베르펜 사이에서 생산된 최고의 진을 부었다.

복스텔은 흐리푸스의 의심을 잠재우려 애썼다. 우리가 보았듯 늙은 흐리푸스는 의심이 많았기 때문이다. 앞서 말한 것처럼 그는 로자와의 결혼 가능성으로 흐리푸스를 우쭐하게 하며 그의 의심을 잠재웠다.

복스텔은 그렇게 아버지로서의 자존심을 부추긴 뒤 간수의 본능을 자극하기도 했다. 그는 흐리푸스가 빗장 아래 가두고 있는 유식한 죄수를 가장 음흉한 색깔 아래 묘사했다. 그 가짜 야코프의 말에 따르면 코르넬리우스는 오렌지 공 전하에게 위해를 가하기 위해 사탄과 계약을 맺었다는 것이다.

그는 우선 로자에게서 성공을 거두었다. 그녀에게 호감을 불어넣은 것은 아니다.(로자는 야코프를 별로 좋아하지 않았기 때문이다.) 하지만 그녀를 향한 자신의 광적인 열정과 결혼에 대해 말하면서 그는 일단 그녀가 품을 수 있는 모든 의심을 잠재웠다.

그러나 우리는 복스텔이 정원에 있는 로자를 경솔하게 염탐하다가 그녀의 의혹을 불러일으키는 것을 보았다. 또 코르넬리우스의 본능적 두려움이 어떻게 두 젊은이로 하여금 그를 경계하게 했는지 이야기했다.

죄수를 특히 불안하게 했던 것은 — 우리 독자는 이를 기억하리라 — 으깨어진 소구근과 관련하여 야코프가 흐리푸스를

---

* 네덜란드 북쪽에 있는 섬.

향해 폭발시켰던 엄청난 분노였다.

그때 복스텔은 코르넬리우스에게 두 번째 소구근이 있으리라는 사실을 짐작했던 만큼 일부러 더욱 화를 냈다. 사실 그는 확신하고 있었다.

그리하여 그는 로자를 염탐하며 정원뿐만 아니라 복도까지 그녀의 뒤를 밟았다.

다만 이번에는 밤인 데다가 신발을 벗은 탓에 그는 보이지도 들리지도 않았다.

단 한 번 로자는 그림자 같은 게 계단을 지나가는 것을 본 것처럼 느꼈다.

하지만 그때는 벌써 늦었다. 두 번째 소구근이 존재한다는 사실이 죄수의 입을 통해 복스텔의 귀에 이미 들어갔기 때문이다.

화단에 소구근을 묻는 척 연기한 로자의 술책에 속았고, 그 코미디가 자신의 정체를 드러내기 위한 것이라는 사실을 알아차린 복스텔은 조심에 조심을 거듭하며 가능한 모든 잔꾀를 동원하여 자기를 숨기고 남을 염탐했다.

그는 로자가 커다란 도자기 화분을 아버지의 부엌에서 자기 방으로 옮기는 것을 보았다.

그는 로자가 튤립에게 가능한 최적의 토양을 만들어 주기 위해 흙투성이가 된 아름다운 두 손을 물에 씻는 것을 보았다.

결국 그는 로자의 방과 마주 보는 작은 다락방을 임대했다. 두 방 사이의 거리는 맨눈으로 식별하기에는 다소 멀었지만 망원경을 사용하면 뢰베슈타인 요새의 처녀의 방에서 일어나는 모든 일을 고스란히 알 수 있었다. 일찍이 도르드레흐트에서 코르넬리우스의 건조실에서 일어나는 모든 것을 염탐했듯이 말이다.

다락방에 들어간 지 사흘도 채 되기 전에 그는 모든 것을 확신할 수 있었다.

아침에 해가 뜨자마자 도자기 화분은 창가로 옮겨졌고, 미리스나 메추*가 그린 매력적인 여인들과도 흡사한 로자가 개머루와 인동덩굴의 푸릇푸릇한 가지들로 둘러싸인 창문에 모습을 드러냈다.

로자는 화분을 바라보았다. 그녀의 눈은 복스텔에게 화분에 담긴 것의 실제 가치를 짐작할 수 있도록 해 주었다.

화분이 담고 있는 것은 물론 두 번째 소구근, 달리 말해 죄수의 마지막 희망이었다.

밤이 너무 추울 것 같은 때 로자는 도자기 화분을 들여놓았다.

그렇다. 그녀는 코르넬리우스의 지침을 따르고 있었다. 그는 소구근이 얼지 않을까 걱정했던 것이다.

볕이 뜨거워지면 로자는 오전 11시부터 오후 2시까지 도자기 화분을 방 안에 들여놓았다.

그렇다. 코르넬리우스는 흙이 너무 마르지나 않을까 걱정했던 것이다.

꽃이 흙 밖으로 얼굴을 내밀었을 때 복스텔은 완전히 확신했다. 그것은 높이가 한 치밖에 안 되었지만 망원경이 있는 덕

---

* Gabriel Metsu(1629~1667). 네덜란드 화가. 고요한 실내를 재현한 그림들로 유명하다.

분에 시샘꾼은 더 이상 의심할 여지가 없었다.

코르넬리우스는 두 개의 소구근을 갖고 있으며, 두 번째 소구근이 로자의 사랑과 정성에 맡겨진 것이다.

다만 튤립을 키우는 것은 쉬운 일이 아니었다.

로자는 마치 어머니가 아이를 돌보듯 튤립을 돌보았다. 아니 그보다는 차라리 비둘기가 알을 품듯 그것을 보살폈다고 하는 게 낫겠다.

로자는 하루 종일 방을 떠나지 않았다. 게다가 더욱 이상한 것은 저녁에도 방을 비우지 않는다는 사실이었다.

일주일 동안 복스텔은 로자를 염탐했으나 허사였다. 로자는 방에서 좀처럼 나가려 하지 않았다.

이 일주일은 로자와 튤립에 대한 소식이 끊긴 코르넬리우스가 극도의 불행 속에 빠졌던 바로 그 불화의 일주일이었다.

로자는 영원히 코르넬리우스를 기피할 것인가? 그랬더라면 도둑질은 이작이 예상했던 것보다 훨씬 어려웠을 것이다.

우리가 도둑질이라고 말한 이유는 간단하다. 이작이 튤립을 훔칠 계획을 세웠기 때문이다. 튤립은 가장 깊은 신비 가운데 자라고 있기 때문에, 그리고 두 젊은 남녀는 그 존재를 모두에게 감추고 있는 까닭에, 사람들은 원예의 세부적인 것을 모르는 처녀나 반역죄로 형을 선고받고 구속되어 감시되고 염탐당하는, 때문에 감옥에서 제대로 청원하기가 어려운 죄수보다는 공인된 튤립 재배자인 그의 말을 더 신용할 것이다. 또한 그가 튤립을 점유하고 있을 것이고, 동산(動産) 또는 운반 가능한 물품에서 점유는 곧 소유를 입증하므로, 그는 확실히 상을 탈 것이다. 코르넬리우스 대신에 영예를 안을 것이며, 튤립은 툴리

파 니그라 바를뢰엔시스로 불리는 대신 툴리파 니그라 복스텔
렌시스 혹은 툴리파 니그라 복스텔레아로 불릴 것이다.

이작은 그 두 이름 가운데 어느 것을 검은 튤립에 줄지 아
직 결정하지 않았다. 하지만 둘은 어차피 같은 것을 의미했으
므로 그것은 중요한 문제가 아니었다.

중요한 문제, 그것은 튤립을 훔치는 일이었다.

하지만 복스텔이 튤립을 훔치기 위해서는 로자가 방에서 나
가야 했다.

그러므로 야코프 혹은 이작은, 두 연인 사이에 관례가 된
저녁 만남이 다시 이어지는 것을 커다란 기쁨 속에서 보았다.

그는 로자가 없는 틈을 타서 문을 살펴보는 일부터 시작했다.

문은 보통 자물쇠로 두 번 돌려 잠그게 되어 있었다. 하지
만 열쇠를 로자가 갖고 있었다.

복스텔은 로자의 열쇠를 훔칠 생각을 했다. 그러나 처녀의
주머니를 뒤지는 일이 쉽지 않을뿐더러 열쇠를 잃어버린 것을
알아차린 로자는 지체 없이 자물쇠를 바꾸었다. 더구나 그녀
는 자물쇠가 완전히 교체되기까지 방을 떠나지 않았기 때문에
복스텔이 저지른 범죄는 허사가 되고 말았다.

따라서 더 나은 다른 방법을 찾아야 했다.

복스텔은 자신이 구할 수 있는 모든 열쇠를 모았다. 그리고
로자와 코르넬리우스가 쪽문에서 그들의 행복한 시간을 보내
는 동안 그것들을 모두 시험해 보았다.

두 개가 자물쇠에 들어갔다. 그중 하나는 첫 바퀴를 돈 뒤
두 번째 바퀴에서 멈추었다.

따라서 그 열쇠를 조금만 변형시키면 되었다.

복스텔은 그것에 밀랍을 얇게 바른 뒤 다시 실험에 착수했다.

두 번째 바퀴에서 열쇠가 만난 방해물은 밀랍 위에 자국을 남겼다.

복스텔은 자국이 난 부분을 칼처럼 날카로운 줄로 갈아 내기만 하면 되었다.

이틀을 더 일한 끝에 복스텔은 열쇠를 완벽하게 다듬었다.

로자의 문은 힘들일 필요 없이 조용히 열렸고, 복스텔은 처녀의 방에서 튤립과 단독으로 마주하게 되었다.

복스텔의 첫 번째 범죄는 튤립을 캐기 위해 담을 넘은 것이었다. 두 번째 범죄는 열린 창문을 통해 코르넬리우스의 건조실에 들어간 것이었다. 세 번째 범죄는 위조 열쇠를 갖고 로자의 방에 들어간 것이었다.

보다시피 질투는 복스텔을 범죄의 경력에서 빠르게 발전시켰다.

여하튼 복스텔은 튤립과 단둘이 있게 되었다.

보통 도둑 같았으면 화분을 안고 자기 집으로 갔으리라.

하지만 복스텔은 절대로 보통 도둑이 아니었다. 그는 생각했다.

그는 희미한 램프 불빛 아래에서 튤립을 바라보며 생각했다. 그것은 아직 충분히 성장하지 않아 과연 검은 꽃이 필 것인지 확실치 않았다. 보기에는 거의 틀림없는 것으로 여겨졌지만 말이다.

그는 생각했다. 만약 검은 꽃이 피지 않거나 피더라도 점이 있으면 훔쳐 봤자 소용없는 일이라고.

그는 생각했다. 도둑질과 관련한 소문이 퍼지면 정원에서 있었던 일로 미루어 자기를 의심할 것이고 수색을 할 것이며, 아무리 튤립을 잘 감춘다고 해도 발각될 위험이 있다는 점을.

그는 생각했다. 절대 발견되지 않도록 튤립을 잘 감춘다고 해도 운반하는 도중 그것에 불행한 일이 생길 수 있다는 사실을.

마지막으로 그는 생각했다. 자기에게 로자 방의 열쇠가 있고 원하는 아무 때나 거기에 들어갈 수 있으므로 개화를 기다렸다가 개화 한 시간 전이나 후쯤 튤립을 훔쳐야겠다고. 그리고 그길로 지체 없이 하를럼으로 출발하여 이의신청이 들어오기 전에 심사 위원들에게 튤립을 제시해야겠다고.

그때는 이의를 제기하는 사람을 오히려 복스텔이 절도죄로 고발할 것이다.

그것은 잘 짜인, 그것을 짠 사람의 이름에 값하는 계획이었다.

그리하여 매일 저녁 두 젊은 연인이 감옥의 쪽문에서 달콤한 시간을 보내는 동안 복스텔은 로자의 방으로 들어갔다. 그것은 처녀의 성역을 범하기 위해서가 아니라 막 피어나려 하는 검은 튤립의 상태를 알기 위함이었다.

우리 이야기가 도달해 있는 바로 그 저녁, 그는 다른 날처럼 로자의 방에 들어가려 했다. 하지만 우리가 본 것처럼 두 젊은이는 몇 마디밖에 나누지 않았고, 코르넬리우스는 튤립을 돌보라며 로자를 서둘러 보냈다.

나간 지 불과 십 분 만에 돌아오는 것을 본 복스텔은 튤립이 개화했거나 개화하리라는 사실을 깨달았다.

따라서 그날 밤 중요한 일전이 벌어질 것이었다. 복스텔은 평소의 두 배에 달하는 진을 들고, 다시 말해 양쪽 주머니에 한 병씩 넣고 흐리푸스에게로 갔다.

흐리푸스가 취하고 나면 복스텔은 거의 집주인이나 다름없었다.

11시쯤 흐리푸스는 고주망태가 되었다. 새벽 2시에 복스텔은 로자가 방에서 나오는 것을 보았다. 하지만 그녀의 팔에는 물건이 들려 있었고, 그녀는 그것을 조심스레 다루었다.

그 물건은 의심할 바 없이 방금 피어난 검은 튤립이었다.

그녀는 그것을 어떻게 할까?

그녀는 튤립을 들고 당장 하를럼으로 출발할 것인가?

처녀 혼자, 그것도 밤중에, 그런 여행을 한다는 것은 불가능했다.

그녀는 코르넬리우스에게 튤립을 보여 주기만 할 것인가? 그럴 가능성이 높았다.

그는 맨발로 뒤꿈치를 들고 로자를 뒤쫓았다.

그녀가 쪽문으로 다가가는 게 보였다.

코르넬리우스를 부르는 소리가 들렸다.

그리고 희미한 램프 불빛 아래로 복스텔 자신을 감춘 어둠만큼이나 검은 튤립이 보였다.

그는 하를럼에 심부름꾼을 보내기 위한 코르넬리우스와 로자의 계획을 들었다.

그는 두 연인의 입술이 접촉하는 것을 보고, 코르넬리우스가 로자와 작별하는 소리를 들었다.

그는 로자가 램프를 끄고 자기 방으로 향하는 것을 보았다.

그는 그녀가 방으로 들어가는 것을 보았다.

그리고 십 분 뒤 방을 나온 그녀가 열쇠를 두 바퀴 돌려 꼼꼼히 문을 잠그는 것을 보았다.

어째서 그녀는 저토록 꼼꼼히 문을 잠그는 것일까? 그것은 그 문 뒤에 검은 튤립을 감추고 있기 때문이다.

이 모든 것을 로자의 방 바로 위에 있는 층계참에서 내려다보던 복스텔은 로자가 한 계단 내려갈 때마다 자신도 한 계단씩 내려갔다.

그리하여 로자가 그녀의 가벼운 발로 층계의 마지막 계단을 밟았을 때 복스텔은 한층 더 가벼운 손으로 로자의 방 자물쇠를 움켜쥐었다.

짐작할 수 있는 바이지만, 그 손에는 위조 열쇠가 들려 있었고, 그것은 진짜 열쇠보다 더할 것도 덜할 것 없이 쉽게 문을 열었다.

자, 이런 연유로 우리는 이 장을 시작하며 두 가련한 젊은 연인은 그 어느 때보다 더 신의 직접적인 보호가 필요하다고 말했던 것이다.

24
검은 튤립의 주인이 바뀌다

코르넬리우스는 로자와 헤어진 자리에 그대로 남아 이중의 행복이 지우는 짐을 지탱할 힘을 자기 안에서 찾으려 했으나 허사였다.

그냥 그렇게 반 시간이 흘렀다.

벌써 푸르스름하고 신선한 첫 햇살이 감방 창문 쇠창살을 통해 들어올 무렵, 그는 계단을 올라오는 발소리와 점점 가까워지는 비명 소리에 부르르 몸을 떨었다.

그리고 거의 동시에 그의 얼굴은 창백하게 일그러진 로자의 얼굴과 대면하게 되었다.

그는 공포로 창백해지며 뒤로 물러섰다.

"코르넬리우스! 코르넬리우스!" 하고 로자가 헐떡이며 외쳤다.

"도대체 어떻게 된 거요? 오, 하느님!" 하고 죄수가 물었다.

"코르넬리우스, 튤립이……."

"튤립이……?"

"어떻게 말해야 할지 모르겠어요!"

"말해요, 말해, 로자."

"가져갔어요. 우리에게서 그것을 훔쳐 갔단 말이에요."

"가져갔다고? 우리에게서 그것을 훔쳐 갔다고!" 하고 코르넬리우스가 외쳤다.

"네." 쓰러지지 않기 위해 몸을 문에 기대며 로자가 말했다. "네, 없어졌어요. 도둑맞았어요!"

문에 기대려 했지만 다리에 힘이 빠진 그녀는 미끄러지며 무릎으로 넘어졌다.

"어떻게 그런 일이?" 하고 코르넬리우스가 물었다. "말해 봐요. 설명해 봐요……."

"오! 제 잘못이 아니에요, 나의 친구."

불쌍한 로자! 그녀는 이제 감히 '나의 사랑하는 사람'이란 표현을 사용하지 못했다.

"그것을 혼자 내버려 두었단 말이오!" 하고 비통한 어조로 코르넬리우스가 말했다.

"단 한 번 잠깐 동안이요. 그것도 겨우 오십 걸음 떨어진 바할 강가에 사는 심부름꾼을 부르기 위해서였죠."

"그토록 당부했건만, 그동안 열쇠를 문에 그대로 꽂아 두었단 말이오? 딱한 사람 같으니!"

"아니, 아니, 아니에요. 열쇠는 제가 갖고 있었어요. 저는 그것을 손에 들고 있었고, 행여 도망갈세라 꼭 쥐고 있었어요."

"그럼 어떻게 이런 일이 일어났단 말이오?"

"제가 알아요? 저는 편지를 심부름꾼에게 주었고, 그는 저보다 먼저 길을 나섰죠. 제가 돌아왔을 때 문은 잠겨 있었어요. 방 안의 모든 것이 제자리에 있었죠. 사라진 튤립을 제외하면 말이에요. 누군가 제 방 열쇠를 구하거나 똑같은 모양으로 위조했을 거예요."

그녀는 숨도 제대로 쉬지 못했다. 눈물이 그녀의 말을 끊었다.

낯빛이 변한 채 움직임을 잃은 코르넬리우스는 들려오는 말을 거의 이해하지 못하며 다만 중얼거릴 뿐이었다.

"훔쳐 갔다고, 훔쳐 갔다고, 훔쳐 갔다고! 나는 끝났어."

"오! 코르넬리우스 님, 제발! 제발!" 하고 로자가 외쳤다. "저는 죽고 말 거예요."

로자의 이 같은 위협을 들은 코르넬리우스는 쪽문의 쇠창살을 사납게 움켜잡으며 외쳤다.

"로자, 우리는 튤립을 도둑맞았소. 사실이오. 하지만 그렇다고 낙담해서야 되겠소? 아니오. 불행은 막대하지만, 로자, 어쩌면 회복할 수 있을지도 모르오. 우리는 누가 도둑인지 아오."

"아! 제가 그걸 어떻게 확신을 갖고 말할 수 있겠어요?"

"오! 그렇다면 내가 말하겠소. 도둑은 그 파렴치한 야코프요. 우리 일의 열매, 우리 보살핌의 열매, 우리 사랑의 아기를 그가 하를럼으로 들고 가도록 내버려 두어야 하겠소? 아니오, 로자. 그를 쫓아가야 하오. 그를 붙잡아야 해요!"

"하지만, 친구여, 어떻게 그리할 수 있겠어요? 그러면 아버지에게 우리가 서로 통한다는 사실이 알려질 텐데. 자유롭지도 영악하지도 못한 여자인 제가 어떻게 그걸 해낼 수 있겠어요? 나리에게조차 힘든 일인데."

"로자, 로자, 이 문을 열어 줘요. 내가 그를 잡는지 못 잡는지 알게 될 거요. 내가 도둑을 가려내는지 가려내지 못하는지, 내가 그에게 범죄를 자백하게 하는지 못하는지 알게 될 거요. 그가 살려 달라고 애걸하게 만드는지 못 만드는지 알게 될 거요!"

"아!" 로자가 오열을 터뜨리며 말했다. "제가 문을 열어 드릴 수 있겠어요? 제게 열쇠가 있겠어요? 제가 그것을 가지고 있었다면 나리는 벌써 오래전에 자유의 몸이 되지 않았겠어요?"

"당신 아버지가 갖고 있지요. 당신의 파렴치한 아버지. 내 튤립의 첫 번째 소구근을 짓밟아 버린 형리. 오! 불쌍한 사람, 불쌍한 사람! 그는 야코프과 공범이오."

"좀 더 작게, 좀 더 작게 말하세요, 제발!"

"오! 당신이 열어 주지 않으면, 로자." 하고 분노가 절정에 달한 코르넬리우스가 외쳤다. "이 쇠창살을 뚫고 나가 감옥에 있는 모두를 죽여 버릴 것이오."

"친구여, 제발!"

"당신에게 말하지만, 로자, 나는 이 감옥의 돌을 하나하나 남김없이 부숴 버릴 거요."

분노로 힘이 배가된 불행한 죄수는 두 손으로 요란하게 문을 흔들어 댔다. 그는 자기 목소리가 복도를 지나 반향이 잘되는 나선계단에서 천둥처럼 울리는 것쯤은 아랑곳하지 않았다.

겁에 질린 로자가 그 사나운 폭풍우를 진정시키려 했지만 소용없는 일이었다.

"분명히 말하지만 나는 파렴치한 흐리푸스를 죽이고야 말겠소." 하고 판 바에를르는 으르렁댔다. "당신한테 말하지만 나는 그의 피를 보고야 말겠소. 그가 내 검은 튤립의 피를 본 것처럼 말이오."

불행한 인간은 거의 광인이 되어 가고 있었다.

"그래요, 네." 로자가 헐떡이며 말했다. "네, 네, 하지만 좀 진정하세요. 네, 열쇠를 가져오겠어요. 네, 문을 열어 드리겠어요. 진정하세요, 나의 코르넬리우스 님."

그녀는 채 말을 맺지 못했다. 누군가 그녀의 면전에 내지른 사나운 소리가 그녀의 말을 잘랐다.

"아버지!" 하고 로자가 외쳤다.

"흐리푸스!" 하고 판 바에를르가 절규했다. "아! 이 악당!"

소란에 가려 늙은 흐리푸스가 올라오는 소리를 듣지 못했던 것이다.

그는 자기 딸의 손목을 거칠게 잡았다.

"아! 열쇠를 갖다 주겠다고." 그는 울화가 치밀어 가쁜 목소리로 말했다. "아! 이 파렴치한, 이 괴물, 이 목을 매달아도 시원치 않을 음모가가 너의 코르넬리우스라고! 아! 대역 죄인과 내통하다니. 좋아!"

로자는 그에게 잡힌 채 절망적으로 몸부림쳤다.

"오!" 흐리푸스는 열띤 분노의 억양에서 승자의 차가운 아이러니로 옮겨 가며 계속했다. "결백한 튤립 재배자 양반! 부드러운 학자님! 나를 죽이시겠다! 내 피를 보시겠다! 반드시 그렇게 하시겠다! 그것도 내 딸과 공모하여! 예수님! 나는 도적들의 소굴에 있는 셈이군. 도둑들의 소굴에 들어와 있는 것 같아! 아침이면 수용소장님께서 모든 걸 아시게 되겠지. 그리고 내일이면 전하께서도 아시겠지. 나는 법을 알아. 특히 '누구든 감옥에서 반항하는 자는'으로 시작하는 6조를 꿰고 있지. 당신은, 학자 나리, 바우텐호프의 재판(再版)을 경험하게 될 거요. 이번에는 제대로 된 판본일 거외다. 그래요, 그래, 우리 안의 곰처럼 주먹을 갉아 먹으시오. 그리고 예쁜 아가씨, 사랑하는 코르넬리우스를 눈으로 집어삼키시지. 경고해 두건대, 두 사람은 앞으로 절대 함께 음모를 꾸미는 축복을 누리지 못할 거야. 자, 타락한 아가씨, 내려가시지. 그리고 당신, 학자 나리, 또 봅시다. 일단 진정하시고, 또 봅시다!"

두려움과 절망으로 넋이 나간 로자는 애인에게 키스를 보냈다. 그러더니 문득 무언가 갑자기 생각난 듯이 계단으로 달려가며 말했다.

"아직 모든 게 끝나지 않았어요. 저를 믿으세요, 코르넬리우스 님."

그녀의 아버지는 고함을 치며 뒤를 쫓았다.

불쌍한 튤립 재배자는 발작적으로 움켜쥐고 있던 쇠창살을 조금씩 조금씩 놓았다. 머리는 무거워지고 눈은 초점이 흔들렸다. 그는 자기 방의 포석 위에 무겁게 쓰러지며 중얼거렸다.

"훔쳐 갔어! 나에게서 훔쳐 갔어!"

그동안 복스텔은 로자가 열어 놓은 성문을 통해 밖으로 나갔다. 검은 튤립을 망토로 감싼 그는 고르쿰에서 이륜마차에 몸을 실었다. 당연한 얘기지만, 그는 흐리푸스에게 자신의 급작스러운 출발을 알리지도 않은 채 사라졌다.

그가 이륜마차에 오르는 것을 본 만큼 이제부터는, 독자가 동의해 준다면, 그의 여행을 끝까지 따라가 보려 한다.

그는 천천히 갔다. 검은 튤립과 함께 마구 달릴 수는 없는 법이다.

하지만 너무 늦게 도착할까 봐 겁이 난 복스텔은 델프트에서 가장자리에 싱싱한 이끼를 두른 상자를 하나 만들어 그 가운데 검은 튤립을 놓았다. 부드러운 쿠션으로 꽃을 둘러싸고 위쪽으로는 공기가 통하게 했다. 그리하여 복스텔은 마침내 아무런 근심 없이 빠르게 마차를 달릴 수 있었다.

그는 다음 날 아침 하를럼에 도착했다. 몸은 피곤했지만 승리감에 도취되어 있었다. 절도의 흔적을 없애기 위해 그는 화분을 바꾸었다. 로자의 도자기 화분 조각들은 운하에 던졌다. 그는 원예협회장에게 쓴 편지를 통해 자기가 완벽하게 검은 튤립과 함께 하를럼에 막 도착했다는 것, 그리고 온전한 꽃과 더불어 좋은 호텔에 투숙했다는 것을 알렸다.

그는 거기서 답장이 오길 기다렸다.

25
판 헤리선 회장

코르넬리우스의 곁을 떠나면서 로자는 결심했다.

야코프가 훔쳐 간 튤립을 코르넬리우스에게 돌려주기로. 아니면 그를 영영 보지 않기로.

그녀는 불쌍한 죄수의 절망을 보았다. 그것은 치유할 길 없는 이중의 절망이었다.

왜 이중의 절망인가 하면 첫째, 로자와의 이별을 피할 수가 없었다. 흐리푸스가 그들이 서로 사랑하고 몰래 데이트를 한다는 사실을 알아차렸기 때문이다.

둘째, 코르넬리우스 판 바에를르의 희망이 사라지려 하고 있었다. 그 희망은 칠 년 전부터 품어 온 것이었다.

로자는 하찮은 것으로도 의기소침해지는 여자였다. 하지만 최후의 불행에 대항하는 힘을 지니고 있어서 불행을 물리치는 에너지와 불행을 바로잡는 동력을 불행 자체에서 찾아내는 여자이기도 했다.

처녀는 거처로 돌아가 마지막으로 자기 방을 훑어보았다. 혹시 자신이 착각한 것은 아닌지, 튤립이 시선을 벗어난 어느 구석에 있는 것은 아닌지 확인하기 위해서였다. 하지만 찾아본들 부질없는 일이었다. 튤립은 거기에 없었다. 튤립을 도둑맞은 게 확실했다.

로자는 필요한 옷가지들을 모아 짐을 꾸렸다. 그리고 300플로린의 저축한 돈을, 다시 말해 자기의 전 재산을 챙겼다. 또 레이스를 뒤져 그 속에 감춘 세 번째 소구근을 찾아내어 가슴에 숨긴 뒤 두 번 돌려 문을 잠갔다. 그녀가 도망쳤다는 사실이 알려질 경우 그 문을 여는 데 소요되는 시간을 늦추기 위해서였다. 계단을 내려간 그녀는 불과 한 시간 전 복스텔이 지나간 문으로 나가 말을 대여해 주는 사람에게로 가서 마차를 빌려 줄 것을 요구했다.

그에게는 단 한 대의 마차밖에 없었다. 그것은 전날 복스텔이 빌려 지금 델프트로 가는 길 위를 달리고 있는 바로 그 마차였다.

우리가 델프트로 가는 길 위라고 했는가. 뢰베슈타인에서 하를럼으로 가기 위해서는 크게 돌아가야 했다. 직선거리는 실제 거리의 절반도 못 되었다.

그러나 홀란트에서 직선으로 여행할 수 있는 것은 새뿐이다. 강, 개울, 샛강, 운하, 호수 등으로 나라가 잘게 끊겨 있기 때문이다.

로자는 어쩔 수 없이 말을 타야만 했다. 주인은 말을 선선히 내주었다. 말 주인은 요새의 간수 딸인 로자를 알고 있었다.

로자는 한 가지 바라는 게 있었다. 그것은 심부름꾼을 따라

잡는 것이었다. 그 착하고 용감한 소년을 그녀는 데려갈 것이고, 그는 그녀에게 안내인과 보호자 역할을 해 줄 것이었다.

과연 십 리를 채 못 가서 그녀는 강을 끼고 달리는 매력적인 길 한쪽에서 보폭을 늘리고 있는 소년을 발견했다.

그녀는 말을 종종걸음 치게 하여 그를 따라잡았다.

용감한 소년은 자기가 운반하는 메시지의 중요성을 몰랐지만, 마치 그것을 아는 것처럼 열심히 가고 있었다. 한 시간이 채 못 되는 동안 그는 벌써 십오 리나 와 있었다.

로자는 불필요해진 편지를 돌려받은 뒤 어째서 그가 필요한지 설명했다. 뱃사공은 로자의 제안을 받아들이며 말과 같은 속도로 걷겠다고 약속했다. 대신에 말의 엉덩이나 어깨에 손을 얹게 해 달라고 말했다.

처녀는 원하는 아무 데나 손을 기대도 괜찮지만, 걸음을 지체해서는 안 된다고 말했다.

두 여행자가 길을 떠난 지 다섯 시간이 지나고 벌써 팔십 리나 왔지만 흐리푸스 영감은 처녀가 요새를 떠난 사실을 까맣게 몰랐다.

바탕이 매우 악한 간수는 딸에게 깊은 공포를 불어넣은 기쁨을 즐기고 있었다.

하지만 친구 야코프에게 그토록 멋진 이야기를 해 줄 수 있게 된 것을 그가 기뻐하는 동안 야코프 역시 델프트로 가는 길 위에 있었다.

다만 이륜마차 덕분에 그는 로자와 뱃사공보다 사십 리 정도 앞서 있었다.

로자가 방에 갇혀 벌벌 떨거나 한탄하고 있으리라고 그가 생각하는 동안 로자는 거리를 좁혔다.

결과적으로 죄수를 제외하고 아무도 흐리푸스가 생각하는 자리에 있지 않았다.

튤립을 가꾸기 시작한 이래로 로자는 자기 아버지 곁에 자주 나타나지 않았다. 이런 까닭에 흐리푸스는 식사 때가 되어서야, 즉 정오가 되어서야 식욕이 없는 것으로 미루어 딸이 아직도 마음을 풀지 않고 있다는 사실을 깨달았다.

그는 열쇠지기 가운데 하나를 시켜 딸을 부르게 했다. 열쇠지기가 내려와 아무리 찾아보고 불러 봐도 소용없다고 하자 그는 자기가 직접 찾고 부르기로 작정했다.

그는 우선 곧장 딸의 방으로 갔다. 그러나 아무리 문을 두드려도 로자는 대답하지 않았다.

요새의 열쇠 수리공을 오게 했다. 그가 문을 열었지만 로자가 튤립을 볼 수 없었던 것처럼 흐리푸스는 로자를 볼 수 없었다.

로자는 그 순간 로테르담에 막 도착한 참이었다.

따라서 흐리푸스는 방에서와 마찬가지로 부엌에서도, 부엌에서와 마찬가지로 정원에서도 그녀를 발견할 수 없었다.

결국 요새 주위를 샅샅이 뒤진 끝에 자기 딸이 말을 한 필 빌려 마치 브라다망트*나 클로린드**처럼 어디로 간다는 말 한마디 없이 진짜 모험을 찾아 떠났다는 사실을 알아차렸을 때

---

* 이탈리아 시인 아리오스토(Ludovico Ariosto, 1474~1533)의 장시 「맹렬한 오를란도」에 나오는 여주인공.

** 이탈리아 시인 타소(Tasso, 1544~1595)의 서사시 「해방된 예루살렘」에 나오는 미녀 전사.

흐리푸스의 분노가 어떠했을까는 독자가 직접 판단해 보기 바란다.

격분한 흐리푸스는 판 바에를르에게로 올라가 욕하고 위협하며 초라한 가구들을 뒤엎었다. 그는 죄수에게 지하 감방을, 그것도 제일 깊은 곳에 있는 감방을, 그리고 굶주림과 매질을 약속했다.

코르넬리우스는 간수가 말하는 것을 듣지도 않은 채 자신을 구박하고 모욕하고 위협하게 내버려 두었다. 그는 음울한 표정으로 꼼짝도 않으며 무화(無化)된 듯 모든 흥분과 두려움에 무심한 태도를 보였다.

사방으로 로자를 찾던 흐리푸스는 이제 야코프를 찾았다. 그런데 딸이 없는 것과 마찬가지로 야코프 또한 보이지 않자 그는 야코프가 딸을 납치한 게 아닌가 의심했다.

그러나 로테르담에서 두 시간을 쉬고 난 처녀는 다시 길을 나선 참이었다. 그날 저녁 그녀는 델프트에서 자고 다음 날 하를럼에 도착했다. 복스텔이 도착한 지 네 시간 뒤였다.

로자는 우선 원예협회장인 판 헤리선의 집으로 향했다.

그녀가 그 훌륭한 시민을 만났을 때 그가 무엇을 하고 있었는지 우리는 묘사하지 않을 수 없다. 그것은 화가와 이야기꾼으로서의 우리의 의무를 저버리는 것과 다름없기 때문이다.

회장은 협회의 위원회에 보내는 보고서를 작성하고 있었다.

그 보고서를 위해 회장은 커다란 종이와 가장 멋진 필체를 동원했다.

로자는 로자 흐리푸스라는 이름만으로 자기를 소개했다. 하지만 예쁜 그 이름을 회장은 모르는 게 분명했다. 접견이 거절

되었기 때문이다. 제방과 수문의 나라인 홀란트에서 한번 내린 지시를 거스르기란 매우 어렵다.

하지만 로자는 물러서지 않았다. 그녀는 스스로에게 사명을 부여했고, 그 어떤 매정한 거절이나 난폭함이나 모욕에도 포기하지 않겠다고 맹세했다.

"회장님께 전해 주세요." 하고 그녀는 말했다. "검은 튈립에 관해 말씀드릴 게 있다고요."

『천일야화』에 나오는 그 유명한 '열려라 참깨' 못지않은 마력을 지닌 그 말은 로자에게 출입증 역할을 해 주었다. '검은 튈립'이라는 말 덕분에 그녀는 판 헤리선 회장의 사무실에 들어갔다. 그는 친절하게 그녀를 맞이하러 나오고 있었다.

회장은 선한 표정에 가냘픈 체구를 지닌 작은 사람으로 몸통은 꽃의 줄기를, 머리는 꽃받침을 재현하는 듯 보였다. 느슨하게 매달린 두 팔은 튈립의 길쭉한 두 잎을 흉내 내는 것 같았고, 몸에 밴 듯한 일렁임은 바람결에 몸을 기울이는 튈립을 연상시켰다.

앞에서 우리는 그의 이름이 판 헤리선이라고 말했다.

"아가씨." 하고 그가 외쳤다. "듣자 하니, 검은 튈립이 보내서 오셨다고요?"

원예협회장에게 툴리파 니그라는 대사를 파견하는 여왕 같은 존재였다.

"예, 나리." 하고 로자가 대답했다. "저는 그것에 대해서 말씀드리기 위해 왔습니다."

"검은 튈립은 잘 지냅니까?" 판 헤리선이 애틋한 경배의 미소를 지으며 말했다.

"슬프게도! 저는 모릅니다, 나리." 하고 로자가 말했다.

"뭐라고요! 그에게 어떤 불행한 일이라도 일어났단 말입니까?"

"예, 나리, 아주 큰. 하지만 튤립이 아니라 저에게요."

"어떤 불행입니까?"

"훔쳐 갔어요."

"당신에게서 검은 튤립을 훔쳐 갔다고요?"

"예, 나리."

"누가 훔쳐 갔는지 아십니까?"

"오! 의심이 가는 사람이 있지요. 하지만 아직은 거명할 수가 없습니다."

"하지만 밝혀내기는 쉬울 겁니다."

"어떻게요?"

"당신에게서 검은 튤립을 훔친 도둑은 아직 멀리 가지 못했을 테니까요."

"어째서 그가 멀리 가지 못했다는 거지요?"

"두 시간 전에 내가 검은 튤립을 보았기 때문이지요."

"검은 튤립을 보셨다고요?" 로자가 판 헤리선에게로 달려들며 외쳤다.

"당신을 보는 것처럼 봤지요, 아가씨."

"그런데 어디서 보셨나요?"

"아가씨 주인님의 처소에서요."

"제 주인님의 처소라고요?"

"그래요. 아가씨는 이작 복스텔 씨를 모시는 사람이 아닌가요?"

"제가요?"

"예, 아가씨."

"저를 도대체 누구로 보시는 거예요, 나리?"

"그러는 아가씨는 저를 누구라고 생각하는 겁니까?"

"나리, 제가 나리를 제대로 찾아왔길 빕니다. 곧 하를럼의 시장이자 원예협회장이신 존경하는 판 헤리선 님을 뵙고 있길 바랍니다."

"제게 하고 싶은 말이 무엇인가요?"

"나리, 저는 나리께 제 튤립을 도둑맞았다는 사실을 알리기 위해 왔습니다."

"당신의 튤립이란 곧 복스텔 씨의 튤립이 아닙니까. 그렇다면, 아가씨, 설명이 잘못되었군요. 튤립을 도둑맞은 것은 아가씨가 아니라 복스텔 씨지요."

"다시 한 번 말씀드리지만, 나리, 저는 복스텔 씨가 누구인지 모를뿐더러 그런 이름은 처음 듣습니다."

"복스텔 씨가 누구인지 모르고, 아가씨 역시 검은 튤립을 갖고 계셨다고요?"

"그럼 또 다른 검은 튤립이 있단 말인가요?" 전율하듯 몸을 떨며 로자가 물었다.

"복스텔의 것이 있지요, 네."

"그것은 어떤 모양인가요?"

"검지요, 분명히!"

"아무런 오점도 없고요?"

"아무런 얼룩도 점도 없어요."

"그 튤립을 갖고 계신가요? 여기에 위탁했어요?"

"아니오. 허나 위탁될 거요. 상을 수여하기 전에 위원회에 제시해야 하기 때문이오."

"나리." 하고 로자가 외쳤다. "이 복스텔, 검은 튤립의 주인을 자처하는 이 이작 복스텔은……."

"그는 실제로 주인이오."

"나리, 그는 마르지 않았나요?"

"말랐지요."

"대머리고요?"

"그렇소."

"얼빠진 듯한 눈빛이고요?"

"그런 것 같소."

"불안한 표정에 등이 굽고 안짱다리지요?"

"정말이지 아가씨는 한 획 한 획 복스텔 씨의 초상을 그리고 있군요."

"튤립을 담은 화분은 청백색 도자기로 되어 있고 삼면에 그려진 바구니에는 누런 꽃이 담겨 있지요?"

"아! 그 점에 있어서는 확신할 수 없군요. 저는 화분보다 꽃을 보았어요."

"나리, 그것은 제 튤립이에요. 제 것을 훔친 거예요. 나리, 그것은 제 재산입니다. 나리, 저는 나리 앞에서 이 사실을 말씀드리기 위해 왔습니다."

"오! 오!" 하고 판 헤리선은 로자를 바라보며 말했다. "뭐라고요! 복스텔 씨의 튤립의 소유권을 주장하기 위해 오셨다고요. 맙소사, 당신은 대담하기 이를 데 없는 협잡꾼이군요."

"나리." 회장의 말에 약간 당황한 로자가 말했다. "저는 복스텔 씨의 튤립의 소유권을 주장하는 게 아닙니다. 제 튤립의 소유권을 주장하는 것입니다."

"당신의 튤립이라고요?"

"네. 제가 심고, 제가 기른 튤립입니다."

"그렇다면 '백조' 호텔에 가서 복스텔 씨를 만나 보시지요. 그와 문제를 해결하도록 해요. 사안이 죽은 솔로몬 왕 앞에 제시되어야 할 만큼이나 판결하기 어려워 보이고, 저에게는 솔로몬의 지혜가 없는 만큼, 저로서는 보고서를 작성하고 검은 튤립의 존재를 인준하고 그것을 발명한 사람에게 10만 플로린의 상을 수여하는 것으로 만족하겠소. 안녕히, 아가씨."

"오! 나리! 나리!" 로자가 집요하게 매달렸다.

"다만 아가씨." 하고 판 헤리선이 계속했다. "예쁘고 젊고 아직은 완전히 타락한 것 같지 않으니 내 충고를 귀담아들으시오. 이 문제에 있어서만큼은 신중하게 행동하세요. 우리 하를럼에는 재판소도 있고 감옥도 있어요. 게다가 우리는 튤립의 명예에 관한 한 극도로 예민하답니다. 자, 아가씨, 가 보세요. '백조' 호텔에 있는 이작 복스텔 씨에게로."

판 헤리선은 멋진 펜을 들고는 중단된 보고서 작성을 계속했다.

26
원예협회의 한 회원

검은 튤립을 되찾았다는 생각에 기쁨과 염려로 거의 미칠 것 같은 로자는 백조 호텔을 향했다. 그녀의 곁에는 언제나처럼 프리슬란트 출신의 젊고 건장한 뱃사공이 따르고 있었다. 그는 혼자서 복스텔 열 명 정도는 삼켜 버릴 수 있을 듯했다.

길을 가는 동안 뱃사공은 자초지종을 알게 되었다. 그는 대결이 벌어진다면 결코 물러서지 않기로 작정했다. 그러나 필요한 경우 언제나 튤립을 보호해야 한다는 다짐을 받았다.

그러나 흐로테 마르크트에 도착한 로자는 별안간 걸음을 멈추었다. 갑작스러운 어떤 생각이 그녀를 사로잡은 것이다. 화가 나면 아킬레우스의 머리채를 쥐고 사정없이 흔들던 호메로스*의 미네르바**와도 같은 그녀를 말이다.

---

* 기원전 10세기경에 활동했던 그리스의 시인. 양대 서사시 「일리아드」와 「오디세이아」가 있다.

** 로마신화에 나오는 열두 신 가운데 지혜를 담당하는 여신. 그리스신화의 아

"맙소사!" 하고 그녀는 중얼거렸다. "나는 커다란 실수를 했어. 어쩌면 나는 코르넬리우스와 튤립과 나 자신을 이미 잃어버린 것인지도 몰라……! 나는 주의를 환기시켰고 의혹을 불러일으켰어. 나는 여자의 몸에 지나지 않고, 이 남자들은 나에 맞서 동맹을 맺을 수 있어. 그렇다면 난 끝장이야……. 오! 내가 파멸되는 것은 아무래도 괜찮아. 하지만 코르넬리우스는! 튤립은!"

그녀는 한동안 생각에 잠겼다.

"만약 이 복스텔이라는 자에게 갔는데 내가 모르는 사람이라면, 만약 이 복스텔이 야코프가 아니라 나름대로 검은 튤립을 발견한 또 다른 애호가라면, 아니면 내 튤립이 내가 혐의를 두고 있는 자가 아닌 다른 자에 의해 도둑맞았고, 이미 또 다른 사람의 수중으로 넘어갔다면, 그리하여 내가 사람은 알아보지 못하고 단지 튤립만 알아본다면, 그것이 내 튤립이라는 사실을 어떻게 증명하지? 또 복스텔이 가짜 야코프라는 것을 확인할 경우 무슨 일이 일어날지 누가 알까? 우리가 싸우는 동안 튤립은 죽을지도 몰라. 오! 성스러운 마리아님, 제게 지혜를 주소서! 제 운명이 걸린 일이고, 이 순간 어쩌면 죽어 가고 있을지도 모를 가엾은 죄수의 목숨이 걸린 일입니다."

이러한 기도를 올리고 난 로자는 하늘에 구한 영감이 찾아오길 경건한 마음으로 기다렸다.

흐로테 마르크트 모퉁이에서 갑자기 떠들썩한 소음이 일었다. 사람들이 달려가고 문들이 열렸다. 오로지 로자만이 사람

테나에 해당한다.

들의 이런 소란에 무감했다.

"회장님을 다시 뵈어야 해." 하고 그녀가 중얼거렸다.

"그러셔요." 하고 뱃사공이 말했다.

그들은 판 헤리선의 집으로 곧장 이어지는 '밀짚'이라는 이름의 길로 들어섰다. 판 헤리선은 가장 아름다운 필체와 가장 좋은 펜으로 보고서 작성하는 일에 열중하고 있었다.

길을 가는 내내 사방에서 검은 튤립과 10만 플로린의 상금에 대한 이야기들이 로자의 귀에 들려왔다. 소문은 이미 시 전체에 퍼져 있었던 것이다.

로자는 판 헤리선의 집에 들어가기 위해 적잖은 어려움을 겪어야 했다. 하지만 먼젓번처럼 검은 튤립이라는 마술적인 단어에 감동한 판 헤리선이 문을 열어 주었다.

그러나 그가 마음속으로 미친 여자 혹은 그 이하로 간주했던 로자를 알아본 그는 분노에 사로잡혀 그녀를 내쫓으려 했다.

로자는 두 손을 모으고 마음을 파고드는 진실이 담긴 어조로 말했다.

"나리, 제발! 저를 내치지 마세요. 그리고 제 말을 좀 들어 주세요. 그리하면 설사 정의를 바로 세워 주시지는 못한다 해도 최소한 나중에 하느님 앞에서 악한 일의 공범이 되었다는 자책은 하지 않으셔도 될 거예요."

판 헤리선은 조바심에 발을 동동 굴렀다. 시장과 원예협회 장이라는 이중의 자부심을 느끼며 보고서를 작성하는 도중에 로자가 방해한 것이 이번으로 벌써 두 번째였기 때문이다.

"보고서!" 하고 그가 외쳤다. "검은 튤립에 대한 보고서는 어쩌란 말이오!"

"나리." 순진함과 진실에서 나온 단호한 어조로 로자가 말을 이었다. "나리, 제 말을 듣지 않으시면 검은 튤립에 대한 나리의 보고서는 범죄나 허위적 사실에 근거한 거짓 보고서가 될 것입니다. 제발 부탁입니다, 나리. 나리와 제가 보는 앞에 제가 야코프 씨라고 주장하는 그 복스텔이라는 사람을 불러 주세요. 하늘에 맹세컨대, 만일 제가 그 튤립과 그것을 소유한 사람을 알아보지 못한다면 튤립의 소유권을 그 사람에게 넘기겠습니다."

"물론 그렇지요! 하지만 헛수고요!" 하고 판 헤리선이 말했다.

"그게 무슨 뜻이지요?"

"아가씨가 그들을 알아본다 한들 그 사실을 무슨 수로 증명할 거요."

"하지만." 절망적인 어조로 로자가 말했다. "나리는 정직한 분이세요. 그런데 어떤 사람에게 그가 하지 않았을뿐더러 훔친 일에 대해 상을 주신다면……."

아마도 로자의 어조가 판 헤리선의 마음에 어떤 확신을 불러일으켰는지 가엾은 처녀에게 그가 좀 더 부드럽게 대답하려는 참에 커다란 소음이 길에서부터 전해졌다. 그것은 로자가 이미 흐로테 마르크트에서부터 들어 왔으나 별다른 중요성을 부여하지 않았던, 그녀를 열띤 기도에서 끄집어내지 못했던 소음이 한층 커진 것일 따름이었다.

요란한 환호성이 집을 요동치게 했다.

판 헤리선은 이 환호성에 귀를 기울였다. 로자에게 그 소리는 처음엔 소음으로 들리지도 않았고, 지금은 여느 소음에 지나지 않았다.

"무슨 일인가?" 하고 시장이 소리쳤다. "무슨 일이야? 아니 어떻게 이런 일이? 내가 제대로 들은 것인가?"

그는 대기실 쪽으로 달려갔다. 로자는 더 이상 신경 쓰지 않은 채 집무실에 내버려 두었다.

대기실에 도착한 판 헤리선은 층계와 현관에서 벌어진 광경을 보고 큰 소리를 질렀다.

군중을 동반한 가운데, 아니 군중이 뒤따르는 가운데 은실로 수놓은 보라색 벨벳 옷을 간소하게 걸친 한 젊은이가 흰색과 청결함으로 빛나는 돌계단을 천천히 위엄 있게 오르고 있었다.

그의 뒤에는 두 명의 장교가 걷고 있었는데, 한 명은 해군, 다른 한 명은 기병대 소속이었다.

판 헤리선은 놀란 하인들 가운데를 헤치고 나아가 금방 도착한 그 젊은이 앞에 고개를 숙였다. 아니 거의 엎드리다시피 했다. 그 젊은이가 이 모든 소동을 일으킨 장본인이었다.

"전하." 하고 그가 외쳤다. "전하께서 저희 집에 오시다니! 누추한 저희 집에 영원히 빛날 영광입니다!"

"친애하는 판 헤리선 씨." 오렌지 공 윌리엄이 조용하게 말했다. 그에게서 조용함은 미소를 대신하는 것이었다. "나는 진정한 홀란트인이오. 나는 물과 맥주와 꽃을 좋아하오, 때로는 프랑스인들이 그 맛을 인정해 주는 치즈까지도 좋아한다오. 꽃 중에서 내가 가장 좋아하는 것은 물론 튤립이오. 나는 하를럼 시가 마침내 검은 튤립을 갖게 되었다는 소식을 레이던에서 들었소. 그래서 믿기 어려운 그 소문이 사실임을 확인한 뒤 원예 협회장에게 튤립 소식을 직접 듣고자 이렇게 찾아왔소."

"오! 전하, 전하." 판 헤리선이 몹시 기뻐하며 말했다. "협회에서 하는 일이 전하의 마음에 드신다면 협회로서는 더할 수 없는 영광입니다!"

"꽃이 여기에 있소?" 지나치게 말을 늘어놓은 것을 아마도 벌써 후회하는 공작이 물었다.

"안타깝게도, 아닙니다, 전하. 꽃은 여기 없습니다."

"그러면 어디에 있소?"

"주인에게 있습니다."

"주인이 누구요?"

"도르드레흐트의 선량한 튤립 재배자입니다."

"도르드레흐트?"

"그렇습니다."

"이름이 무엇이오?"

"복스텔입니다."

"어디에 묵고 있소?"

"백조 호텔에 묵고 있습니다. 그를 부르겠습니다. 기다리시는 동안 전하께서 살롱에 들어오시는 영광을 허락해 주신다면 복스텔 씨는 전하께서 여기 계시다는 소식을 듣고 서둘러 튤립을 가져올 것입니다."

"좋소, 그를 부르시오."

"예, 전하. 다만……."

"뭐요?"

"오! 중요한 것은 아닙니다, 전하."

"이 세상의 모든 것이 중요하오, 판 헤리선 씨."

"그렇다면 말씀드리겠습니다, 전하. 골치 아픈 문제가 있습

니다."

"무슨 문제요?"

"튤립 주인을 사칭하는 자들이 벌써부터 나타나고 있습니다. 사실 그것의 가치는 10만 플로린에 달합니다."

"그렇군!"

"네, 전하. 사칭하는 자들도 있고, 위조하는 자들도 있습니다."

"판 혜리선 씨, 그것은 범죄요."

"그렇습니다, 전하."

"당신은 범죄의 증거를 가지고 있소?"

"아닙니다, 전하. 대신에 죄인이 있습니다."

"죄인이라고?"

"튤립을 돌려 달라고 요구하는 여자가 저기 옆방에 있습니다, 전하."

"어떻게 생각하시오, 판 혜리선 씨?"

"제 생각에, 전하, 여자가 10만 플로린의 유혹에 넘어간 것으로 사료됩니다."

"그 여자가 튤립을 돌려 달라고 한다는 말이오?"

"그렇습니다, 전하."

"그 여자는 증거로 무엇을 제시하던가요?"

"그것을 물어보려 하던 차에 전하께서 들어오셨습니다."

"그 여자의 말을 들어 봅시다, 판 혜리선 씨. 그 여자의 말을 들어 봐요. 나는 이 나라의 최고 판관이오. 주장을 들어 보고 판결을 내리겠소."

"솔로몬의 판결을 내려 주십시오." 판 혜리선은 머리를 숙이며 공작에게 길을 안내했다.

공작은 안내자보다 앞서 가려다 갑자기 걸음을 멈추었다.

"앞서 가시오." 하고 공작이 말했다. "그리고 나를 씨(氏)라고 부르시오."

그들은 집무실로 들어갔다.

로자는 언제나 같은 자리에서 창문에 기댄 채 창을 통해 정원을 바라보고 있었다.

"아! 프리슬란트 처녀군." 공작이 로자의 금빛 모자와 붉은 치마를 보고 말했다.

로자는 인기척을 듣고는 몸을 돌렸다. 그러나 공작의 얼굴은 거의 보지 못했다. 그는 방의 가장 어두운 구석에 가서 앉았기 때문이다.

충분히 이해할 수 있는 바이지만, 그녀의 모든 관심은 판 헤리선이라는 중요한 인물에게 집중되었을 뿐, 집주인의 뒤를 좇으며 필경 이름도 없을 그 범용한 낯선 사람은 아무런 관심의 대상도 되지 못했다.

범용한 낯선 사람은 서가에서 책을 한 권 집어 들고는 판 헤리선에게 질문을 시작하라는 신호를 보냈다.

판 헤리선은 다시 한 번 보라색 옷을 입은 젊은이의 권유에 따라 자리에 앉았다. 그는 자신에게 부여된 중요성으로 매우 행복했으며 커다란 자부심을 느꼈다.

"아가씨." 하고 그가 말했다. "튤립에 대해 진실을, 모든 진실을 말하겠다고 약속하겠소?"

"약속합니다."

"그러면 이분 앞에서 말하시오. 이분은 원예협회 회원이니까."

"나리." 하고 로자가 말했다. "이미 드릴 말씀은 다 드렸습

니다."

"그럼 어쩌겠단 말이오?"

"앞서 드렸던 청을 다시 한 번 드리겠습니다."

"무슨 청을 말이오?"

"복스텔 씨를 그의 튤립과 함께 이리로 불러 주십시오. 만일 그 튤립이 제 것이 아니라면 저는 솔직히 말씀드리겠습니다. 그러나 만일 제 것임을 확인하면 그것을 제게 돌려줄 것을 요구하겠습니다. 필요하다면 증거를 들고 스타트하우더 전하께라도 가겠습니다!"

"그럼 증거가 있다는 말이오?"

"하느님께서 저의 정당한 권리를 알고 계시니 저에게 증거를 주실 것입니다."

판 헤리선은 공작과 시선을 주고받았다. 공작은 로자의 첫마디를 들으면서부터 그 부드러운 음성이 그의 귓전을 두드리는 것이 이번이 처음이 아니라는 생각이 들어 기억을 되살리려 애썼다.

장교 한 명이 복스텔을 찾으러 갔다.

판 헤리선은 질문을 계속했다.

"그러면 당신이 검은 튤립의 주인이라는 단정은 무엇에 근거하는 것이오?" 하고 그가 물었다.

"그것은 아주 간단한 사실에 근거합니다. 제가 그것을 제 방에서 심고 가꾸었다는 사실입니다."

"아가씨의 방? 그것은 어디에 있소?"

"뢰베슈타인에 있습니다."

"뢰베슈타인 출신이오?"

"저는 뢰베슈타인 요새의 간수 딸입니다."

공작은 움찔했다. 그것은 '아! 그래, 이제야 생각난다.'라는 뜻이었다.

책을 읽는 척하면서 그는 전보다 훨씬 더 큰 관심을 갖고 로자를 바라보았다.

"당신은 꽃을 좋아하시오?" 하고 판 헤리선은 계속했다.

"그렇습니다, 나리."

"그렇다면 아가씨는 지식을 갖춘 원예가요?"

로자는 잠시 머뭇거렸다. 그러고는 마음 깊은 곳으로부터 울려 나오는 어조로 이렇게 말했다.

"나리, 저는 지금 명예를 중히 여기는 분들께 말씀드리고 있는 것이지요?"

그 어조가 너무나 진실했으므로 판 헤리선과 공작은 동시에 고개를 끄덕여 대답했다.

"실은 아니에요. 저는 지식을 갖춘 원예가가 아닙니다. 저는 가난한 백성의 딸, 프리슬란트 출신의 가난한 농부에 지나지 않습니다. 저는 불과 세 달 전까지만 해도 읽고 쓸 줄을 몰랐습니다. 아닙니다! 검은 튤립을 발명한 것은 제가 아닙니다."

"그럼 누가 발명했소?"

"뢰베슈타인의 한 불쌍한 죄수가 발명했습니다."

"뢰베슈타인의 죄수라고?" 하고 공작이 말했다.

이 목소리를 듣고 이번에는 로자가 전율했다.

"그렇다면 대역 죄인이 검은 튤립을 발명했군." 하고 공작이 말했다. "뢰베슈타인에는 대역 죄인밖에 없으니까."

그는 다시 책을 읽기 시작했다. 아니 적어도 책을 다시 읽는 척했다.

"그렇습니다." 로자는 몸을 떨며 중얼거리듯 말했다. "그래요. 대역 죄인이 검은 튤립을 발명했어요."

그런 증인 앞에서 그 같은 증언을 듣는 판 헤리선의 얼굴이 창백해졌다.

"계속하시오." 윌리엄이 원예협회장에게 차갑게 말했다.

"오! 나리." 로자는 진짜 판관으로 여겨지는 사람을 향해 말했다. "제가 지은 죄는 달게 받겠습니다."

"그렇겠지." 하고 판 헤리선이 말했다. "대역 죄인들은 뢰베슈타인의 독방에 감금되어야 하니까."

"슬프게도, 그렇지요! 나리."

"아가씨가 말한 바에 따르면 아가씨는 간수의 딸이라는 지위를 이용하여 대역 죄인과 내통하며 꽃을 재배한 것 같소."

"그렇습니다, 나리." 로자는 정신이 나간 듯 중얼거렸다. "그래요. 시인할 수밖에 없네요. 저는 그를 매일 만났습니다."

"불행한 처녀 같으니!" 하고 판 헤리선 씨가 외쳤다.

공작은 고개를 들어 로자의 공포와 회장의 창백함을 관찰했다.

"이 일은." 하고 공작은 분명하고 강한 억양의 목소리로 말했다. "이 일은 원예협회 회원들과는 상관없는 일이오. 회원들은 검은 튤립에 대해 판단하면 될 뿐, 정치적 범죄에 간여할 필요가 없소. 계속하시오, 아가씨. 계속해요."

판 헤리선은 의미심장한 시선으로 원예협회의 새 회원에게 튤립의 이름으로 감사했다.

미지의 인물이 보낸 일종의 격려에 안심한 로자는 세 달 전부터 일어난 모든 일, 즉 그녀가 행하고 겪은 모든 일에 대해 이야기했다. 그녀는 흐리푸스의 잔혹함, 첫 번째 소구근의 파괴, 죄수의 고통, 두 번째 소구근이 결실을 맺게 하기 위해 취한 조치들, 죄수의 인내, 두 사람이 헤어져 있는 동안 그가 겪은 고뇌 등에 대해 이야기했다. 또 튤립에 관한 소식을 듣지 못한 죄수가 굶어 죽으려 했다는 사실에 대해 말하고, 다시 만났을 때 그가 느낀 환희, 그리고 마지막으로 금방 꽃을 피운 튤립을 개화한 지 한 시간 만에 도둑맞았을 때 두 사람이 느꼈던 절망에 대해 이야기했다.

이 모든 것이 진실된 어조로 술회되었다. 이야기를 듣고도 공작은 태연했다. 아니 적어도 겉으로는 그렇게 보였다. 그러나 판 헤리선에게서는 그 효과가 드러났다.

"그러나." 하고 공작이 말했다. "당신이 죄수를 안 것은 벌써 오래되지 않았소?"

로자는 커다랗게 눈을 뜨고 미지의 인물을 바라보았다. 그는 이 시선을 피하려는 듯 어둠 속에 몸을 묻었다.

"그것은 왜 물으시나요, 나리?" 하고 그녀가 물었다.

"왜냐하면 간수인 흐리푸스 부녀가 뢰베슈타인에 있은 지는 네 달밖에 안 되었기 때문이오."

"맞습니다, 나리."

"헤이그에서 뢰베슈타인으로 이송되는 어떤 죄수를 따라가기 위해 당신은 아버지의 전출을 요청하지 않았소?"

"나리!" 하고 로자는 얼굴을 붉히며 말했다.

"말하시오." 하고 윌리엄이 말했다.

"시인합니다. 저는 그 죄수를 헤이그에서부터 알고 있었습

니다."

"행복한 죄수로군!" 하고 윌리엄은 웃으며 말했다.

그 순간 복스텔을 찾으러 갔던 장교가 돌아와 요구한 인물이 튤립과 함께 도착했다는 사실을 공작에게 알렸다.

27
세 번째 소구근

복스텔이 도착했다는 소식이 알려지는 것과 거의 동시에 복스텔이 판 헤리선의 살롱에 들어왔다. 두 사람이 상자 안에 든 소중한 짐을 들고 따라 들어와 탁자 위에 올려놓았다.

미리 예고받은 공작은 집무실을 떠나 살롱으로 건너가 검은 튤립을 바라보며 경탄한 뒤 입을 다물었다. 그러고는 몸소 의자를 갖다 놓은 어두운 구석에 말없이 앉았다.

로자는 두근대는 가슴을 안고 창백한 얼굴로 공포에 가득 차서 자기 차례를 기다렸다.

그녀는 복스텔의 목소리를 들었다.

"그 사람이에요!" 하고 그녀가 소리쳤다.

공작은 살며시 열린 문을 통해 살롱 안을 들여다보라는 신호를 했다.

"저것은 제 튤립이에요!" 하고 로자가 외쳤다. "맞아요. 알아보겠어요. 오, 가엾은 나의 코르넬리우스!"

그녀는 오열했다.

공작은 자리에서 일어나 문까지 갔다. 그 자리에서 그는 얼마 동안 빛 속에 머물러 있었다.

로자의 눈이 그에게 멈추었다. 그 어느 때보다 그녀는 이 미지의 인물을 보는 것이 처음이 아니라는 사실을 확신했다.

"복스텔 씨." 하고 공작이 말했다. "이리 들어오시오."

복스텔은 서둘러 달려와 오렌지 공 윌리엄 앞에 섰다.

"전하!" 하고 그가 뒷걸음질하며 소리쳤다.

"전하!" 하고 어리둥절해진 로자가 외쳤다.

자신의 왼쪽에서 난 이 탄성을 듣고 복스텔은 몸을 돌려 로자를 보았다.

그녀를 본 시샘꾼의 몸은 마치 볼타전지에 닿은 듯 전율했다.

"아!" 공작은 스스로에게 말하듯 중얼거렸다. "그는 동요되었어."

그러나 복스텔은 강인한 자제력을 발휘하여 이미 몸을 추스른 참이었다.

"복스텔 씨." 하고 윌리엄이 말했다. "당신이 검은 튤립의 비밀을 발견했다지요?"

"그렇습니다, 전하." 복스텔은 약간의 동요가 느껴지는 목소리로 대답했다.

사실이지 그 정도의 동요는 튤립 재배자가 윌리엄을 알아보고 느낀 감동에서 온 것일 수 있었다.

"그러나." 공작은 다시 말을 이었다. "여기 있는 젊은 아가씨역시 그것을 발견했다고 주장하고 있소."

복스텔은 경멸의 웃음을 띠고 어깨를 으쓱했다.

윌리엄은 호기심을 갖고 그의 모든 움직임을 주의 깊게 지켜보았다.

"그러면 당신은 이 젊은 아가씨를 모른단 말이오?" 하고 공작이 말했다.

"모릅니다, 전하."

"아가씨, 당신은 복스텔 씨를 아시오?"

"아니오, 저는 복스텔 씨를 모릅니다. 제가 아는 것은 야코프 씨입니다."

"무슨 뜻이오?"

"제 말은 뢰베슈타인에서 이작 복스텔이라는 사람이 야코프 씨라고 불리었다는 것입니다."

"이 말에 대해 어떻게 생각하시오, 복스텔 씨?"

"이 아가씨는 거짓말을 하고 있습니다, 전하."

"당신은 결코 뢰베슈타인에 간 적이 없다는 말이오?"

복스텔은 망설였다. 공작의 맹렬하게 관찰하는 고정된 시선이 그가 거짓말하는 것을 방해했기 때문이다.

"뢰베슈타인에 갔던 것은 부인하지 않겠습니다, 전하. 하지만 튤립을 훔쳤다는 것은 부인합니다."

"당신은 나에게서 튤립을 훔쳐 갔어요. 그것도 내 방에서요!" 분개한 로자가 소리쳤다.

"부인합니다."

"여보세요. 당신은 제가 소구근 묻을 화단을 준비하던 날 정원으로 나를 뒤쫓아 왔다는 사실을 부인하겠어요? 제가 소구근을 심는 척하던 날도 정원으로 나를 따라왔던 것을 부인하겠어요? 바로 그날 저녁 제가 나간 다음 당신이 소구근을 찾을 수 있을 거라고 믿던 그곳에 달려들었던 것을 부인하겠어요? 손으로 흙을 뒤졌지만 소구근을 찾지 못했다는 것도 부인하겠어요? 천만다행으로 그것은 당신의 의도를 알아보기 위한 술책에 불과했으니까요. 말해 보세요. 이 모든 사실을 부인하세요?"

복스텔은 이 다양한 질문에 대답하는 것이 적절하지 않다고 판단했다. 로자와의 설전은 버려두고 대신에 공작 쪽으로 몸을 돌렸다.

"전하." 하고 그가 말했다. "저는 이십 년 전부터 도르드레흐트에서 튤립을 재배하고 있습니다. 저는 이 방면에서 약간의 명성도 얻었습니다. 제가 만든 교배종 가운데 하나는 목록에 올랐고 유명합니다. 저는 그것을 포르투갈 왕에게 헌정했지요. 제가 말씀드리고자 하는 진실은 이렇습니다. 이 아가씨는 제가 검은 튤립을 발명했다는 것을 알아냈습니다. 하여 뢰베슈타인 요새에 있는 애인과 공모하여 제가 받을 10만 플로린의 상금을 빼앗음으로써 저를 파산시킬 계획을 세웠습니다. 희망컨대, 전하께서 세우시는 정의 덕분에 제가 받게 될 그 상금을 말이죠."

"오!" 하고 격분한 로자가 외쳤다.

"조용히들 하시오!" 하고 공작이 말했다.

그러고는 복스텔 쪽으로 몸을 돌리며 말했다.

"그럼 당신이 이 아가씨의 애인이라고 하는 그 죄수는 누구요?"

로자는 기절할 뻔했다. 왜냐하면 죄수는 공작에 의해 대역죄인으로 선고된 사람이기 때문이다.

복스텔에게는 더할 수 없이 반가운 질문이었다.

"그 죄수가 누구냐고요?" 하고 그가 반복했다.

"그렇소."

"그 죄수는, 전하, 이름만으로도 전하께서 어떤 사람인지 아실 수 있는 사람입니다. 그는 대역 죄인으로서 한 차례 사형선고를 받은 적이 있습니다."

"이름이……?"

로자는 절망적인 심정으로 두 손에 머리를 파묻었다.

"그의 이름은 코르넬리우스 판 바에를르입니다." 하고 복스텔이 말했다. "그는 바로 악당 코르넬리스 드 비트의 대자이지요."

공작은 소스라치게 놀랐다. 그의 차분한 눈이 불을 뿜었고, 죽음 같은 싸늘함이 다시금 무표정한 얼굴 위로 번져 나갔다.

그는 손가락으로 로자에게 얼굴에서 손을 떼라는 신호를 보냈다.

로자는 순종했다. 마치 자력(磁力)으로 움직이는 듯 말이다.

"그러니까 레이던으로 나를 찾아와서 당신 아버지의 전근을 요청했던 것은 바로 그자를 따라가기 위해서였단 말이오?"

로자는 고개를 떨어뜨리고 무거운 짐에 짓눌려 무너지듯 몸을 숙이며 대답했다.

"그렇습니다, 전하."

"계속하시오." 하고 공작이 복스텔에게 말했다.

"저는 더 드릴 말씀이 없습니다." 하고 그는 말을 이었다. "전하께서 모든 것을 아십니다. 이제, 이 아가씨가 자신의 배은망덕으로 얼굴을 붉힐까 봐 말씀드리지 않으려고 했던 것을 말씀드리겠습니다. 저는 사업 때문에 뢰베슈타인으로 왔습니다. 거기에서 흐리푸스와 알게 되었고, 그의 딸에게 반하여 청혼을 했습니다. 저는 부자가 아니었던지라 경솔하게도 10만 플로린의 상금을 받을 희망에 대해 털어놓았습니다. 그리고 이 희망을 정당화하기 위해 그녀에게 검은 튤립을 보여 주었습니다. 그러자 그의 애인이 도르드레흐트에서 그가 획책하던 음모를 숨기기 위해 튤립을 재배하는 척했던 것처럼, 둘이서 저를 파산시킬 음모를 꾸몄던 것입니다. 꽃이 피기 전날 튤립은 이 아가씨에 의해 내 집에서 그녀의 방으로 옮겨졌습니다. 그러나 그녀가 위대한 검은 튤립을 발견했음을 원예협회 회원들에게 감히 알리고자 심부름꾼을 보내려고 하던 바로 그 순간에 저는 다행히도 튤립을 되찾았던 것입니다. 하지만 그녀는 그것으로 포기하지 않았습니다. 아마도 그녀가 튤립을 자기 방에 가지고 있던 몇 시간 동안 몇몇 사람에게 그것을 보여 주었을 것이고, 그녀는 그들을 증인으로 부르려고 할지도 모르겠습니다. 그러나 다행히도, 전하, 전하께서 이 모사꾼과 그의 증인들을 막아 주시는군요."

"오! 하느님! 하느님! 파렴치한 인간 같으니!" 로자가 눈물을 쏟으며 신음했다. 그녀는 스타트하우더의 발아래 몸을 던졌다. 스타트하우더는 그녀가 유죄라고 믿으면서도 그녀의 처절한 고뇌에 연민을 느꼈다.

"당신의 행동은 그릇된 것이오, 아가씨." 하고 스타트하우더가 말했다. "당신의 애인은 당신에게 그런 충고를 한 데 대한 벌을 받을 것이오. 당신이 이토록 젊고 이토록 정직한 인상을 지니고 있어서 잘못은 당신으로부터가 아니라 그로부터 오는 것으로 믿고 싶기 때문이오."

"전하! 전하!" 하고 로자가 소리쳤다. "코르넬리우스는 죄가 없습니다."

윌리엄은 몸을 움찔했다.

"당신에게 충고한 것이 죄가 안 된다는 말이오? 당신의 말은 그 뜻이오, 그렇소?"

"제 말은, 전하, 코르넬리우스는 첫 번째 죄를 짓지 않은 것처럼 지금 그에게 뒤집어씌우려고 하는 두 번째 죄도 짓지 않았다는 말입니다."

"첫 번째 죄? 그 첫 번째 죄가 무엇인지 당신이 아시오? 그가 어떤 혐의를 받아 확정되었는지 아시오? 그는 코르넬리스 드 비트의 공범으로서, 총리대신 얀 드 비트와 루부아 후작 사이의 서한을 은닉한 죄를 지었소."

"전하, 그는 자신이 그런 서한을 보관하고 있다는 사실을 모르고 있었습니다. 그는 전혀 몰랐어요. 오! 하느님! 그가 알았다면 제게 말했을 겁니다. 그의 다이아몬드 같은 마음에 제게 감출 비밀이 있을까요? 아니에요, 아닙니다, 전하! 전하의 노여움을 각오하고 되풀이하여 말씀드리지만, 코르넬리우스는 두 번째 죄를 짓지 않은 것처럼 첫 번째 죄를 짓지 않았고, 첫 번째 죄를 짓지 않은 것처럼 두 번째 죄를 짓지 않았습니다. 오! 코르넬리우스가 어떤 사람인지 아신다면, 전하!"

"비트 일족일 뿐입니다!" 하고 복스텔이 외쳤다. "전하께서는 그를 너무나도 잘 아십니다. 이미 한 차례 목숨을 구해 주셨으니까요."

"조용히 하시오." 하고 공작이 말했다. "이미 말했지만, 이 사안은 하를럼원예협회의 책무와는 상관없는 일이오."

그러고는 눈썹을 찌푸리며 덧붙였다.

"튤립에 관한 한 안심하시오, 복스텔 씨. 정의의 심판이 내려질 것이오."

기쁨에 넘친 복스텔은 공작에게 절했고, 회장의 치하를 받았다.

"아가씨." 하고 오렌지 공 윌리엄이 계속했다. "당신은 죄를 지을 뻔했지만 나는 벌하지 않겠소. 하지만 진짜 범인이 죗값을 치를 것이오. 비트 같은 이름을 지닌 사람은 음모를 꾸미고 심지어 배반할 수도 있소……. 하지만 도둑질을 해서는 안 되오."

"도둑질이라고요!" 하고 로자가 외쳤다. "도둑질이라고요! 그가요, 코르넬리우스가요? 오! 전하, 제발. 전하의 그런 말씀을 듣는다면 그는 그 자리에서 죽어 버릴 거예요! 전하의 그런 말씀은 바우텐호프 형리의 도끼보다 더 확실하게 그를 죽일 겁니다. 도둑질이 있었다면, 전하, 맹세하건대, 그것을 저지른 자는 바로 이 사람이에요."

"증명하시오." 하고 복스텔이 차갑게 말했다.

"그래요. 신의 도움으로 그것을 증명하겠어요." 하고 프리슬란트 처녀가 힘차게 말했다.

그러고는 복스텔을 향해 물었다.

"튤립이 당신 것이었다고요?"

"그렇소."

"소구근은 몇 개였나요?"

복스텔은 잠시 주저했다. 하지만 그는 알려진 두 개의 소구근이 전부라면 처녀가 이런 질문을 하지 않으리라는 사실을 알아차렸다.

"셋이오." 하고 그가 대답했다.

"그 소구근들은 어떻게 되었나요?" 하고 로자가 물었다.

"어떻게 되었느냐고요……? 하나는 실패했고, 다른 하나는 검은 튤립으로 피어났고……."

"그리고 세 번째 것은요?"

"세 번째 것!"

"세 번째 것, 그것은 어디에 있나요?"

"세 번째 것은 내 집에 있소." 하고 심히 당황한 복스텔이 말했다.

"당신 집이요? 어디요? 뢰베슈타인인가요, 아니면 도르드레흐트인가요?"

"도르드레흐트에." 하고 복스텔이 말했다.

"거짓말이에요!" 하고 로자가 외쳤다. 그녀는 공작을 향해 몸을 돌리며 덧붙였다. "전하, 세 소구근에 대해서는 제가 말씀드리겠어요. 첫 번째 것은 죄수의 방에서 제 아버지가 발로 밟아 으깨어 버렸습니다. 이 사람은 그런 사실을 잘 알고 있습니다. 그것을 호시탐탐 노리고 있었으니까요. 자기 희망이 부서진 것을 보았을 때 그는 하마터면 그 희망을 앗아 간 제 아버지와 사이가 틀어질 뻔했습니다. 두 번째 것은 제 손길 아래서 검은 튤립을 피웠고, 마지막 남은 세 번째 것(처녀는 그것을 가슴에서 꺼냈다.), 그것은 여기 있습니다. 이 종이는 애초에 세 개의 소구근 모두를 포장하고 있던 바로 그 종이입니다. 코르넬리우스 판 바에를르는 처형대에 오르기 직전에 그것을 제게 주었어요. 보세요, 전하, 보세요."

로자는 소구근을 감싼 종이를 벗겨 내어 공작에게 내밀었다. 공작은 그것을 받아 살펴보았다.

"하지만 전하, 이 아가씨는 튤립을 훔친 것처럼 그것 또한 훔쳤을 수 있지 않을까요?" 복스텔이 더듬거리며 말했다. 그는 공작이 온 정신을 집중하여 소구근을 검사하는 것을 보고, 그리고 특히 처녀가 자기 손에 남은 종이에 적힌 글을 주의를 집중하여 읽는 것을 보고 겁에 질렸다.

돌연 처녀의 두 눈이 빛을 뿜었다. 그녀는 숨을 헐떡이며 내용을 알 수 없는 그 종이를 다시 읽고 난 뒤 비명을 지르며 공작을 향해 그것을 내밀었다.

"오! 읽어 보세요, 전하." 하고 그녀가 말했다. "오, 하느님! 읽어 보십시오!"

윌리엄은 세 번째 소구근을 회장에게 넘긴 뒤 종이를 받아 읽었다.

종이 위에 눈길을 던진 윌리엄은 비틀거렸다. 그의 손이 떨리며 금방이라도 종이를 놓칠 것만 같았다. 그의 눈은 극심한 고통과 연민을 드러냈다.

로자가 공작에게 준 그 종이는 코르넬리스 드 비트가 자기 동생 얀 드 비트의 사자 크라에케를 시켜 도르드레흐트로 보냈던, 성경에서 찢어 낸 바로 그 종이였다. 거기서 코르넬리스는 자신의 대자에게 총리대신이 루부아 후작에게서 받은 편지들을 불태워 버리라고 말하고 있었다.

사랑하는 대자에게,

내가 네게 맡긴 꾸러미를 불태워라. 그것이 네게 미지의 것으로 남아 있도록 열지도 보지도 말고 불태워라. 그것이 담고 있는 비밀은 그것을 알고 있는 사람을 죽이는 종류의 것이다. 태워라.

그리하면 얀과 코르넬리스를 구할 것이다.

안녕히, 그리고 나를 사랑해 다오.

1672년 8월 20일

코르넬리스 드 비트

이 종이는 판 바에를르가 결백하다는 사실, 그리고 소구근들이 그의 소유라는 사실을 동시에 입증하고 있었다.

로자와 스타트하우더는 간단한 시선을 주고받았다.

로자의 시선은 말했다. '아시겠지요!'

스타트하우더의 시선은 의미했다. '아무 말 말고 기다리시오!'

공작은 이마에서 뺨으로 흘러내린 식은 땀방울을 닦았다. 그는 천천히 종이를 접었다. 그의 시선은 생각과 함께 과거의 수치와 회한이라고 하는 바닥 없는 심연 속으로 빠져들었다.

그러나 그는 금방 고개를 들고 강인하게 말했다.

"자, 복스텔 씨, 정의의 심판이 내려질 것이오. 나는 그것을 약속했소."

그러고는 회장을 향해 덧붙였다.

"친애하는 판 헤리선 씨. 이 아가씨와 튤립을 잘 지키시오. 그럼 이만."

모두 고개 숙여 인사했다. 공작은 군중의 거대한 환호에 답례하며 밖으로 나갔다.

복스텔은 상당히 괴로운 심정으로 백조 호텔로 돌아갔다. 윌리엄이 로자의 손에서 받은 그 종이, 주의 깊게 읽은 뒤 정성스레 접어 주머니에 넣은 그 종이가 그를 불안하게 했다.

로자는 튤립에게 다가가 잎사귀에 종교적인 입맞춤을 했다. 그녀는 중얼대며 자기의 전 존재를 신께 맡겼다.

　"하느님! 착한 코르넬리우스가 왜 제게 글 읽는 법을 가르쳤는지 당신은 아셨나요?"

　그렇다. 신은 알고 있었다. 각자의 공덕에 따라 인간들을 벌 주고 상 주는 것은 바로 그이니까.

28
꽃노래

우리가 방금 이야기한 사건들이 일어나는 동안, 뢰베슈타인 요새의 감방에서 잊혀진 불행한 판 바에를르는 흐리푸스에 의해 핍박받고 있었다. 그는 간수가 형리로 변신하기로 굳게 결심하였을 때 죄수가 겪을 수 있는 모든 것으로 신음해야 했다.

로자에게서 그리고 야코프에게서 아무런 소식도 듣지 못한 흐리푸스는 자신에게 일어난 모든 일이 악마의 소행이며, 코르넬리우스 판 바에를르 박사는 악마가 지상에 내려보낸 사자(使者)라고 확신했다.

그리하여 어느 날 아침 — 그날은 야코프와 로자가 사라진 지 사흘째 되는 날이었다 — 흐리푸스는 평소보다 더 노기등등하여 코르넬리우스의 방으로 올라갔다.

코르넬리우스는 창문에 팔꿈치를 기대고 두 손으로 머리를 지탱한 채, 도르드레흐트의 풍차들이 실루엣을 드리운 안개

낀 지평선을 물끄러미 바라보고 있었다. 그는 눈물을 억누르고 생각이 증발하는 것을 막기 위해 공기를 들이마셨다.

그의 곁에는 언제나처럼 비둘기들이 있었다. 그러나 더 이상 희망은 없었다. 그리고 미래 또한 없었다.

아! 로자는 감시 때문에 더 이상 올 수 없는 것인가? 편지라도 써 주었으면. 그러나 설사 편지를 쓴다 해도 그것을 그에게 전달할 수 있을까?

아니다. 전날, 그리고 그 전날 늙은 흐리푸스의 눈에는 노기와 악의가 가득했다. 잠시라도 경계를 늦출 리가 없다. 게다가 감금과 부재 이외에 코르넬리우스는 그보다 더한 마음의 고통으로 괴로워해야 했다. 난폭한 무뢰한이자 주정뱅이인 흐리푸스는 그리스비극의 아버지들처럼 딸에게 복수하지 않겠는가? 진의 취기가 머리에 오르면 그는 코르넬리우스가 너무나도 잘 고쳐 준 팔로 딸에게 몽둥이질을 해 대지 않겠는가?

혹시 로자가 학대받을지도 모른다는 이 생각은 코르넬리우스를 격분하게 했다.

그는 스스로가 무용하고 무기력하며 허무한 존재라고 생각했다. 그는 순수한 두 사람에게 신이 그토록 큰 고통을 주는 것이 과연 정당한지 물었다. 그 순간 그는 아마도 회의하고 있었다. 불행은 믿음을 앗아 가는 법이다.

판 바에를르는 로자에게 편지를 쓸 계획을 세웠다. 하지만 로자는 어디 있는가?

그는 흐리푸스가 고발을 통해 자신의 머리 위로 새로운 먹구름을 몰아올 것이라는 사실을 미리 알리고자 헤이그에 편지를 쓸 생각을 했다.

하지만 무엇으로 편지를 쓴단 말인가? 연필과 종이는 흐리푸스가 빼앗아 갔다. 그리고 설사 연필과 종이가 있다 하더라도 흐리푸스가 편지를 배달해 주지는 않을 것이다.

코르넬리우스는 죄수들이 사용하는 초라한 술책들을 머릿속에서 검토하고 또 검토했다.

그는 탈옥도 생각했다. 로자를 매일 볼 수 있을 때 탈옥은 꿈도 꾸지 않았다. 그러나 탈옥을 생각하면 할수록 그것은 더욱 불가능해 보이기만 했다. 그는 범용한 것을 끔찍이 싫어하여 삶의 모든 좋은 기회들을 놓쳐 버리는 그런 사람이었다. 이런 사람들은 범부들의 대도(大道)이며 모든 것에 쉽게 이르는 통속적인 길을 결코 택하지 않는다.

"어떻게 가능하겠어." 하고 코르넬리우스는 되뇌었다. "예전에 그로티우스가 탈옥한 뢰베슈타인 요새를 나가는 것이? 그의 탈옥 이후로 필요한 예방 조치는 다 취하지 않았겠어? 창문까지 감시하고. 문은 이중 삼중이지 않아? 또 감시초소는 열 배나 경계를 강화하지 않았어?

게다가 감시되는 창문과 겹겹의 문과 그 어느 때보다 경비가 삼엄한 감시초소 외에도 나에게는 절대 실수를 모르는 아르고스*가 있지 않아? 증오의 눈을 지닌 만큼 더욱 위험한 아

---

* 그리스신화에 나오는 인물로서 아르고스의 왕자이며 눈이 백 개나 달린 그는 헤라의 명을 받고 이오(제우스는 자신의 사랑을 받은 그녀를 헤라로부터 보호하기 위해 암소로 변하게 했다.)를 지키다가 제우스가 보낸 헤르메스에게 죽임을 당했다. 그는 잘 때에도 오십 개의 눈을 번갈아 뜨고 있었기에 죽이기가 매우 난감했으나 헤르메스는 피리를 불어 모든 눈을 감고 깊이 잠들게 했다. 그의 죽음을 측은히 여긴 헤라는 그의 눈알을 공작새의 꼬리에 붙여 주었다.

르고스, 곧 흐리푸스가 있지 않아?

마지막으로, 나를 마비시키는 지금의 상황이 있지 않아? 그것은 물론 로자의 부재이지. 내가 십 년 걸려 창살을 자를 줄을 하나 만든다 한들, 창문으로 벽을 타고 내려갈 로프를 하나 엮는다 한들, 아니면 다이달로스*처럼 날아가기 위해 어깨에 날개를 붙인다 한들…… 나는 불운한 인간인지라, 줄은 무디어지고 로프는 끊어지며 날개는 태양에 녹아 버릴 거야. 결국 나는 흉한 꼴로 죽겠지. 절름발이나 외팔이나 앉은뱅이가 될 거야. 그리하여 나는 헤이그 박물관에서 과묵한 윌리엄의 피 묻은 웃옷과 슈타포렌** 출신 여자 선원 사이에 전시될 거야. 결과적으로 내가 얻는 것이라고는 홀란트의 진기한 볼거리 가운데 하나가 되는 거야.

아니야. 그보다 나은 게 있어. 조만간 흐리푸스는 내게 악랄한 짓을 할 거야. 로자를 만나는 기쁨을 잃은 뒤로, 특히 나의 튤립을 잃은 뒤로 나는 인내심을 잃고 있어. 의심할 바 없이 조만간 흐리푸스는 나를 공격하면서 나의 자존심과 사랑에 상

---

* 그리스신화의 명장. 본래 아테네 사람이었으나 자기 못지않은 재주를 지닌 조카를 시기하여 죽인 뒤 크레타의 미노스 왕에게 몸을 의탁한다. 크레타에서 그는 미노스 왕의 아내인 파시파이에게 목우(木牛)를 만들어 줌으로써 포세이돈이 보낸 황소를 향한 그녀의 욕정을 해소하게 해 준다. 나중에 이 사실을 안 미노스는 그를 아들 이카로스와 함께 라비린토스라는 이름의 미궁에 가둔다. 발명과 제작에서 신의 경지에 달한 다이달로스는 날개를 만들어 미궁을 탈출하여 시칠리아 섬으로 도망친다. 도중에 아들 이카로스는 상승에 도취되어 태양에 너무 가까이 갔다가 날개와 어깨를 연결하는 밀랍이 녹아 바다에 떨어져 죽는다.
** 네덜란드의 지명.

처를 입힐 거야. 감금된 이후로 나는 기이하고 심술궂고 억제하기 어려운 힘 같은 게 느껴져. 나는 싸움에 대한 걷잡을 수 없는 욕구, 주먹질에 대한 허기, 지독한 구타에 대한 이해할 수 없는 갈증 같은 것을 갖고 있어. 나는 늙은 악당의 목덜미를 잡고 목을 조르고 말 테야!"

마지막 말에 이르러 코르넬리우스는 잠시 멈추었다. 그의 입은 경직되고 눈은 멍했다.

머릿속으로 그는 그를 미소 짓게 하는 한 가지 생각을 탐욕스레 굴려 댔다.

"그런데!" 하고 그가 계속했다. "일단 흐리푸스의 목을 조른 뒤, 왜 그의 열쇠를 탈취하지 않는단 말인가? 가장 덕성스러운 행위를 한 것처럼, 왜 계단을 걸어 내려가지 않는단 말인가? 왜 로자를 찾으러 그녀의 방으로 가지 않는단 말인가? 왜 그녀에게 사실을 설명하고, 그녀와 함께 창문을 통해 바할 강으로 뛰어내리지 않는단 말인가? 나는 아마도 그녀 몫까지 헤엄칠 수 있을 것이다. 로자! 하지만 맙소사,. 흐리푸스는 그녀의 아버지가 아닌가. 그녀가 나에게 어떤 감정을 품고 있든 아버지의 목을 조르는 것은 용납하지 않을 것이다. 아버지란 인물이 아무리 난폭하고 아무리 악하다 해도 말이다. 따라서 이야기를 하거나 설득해야 하고 그러는 동안 열쇠 관리인이나 보조 열쇠 관리인이 올 것이다. 그는 막 숨을 거두고 있거나 완전히 숨을 거둔 흐리푸스를 발견할 것이다. 그가 나를 붙잡는 것은 당연하다. 그리하여 나는 다시 한 번 바우텐호프와 추악한 칼의 섬광을 볼 것이고, 이번만은 그 칼도 중도에 멈춤 없이 내 목을 벨 것이다. 아니 될 말이야, 코르넬리우스. 그것은 나쁜 방법이야! 그럼 어찌해야 할까? 어떻게 로자를 본단 말인가?"

로자와 아버지 사이의 불길한 이별로부터 사흘이 지났으며, 우리가 독자에게 창문에 팔꿈치를 기댄 코르넬리우스를 보여 준 바로 그 순간에 그가 빠져 있던 상념은 대략 이런 것이었다.

흐리푸스가 들어온 것은 바로 그때였다.

그는 손에 커다란 몽둥이를 들고 있었다. 그의 두 눈은 사악한 생각들로 번득였다. 악랄한 미소가 입술을 일그러뜨리고 흉악한 요동이 몸통을 일렁이게 했다. 그의 존재의 모든 것이 악한 의도를 드러냈다.

방금 살펴본 것처럼, 코르넬리우스는 인내해야만 하는 그의 처지 — 그의 추론은 그것의 필요를 확신으로 바꾸었다 — 때문에 지쳐 있었다. 그는 흐리푸스가 들어오는 소리를 들었고, 그인 줄 짐작했다. 하지만 뒤로 돌아서지는 않았다.

그는 흐리푸스 뒤에 로자가 없다는 사실을 알았다.

화난 사람에게 그 화가 향하는 사람이 표하는 무관심만큼 불쾌한 것도 없는 법이다.

신경 쓴 만큼 결과가 있어야 한다.

머리에 열이 오르고 피가 부글부글 끓는다. 이 부글거림은 폭발로 만족되어야 한다. 그렇지 않으면 처음부터 열을 올릴 필요가 없는 것이다.

악의의 날을 벼린 모든 정직한 악당은 최소한 누군가에게 상처라도 입히길 원한다.

따라서 코르넬리우스가 꼼짝도 않는 것을 본 흐리푸스는 기운찬 헛기침으로 그를 불렀다.

"흠! 흠!"

코르넬리우스는 꽃노래를 흥얼거렸다. 슬프지만 매력적인 노래였다.

> 우리는 비밀스러운 불의 딸,
> 그 불은 지맥 속을 흐른다네.
> 우리는 오로라와 이슬의 딸,
> 공기의 딸,
> 물의 딸이라네.
> 그러나 우리는 무엇보다 하늘의 딸이라네.

고요하고 부드러운 어조가 평온한 슬픔을 고양하는 이 노래는 흐리푸스를 격분하게 했다.

그는 몽둥이로 바닥을 치며 소리쳤다.

"어이! 가수 양반, 내 말이 안 들리오?"

코르넬리우스는 몸을 돌렸다.

"안녕하시오." 하고 그가 말했다.

그러고는 다시 노래를 불렀다.

> 사람들은 우리를 더럽히고, 우리를 사랑한다며 죽이네.
> 끈 하나가 우리를 흙에 이어 주네.
> 그 끈은 우리의 뿌리, 곧 우리의 생명이라네.
> 그러나 우리는 하늘을 향해 할 수 있는 한 가장 높이 우리의
> 팔을 쳐든다네.

"아! 망할 마법사 같으니. 지금 나를 비웃는 건가!" 하고 흐리푸스가 외쳤다.

코르넬리우스는 노래를 계속했다.

그것은 하늘이 우리의 고향이기 때문이지.
우리의 진정한 고향이기 때문이지. 왜냐하면 우리의 영혼이 그로부터 오고,
그리로 돌아가는 까닭이지.
우리의 영혼, 그것은 우리의 향기라네.

흐리푸스는 죄수에게로 다가갔다.

"네 죄를 자백하게 만들 적당한 방도를 내가 찾았다는 사실을 아직도 모르겠나?"

"친애하는 흐리푸스 씨, 당신 미쳤소?" 코르넬리우스가 몸을 돌리며 물었다.

이 말을 하면서 그는 늙은 간수의 일그러진 얼굴과 번득이는 눈과 거품 이는 입을 보았다.

"젠장!" 하고 그가 말했다. "내가 보기에 나는 미친 것 이상이야. 나는 격노했어!"

흐리푸스는 몽둥이를 휘두르기 시작했다.

하지만 있던 자리에서 움직이지는 않았다.

"아니, 흐리푸스 영감." 판 바에를르가 팔짱을 끼며 말했다. "당신 지금 나를 위협하는 것 같소?"

"오! 그래, 위협한다!" 하고 간수가 부르짖었다.

"그런데 무엇으로?"

"우선 내가 손에 무얼 들고 있는지 봐."

"내가 보기에 그건 몽둥이 같은데." 하고 코르넬리우스가 차분히 말했다. "그것도 큰 몽둥이인걸. 하지만 설마하니 그걸로 나를 위협하지는 않을 것 같은데."

"아! 이것은 위협거리가 못 된다? 어째서?"

"왜냐하면 죄수를 때리는 모든 간수는 징계를 받게 되어 있으니까. 첫째로 뢰베슈타인 규정 9조, '국사범에게 손을 대는 모든 간수, 감독관, 열쇠 관리인은 직위 해제될 것이다.'"

"손이잖아." 하고 화가 치민 흐리푸스가 말했다. "이건 몽둥이야. 규정은 몽둥이에 대해서는 아무런 언급도 하지 않고 있어."

"둘째로." 하고 코르넬리우스가 계속했다. "규정에는 명시되어 있지 않지만 복음서에 나오는 징계의 두 번째 근거는 이거요.

'검(劍)을 가지는 자는 다 검으로 망하느니라.'

'몽둥이를 휘두르는 자는 몽둥이에 얻어맞으리라.'"

코르넬리우스의 조용하면서도 거드름 피우는 듯한 어조에 점점 더 화가 난 흐리푸스는 그의 몽둥이를 휘둘렀다. 그러나 그가 몽둥이를 들어 올리려는 순간 코르넬리우스는 그에게 달려들어 몽둥이를 빼앗았다.

흐리푸스가 분노로 울부짖었다.

"자, 자, 영감님." 하고 코르넬리우스가 말했다. "자리를 잃어버리면 안 되지요."

"아! 이 마법사! 다른 방법으로 너를 괴롭힐 테다!" 하고 흐리푸스가 부르짖었다.

"좋으실 대로."

"내 손이 비어 있는 게 안 보이나?"

"보이네요. 만족스럽군요."

"보통 아침에 내가 계단을 올라올 때 맨손이 아니었다는 것은 너도 잘 알지?"

"아! 맞아요. 당신은 대개 나에게 가장 나쁜 수프 아니면 상상할 수 있는 가장 형편없는 식사를 가져다주었지. 그러나 나에게 그것은 벌이 못 돼. 나는 빵만 먹어. 그런데 흐리푸스, 당신 입에 가장 맛없는 빵이 내게는 최고의 맛이야."

"네게는 최고의 빵이다?"

"그래."

"그 이유는?"

"오! 그것은 매우 간단하지."

"말해 봐."

"기꺼이. 나한테 나쁜 빵을 주면서 나를 괴롭힌다고 생각하는 것 다 알아."

"사실인즉 너를 즐겁게 하기 위해 그것을 주지는 않아, 이 강도야."

"그래! 한데 너도 알다시피 나는 마법사야. 나는 네가 준 나쁜 빵을 최고의 빵으로 바꿀 수 있어. 그것은 과자보다도 맛있어. 그래서 나는 이중의 기쁨을 누리지. 먼저 내 입맛에 맞게 먹는 기쁨, 그리고 너를 한없이 화나게 하는 기쁨."

흐리푸스가 분노로 울부짖었다.

"아! 네가 마법사라는 걸 실토하는구나!" 하고 그가 말했다.

"아무렴! 내가 마법사라 하더라도 사람들 앞에서는 그렇게 말하지 않지. 그랬다가는 고프레디*나 위르뱅 그랑디에**처럼 화형당할 테니까. 단지 우리 둘만 있을 때는 아무 문제 없어."

"좋아, 좋다고." 하고 흐리푸스가 대답했다. "마법사는 검은 빵으로 흰 빵을 만들 수 있다고 쳐. 하지만 빵이 아예 없다면 굶어 죽어야 하지 않을까?"

"뭐야!" 하고 코르넬리우스가 놀라 대답했다.

"그러니까, 너한테 이제 더 이상 빵을 갖다 주지 않겠다는 말이야. 일주일 후에 어떻게 되는지 보자고."

코르넬리우스의 얼굴이 창백해졌다.

"이 조치는." 하고 흐리푸스가 계속했다. "오늘부터야. 너는 아주 훌륭한 마법사니까 가구를 한번 빵으로 만들어 보시지. 나는 매일매일 네 식사 비용으로 지급되는 18수를 챙길 수 있을 거야."

"이건 살인 행위야!" 하고 코르넬리우스가 외쳤다. 충분히 예상할 수 있는 바이지만, 공포가 그를 사로잡았다. 그 공포는 죽음 중에서도 끔찍한 죽음인 아사(餓死)에서 오는 것이었다.

"좋아." 흐리푸스가 그를 비웃으며 계속했다. "좋다고. 너는 마법사니까 어떻게든 살 거야."

코르넬리우스는 다시 명랑한 태도를 되찾으며 어깨를 으쓱했다.

"여기에 도르드레흐트의 비둘기들이 오는 것 못 봤어?"

"그런데⋯⋯?" 하고 흐리푸스가 물었다.

---

* 마르세유의 신부로서 마법을 행한 죄로 1611년에 화형당했다.

** Urbain Grandier(1590~1634). 프랑스 중부에 위치한 루댕의 신부로서 마법을 행한 죄로 화형당했다.

"그런데? 비둘기 구이는 맛있잖아. 매일 비둘기 구이를 먹는 사람이 굶어 죽지는 않을 것 같은데."

"불은?" 하고 흐리푸스가 물었다.

"불? 네가 잘 알잖아. 내가 악마와 계약을 맺었다는 걸. 불이 주된 재산인 악마가 나를 불 없이 내버려 둘 거라고 생각하나?"

"아무리 강건한 사람이라도 매일 비둘기만 먹고 살 수는 없을걸. 실제로 그런 내기가 있었는데 내기를 건 자들이 두 손 들었어."

"그래? 그러면." 하고 코르넬리우스가 말했다. "비둘기 구이가 지겨워지면 바할 강과 뫼즈 강에서 물고기들이 올라오게 하면 되지."

흐리푸스가 놀란 눈을 크게 떴다.

"나는 생선을 좋아해." 하고 코르넬리우스가 말을 이었다. "너는 도대체 나한테 생선 줄 줄을 모르지. 잘됐어! 네가 나를 굶겨 죽이려 하는 이 참에 생선이나 포식하지 뭐."

흐리푸스는 분노로, 그리고 공포로 기절할 뻔했다.

하지만 그는 곧 정신을 가다듬었다.

"그래." 그가 주머니에 손을 집어넣으며 말했다. "네가 그런 식으로 나오니 어쩔 수 없지……."

그는 주머니에서 칼을 꺼냈다.

"아! 칼이라!" 코르넬리우스가 몽둥이로 방어 자세를 취하며 말했다.

29
판 바에를르가 뢰베슈타인을 떠나기에 앞서
흐리푸스를 혼내 주다

흐리푸스는 공격하는 자세로, 판 바에를르는 방어하는 자세로 한동안 움직이지 않고 그대로 있었다.

이윽고 그 같은 상황이 한없이 계속될 것을 우려한 코르넬리우스가 자기 적수에게 그토록 화가 난 이유를 물었다.

"그런데 원하는 게 뭐요?"

"내가 무얼 원하느냐고. 말하지." 하고 흐리푸스가 대답했다. "나는 네가 내 딸 로자를 돌려주길 원해."

"당신 딸!" 하고 코르넬리우스가 외쳤다.

"그래, 로자! 네가 마술을 부려 나한테서 뺏어 간 로자 말이야. 그 애가 어디에 있는지 말해 주겠나?"

이 말과 함께 흐리푸스의 태도는 점점 더 위협적이 되었다.

"로자가 뢰베슈타인에 없단 말이야?" 하고 코르넬리우스가 소리쳤다.

"네가 잘 알잖아. 로자를 돌려주지 못하겠어?"

"흥." 하고 코르넬리우스가 말했다. "너는 지금 나에게 덫을 놓고 있는 거야."

"마지막으로 묻겠는데, 내 딸이 어디에 있는지 말해!"

"모르면 맞혀 봐, 이 악당아."

"각오해, 각오하란 말이야." 뇌를 엄습하기 시작하는 광기에 입술이 뒤틀린 흐리푸스가 핼쑥한 얼굴로 으르렁댔다. "아무것도 말하지 않겠다? 좋아! 네놈의 아가리를 열어 주지."

그는 코르넬리우스를 향해 다가서며 번득이는 칼을 내밀었다.

"이 칼이 보여?" 하고 그가 말했다. "이걸로 쉰 마리가 넘는 검은 닭을 죽였어. 그것들을 죽인 것처럼 이번에는 그 주인인 악마를 죽일 거야. 와, 이리 와!"

"나쁜 인간 같으니." 하고 코르넬리우스가 말했다. "정녕 나를 죽이고 싶으시다?"

"네 심장을 열어 내 딸을 어디에 감추었는지 알아내고야 말겠어."

열에 들떠 이 말을 하면서 흐리푸스는 코르넬리우스에게로 달려들었다. 그는 탁자 뒤로 몸을 던져 첫 번째 공격을 겨우 피했다.

흐리푸스는 커다란 칼을 휘두르며 끔찍한 위협을 퍼부어 댔다.

코르넬리우스는 자신이 흐리푸스의 손은 막을 수 있어도 칼은 어쩔 수 없다는 사실을 깨달았다. 멀리서 던진 칼은 둘 사이의 거리를 넘어 그의 가슴에 와 박힐 수 있었다. 하여 그는 더 이상 지체하지 않고 들고 있던 몽둥이로 칼을 쥔 흐리푸스의 손아귀를 힘껏 내리쳤다.

칼이 바닥에 떨어졌고, 코르넬리우스는 그것을 발로 밟았다.

몽둥이로 맞은 데서 오는 아픔과 벌써 두 차례나 무장해제 당한 데서 느끼는 수치 때문에 흐리푸스가 더욱 결사적으로 달려드는 것을 본 코르넬리우스는 중대한 결정을 내렸다.

그는 영웅적인 냉정함을 발휘하여 몽둥이가 떨어질 지점을 매번 정확히 골라 가며 간수를 두들겨 팼다.

흐리푸스는 오래지 않아 살려 달라고 애원했다.

하지만 애원하기에 앞서 그는 비명을 질러 댔다. 그것도 아주 많이. 사람들이 그의 비명을 들었고, 감옥 전체가 발칵 뒤집혔다. 두 명의 열쇠 관리인, 한 명의 감독관, 서너 명의 경비원이 나타나 발로 칼을 밟은 채 몽둥이질을 하고 있는 코르넬리우스를 발견했다.

자신이 저질렀고 정상참작의 여지를 찾기 힘든 그 폭행의 증인들을 본 코르넬리우스는 이제 완전히 끝장이라고 생각했다.

과연 모든 정황이 그에게 불리했다.

순식간에 코르넬리우스는 무기를 빼앗겼다. 둘러싼 사람들에 의해 부축되어 몸을 일으킨 흐리푸스는 울화로 얼굴을 붉히며 자기 어깨와 등에 부풀어 오른 멍의 개수를 세었다. 그것들은 마치 산봉우리를 장식하는 언덕들 같았다.

죄수가 간수에게 저지른 폭력을 명시한 조서가 그 자리에서 작성되었다. 흐리푸스가 구술한 그 조서는 가혹한 것이었다. 코르넬리우스의 행위는 오랫동안 준비되어 간수에게 행해진, 사전에 모의되어 공공연히 자행된 살해 기도에 해당하는 것이었다.

코르넬리우스에게 중벌을 내리기 위한 논의가 진행되는 동안 필요한 사실을 진술한 흐리푸스는 더 이상 거기에 있지 않아도 되었으므로 열쇠 관리인 두 사람은 몽둥이질로 부서져 신음하는 그를 데리고 처소로 내려갔다.

그동안 코르넬리우스를 붙잡은 경비원들은 뢰베슈타인의 규정을 하나하나 일러 주는 인정을 베풀었다. 하지만 코르넬리우스는 규정을 잘 알고 있었다. 감옥에 들어올 당시 그것을 읽었기 때문인데, 그중 몇몇 조항은 그의 머릿속에 생생히 남아 있었다.

그들은 그 밖에도 그 규정이 마티아스라는 죄수에게 어떻게 적용되었는지 자세히 말해 주었다. 이 죄수는 오 년 전인 1668년, 코르넬리우스가 방금 저지른 것과는 종류가 다르지만 마찬가지로 대수롭지 않은 반항을 했던 자였다.

얘기인즉, 그는 수프가 너무 뜨겁다고 생각한 나머지 그것을 경비원의 얼굴에 끼얹었다. 이 경비원은 세례 직후 얼굴을 닦으면서 불행히도 한쪽 살갗을 들어내고 말았다.

불과 열두 시간 만에, 마티아스는 자기 방에서 간수실로 이송되었고 거기서 뢰베슈타인 출소가 결정되었다. 그리고 그는 백 리는 족히 둘러볼 수 있는 전망 좋은 공터로 인도되었다. 거기서 사람들은 그의 손을 묶었고 눈을 가렸으며 세 번 기도했다.

그러더니 그더러 무릎을 꿇으라고 했다. 그리고 뢰베슈타인의 열두 경비원은 상사(上士)의 신호에 따라 각각 한 발씩의 화승총 탄환을 그의 몸에 박았다.

마티아스는 즉사했다.

코르넬리우스는 즐겁지 않은 그 이야기를 주의 깊게 들었다. 이야기를 다 듣고 난 그가 말했다.

"아! 열두 시간이라고 했소?"

"그렇소만, 열두 번째 종이 채 울리지 않았던 걸로 기억하오." 하고 이야기꾼이 말했다.

"고맙소." 하고 코르넬리우스가 말했다.

경비원은 상냥한 미소를 지었고, 이는 그의 이야기에 일종의 마침표 역할을 하는 것처럼 보였다. 그리고 그와 동시에 계단을 울리는 발소리가 들렸다.

박차가 계단의 마모된 모서리에 부딪치는 소리였다.

경비원들이 옆으로 비켜서고 한 장교가 들어왔다.

그가 코르넬리우스의 방에 들어왔을 때 뢰베슈타인의 서기는 아직 조서를 작성하는 중이었다.

"이 방이 11호실인가?" 하고 그가 물었다.

"예, 대령님." 하고 하사관이 대답했다.

"그럼 이 방이 죄수 코르넬리우스 판 바에를르의 방이겠군?"

"그렇습니다, 대령님."

"죄수는 어디 있는가?"

"접니다, 장교님." 모든 용기를 냈음에도 약간 얼굴이 창백해지면서 코르넬리우스가 대답했다.

"당신이 코르넬리우스 판 바에를르 씨요?" 이번에는 죄수에게 그가 직접 물었다.

"그렇습니다."

"따라오시오."

"오!" 죽음의 불안으로 속이 메슥거리는 코르넬리우스가 말했다. "뢰베슈타인 요새에서는 일 처리가 빠르기도 하군! 저 우스꽝스러운 친구는 내게 열두 시간 후라고 했는데!"

"뭐라고요! 내가 당신한테 무슨 말을 했는데요?" 하고 역사에 밝은 경비원이 죄수의 귀에 대고 물었다.

"헛소리."

"그게 무슨 말이오?"

"당신이 나한테 열두 시간 후라고 말하지 않았소."

"아! 예. 하지만 스타트하우더 전하가 가장 신뢰하는 참모인 판 데켄 대령께서 직접 오셨단 말이오. 제기랄! 불쌍한 마티아스는 이런 영예를 누리지 못했어."

"자." 코르넬리우스가 가능한 많은 공기로 가슴을 부풀리며 스스로에게 말했다. "부르주아이며 코르넬리스 드 비트의 대자인 내가 마티아스란 자와 똑같은 양의 화승총 탄환을 얼굴조차 찌푸리지 않은 채 받아 낼 수 있다는 것을 이 사람들에게 보여 주자."

그는 늠름한 태도로 서기 앞을 지나갔다. 일이 중단된 서기가 감히 장교에게 물었다.

"하지만 판 데켄 대령님, 조서가 아직 끝나지 않았습니다."

"필요 없소." 하고 장교가 대답했다.

"좋습니다." 종이와 펜을 낡고 때묻은 서류 가방에 넣으며 서기가 냉랭하게 대꾸했다.

"이것은 내 운명이야." 하고 불쌍한 코르넬리우스는 생각했다. "이 세상 사는 동안 자식, 꽃, 책 가운데 아무것에도 이름을 주지 못한 것 말이야. 사람들에 따르면 지상에서 영혼을 소유하고 육체를 사용한 사람들 가운데 얼마간 부지런한 이에게 신은 그 세 가지 중 적어도 하나는 준다고 하지."

그는 결연한 심정으로 고개를 꼿꼿이 들고 장교를 따라갔다.

코르넬리우스는 공터에 이르는 계단의 수를 세었다. 그는 마티아스가 죽은 그 공터에 이르는 계단이 몇 개인지 간수에 게 묻지 않은 것을 후회했다. 그는 아마도 친절하게 대답해 주 었을 것이다.

마지막 여행의 출발점으로 가고 있다고 생각하던 그 걸음 내내 코르넬리우스가 가장 두려워한 것은 로자는 못 보고 흐 리푸스만 보는 것이었다. 아버지의 얼굴이 어떤 흡족함으로 빛 날 것인가! 딸의 얼굴은 어떤 고통을 나타낼 것인가!

흐리푸스는 코르넬리우스가 받을 형벌에 환호할 것이다. 코 르넬리우스가 일종의 의무처럼 수행한 행위, 지극히 정당한 그 행위에 대해 잔인하게 복수하기 위해서 환호할 것이다.

하지만 불쌍한 처녀 로자를 보지 못한다면, 그녀에게 마지 막 키스 또는 마지막 인사도 못 한 채 죽는다면, 그리고 위대한 검은 튤립에 관한 소식을 듣지 못한 채 죽는다면, 그리하여 그 것을 보기 위해 어느 쪽으로 눈을 돌려야 하는지도 모른 채 저 위에서 잠을 깬다면!

사실 그런 상황에서 눈물을 흘리지 않으려면 불쌍한 튤립 재배자는, 음험한 암초로 가득한 아크로세라우니우스 곶*을

---

* 아크로세라우니우스는 마케도니아와 에피루스 사이에 위치한 산맥의 이름 이다. 그리스어로 '아크로(acro)'는 '높음'을 '세라우니우스(ceraunius)'는 '번 개'를 뜻하므로, '아크로세라우니우스'는 높은 산봉우리를 의미한다. 아크로 세라우니우스 산맥에서 멀지 않은 곳에 같은 이름의 곶이 있다.

처음 방문한 호라티우스*의 항해자처럼, 심장 둘레로 세 겹의 놋쇠를 두르고 있어야만 했다.

오른쪽을 보아도 왼쪽을 보아도 아무 소용 없었다. 코르넬리우스는 로자도 흐리푸스도 보지 못했다.

좋을 것도 나쁠 것도 없는 셈이었다.

공터에 도착한 코르넬리우스는 자신을 처형할 경비원들을 찾았다. 과연 열두엇 정도의 병사들이 모여 이야기를 나누고 있었다. 하지만 모여서 이야기를 나누되 화승총을 들지 않았고, 정렬해 있지도 않았다. 뿐만 아니라 이야기를 나눈다기보다 차라리 쑥덕이는 편이었고, 이는 코르넬리우스가 보기에 그런 위중한 상황에는 도무지 어울리지 않는 것이었다.

그때 갑자기 목발을 짚은 흐리푸스가 절룩이고 비틀거리며 간수실 밖으로 모습을 드러냈다. 그는 고양이 같은 늙은 회색 눈 안에 담긴 불길을 총동원하여 마지막 증오의 시선에 불을 지폈다. 그는 코르넬리우스를 향해 끔찍한 저주를 봇물처럼 토해 내기 시작했고, 이를 본 코르넬리우스가 장교에게 항의했다.

"장교님, 저 사람이 이토록 나를 모욕하도록 내버려 두는 것은 옳지 않다고 생각합니다. 그것도 지금 같은 순간에 말입니다."

"아." 하고 장교가 웃으며 말했다. "저 양반이 당신을 원망하는 것은 당연합니다. 그를 손봐 주신 것 같던데."

"하지만 장교님, 저로서는 어쩔 수 없었습니다."

"글쎄요!" 장교가 어깨로 초연한 몸짓을 하며 말했다. "글쎄

---

* Quintus Horatius Flaccus(기원전 65~8). 로마의 시인.

요! 그냥 내버려 두시지요. 이제 와서 당신에게 무어가 그리 중요하겠소?"

이 말을 듣는 코르넬리우스의 이마에 식은땀이 흘렀다. 그것은 스타트하우더를 직접 보좌하는 장교가 사용하기에는 다소 거친 아이러니처럼 보였다.

불행한 죄수는 자기에게는 더 이상 친구도, 그리고 아무런 방도도 없음을 깨닫고 체념했다.

"그래." 그는 고개를 떨어뜨리며 중얼거렸다. "그리스도 역시 비슷한 곤욕을 치렀지. 그러나 내가 결백하다고 한들 어찌 그에게 견줄 수 있을까. 그리스도는 간수에게 매질을 당했어도 간수를 때리지는 않았지."

그러고는 그가 생각을 끝내길 친절하게 기다리는 듯 보이는 장교를 향해 돌아서며 물었다.

"그럼 장교님, 저는 어디로 가는 겁니까."

장교는 그에게 네 필의 말이 끄는 마차를 가리켰다. 그것은 바우텐호프에서 비슷한 상황에 처해 있을 때 그에게 깊은 인상을 남겼던 한 마차를 연상시켰다.

"안으로 오르시오." 하고 장교가 말했다.

"아!" 하고 코르넬리우스가 중얼거리듯 말했다. "나한테는 공터에서 처형당하는 영예를 부여하지 않을 모양이야!"

그는 이 말을 하면서 목소리를 높였다. 자신에게 배정된 듯 보이는 역사가가 들을 수 있도록 하기 위해서였다.

역사가는 아마도 코르넬리우스에게 새로운 정보를 주는 것이 자기 의무라고 생각하는 것 같았다. 그는 장교가 발판에 발을 올려놓은 채 몇 가지 명령을 내리는 동안 마차의 문으로 다가와 낮은 소리로 말했다.

"죄인들이 고향으로 이송되는 것을 보았소. 모두에게 본보기가 되도록 자기 집 문 앞에서 형벌을 받지요. 이렇듯, 경우에 따라 처형의 방법도 다릅니다."

코르넬리우스는 고맙다는 표시를 했다.

그러고는 스스로에게 말했다.

"잘됐군! 아, 이 친구는 위로의 기회를 절대 놓치지 않는군. 친구, 정말 고맙구려. 안녕히."

마차가 나아가기 시작했다.

"아! 이 악당, 아! 이 날강도!" 흐리푸스가 자기에게서 벗어나는 희생자를 향해 주먹을 추켜들며 부르짖었다. "내 딸을 돌려주지도 않고 도망치다니!"

"나를 도르드레흐트로 데려가면." 하고 코르넬리우스가 중얼거렸다. "집 앞을 지나면서 내 불쌍한 화단이 정말로 망가졌는지 볼 수 있을 거야."

30
코르넬리우스 판 바에를르는
어떻게 처형될 것인가

마차는 하루 종일 달렸다. 그것은 도르드레흐트를 왼쪽에 버리고 로테르담을 가로질러 델프트에 도착했다. 저녁 5시가 되었을 때 마차는 최소한 이백 리는 주파하고 난 참이었다.

코르넬리우스는 감시인이자 동반자인 장교에게 몇 가지 질문을 했다. 하지만 매우 용의주도한 그의 물음은 아무런 만족스러운 대답도 얻지 못했다.

코르넬리우스는 부탁하지 않아도 말해 주는 친절하기 이를 데 없는 뢰베슈타인의 경비원이 옆에 없는 게 아쉬웠다.

그라면 아마도 이 세 번째 경우의 이상한 부분에 대해 앞의 두 경우처럼 자세한 설명과 풍부한 디테일을 제공해 주었을 것이다.

일행은 차에서 밤을 보냈다. 다음 날 동이 틀 무렵 코르넬리우스는 레이던을 지나 왼쪽으로는 북해를, 오른쪽으로는 하를럼 해(海)를 보고 있었다.

세 시간 뒤 그들은 하를렘에 도착했다.

코르넬리우스는 하를렘에서 무슨 일이 벌어지는지 몰랐다. 우리는 그가 실제 사건을 통해 자신이 처해 있는 상황을 파악할 때까지 그를 무지 속에 내버려 둘 생각이다.

하지만 독자에게는 그럴 수 없다. 독자는 심지어 주인공보다 먼저 사태의 전말을 알 권리가 있기 때문이다.

우리는 오렌지 공 윌리엄이 로자와 튤립을 마치 두 자매처럼 혹은 두 고아처럼 판 헤리선 회장 집에 두고 간 것을 보았다.

로자는 스타트하우더의 소식을 전혀 듣지 못하다가 그날 저녁이 되어서야 다시 그와 대면하게 되었다.

저녁 무렵 한 장교가 판 헤리선의 집에 왔다. 그는 시청으로 오라는 전하의 명을 로자에게 전했다.

그녀가 인도된 시청의 큼직한 회의실에서 공작은 무언가 쓰고 있었다.

그는 혼자였고 그의 발치에서 커다란 프리슬란트산 그레이하운드가 주인을 뚫어지게 쳐다보고 있었다. 그 충직한 짐승은 어떤 사람도 할 수 없는 일, 즉 공작의 마음 읽는 일을 시도하는 것처럼 보였다.

윌리엄은 한동안 글쓰기를 계속했다. 그러다가 눈을 들고는 문가에 서 있는 로자를 보았다.

"이리 오시오, 아가씨." 그가 쓰는 것에서 눈을 떼지 않은 채 말했다.

로자는 탁자를 향해 몇 걸음 나아갔다.

"전하!" 그녀가 걸음을 멈추며 말했다.

"좋소." 하고 공작이 말했다. "앉으시오."

로자는 복종했다. 공작이 그녀를 바라보았기 때문이다. 하지만 공작이 서류로 눈을 돌리자마자 그녀는 부끄러움에 자리에서 얼른 일어섰다.

공작은 편지 쓰는 일을 끝냈다.

그동안 개는 로자에게 다가가 그녀를 살피고 애무했다.

"아!" 하고 윌리엄이 개에게 말했다. "같은 고향 출신이라 이거지. 알아보는구나."

그러고는 로자를 향해 돌아서서, 베일에 가린 듯하면서도 탐색하는 듯한 시선을 그녀에게 고정했다.

"자, 아가씨." 하고 그가 말했다.

공작은 겨우 스물세 살이었고, 로자는 열여덟 혹은 스무 살이었다. '누이'라고 부르는 게 더 나을 것 같았다.

"아가씨." 그에게 다가가는 모든 사람을 얼어붙게 만드는 기이하게 위압적인 어조로 공작이 말했다. "우리 둘뿐이오. 이야기해 봅시다."

로자는 사지를 벌벌 떨기 시작했다. 그러나 공작의 표정은 오로지 호의적이기만 할 뿐이었다.

"전하." 하고 그녀가 더듬거렸다.

"뢰베슈타인에 아버지가 있소?"

"예, 전하."

"그 아버지를 사랑하지 않소?"

"적어도 딸이 마땅히 아버지를 사랑해야 하는 것처럼 제 아비를 사랑하지는 않습니다, 전하."

"아버지를 사랑하지 않는 것은 좋지 않은 일이오. 하지만 왕에게 거짓말을 하지 않는 것은 좋은 일이오."

로자는 눈을 내리깔았다.

"그런데 무슨 이유로 아버지를 사랑하지 않는 것이오?"

"제 아비는 악합니다."

"그의 악은 어떤 식으로 나타나오?"

"제 아비는 죄수들을 학대합니다."

"모두?"

"모두요."

"하지만 특히 어떤 죄수를 학대하기 때문에 그를 원망하는 것은 아니오?"

"제 아비는 특히 판 바에를르 씨를 학대합니다. 그는……."

"당신의 연인이 아니오."

로자는 한 발짝 뒤로 물러섰다.

"저는 그를 사랑합니다, 전하." 그녀가 자랑스럽게 말했다.

"오래전부터?" 하고 공작이 물었다.

"그를 처음 본 날부터입니다."

"그를 처음 본 게……?"

"총리대신 얀 드 비트와 그분의 형님 코르넬리스가 무참하게 돌아가신 다음 날이었습니다."

공작은 입을 꽉 다물고 이마를 찌푸리며 잠시 눈빛을 감추기 위해서인 양 눈꺼풀을 내리깔았다. 한동안 침묵이 흐르고 난 뒤 그가 말을 이었다.

"하지만 감옥에서 살다가 죽어야 하는 사람을 사랑하는 게 무슨 소용이 있소?"

"그가 감옥에서 살다 죽는다면, 전하, 저는 그가 살고 죽는 것을 도울 수 있을 것입니다."

"당신은 죄수의 아내가 되는 것을 받아들이겠소?"

"판 바에를르 씨의 아내가 된다면 저는 가장 자랑스럽고 가장 행복한 인간이 될 것입니다. 하지만……."

"하지만 뭐요?"

"감히 말씀드릴 수가 없군요, 전하."

"당신의 어조에는 희망의 느낌이 배어 있소. 무엇을 희망하시오?"

그녀는 윌리엄을 향해 그녀의 아름다운 두 눈을 쳐들었다. 맑고, 파고드는 듯 총명한 그 눈은 음울한 가슴 깊은 곳에 잠들어 있는 관대한 마음에게 다가가 그것을 죽음과도 같은 잠에서 끌어냈다.

"아! 알겠습니다."

로자는 손을 모으며 미소 지었다.

"당신은 나에게 기대를 걸고 있소?" 하고 공작이 말했다.

"예, 전하."

"음!"

공작은 금방 쓴 편지를 봉인한 뒤 장교 가운데 하나를 불렀다.

"판 데켄 대령, 이 편지와 함께 뢰베슈타인으로 가시오. 책임자에게 내 명령을 읽어 주고, 당신과 관련된 사항을 집행하시오."

장교는 인사를 했고, 곧이어 빠르게 달리는 말발굽 소리가 궁릉 아래로 메아리쳤다.

"아가씨." 하고 공작이 계속했다. "일요일에 튤립 축제가 있소. 모레요. 여기 있는 500플로린으로 성장(盛粧)을 하시오. 나는 그날이 당신에게 성대한 축제의 날이 되길 바라오."

"전하께서는 제가 어떤 옷을 입길 바라시나요?" 로자가 중얼거리듯 말했다.

"프리슬란트 신부(新婦)의 옷을 입으시오." 하고 윌리엄이 말했다. "그것은 당신한테 매우 잘 어울릴 거요."

31
하를럼

우리가 사흘 전 로자와 함께 들어온 하를럼, 우리가 방금 전 죄수의 뒤를 좇아 들어온 하를럼, 하를럼은 아주 예쁜 도시로서 홀란트에서 나무 그늘이 가장 많은 도시 가운데 하나라는 사실에 커다란 자부심을 느낀다.

다른 도시들은 조선소와 작업장, 상점과 시장을 자랑스러워하는 데 반해 하를럼은 아름답고 울창한 느릅나무가, 날씬하게 솟아오른 포플러가, 그리고 특히 떡갈나무, 보리수, 마로니에가 둥근 궁륭을 이루는 그늘진 산책로가 네덜란드의 모든 도시를 통틀어 으뜸이라는 점을 가장 큰 영광으로 생각한다.

이웃 레이던과 여왕 같은 암스테르담이 각각 과학의 도시와 상업의 도시가 되는 것을 본 하를럼은 농업의 도시, 아니 그보다 원예의 도시가 되기로 작정했다.

실제로 방풍림이 잘 조성되어 있고 통풍이 좋으며 볕이 따사로운 이 도시는, 해풍이 불고 태양에 속수무책으로 노출된

다른 도시들이 제공하지 못하는 혜택을 정원사들에게 줄 수 있었다.

그리하여 하를럼에는 대지와 그 은혜를 사랑하는 평화로운 정신의 인간들이 정착하게 되었다. 로테르담과 암스테르담에는 여행과 거래를 사랑하는 불안하고도 부산스러운 정신의 인간들이, 그리고 헤이그에는 모든 정치가와 사교계 인사들이 정착했던 것처럼 말이다.

우리는 레이던이 학자들의 도시라고 말했다.

하를럼은 음악, 그림, 과수원, 산책로, 숲, 꽃밭 등 부드러운 것에 대한 취미를 계발했다.

하를럼은 꽃에 열중했다. 그중에서도 특히 튤립에 열중했다.

하를럼은 튤립의 영예를 위해 상을 제정했다. 그리하여 1673년 5월 15일 도시가 점도 흠도 없는 위대한 검은 튤립에 수여하기로 되어 있는 문제의 상에 대해 우리는 매우 자연스럽게 이야기하게 된다. 이 상을 받은 사람은 10만 플로린의 금화를 받게 되어 있었다.

자신의 특산물을 부각시킨 하를럼, 모두가 전쟁과 반란에 전념할 때 꽃에 대한 기호, 특히 튤립에 대한 기호를 천명한 하를럼, 추구하는 이상이 피어나는 기쁨과 튤립의 이상이 개화하는 명예를 누린 하를럼, 나무와 태양, 그늘과 빛으로 충만한 예쁜 도시 하를럼은, 시상식을 사람들의 기억에 영원히 남을 하나의 축제로 만들고자 했다.

홀란트가 축제의 나라인 만큼 그것은 얼마든지 가능했다. 여가를 즐기는 선량한 일곱 주의 시민들만큼 열정적으로 소리지르고 노래하고 춤추는 게으른 사람들은 일찍이 찾아볼 수 없었다.

테니르스 부자*의 그림들을 보면 쉽게 알 수 있다.

분명한 것은 게으른 사람들이야말로 모든 인간을 통틀어 스스로의 몸을 피곤케 하는 데 가장 열심이라는 사실이다. 다만 일을 하면서 그런 게 아니라 쾌락에 몸을 맡기면서 그러하다.

하를럼은 삼중의 기쁨에 들떠 있었다. 세 가지를 축하해야 하기 때문이었다. 첫째, 검은 튤립이 발견되었다. 둘째, 오렌지 공 윌리엄이 진짜 홀란트인으로서 의식에 참여하고 있었다. 셋째, 1672년의 참담한 패배가 아직도 기억에 생생한 그때 공화국의 마룻바닥이 함포사격에 맞추어 춤을 출 수 있으리만치 탄탄하다는 사실을 프랑스인들에게 보여 주는 것은 국가의 영예가 아닐 수 없었다.

하를럼원예협회는 튤립 구근 하나에 10만 플로린을 지불할 생각을 하면서 스스로의 체면을 높였다. 도시는 뒷짐 지고 서 있지 않았다. 막대한 금액을 가결하였고, 유지들은 국가적인 상을 축하하기 위해 그 부담을 떠안았다.

시상식이 예정된 일요일 군중이 보여 준 열의와 시민들이 표출한 열광은 그 같은 전후 사정에 연유했다. 사실 적을 쳐부술 전함을 건조하기 위해서는 물론, 다시 말해 국가의 명예를 지키기 위해서는 물론, 겨우 하루 동안 찬란히 빛나며 여자와 학자와 호기심 많은 사람들을 즐겁게 해 주는 새로운 꽃의 발견을 치하하기 위해서도 기꺼이 지갑을 끄를 준비가 되어 있는

---

* David Teniers(1610~1690). 플랑드르 출신의 화가로서 민중의 생활상을 재현하는 풍속화를 많이 그렸다. 동명인 그의 아버지(1582~1649) 역시 유명한 화가였다.

선량한 홀란트인들을 보면, 모든 곳에서 모든 것을 비웃는 프랑스인들의 조소 어린 웃음으로나마 경탄하지 않을 수 없었다.

도시의 유지들과 원예협회 위원들의 선두에는 가장 값진 의복으로 멋을 부린 판 헤리선이 걸어가고 있었다.

그는 자기가 편애하는 꽃과 비슷해지기 위해 검소하고 엄격한 우아함이 돋보이는 의복으로 갖은 노력을 다한 듯했다. 그리고 서둘러 말하는 바이지만 그의 이런 노력은 완벽하게 성공했다.

흑옥 같은 검은 천, 체꽃속(屬) 색깔의 비로드, 그리고 팬지 빛깔의 비단이 눈부신 하얀 줄과 함께 회장의 예복을 이루는 주된 요소들이었다. 그는 위원회의 선두에서 221년 뒤 로베스피에르가 최고 존재*를 기리는 축제에서 들었던 것과 흡사한 커다란 꽃다발을 들고 걸어갔다.

다만 그 착한 회장은 증오와 야심적 원한으로 부풀어 오른 프랑스 호민관의 심장 대신 그의 손에 들린 가장 순수한 꽃에 못지않게 순수한 또 다른 종류의 한 송이 꽃을 가슴속에 담고 있었다.

위원회 뒤로는 도시의 학자들을 비롯하여 사법관, 군인, 귀족, 시골 사람들이 잔디밭처럼 다채롭고 봄처럼 향기로운 무리를 이루며 행진했다.

민중들은 이 행진에서 공화주의자들 사이에서조차도 자리를 얻지 못한 채 울타리처럼 양옆에 늘어섰다.

그것은 적어도 모든 자리 가운데 보고…… 또 느끼기에는

---

* 불어로는 L'Être suprême. 프랑스대혁명 당시 로베스피에르가 이끄는 혁명
주도 세력이 기독교 신 대신에 내세웠던 이성적 신.

제일 좋은 자리였다.

또한 국가의 정신 그 자체로서 무엇을 말해야 할지 알기 위해, 그리고 가끔 무엇을 해야 할지 깨닫기 위해 승리의 행렬이 지나가길 기다리는 다수의 자리이기도 했다.

하지만 이번 행렬은 폼페이우스의 승리도 카이사르의 개선도 아니었다. 미트라다테스*에 대한 승리도 갈리아 정복도 아니었다. 행렬은 대지 위로 양 떼가 지나가듯 평화로웠고, 공중을 나는 한 무리의 새들처럼 온순했다.

하를럼은 원예가 이외에 다른 승리자를 갖고 있지 않았다. 꽃을 사랑하는 하를럼은 화초 재배자를 신격화했다.

평화롭고 향기로운 행렬 한가운데로 검은 튤립이 보였다. 그것은 가두리가 금박으로 장식된 하얀 비로드 천이 덮인 들것에 운반되었다. 네 명의 남자가 채를 잡았고, 그들은 곧 다른 네 명에 의해 교대되곤 했다. 마치 로마에서 팡파르가 울려 퍼지고 온 시민이 경배하는 가운데 에트루리아**를 떠나 '영원한 도시'***로 들어가는 어머니 키벨레 여신****을 서로 교대해 가며

---

* Mithradates VI Eupator(BC 132~63). 소아시아의 왕으로서 이슬람 술탄이었지만 그리스식 교육을 받고 자랐다. 소아시아에서 로마를 축출하려 애썼으나 폼페이우스에게 결정적으로 패한다. 그는 독살에 대비하여 일찍부터 독에 대한 면역을 길렀다고 한다. 그러나 바로 이 때문에 훗날 폼페이우스에 패하여 음독자살을 기도할 때 독이 효력을 발휘하지 못한다. 그는 결국 병사를 시켜 자신의 목숨을 끊게 했다고 한다.
** 라틴어로는 'Etruria'로 표기한다. 지금의 토스카나 지방에 해당하는 고대 이탈리아 중부 지역의 명칭.
*** 로마를 가리킨다.
**** 그리스신화에 나오는 대지와 농업의 여신. 대지, 자연, 여성의 생산력과

운반하듯이 말이다.

이러한 튤립의 전시는 교양 없고 취미 모르는 민중 전체가 그들의 고명하고 경건한 지도자들에게 표하는 존경이기도 했다. 그들은 지도자들의 피를 바우텐호프의 진흙투성이 포석 위에 뿌릴 줄도 알지만, 그렇게 희생된 지도자들의 이름을 훗날 홀란트 팡테옹*의 가장 아름다운 돌 위에 새길 줄도 알았다.

스타트하우더가 몸소 10만 플로린의 상을 수여하기로 합의되었다. 이는 대체로 거의 모든 사람의 관심을 끌었다. 그리고 그는 한마디 할 것이라고 했다. 이는 특히 그의 친구와 적들의 관심을 자극했다.

사실 정치인들의 가장 무심한 말에서조차 친구와 적들은 언제나 말한 사람의 의중이 어른대는 것을 보거나 그것을 해석해 낼 수 있다고 생각하기 마련이다.

마치 정치인의 모자는 빛을 가리기 위한 게 아닌 것처럼 말이다.

여하튼, 그토록 기다리던 1673년 5월 15일은 마침내 도래했고, 하를럼의 모든 시민들과 인근에서 구경 온 사람들은 아름다운 가로수들을 따라 줄지어 섰다. 그들은 이번만은 전쟁의 승리자나 과학의 정복자 대신에, 자연의 승리자들에게 환호하겠다는 굳은 결심을 하고 있었다. 이 승리자들은 무궁무진한

풍요를 상징하며 흔히 대지모신(大地母神)이라는 이름 아래 통칭되는 신성의 다양한 형태 가운데 하나이다.
* 파리의 라탱 가에 위치한 기념물로서 18세기에 건축되었으며 원래 교회였다. 대혁명 이후 갖은 우여곡절을 겪다가 1885년 빅토르 위고의 장례식 이래로 위인들의 유골을 안치하는 장소가 되었다.

어머니, 자연으로 하여금 그때까지 불가능해 보이던 검은 튤립을 출산하게 만들지 않았는가.

하지만 군중에게 있어 오로지 이러이러한 것에 대해서만 박수를 치겠다는 결심만큼 잘 지켜지지 않는 것도 없다. 환호 중에 있는 도시는 야유 가운데 있는 도시와 비슷하다. 도대체 언제쯤 그것이 그칠지 알 수가 없다.

하를럼은 따라서 제일 먼저 판 헤리선과 그의 꽃다발에 박수 쳤고 동업조합들에게 박수 쳤으며 스스로에게 박수 쳤다. 그리고 마지막으로는, 분명히 말하지만 지극히 정당하게, 행렬이 멈출 때마다 매번 풍성히 연주되는 훌륭한 음악을 향해 박수 쳤다.

축제의 여주인공인 검은 튤립을 확인한 모든 눈은 축제의 영웅, 곧 검은 튤립을 만든 사람을 찾았다.

그 영웅은, 사람 좋은 판 헤리선이 심혈을 기울여 준비한 연설에 이어 등장하게 되어 있었으므로 필경 스타트하우더보다 더 큰 효과를 불러일으킬 것이었다.

그러나 우리의 관심은 판 헤리선의 존경할 만한 연설에도 (그것이 아무리 웅변적이라 해도 말이다.), 나들이옷을 차려입고 묵직한 과자를 먹는 젊은 귀족들에게도, 반쯤 헐벗은 채 바닐라 꼬투리와 흡사한 훈제 장어를 갉아 먹는 가난한 어린이들에게도 있지 않았다. 우리의 관심은 또한 분홍빛 얼굴에 하얀 가슴을 지닌 아름다운 홀란트 여인들에게도, 좀처럼 집 밖을 나갈 줄 모르는 기름지고 땅딸막한 부르주아들에게도, 스리랑카 혹은 자바 섬에서 온 누렇고 비쩍 마른 여행자들에게도, 시원한 음료 대신 소금에 절인 오이를 삼키는 가난뱅이들에게도 있지 않았다. 아니다. 그 상황이 우리에게 불러일으키는 강렬하고 극적인 관심은 그런 데 있지 않았다.

우리의 관심은 원예협회 위원들에 둘러싸여 걸어가는 생기 넘치는 환한 얼굴에 있었다. 우리의 관심은 머리를 가지런히 빗고 기름을 발랐으며 허리에 꽃을 매단 인물에 있었다. 우리의 관심은 검은 털과 누리끼리한 안색을 돋보이게 하는 주홍색 옷을 입은 인물에 있었다.

의기양양하게 빛나는 승리자, 판 헤리선의 연설과 스타트하우더 전하의 참석을 무색하게 하는 찬란한 영예를 누릴 그날의 영웅은 바로 이작 복스텔이었다. 그의 오른쪽 앞 비로드 방석 위에는 검은 튤립이 있었고, 왼쪽 앞에는 10만 플로린의 번쩍이는 멋진 금화가 든 커다란 돈주머니가 있었다. 복스텔은 그것들을 한순간도 시야에서 놓치지 않으려고 부단히 곁눈질을 해 댔다.

때때로 복스텔은 걸음을 빨리하여 판 헤리선과 나란히 걸었다. 그때마다 복스텔은 회장의 품격을 조금씩 취해 자기 것으로 만들었다. 로자에게서 튤립을 훔쳐 자기의 영광과 재산으로 만들었듯이 말이다.

이제 십오 분 후면 공작이 도착하고 행렬은 종착점에 닿으리라. 연단 중앙에 튤립이 자리 잡으면 군중의 경배에 있어 으뜸가는 자리를 라이벌에게 빼앗긴 공작은 찬란하게 채식(彩飾)된 벨렝지(紙)*를 펼치리라. 거기에는 검은 튤립을 창조한 사람의 이름이 적혀 있을 테고, 공작은 이름의 주인이 경이를 발견

---

* 사산한 송아지 가죽으로 만든 독피지(犢皮紙)를 모방한 고급 종이.

했노라고 높고 또렷한 목소리로 천명하리라. 이작 복스텔을 통해 홀란트는 자연으로 하여금 검은 꽃을 낳게 했고, 이 꽃은 앞으로 튤리파 니그라 복스텔레아라는 이름으로 불릴 것이라고 선언하리라.

그러나 복스텔은 이따금 튤립과 돈주머니를 떠나 군중을 바라보았다. 군중 속에서 그는 무엇보다 아름다운 프리슬란트 처녀의 창백한 얼굴을 보게 될까 봐 두려웠다.

그것은 마치 유령처럼 그의 잔치를 망칠 것이다. 마치 뱅코의 망령이 맥베스*의 향연을 망치듯 말이다.

서둘러 말하지만, 남의 담을 넘고, 창문을 넘어 이웃집에 들어가고, 위조한 열쇠로 로자의 방에 침입한 그 불쌍한 인간, 한 남자의 영광과 한 여자의 지참금을 도둑질한 그 사내는 그러나 스스로를 도둑으로 보지 않았다.

그는 튤립을 줄곧 지켜보았기 때문이다. 그는 코르넬리우스의 건조실 서랍에서부터 바우텐호프의 처형대까지, 바우텐호프의 처형대에서부터 뢰베슈타인 요새의 감옥까지 열렬한 마음으로 튤립을 따라갔다. 그는 로자의 창문에서 튤립이 태어나고 자라는 것을 보았으며, 그 주위의 공기를 자신의 숨결로 덥힌 게 한두 번이 아니었다. 따라서 그보다 더 튤립의 창조자인 사람은 없었다. 누구든 그에게서 튤립을 가져가는 자는 곧 그것을 훔치는 자였다.

그는 로자를 보지 못했다.

고로 복스텔의 즐거움은 방해되지 않았다.

---

* 맥베스와 뱅코는 모두 셰익스피어의 비극 『맥베스』에 나오는 인물들이다.

행렬은 꽃줄과 게시문들이 멋진 나무들을 장식하고 있는 원형 광장 중앙에 이르렀다. 요란한 음악과 함께 행렬은 멈추었고, 하를럼의 처녀들이 다가와 튤립을 연단 위 스타트하우더 전하 옆자리로 옮겼다.

　좌대 위에 높이 앉은 오만한 튤립은 이제 군중을 굽어보는 것 같았다. 사람들은 박수를 쳤고 거대한 환호성이 하를럼에 메아리쳤다.

32
마지막 애원

환호성이 막 들려오는 그 찬란한 순간에 마차 한 대가 광장 가장자리를 지나갔다. 악착같은 어른들 때문에 바깥쪽으로 밀려난 어린이들로 인해 마차는 느리게 나아갔다.

먼지를 뒤집어쓰고 피로에 지쳐 굴대를 삐걱이는 그 마차는 불행한 판 바에를르를 태우고 있었다. 열린 문을 통해, 불완전하나마 우리가 방금 독자들에게 보여 주고자 애썼던 광경이 그의 눈에 들어오기 시작했다.

군중, 소음, 그리고 갖가지 인간적이고 자연적인 찬란함이 지하 감옥에 들어온 빛처럼 죄수의 눈을 부시게 했다.

자신의 운명에 대해 질문했을 때 동행인은 별로 열의 있는 대답을 하지 않았지만 그는 마지막으로 자기 눈앞에서 벌어지고 있는, 그리고 자신이 그것과 아무런 상관도 없다고 생각할 수밖에 없는 야단법석에 대해 물었다.

"무슨 일인가요, 장교님?" 그가 자신의 호송을 맡은 장교에게 말했다.

"보시다시피." 하고 그가 대꾸했다. "축제가 벌어지고 있소."

"아! 축제!" 코르넬리우스가 음울하게 무관심한 어조로 말했다. 그것은 오래전부터 그 어떤 세상의 기쁨도 맛보지 못한 사람의 어조였다.

그러고는 잠시 침묵이 흐른 뒤 마차가 몇 걸음 나아갔을 때 다시 물었다.

"하를럼의 수호성인 축제인가 보군요? 꽃들이 눈에 띄니 말입니다."

"이 축제는 꽃이 주인공인 축제입니다."

"오! 부드러운 향기! 오! 아름다운 빛깔들!" 하고 코르넬리우스가 외쳤다.

"멈춰라. 축제를 볼 수 있도록." 군인들에게서만 발견되는 따뜻한 연민의 감정으로 장교가 마부석에 앉은 병사에게 말했다.

"오! 장교님, 친절을 베풀어 주셔서 감사합니다." 하고 우울한 어조로 판 바에를르가 말했다. "하지만 다른 이들의 기쁨은 제게 고통일 뿐입니다. 고통을 덜어 주시면 고맙겠습니다."

"좋으실 대로 하시지요. 그럼 갑시다. 내가 멈추라고 명령한 것은 당신이 축제에 대해 물었고, 또 당신은 꽃을, 그중에서도 오늘의 축제가 기리는 꽃을 가장 좋아하는 것으로 알려져 있기 때문이오."

"오늘의 축제가 기리는 것은 어떤 꽃입니까?"

"튤립이오."

"튤립!" 하고 판 바에를르가 외쳤다. "이 축제가 튤립 축제란 말입니까?"

"그래요. 하지만 그것이 당신에게는 즐거운 일이 아니니 이만 갑시다."

장교는 앞으로 나아가라는 명령을 하려고 했다.

하지만 코르넬리우스가 그를 막았다. 고통스러운 의심이 그의 뇌리를 스쳤던 것이다.

"장교님." 그가 떨리는 목소리로 물었다. "상을 주는 것이 바로 오늘인가요?"

"예, 검은 튤립 상이오."

코르넬리우스의 뺨이 벌겋게 달아올랐다. 온몸에 소름이 돋고 이마에 식은땀이 흘렀다.

그러나 자신과 튤립이 부재하므로 상을 받을 사람과 꽃이 없는 까닭에 축제는 수포로 돌아가리라 생각하며 그는 말했다.

"아! 이 착한 사람들은 나만큼이나 불행하겠군. 그들은 기대하는 위대한 의식을 보지 못할 거야. 아니 적어도 그것은 불완전할 거야."

"그게 무슨 말이오?"

"제 말은." 하고 마차 안쪽에 몸을 던지며 코르넬리우스가 말했다. "제가 아는 누군가를 제외하고는 아무도 검은 튤립을 발견할 수 없다는 겁니다."

"그러면." 하고 장교가 말했다. "당신이 아는 바로 그 사람이 검은 튤립을 찾았군요. 지금 이 순간 하를럼 전체가 바라보는 것은 당신이 불가능하다고 생각하는 바로 그 꽃이니 말이오."

"검은 튤립!" 이번에는 몸의 절반을 문밖으로 내던지며 판 바에를르가 부르짖었다. "그게 어디에 있어요? 그게 어디에 있습니까?"

"저기 연단 위에. 보이시오?"

"보입니다!"

"자." 하고 장교가 말했다. "이제 출발해야 합니다."

"오! 제발, 장교님." 하고 판 바에를르가 말했다. "오! 저를 데려가지 마세요! 한 번만 더 바라볼 수 있게 해 주세요! 그런데 저쪽에 보이는 것이 검은 튤립이란 말인가요. 정말로 검은…… 그게 가능하단 말인가요? 오! 장교님, 그것을 직접 보셨나요? 얼룩이 있겠지요. 무언가 불완전하겠지요. 단지 검은색으로 물들인 것이겠지요. 오! 제가 만약 저기에 갈 수 있으면 분명히 말씀드릴 수 있을 겁니다, 장교님. 저를 내려 주세요. 좀 더 가까이 다가가서 바라볼 수 있게 해 주세요. 제발 부탁입니다."

"당신 미쳤소? 내가 그걸 허용할 수 있다고 생각하오?"

"장교님께 이렇게 애원합니다."

"당신은 죄수란 사실을 잊었소?"

"저는 죄수입니다, 맞습니다. 하지만 저는 명예를 중요시하는 사람입니다. 제 명예를 걸고 맹세하건대, 절대로 도망치지 않겠습니다. 도망치려 시도하지 않겠습니다. 단지 제가 꽃을 볼 수 있게 해 주세요!"

"내가 받은 명령은 어떡하고요?"

장교는 다시 한 번 병사에게 출발하라고 지시했다.

코르넬리우스가 그의 몸짓을 막았다.

"오! 잠시만 참아 주십시오. 관용을 베풀어 주십시오. 장교님의 연민 어린 몸짓 하나에 제 목숨이 달려 있습니다. 슬프게도, 장교님, 제가 살아 있을 시간은 이제 얼마 남지 않은 것 같습니다. 아! 장교님은 모르십니다. 제가 얼마나 고통스러워하는 지. 모르십니다. 제 머리와 가슴속에서 어떤 일이 벌어지고 있 는지. 만약." 하고 코르넬리우스는 절망적인 어조로 계속했다. "저 튤립이 제 것이라면 그것은 로자에게서 훔쳐 낸 것입니다. 오! 장교님, 검은 튤립을 발견하고, 잠깐 들여다보고, 그것이 완벽하며 예술과 자연의 걸작이라는 것을 확인한 직후에 잃어 버리는 것, 영원히 잃어버리는 것이 어떤 건지 아세요? 오! 저 는 나가야 합니다, 장교님. 가서 봐야겠어요. 그런 다음 저를 죽이든 말든 마음대로 하세요. 하지만 저는 그것을 꼭 봐야겠 습니다. 그것을 봐야겠어요!"

"조용히 하시오, 불행한 사람 같으니. 그리고 당장 마차 안 으로 들어가시오. 스타트하우더 전하의 행렬이 이리로 오고 있소. 만약 공작께서 이런 소란을 보거나 어떤 소리라도 듣는 날에는 당신도 나도 끝장이오."

자신보다 동행인 때문에 대경실색한 판 바에를르는 마차 속 에 몸을 던졌다. 하지만 그는 거기서 단 삼십 초도 견딜 수가 없었다. 스무 명 정도의 기병이 겨우 지나갔을 즈음 그는 문으 로 상체를 내밀고는 막 지나가는 스타트하우더에게 애원하며 몸부림쳤다.

평소와 다름없이 소탈하고 무심한 윌리엄은 자신의 의무를 수행하기 위해 자기 자리로 가고 있었다. 그는 손에 벨렝지 두 루마리를 들고 있었는데, 축제의 날에 그것은 일종의 지휘봉 역할을 해 주었다.

몸부림치며 애원하는 사내를 보고, 또 그를 호송하는 장교 를 알아보고 스타트하우더는 멈추라고 명령했다.

그러자 튼튼한 다리를 부르르 떠는 말들이 판 바에를르가 탄 마차로부터 여섯 발짝 떨어진 곳에 멈추어 섰다.

"무슨 일인가?" 스타트하우더가 물었다. 장교는 그의 첫 명령에 마차 아래로 뛰어내려 공손한 태도로 다가갔다.

"전하." 하고 그가 말했다. "전하의 명령에 따라 뢰베슈타인에서 하를럼으로 이송하는 대역 죄인입니다."

"그가 원하는 게 뭔가?"

"여기에 잠시 멈추게 해 달라고 간청하고 있습니다."

"검은 튤립을 보기 위해서입니다, 전하." 두 손을 모으며 판 바에를르가 외쳤다. "검은 튤립을 보고 난 뒤, 제가 알아야 할 것을 알고 난 뒤, 저는 죽겠습니다. 그래야 한다면 말입니다. 하지만 죽으면서 신과 저를 이어 주시고 긍휼을 베풀어 주신 전하를 축복하겠습니다. 제 과업으로 하여금 성취와 영광을 알도록 해 주신 전하를 축복하겠습니다."

경비병들에게 둘러싸인 두 사람이 각자의 마차 문으로 얼굴을 내밀고 대화하는 이 광경은 참으로 의아한 것이었다. 한 사람은 강력하고, 다른 사람은 비참했다. 한 사람은 연단에 오르려 하고, 다른 사람은 곧 처형대에 오를 것이라고 믿고 있었다.

윌리엄은 차가운 시선으로 코르넬리우스를 바라보며 그의 열렬한 애원을 들었다.

그는 다 듣고 난 뒤 장교를 향해 말했다.

"이자가 바로 뢰베슈타인에서 간수를 죽이려 한 그 죄수인가?"

코르넬리우스는 한숨을 쉬며 고개를 떨어뜨렸다. 그의 부드럽고 정직한 얼굴이 붉어지는 동시에 창백해졌다. 전지전능한 공작의 말, 밀사를 통해 이미 그의 죄를 다 알고 있는 공작의 거의 신적인 정확함은 그에게 징벌뿐 아니라 거절까지 예견하게 했다.

그는 싸우려고도 변명하려고도 하지 않았다. 그는 공작에게 순진한 절망의 감동적인 광경을 보여 줄 뿐이었다. 그것을 바라보는 이의 위대한 영혼과 정신에 그것은 매우 감동적이고 설득력 있는 것이었다.

"죄수가 마차에서 내리게 하라." 하고 스타트하우더가 말했다. "가서 검은 튤립을 보도록. 적어도 한 번쯤은 볼만한 것이니까."

"오!" 기쁨으로 실신할 것 같은 코르넬리우스가 발판 위에서 휘청대며 말했다. "오! 전하!"

그는 숨이 막혔다. 장교가 부축해 주지 않았더라면 불쌍한 코르넬리우스는 무릎을 꿇고 땅바닥의 먼지에 이마를 처박은 채 스타트하우더에게 감사했으리라.

죄수의 애원을 들어준 공작은 가장 열광적인 환호 사이를 뚫고 앞으로 나아갔다.

그는 곧 연단에 이르렀고, 대포 소리가 지평선 깊은 곳으로부터 울려 퍼졌다.

33
대단원

판 바에를르는 군중 한가운데를 돌파하는 네 명의 경비병을 따라 비스듬히 나아갔다. 검은 튤립에 점점 가까워지는 그의 시선은 꽃을 삼킬 것만 같았다.

그는 마침내 보았다. 전대미문의 더위, 추위, 어둠, 빛의 조합으로부터 어느 날 나타났다가 영원히 사라져야 하는 운명을 지닌 유일의 꽃을! 그는 그것을 여섯 걸음 떨어진 곳에서 보았다. 그는 그것의 완벽함과 우아함을 음미했다. 그는 그 고귀와 순수의 여왕을 들러리 처녀들 너머로 보았다. 그러나 자신의 눈으로 꽃의 완벽함을 확인하면 할수록 그의 가슴은 더욱 아팠다. 그는 자신을 둘러싼 사람들 속에서 그의 물음, 단 하나의 물음에 답해 줄 사람을 찾았다. 하지만 도처에 모르는 얼굴뿐이었다. 주위의 모든 관심은 이제 방금 자리에 와 앉은 스타트하우더에게로 향하고 있었다.

윌리엄은 모든 주의를 한 몸에 집중시키며 자리에서 일어나고요한 시선으로 도취된 군중을 둘러보았다. 그의 날카로운 눈은 자기 앞에 형성된 삼각형의 세 꼭짓점에 차례로 멈추었다. 서로 다른 세 이해와 서로 다른 세 드라마가 그 삼각형을 이루고 있었다.

한 꼭짓점에는 복스텔이 있었다. 그는 조바심에 몸을 떨며 공작, 플로린, 검은 튤립, 군중을 금방이라도 집어삼킬 듯 주의 깊게 바라보았다.

다른 꼭짓점에는 말없이 헐떡이는 코르넬리우스가 있었다. 그의 시선, 생명, 가슴, 사랑은 그의 딸이나 다름없는 검은 튤립을 위해서만 존재했다.

마지막 세 번째 꼭짓점에는 하를럼의 처녀들에 둘러싸인 아름다운 프리슬란트 처녀가 단(段) 위에 서 있었다. 그녀는 은실로 수놓은 섬세한 붉은색 양모천 옷 위로 금색 모자에서 물결치듯 흘러내리는 레이스를 늘어뜨리고 있었다. 눈에 초점이 없고 금방이라도 실신할 것 같은 그녀는 윌리엄이 보낸 장교의 팔에 몸을 기대고 있었다.

모든 청중이 자리 잡은 것을 본 공작은 천천히 벨렝지를 펼쳤다. 그러고는 조용하고 또렷한 목소리로 말했다. 그의 목소리는 약했다. 하지만 오만에 달하는 청중 위에 불현듯 내려와 그들의 숨결을 공작의 입술에 매어 놓는 종교적 침묵 덕분에 그의 말은 단 한마디도 유실되지 않았다.

"그대들은 알 것이오." 하고 그는 말했다. "무슨 목적으로 그대들이 여기에 모였는지.

검은 튤립을 발견하는 사람에게 10만 플로린의 상금이 약속되었소.

검은 튤립! 이 홀란트의 경이는 그대들 눈앞에 전시되어 있소. 검은 튤립이 발견되었소. 그것도 하를럼원예협회가 요구한 모든 조건을 충족시키는 검은 튤립이 말이오.

그 탄생의 역사와 창조자의 이름은 도시의 방명록에 기록될 것이오.

검은 튤립의 주인으로 하여금 앞으로 나오게 하시오."

이 말을 하면서 그것이 불러일으키는 효과를 보기 위해 공작은 그의 밝은 시선으로 삼각형의 세 꼭짓점을 둘러보았다.

그는 복스텔이 단으로부터 튀어나오는 것을 보았다.

그는 코르넬리우스가 무의식적인 몸짓을 하는 것을 보았다.

그는 마지막으로 로자를 맡은 장교가 그녀를 인도하는 것을, 아니 오히려 단상 쪽으로 떠미는 것을 보았다.

이중의 외침이 공작의 오른쪽과 왼쪽에서 동시에 일었다.

벼락을 맞은 듯한 복스텔과 어안이 벙벙한 코르넬리우스가 똑같이 외쳤다.

"로자! 로자!"

"이 튤립은 당신 것이지요. 안 그렇소, 아가씨?" 하고 공작이 말했다.

"네, 전하!" 로자가 더듬거리며 말했다. 군중의 웅성거림이 그녀의 감동적인 아름다움에 찬사를 보냈다.

"오!" 하고 코르넬리우스가 중얼거렸다. "꽃을 도둑맞았다고 했을 때 그녀는 거짓말을 하고 있었단 말인가. 오! 왜 그녀가 뢰베슈타인을 떠났는지 이제야 이해가 가는군! 오! 그녀가 나를 버리고 배반하다니. 내 최고의 벗이라고 믿었던 그녀가!"

"오!" 하고 복스텔 또한 신음했다. "나는 끝장이야!"

"이 튤립은." 하고 공작이 말을 이었다. "창조한 사람의 이름으로 불릴 것이오. 따라서 화초 목록에 툴리파 니그라 로자 바를뢰엔시스라는 이름으로 등록될 것이오. 이는 처녀의 이름이 이제부터는 판 바에를르이기 때문이오."

말을 맺음과 동시에 윌리엄은 로자의 손을 잡아 기쁨에 놀란 나머지 창백하고 얼떨떨한 얼굴로 단상 밑까지 뛰쳐나온 젊은이의 손에 넘겨주었다. 그는 공작에게, 약혼녀에게, 그리고 창공 깊은 곳에서 행복한 두 영혼을 내려다보며 미소 짓는 신에게 인사했다.

그와 동시에 판 혜리선 회장 발치에 전혀 상반된 이유로 충격받은 사내가 쓰러졌다.

희망의 폐허 아래 낙담한 복스텔이 실신한 참이었다.

사람들은 그를 일으키고 맥박과 심장을 살폈다. 그는 죽어 있었다.

이 사건은 축제를 방해하지 않았다. 회장도 공작도 그것에 신경 쓸 틈이 없었기 때문이다.

코르넬리우스는 놀라서 뒷걸음쳤다. 도둑에게서, 가짜 야코프에게서 그는 이웃인 이작 복스텔을 확인했기 때문이다. 마음이 순수한 그는 이웃이 그토록 악랄한 행위를 하리라고는 단 한순간도 의심하지 않았다.

그래도 신이 그토록 적당한 때 뇌일혈을 보내 주었다는 사실은 복스텔에게 커다란 행복이 아닐 수 없었다. 그것은 그의 자존심과 인색함에 고통을 주는 것들을 더 오래 보지 않아도 되게 해 주었기 때문이다.

이윽고 트럼펫 소리와 함께 행진이 재개되었다. 변한 것이라고는 아무것도 없었다. 단지 복스텔이 죽었고, 승리에 도취된 코르넬리우스와 로자가 손에 손을 잡고 나란히 걷는다는 사실이 다를 뿐이었다.

시청에 들어가자 공작은 코르넬리우스에게 금화 10만 플로린이 든 주머니를 가리키며 말했다.

"이 돈을 획득한 사람이 당신인지 아니면 로자인지 나로서는 알 수가 없소. 당신이 검은 튤립을 발견했다면 그녀는 그것을 키우고 개화시켰소. 따라서 그녀가 이 돈을 지참금으로 삼지 않는다면 그것은 부당하다 할 것이오. 게다가 이 돈은 하를 럼 시가 튤립에게 주는 선물이기도 하오."

코르넬리우스는 공작이 어떤 결론을 내릴까 궁금했다. 공작은 계속했다.

"나는 로자에게 10만 플로린을 주겠소. 그녀는 그것을 받을 만할뿐더러 그 돈을 당신에게 줄 수 있을 것이오. 그 돈은 그녀의 사랑과 용기와 정직함의 대가요. 로자가 당신의 무죄를 입증하는 증거를 가지고 왔소.(이 말을 하며 공작은 코르넬리스 드 비트의 편지가 적혀 있으며 세 번째 소구근을 포장하는 데 사용되었던 성경의 페이지를 코르넬리우스에게 내밀었다.) 그리하여 당신은 행하지 않은 죄로 구금되었다는 사실이 밝혀졌소. 이 말은 당신이 자유의 몸인 것은 물론 결백한 사람의 재산은 압수될 수 없다는 사실을 뜻하오. 당신의 재산은 따라서 반환될 것이오. 판 바에를르 씨, 당신은 코르넬리스 드 비트의 대자이자 얀 드 비트의 벗이오. 코르넬리스가 세례반(洗禮盤) 위에서 당신에게 맡긴 이름과, 얀이 보여 준 우정에 값할 수 있는 사람이 되도록 애쓰시오. 두 사람의 공덕을 길이 간직하도록 하시오. 이성을 잃은 혼란한 시기에 잘못 판결되고 잘못 단죄된 비트 형제는 위대한 시민이었고, 오늘날 홀란트는 그들을 자랑스러워하고 있소."

평소와 달리 감동적인 목소리로 말을 마친 공작은 자기 양쪽에 무릎을 꿇은 신랑 신부에게 손을 내밀어 입을 맞추게 했다.

그러고는 한숨을 내쉬며 말했다.

"아! 두 사람은 정말로 행복한 사람들이오. 홀란트의 진정한 영광과 행복을 꿈꾸며 새로운 빛깔의 튤립을 얻어내기 위해 애쓰는 당신들은 말이오."

프랑스 쪽에서 또다시 먹구름이 이는 것을 보기라도 한 듯 남쪽을 향해 시선을 던지며 공작은 마차에 올라 출발했다.

그날로 코르넬리우스는 로자와 함께 도르드레흐트로 떠났다. 로자는 자기 아버지에게 심부름꾼으로 보낸 노파 주흐를 통해 그동안 일어난 일을 알렸다.

우리의 설명 덕분에 늙은 흐리푸스의 성격을 잘 아는 이들은 그가 사위와 어렵사리 화해했다는 사실을 이해할 수 있을 것이다. 그는 몽둥이로 얻어맞은 것을 꽁하니 마음에 두었고, 몇 대나 맞았는지 멍의 개수를 세어 놓은 참이었다. 그에 따르면 그것은 무려 마흔한 대에 달했다. 하지만 그는 마음을 돌리고 말았다. 그의 말에 따르면 스타트하우더 전하만큼 관대해지기 위해서였다.

사람을 지키다가 튤립을 지키는 간수가 된 그는 네덜란드 역사상 가장 혹독한 화초 간수가 되었다. 이웃들은 위험한 나비를 감시하고 들쥐를 죽이고 지나치게 허기진 벌들을 쫓아내는 그를 볼 수 있었다.

복스텔의 이야기를 듣고 가짜 야코프에게 속은 것에 격분한 그는 시샘꾼이 예전에 단풍나무 뒤에 세운 전망대를 자기 손으로 직접 허물었다. 경매에서 매입한 복스텔의 땅이, 도르드레흐트의 모든 망원경을 도발할 정도로 넓어진 코르넬리우스의 화단 한가운데로 들어왔기 때문이다.

점점 더 아름다워지는 로자는 동시에 점점 더 유식해졌다. 이 년의 결혼 생활 동안 그녀는 매우 잘 읽고 잘 쓸 수 있게 된 덕분에 혼자서 두 아이의 교육을 책임질 수 있었다. 아이들은 튤립처럼 1674년과 1675년 5월에 태어났다. 그러나 아이들은 그들을 얻을 수 있게 해 준 저 유명한 꽃만큼 그녀를 힘들게 하지는 않았다.

하나는 아들이고 다른 하나는 딸이었으며, 아들의 이름은 물론 코르넬리우스이고 딸의 이름은 로자였다.

판 바에를르는 로자에게, 그리고 튤립에게 충실했다. 평생토록 그는 아내의 행복과 꽃 재배에 열중했다. 이 재배 덕분에 그는 다양한 종을 발견했고, 그것들은 홀란트 튤립 목록에 등록되었다.

그의 살롱의 두 가지 주요 장식물은 두 개의 커다란 황금 액자에 담겨 벽에 걸렸다. 그것은 코르넬리스 드 비트의 성경에서 찢어 낸 두 페이지였다. 독자들은 기억하겠지만, 한 장은 루부아 후작의 편지들을 불태우라는 대부의 편지였고, 나머지 한 장은 코르넬리우스의 유서로서 검은 튤립의 소구근을 로자에게 물려준다는 내용을 담고 있었다. 단 거기에는 조건이 있었는데, 그녀는 10만 플로린의 지참금으로 그녀가 사랑하고 또 그녀를 사랑해 줄 스물여섯에서 스물여덟 살 사이의 잘생긴 청년과 결혼해야 했다. 이 조건은 정확하게 준수되었다. 비록 코르넬리우스는 죽지 않았지만 말이다. 그러나 결과적으로 그 조건이 지켜질 수 있었던 것은 바로 그가 죽지 않았기 때문이다.

마지막으로, 이작 복스텔은 죽었지만 신이 미처 막지 못할 수도 있을 시샘꾼들을 물리치기 위해 그는 문 위에 그로티우스가 도망치던 날 감옥의 벽 위에 새긴 다음의 구절을 썼다.

너무나 고통 받은 나머지 나는 이렇게 말하지 않을 권리가 있노라. 나는 너무 행복하다.

작품 해설

검은 튤립, 행복의 담금질

1 뒤마와 팡테옹

2002년 가을 프랑스 의회는 『삼총사』와 『몬테크리스토 백작』의 작가 알렉상드르 뒤마를 팡테옹의 위인들 곁에 안치했다. 뒤마 탄생 200주년을 기념하는 이 행사의 의미는 각별하다. 살아생전으로부터 현재에 이르기까지 독자들의 변함없는 사랑을 받으면서도 진지함과 깊이가 결여된 대중 작가 혹은 군소 작가의 낙인을 감수해야 했던 그가 이제 당당히 국민 작가의 반열에 올랐음을 뜻하기 때문이다.

비할 데 없는 성공과 인기가 무색하게 오랫동안 비평가와 연구자들에 의해 홀대받아 왔던 뒤마는 팡테옹에 들어가면서 지금까지와는 다른 새로운 조명을 받았다. 소르본 대학에서 뒤마에 대한 학회가 열리고, 그 작품은 2002년 프랑스 교수 자격 시험 프로그램에 포함될 뻔하기도 했다. 그러나 오랜 불운과 최근 들어 관찰되는 반전의 기미와는 별도로 우리가 정말로 놀라지 않을 수 없는 것은 그의 작품이 세월의 침식을 모른다는 점이다.

사실 과거의 소설 가운데 뒤마의 소설만큼 오늘날 쓴 것처럼 자연스럽게 읽히는 경우도 없다. 소설의 내용이 영원하고 보편적인 주제를 다루기보다 구체적인 역사적 사건들을 참조한다는 사실을 고려하면 그의 작품의 현대성은 더욱 놀라운 것이 된다. 이와 관련하여 뒤마 연구의 권위자인 클로드 숍은 연극에서 온 군더더기 없는 빠른 글쓰기가 그 비결이라고 본다. 시대의 유행과 흔적을 함유한 '지방(脂肪)'으로 무거운 다른 19세기 작가들의 문체와 달리 '근육'으로 이루어진 뒤마의 문체에는 시대의 흔적이 자리를 찾기가 어렵고 그만큼 시대의 차이를 쉽게 극복한다는 것이다.*

세월의 침식과 시대의 변화를 넘어서는 근육질의 문체를 통해, 그리고 손에 땀을 쥐게 하는 빠른 서술과 활기 넘치는 대화를 통해 프랑스인들에게 역사를 가르쳐 주는 작품, 아마도 여기에 뒤마에게서 "19세기의 가장 위대한 작가"**를 발견하게 하고, 또 그를 팡테옹에 안치시키는 이유가 있을 것이다.

---

* Claude Schopp, "Claude Schopp : Dumas au-delà de sa légende", in *Magazine littéraire* n° 412 - sept. 2002, p. 22.
** 같은 책, 22쪽.

2 뒤마의 문학적 삶

뒤마는 지금의 아이티에 해당하는 생도맹그 출신 노예인 할머니를 통해 흑백 혼혈이다. 뒤마라는 이름은 바로 이 할머니로부터 받았다. 물라토인 그의 아버지는 나폴레옹 군대의 장군이었고, 어머니는 프랑스 동북쪽에 위치한 빌레르코트레란 작은 도시에서 여관을 경영하는 프티부르주아의 딸이었다. 어린 뒤마는 금슬 좋은 부부의 사랑받는 아이였다. 하지만 이탈리아에서 포로로 잡혔다가 병에 걸려 돌아온 아버지는 1806년 일찌감치 세상을 떠난다. 이후 뒤마는 슬픔에서 벗어나지 못한 채 점점 가난해지기만 하는 어머니 곁에서 어린 시절을 보낸다. 어느덧 직업을 택할 나이가 되었을 때 그는 갑갑한 공증인 사무실을 뿌리친다. 대신에 그는 비슷한 나이의 친구에게서 극작술의 기초를 배우고 막대한 양의 책을 읽으면서 문학의 길에 들어선다.

많은 사람들이 나폴레옹 군대의 장군이었던 아버지가 뒤마에게 일종의 모델로 작용했을 것이라고 생각한다. 그는 아버지처럼 영웅이 되고 싶었고, 문학을 통해 돈과 명예를 꿈꾸었다는 것이다. 결과론적인 것으로 여겨지는 이러한 가정은 어쨌든 매우 신빙성 있는 듯 보인다. 훤칠한 키에 당당한 풍신을 지닌 뒤마는 여배우가 다수를 차지하는 아름다운 여인들의 컬렉션을 늘려 가며 문학적으로 성공에 성공을 거듭했다. 명성도 얻었고 돈도 벌었다. 1847년 그가 생제르맹앙레의 센 강을 굽어보는 언덕에 지은 몬테크리스토 성은 발자크의 부러움을 샀을 정도로 으리으리했다고 한다. 물론 이러한 화려함의 다른 쪽에는 실패의 그늘도 없지 않았다.

뒤마의 성공은 낭만주의 운동의 전개와 맥을 같이하는 것이었다. 그가 문단에 데뷔할 당시는 신고전주의와 낭만주의의 격렬한 싸움 끝에 낭만주의가 승리를 굳히던 때로서 특히 연극 분야에는 파리 전체의 관심이 집중되고 있었다. "파리에 다른 것은 존재하지 않았다. 연극이 전부였다. 시민적, 정치적, 경제적 생활은 덧없고 열광적인 무대적 삶의 계속이고 연장일 뿐이었다. 이런 연극은 곧 새 주인을 알게 된다. 알렉상드르 뒤마가 그다."라고 2002년에 나온 《마가진 리테레르》 특집호에서 피에트로 치타티는 말한다.* 1829년에 쓴 『앙리 3세와 그의 궁정』을 필두로 뒤마는 낭만주의 드라마 개혁 운동에 적극적으로 참여하며 수많은 성공을 거두었고 이 밖에도 여행기와 회고록 등 다양한 장르를 섭렵하며 영광을 누렸다. 하지만 뒤마 하면 뭐니 뭐니 해도 『삼총사』로 대변되는 역사소설이 아닐 수 없다. 특히 극적 긴장과 생동감이 넘치는 자연스러운 대화가 주된 바탕을 이루는 '극적' 역사소설이 그것이다. 보들레르는 뒤마의 연극에 대해 "화산의 분출이 재주 있는 관개(灌漑) 기술자의 절묘한 솜씨와 결합되어 있다."라고 평했거니와 이말은 소설에도 고스란히 적용될 수 있는 것이다.

뒤마를 폄하할 때 흔히 이야기하는 것이 소위 '소설 공장'이라는 것이다. 이 표현은 뒤마의 작품에서 일체의 진지함과 문학성을 박탈하며 그것을 통속문학의 대표적인 경우로 만들어

---

* Pietro Citati, "Dumas dans le miroir", in *Magazine littéraire* n° 412 - sept. 2002, p. 35.

버린다. 외젠 드 미르쿠르의 『소설 공장 : 알렉상드르 뒤마 상사』(1845) 같은 팸플릿으로 유명해진 이 표현은 뒤마가 가난한 문사들을 시켜 소설을 만든 뒤 그것을 자기 이름으로 간행하는 악덕 기업주라는 사실을 말한다. 그러나 연구자들에 따르면 당시 연극계에서 관행으로 통용되던 이 방식을 뒤마는 마지못해 받아들였고, 소설의 경우 오귀스트 마케와 가스파르 드 셰르빌, 단 두 명만의 협력을 빌렸다고 한다. 수많은 불우한 문사들을 착취하여 독자의 구미에 맞는 저급한 통속소설을 대량으로 생산하는 '공장'이 결코 아니라는 것이다. 여하튼 소설의 집필은 뒤마와 마케 혹은 뒤마와 셰르빌 가운데 한 사람이 아이디어를 제안하고 그것을 바탕으로 두 사람이 공동 작업을 통해 계획을 수립하면 이어서 마케 또는 셰르빌이 초고를 작성하고 마지막으로 뒤마가 수정하고 보완하여 신문사의 연재소설 담당자에게 넘기는 방식으로 이루어졌다고 한다.*

3 얀 드 비트와 오렌지 공 윌리엄 ── 『검은 튤립』의 역사적 배경

『검은 튤립』은 뒤마의 작품에서 예외적인 경우라 할 만하다. 그것은 마치 보석 같다. 작지만 밀도가 높고 아름답기 때문이다. 2002년 이 책을 간행한 파리의 프랑스-앙피르 출판사 편

---

* Claude Schopp, "Une vie théâtrale et romanesque", in *Magazine littéraire* n°
412 - sept. 2002, p. 31.

집자는 이렇게 말한다.

"『검은 튤립』은 희귀한 뒤마이다. 우선 『삼총사』의 아버지를 애호하는 사람들 가운데 소수만이 그것을 읽을 수 있었다. 특히 그것은 내밀한 소설이다. (……) 독자는 그러나 이 작품에서 뒤마를 사랑하는 사람들을 매혹하는 모든 것을 발견할 수 있을 것이다. 활기찬 대화, 생동감 넘치는 초상, 배반, 험난한 사랑, 서스펜스, 그리고 역사……."

이러한 『검은 튤립』의 이야기는 17세기 네덜란드를 배경으로 펼쳐진다.

네덜란드 역사에서 17세기는 황금시대이다.* 여러 차례에 걸쳐 전쟁을 수행하면서도 농업, 축산업, 제조업, 상업, 금융 등 거의 모든 부문에서 다른 나라를 앞서는 것은 물론 렘브란트, 베르메르, 프란스 할스로 대변되는 문화 예술 분야에서도 명실상부한 유럽의 중심지 역할을 수행했기 때문이다. 그러나 이런 기적의 황금시대도 영국이 유럽 역사의 전면에 등장하고 루이 14세의 프랑스가 패권을 확립하면서 막을 내리게 된다. 더구나 1672년 루이 14세가 영국의 찰스 2세와 비밀 협약, 곧 도버조약을 맺기에 이르고(야사에 따르면 루이 14세가 보낸 아름다운 여인들에게 넘어간 찰스 2세가 이런 협약을 맺었다고 한다.) 프랑스와 영국이 동시에 네덜란드를 침공하면서 네덜란드는 중대한 위기를 맞게 된다.

이러한 절체절명의 순간, 네덜란드 민중은 권력을 떠나 있던

---

* 네덜란드의 역사에 대해서는 주경철 교수의 『네덜란드 ─ 튤립의 땅, 모든 자유가 당당한 나라』(산처럼, 2003)에 의존했음을 밝혀 둔다.

오렌지 가문에서 구원을 찾는다. 1650년 윌리엄 2세가 갑자기 천연두로 사망한 지 일주일 후 유복자로 태어나 1672년에 스물두 살의 청년이 된 윌리엄 3세는 민중의 요구로 군통수권을 부여받은 뒤 둑을 터뜨려 물바다를 만드는 전술로 일단 프랑스 군의 발을 묶는 데 성공한다. 그러나 황금시대 이튿날 스스로의 쇠약을 확인한 네덜란드는 파국에 돌입한다. 민중은 구국의 영웅이 된 윌리엄 3세를 홀란트와 젤란트의 스타트하우더로 추대한다. 그들은 여기서 그치지 않고 위기의 책임을 이때까지 국정을 이끌어 온 총리대신 얀 드 비트와 그의 형 코르넬리스 드 비트에게 물으려 한다. 1672년 8월 20일 윌리엄 3세에 대한 암살 음모 누명을 쓰고 헤이그 감옥에 갇혀 있던 코르넬리스 드 비트를 얀 드 비트가 방문하면서 대규모 시위가 일어난다. 두 형제는 이날 낮에 헤이그 대로에서 군중에 의해 잔혹하게 린치당하여 죽는다.

『검은 튤립』의 앞부분에서 숨 가쁘게 서술하고 있는 것이 바로 이 끔찍한 사건이다. 간단해 보이는 이 사건을 보다 잘 이해하기 위해서는 약간의 배경 설명이 필요하다.

먼저 윌리엄 3세와 얀 드 비트의 각별한 관계를 아는 것이 중요하다. 두 사람은 사제지간이다. 1650년 프리슬란트를 제외한 나머지 여섯 주(독립국가로서 네덜란드의 출발점이라 할 수 있는 1581년의 위트레흐트 동맹 당시 7주 연합에 들어간 주는 프리슬란트 외에 홀란트, 젤란트, 위트레흐트, 헬데를란트, 오버레이설, 흐로닝언이다. 오늘날의 네덜란드는 열두 개의 주로 이루어진다.)의 스타트하우더로서 사실상 국왕과 다름없는 막강한 권력을 지니고 있던 윌리엄 2세가 죽었을 때, 과도한 권력의 집중을 경계하는 상층 부르주아와 스타트하우더 사이의 갈등은 거의 폭발 직전에 있었다. 스타트하우더가 사라지자 상층 부르주아를 대표하는 얀 드 비트는 곧 개혁에 착수한다. 향후 모든 주의 스타트하우더 직이 한 사람에게 돌아가서는 안 된다는 원칙이 수립된다. 나아가 일곱 주 가운데 다섯 주에서는 아예 스타트하우더를 임명하지 않고 의회가 권력을 대신 행사하기에 이른다. 얀 드 비트는 또한 비밀 법령을 통해 오렌지 가문 사람들을 모든 의회 공직에서 배제하도록 하고, 스타트하우더에게서 군통수권을 영구히 박탈한다. 이런 연유로 강력한 스타트하우더의 유복자로 태어난 윌리엄 3세는 아버지의 자리를 상속받지 못하게 된다. 그는 결국 1672년에 가서야 민중들 덕분에 스타트하우더가 되었으니 22년을 기다려 스타트하우더 자리를 되찾은 셈이다. 어린 윌리엄 3세에게서 스타트하우더 자리를 빼앗은 얀 드 비트는 동시에 그의 스승 노릇을 자처했다. 소설이 말하고 있는 것처럼 공화주의적 신념을 불어넣으려고 애썼다. 그러나 결과적으로 제자는 스승의 가르침을 뿌리치고 홀란트와 젤란트의 스타트하우더가 되며, 나중에는 다섯 주의 스타트하우더까지 겸직한다. 뿐만 아니라 소설에 따르면 도시의 문을 잠그고 열쇠를 장악함으로써 비트 형제의 살육을 방조한다.

뒤마는 공화주의적 신념 때문에 비극적 죽음을 맞이하는 두 형제를 영웅적으로 그리고 있다. 윌리엄 3세의 경우 다소 허약한 몸에도 불구하고 예리한 판단과 대담한 실천력, 그리고 추상같은 권위를 겸비한 젊은이로 등장하면서 나중에 영국 왕까지 겸하는 인물의 스케일을 넉넉히 드러낸다. 흥미로운 것은 두 인물이 대단히 멋들어지게 영웅적인 만큼 음모와 배신과 계략이라는 뒤마적 주제가 더욱 강렬하게 변주된다는 점이다.

이제 우리가 영어식으로 오렌지라 부르지만 네덜란드어로는 오라녜, 좀 더 정확히 말해서 오라녜-나사우(Oranje-Nassau)라 부르는 가문에 대해 알아보도록 하자. 네덜란드 축구 국가 대표 선수들이 오렌지색 유니폼을 입는 것은 이 나라의 독립 과정에서 중추적인 역할을 했으며 왕정이 수립된 19세기 초반에 왕실이 된 오라녜 가문에서 유래한다는 것은 익히 잘 알려진 사실이다. 오라녜 가문의 뿌리는 중세 남프랑스의 프로방스 지방에 있던 오랑주(Orange, 불어로 오렌지를 뜻한다.) 공국으로 거슬러 올라간다.(마르세유 인근에는 지금도 오랑주라는 이름의 도시가 존재한다.) 오랑주 공은 원래 이 작은 공국을 다스리던 백작이었다. 그런데 1530년 필리베르 드 샬롱이 죽으면서 오랑주 공국은 서부 독일의 나사우에 살던 조카 르네에게로 넘어간다. 동시에 오랑주 공국은 그 주인에 의해 오라녜라는 이름으로도 불리기 시작한다. 르네는 1538년 아버지가 사망하자 나사우를 비롯하여 독일과 네덜란드에 분산되어 있는 땅을 물려받아 오라녜-나사우 공이 된다. 1544년 르네는 죽으면서 오라녜-나사우 공의 타이틀을 그의 조카이자 침묵공이라는 별명을 지닌 빌렘 1세에게 물려준다. 이 빌렘 1세는 네덜란드 독립의 아버지이거니와, 향후 오라녜-나사우 공의 자리는 마우리츠, 프레데릭-앙리, 빌렘 2세를 거쳐 『검은 튤립』에 등장하는 빌렘 3세, 다시 말해 우리가 오렌지 공 윌리엄이라 부르는 인물에게로 넘어가기에 이른다.

소설에 나오는 시대와 인물들의 역사적 맥락은 대략 이러하다.

4 행복의 담금질

『검은 튤립』에 가장 많이 나오는 단어 중 하나가 행복이다. 세어 보니 무려 마흔일곱 차례에 달한다. 네덜란드 역사의 한 순간에서 파생되는 이 이야기의 중심 주제는 아마도 행복이다.

작품에서 행복이라는 주제는 소통의 테마를 중심으로 다채롭게 변주된다.

도르드레흐트의 상인 집안 출신인 코르넬리우스 판 바에를르는 행복한 인간으로 등장한다. 그는 행복의 조건으로 통용되는 모든 것을 다 갖추었다. 근면하고 행복한 부모로부터 평생 일 안 하고도 먹고살기에 충분한 재산을 물려받았다. 교양도 갖추었고 취미도 있다. 튤립이 그것이다. 그의 아버지는 죽으면서 그에게 행복하게 살 것을 요구한다. 자기처럼 돈을 버는 데만 전념할 게 아니라 쓰고 즐기며 살 것을 요구한다. 하지만 대부 코르넬리스 드 비트처럼 정치에 뛰어들지는 말라고 당부한다.

이렇듯 행복한 인간 코르넬리우스가 불행을 알게 되는 순간부터 소통의 테마는 극적인 전개를 보여 준다. 그것은 시선을 중심축으로 하여 숨김과 바라봄이 대립하는 양상을 띤다. 자신의 정치적 입지가 위태로워지면서 불안을 느낀 코르넬리스 드 비트는 프랑스의 루부아 후작으로부터 받은 편지들을 정치와 하등의 상관도 없는 대자 코르넬리우스에게 맡기려 한다. 코르넬리스는 남의 눈을 피하려 하고, 대자는 유모 외에 아무도 들어오지 못하는 튤립 건조실로 대부를 안내한다. 그러나 옆집에 사는 시샘꾼 이작 복스텔이 유리 너머에서 일어나는 광경을 망원경으로 보고 만다. 가장 완벽한 숨김이 최악의 바라봄으로 역전되며 코르넬리우스의 불행을 촉발하는 순간이다. 여기서 확인되는 뒤마의 뛰어난 점은 이야기의 배경이 되는 17세기에는 아직 발명된 지 오래지 않은 망원경을, 그리고 철물과 함께 19세기의 대표적인 건축재가 되는 유리를 서술의 결정적인 지점에서 활용하고 있다는 사실이다.

두 번째 전개는 코르넬리우스를 가둔 감옥의 벽 주위에서 이루어진다. 감옥의 벽은 수감자를 세상으로부터 격리하며 그의 자유를 구속한다. 이러한 벽 안에 갇힌 코르넬리우스를 세상과 소통하게 해 주는 것은 로자이다. 하지만 코르넬리우스는 뢰베슈타인의 감옥으로 이송되면서 로자와 헤어져야 했다. 두 사람을 다시 이어 주는 것은 코르넬리우스가 길들인 비둘기와 그가 운반하는 편지이다. 로자가 뢰베슈타인에 온 이후 그녀는 코르넬리우스의 자유와 구원을 담보한다. 그녀는 그의 세상이고 바깥이다. 그러나 코르넬리우스와 로자, 혹은 코르넬리우스와 바깥 사이에는 이중의 차폐물이 존재한다. 하나는 벽이고 다른 하나는 로자의 아버지 흐리푸스의 시선이다. 이러한 상황에서 소통은 두 가지 방식으로 이루어진다. 하나는 감방 문 한가운데 뚫린 쪽문이다. 그리로 두 사람의 시선, 말, 감정, 그리고 튤립 소구근이 오간다. 다른 하나는 편지이다. 코르넬리우스가 로자에게 글을 가르치는 대목은 소설이 제공하는 재미있는 에피소드 가운데 하나이기도 하다. 이렇게 벽과 간수의 시선이 코르넬리우스를 구속하지만 로자, 비둘기, 편지, 쪽문 등이 그를 세상과 소통하게 한다.

세 번째 전개는 소설에서 열쇠 역할을 한다. 그것은 코르넬리스 드 비트가 자기 성경의 첫 페이지를 찢어 쓴 편지에 관계된다. 코르넬리우스의 모든 불행은 그가 자신의 결백을 입증해 줄 대부의 편지를 읽지 않았다는 데서 온다. 만약 그것을 읽었다면 그는 자신이 루부아 후작의 편지와는 아무런 상관도 없다는 증거로 편지를 제시했을 것이고, 체포되지 않은 채 도르드레흐트의 집에서 평화롭게 튤립을 돌봤을 것이다. 사실『검은 튤립』의 이야기는 편지 읽기의 유예 위에 자리 잡는다. 코르넬리우스의 불행은 그러므로 편지 읽기와 함께 막을 내린다. 오렌지 공 윌리엄 앞에서 로자가 처음 읽은 편지는 검은 튤립의 주인이 코르넬리우스이고 코르넬리우스는 억울하게 감옥에 갇혔다는 사실을 증명하며 그에게 행복을 되돌려 준다. 다시 말해 편지와의 소통은 코르넬리우스의 불행에 종지부를 찍는다.

오래전에 어느 잡지에서인가 한국의 디자이너들을 소개하는 기사를 읽은 적이 있다. 사진과 함께 간단한 프로필을 제시하고 있었는데, 거기서 내 주의를 끌었던 것은 디자이너의 대다수가 검은색을 가장 좋아하는 색으로 꼽았다는 사실이다.

색마다 그 나름의 상징적 의미가 있겠지만 검은색이야말로 가장 신비롭고도 낭만적인 색이 아닐까 싶다. 그것은 우선 밤, 어둠, 심연 등에 연결되며 무한과 비가시의 신비주의적 영역에 가닿는다. 그리고 검은 태양, 검은 천사, 흑마술 같은 표현에서 보듯 가치의 전도 혹은 전복을 표상하기도 한다. 현대 프랑스 작가 쥘리앙 그라크는 초현실주의의 수장 앙드레 브르통에 대한 글에서 검은색을 저주, 신성모독, 신비주의와 연결시킨다. "로트레아몽이 공기에 대해 '아름답고 검은'이라고 했듯이 브르퉁은 테네리프 화산에 대해 '아름다운 검은 피가 흐르는 너의 동맥'이라고 말한다. 마치 한 단어가 다른 단어를 자연스레 부르는 것처럼." 로트레아몽과 브르퉁에게서 검은색과 아름다움은 서로 떼어 놓을 수 없는 한 쌍을 이룬다. 요컨대 신비, 전복, 아름다움은 검은색의 상징적 의미로 나타난다.

소설에서 코르넬리우스가 피워 내는 검은 튤립은 아름다움과 전복을 상징한다. 그리고 그의 행복은 이렇듯 분리할 수 없는 양면을 지닌 검은 튤립의 개화를 통해 담금질된다.

먼저 코르넬리우스가 감옥에 들어가면서 그의 행복한 삶은 불행으로 전복된다. 그러나 그의 불행에 로자라는 이름의 아름다움이 개입한다. 불행을 모르던 행복한 인간 코르넬리우스가 전복과 아름다움을 알게 되는 것이다. 그런데 검은 튤립을 피우는 데 성공하는 것은 안온함이 보장된 행복의 집이 아닌 불행의 감옥이다. 불행이 본의 아닌 계기를 이루며 또 한 번의 전복이, 그리고 신비의 개화가 이룩되는 것이다. 기억해야 할 것은 코르넬리우스와 로자가 함께 검은 튤립을 피워 낸다는 사실이다. 절정 또는 절대를 상징하는 동시에 연단된 행복을 표상하는 검은 튤립의 생성에 사랑이 개입하고 있는 것이다.

여기서 중요한 것은 검은 튤립의 되찾은 행복은 불행을 이겨 낸 아름답고 성숙한 행복이라는 사실이다. 소설의 마지막 구절에서 코르넬리우스는 국제법의 아버지 그로티우스를 인용하며 "너무나 고통 받은 나머지 나는 이렇게 말하지 않을 권리가 있노라. 나는 너무 행복하다."라고 자기 집 문틀 위에 쓴다. 짓궂은 아이러니가 엿보이는 이 말은 물론 행복과 불행이 서로 얼마나 가까운 곳에 있는지를 우리에게 경고한다. 하지만 동시에 그것은 불행을 딛고 일어선 인간의 성숙함을 보여 준다. 프랑스의 언어학자 에밀 벤베니스트는 현대 언어학에 대한 프로이트 이론의 기여를 논하는 자리에서 "부정은 우선 긍정이다."라고 말하며 부정이 이미 제시된 긍정을 무화하지 못한다는 점을 지적한 바 있다. 그로티우스의 문구는 이런 벤베니스트의 생각을 적용하고픈 마음이 일게 한다. 여기서 부정의 대상은 번역의 과정에서 사라진 콜론(:) 뒤에 온전한 문장으로 자리 잡고 있다. 그런데 이 콜론 뒤의 문장은 자신에게 가해진 부정을 무효화하거나 최소한 약화시키는 감이 없지 않아 보인다. 마지막 순간에 언술될 뿐 아니라 이탤릭체로 강조까지 되어 있는 까닭이다. 그로티우스의 이 같은 아이러니는 그러나 단순한 재치라기보다 하나의 성숙함으로 읽을 수 있을 것이다. 그것은 부정을 넘어, 부정과 긍정 간의 긴장을 넘어 씩씩하게 긍정하고 있는 듯 보이기 때문이다.

『검은 튤립』의 낭만주의적 기도는 이렇듯 성숙함과 아름다움을 빚어내는 긍정의 담금질로 나타난다.

비교적 짧은 텍스트 안에 알렉상드르 뒤마의 모든 것이 집약되어 있는 아름답고도 흥미진진한 이 책을 번역하는 일은 즐거웠다. 번역을 제안한, 늘 넉넉함으로 대해 주시는 박성창형, 책을 만들어 주신 민음사에 이 자리를 빌려 고마운 마음을 전한다.

충남대 연구실에서 송진석

작가 연보

1802년   7월 24일, 프랑스 동북부의 빌레르코트레라는 작은
         도시에서 알렉상드르 뒤마 출생. 아버지 토마 알렉
         상드르 뒤마 다비 드 라파예트리는 노르망디 출신
         의 시골 귀족과 생도맹그 출신의 흑인 노예 세세트
         뒤마 사이에서 태어난 사생아였음. 그는 이름을 뒤
         마로 바꾸고 나폴레옹 군대에서 장군이 되었음.

1806년   아버지 사망.

1816년   빌레르코트레에 있는 한 공증인 사무실의 삼등 서
         기가 됨. 하지만 법률 공부보다 사냥에 더 열중함.

1819년   아돌프 드 뢰벤을 만나고 그와 함께 습작들을 씀.

1822년   처음으로 파리를 여행함.

1823년   파리에 정착하고, 나중에 루이-필립이라는 이름으
         로 왕위에 오르는 오를레앙 공 곁에서 일자리를 얻
         음. 왕정복고 시대의 파리를 발견하는 한편, 엄청난

양의 책을 읽으며 문학 수업.

1824년   로르 라베에게서 아들 알렉상드르를 얻음.

1829년   전해에 완성한 『앙리 3세와 그의 궁정』을 코메디 프랑세즈에서 공연하여 커다란 성공을 거둠. 빅토르 위고와 함께 낭만주의 운동의 기수가 됨.

1830년   오데옹 극장에서 『크리스틴』을 공연하는 한편 7월 혁명에 참여.

1831년   낭만주의 연극의 지표가 되는 『앙토니』 공연.

1832년   스위스를 여행하고, 이듬해에 『여행기』 발표.

1838년   네르발과 함께 벨기에와 라인 강 연안을 여행. 그의 글쓰기를 도와 줄 오귀스트 마케를 만남.

1844년   『삼총사』, 『몬테크리스토 백작』, 『마고 여왕』 발표.

1845년   『20년 후』, 『메종루즈의 기사』, 『몽소로 부인』 발표. 외젠 드 미르쿠르가 『소설 공장: 알렉상드르 뒤마 상사』 발표.

1846년   『몰레옹의 서자』, 『조제프 발사모』 발표.

1847년   『회고록』을 집필하기 시작. 이 작업은 8년 동안 계속됨. 그의 소설을 연극으로 상연하기 위해 '역사 극장'을 설립하고, 생제르맹앙레의 센 강을 굽어보는 언덕에 몬테크리스토 성을 지음. 『브라줄론 자작』 발표.

1848년   2월 혁명. 국회의원이 되고자 수차례 출마하였으나 번번이 고배를 마심. 『여왕의 목걸이』 발표.

1849년   경제 사정이 극도로 나빠져서 몬테크리스토 성을 매각. 네덜란드 여행.

1850년	'역사 극장' 파산. 『검은 튤립』 발표.
1851년	채권자들을 피해 브뤼셀로 감.
1852년	『샤르니 백작 부인』 발표.
1853년	《총사》지 창간.
1857년	《몬테크리스토》지 창간. 이 무렵 가스파르 드 셰르빌이라는 새로운 협력자를 만나 환상 소설, 전원 소설, 이국 소설 등 잡다한 장르의 소설들을 발표하지만 예전 같은 반응을 얻지는 못함.
1860년	이해부터 4년 동안 이탈리아에서 가리발디를 도움. 나폴리에서 《앵데팡당트》지 창간.
1864년	프랑스로 돌아옴.
1866년	《총사》지 재창간.
1868년	《다르타냥》지 창간.
1869년	브르타뉴와 남프랑스를 여행.
1870년	12월 5일, 노르망디의 디에프 근처에 있는 퓌이의 아들 집에서 숨을 거둠.
2002년	가을, 프랑스 정부는 그의 유해를 프랑스의 위인들이 잠들어 있는 팡테옹에 안치함.

세계문학전집 **268**

검은 튤립

1판 1쇄 펴냄   2011년 4월 5일
1판 15쇄 펴냄   2023년 6월 7일

지은이   알렉상드르 뒤마
옮긴이   송진석
발행인   박근섭, 박상준
펴낸곳   (주)민음사

출판등록   1966. 5. 19. (제 16-490호)
서울특별시 강남구 도산대로1길 62(신사동) 강남출판문화센터 5층 (우편번호 06027)
대표전화 02-515-2000   팩시밀리 02-515-2007
www.minumsa.com

© 송진석, 2011. Printed in Seoul, Korea

ISBN 978-89-374-6268-9 04800
ISBN 978-89-374-6000-5 (세트)

* 잘못 만들어진 책은 구입처에서 교환해 드립니다.

세계문학전집 목록

세계문학전집은 계속 간행됩니다.